KNAUR

Über die Autorin:

Emma Jacobsen, Jahrgang 1979, studierte nach einer Ausbildung im Buchhandel ein paar Semester Geschichte und Antike Kulturen, ehe sie sich ganz dem Schreiben widmete. Sie lebt mit ihrer Familie in Westfalen. Unter dem Pseudonym Julie Peters schreibt sie erfolgreich Inselromane.

Emma Jacobsen

DIE INSEL SCHÄFERIN

ROMAN

KNAUR

Besuchen Sie uns im Internet:
www.knaur.de

Aus Verantwortung für die Umwelt hat sich die Verlagsgruppe Droemer Knaur zu einer nachhaltigen Buchproduktion verpflichtet. Der bewusste Umgang mit unseren Ressourcen, der Schutz unseres Klimas und der Natur gehören zu unseren obersten Unternehmenszielen. Gemeinsam mit unseren Partnern und Lieferanten setzen wir uns für eine klimaneutrale Buchproduktion ein, die den Erwerb von Klimazertifikaten zur Kompensation des CO_2-Ausstoßes einschließt. Weitere Informationen finden Sie unter: www.klimaneutralerverlag.de

MIX
Papier | Fördert gute Waldnutzung
FSC® C083411

Originalausgabe April 2023
Knaur Taschenbuch
Ein Imprint der Verlagsgruppe
Droemer Knaur GmbH & Co. KG, München

Redaktion: Gisela Menza
Covergestaltung: ZERO Werbeagentur, München
Coverabbildung: Collage unter Verwendung von Motiven von shutterstock.com
Satz: Sandra Hacke, Dachau
Druck und Bindung: CPI books GmbH, Leck
ISBN 978-3-426-52909-6

2 4 5 3 1

Kapitel 1

So hatte sich Ruth die Heimkehr nicht vorgestellt. Kalt, nass, dunkel. Die Landung war etwas holprig, weil gerade ein Frühlingsgewitter niederging.

Der Münchner Flughafen an einem verregneten, kalten Morgen im Mai – das war kein schöner Ort. Vom Jetlag geplagte Reisende, die zu den Gepäckbändern taumelten. Ruth steckte sich die Noise-Cancelling-Kopfhörer in die Ohren und schloss für einen Moment die Augen. Diese Ruhe! Dann wählte sie auf ihrem Smartphone eine Playlist aus. Lenny Kravitz, Fly Away. Ja, da hätte sie schon Lust drauf. Direkt wieder losfliegen, hinaus in die Welt. Aber nein. Das Reisen hatte ein Ende. Zwei Jahre waren genug. Nicht nur für sie.

Sie hörte ein Rumpeln, die Gepäckbänder setzten sich in Bewegung, und Ruth schob sich näher heran. Als Erstes kamen die Hundeboxen, das wusste sie schon.

Und da war sie schon. Ruth atmete auf, als sie die schwarze Knopfnase von Neruda sah, der an den Gitterstäben schnupperte. Sah so aus, als hätte ihr bester Freund die vorerst letzte Flugreise gut überstanden. Ruth zog die Ohrstöpsel heraus und steckte sie in die Hosentasche.

Zwei junge Männer halfen ihr, die Transportbox vom Gepäckband auf Ruths Gepäckwagen zu laden. Sie gab Neruda ein paar Leckerchen und lobte ihn ausgiebig. Er jibbelte beleidigt.

»Was ist das denn für 'ne Rasse?« Der eine junge Mann ging neben Ruth in die Hocke und spähte in die Transportbox.

»Ein peruanischer Hirtenhund.«

»Oh, klasse. So einen hatten meine Eltern auch mal.«

Ruth verbiss sich ein Lachen. Die Rasse gab's nicht, aber sie fand es immer wieder faszinierend, wie die Menschen auf Neruda und sie reagierten. Wie oft ihr erzählt wurde, man hätte ja auch mal so einen Hund besessen! Die wenigsten gaben zu, dass sie noch nie von dieser Rasse gehört hatten.

Mit seinem schwarzbraunen Wuschelfell und den wachen Augen sah er aber auch wirklich aus wie ein Hirtenhund – zumal er eine gewisse Größe hatte. Ruth reichte er bis auf halbe Höhe ihres Oberschenkels, und sie war nicht klein. Als sie sich wieder aufrichtete und der junge Mann ebenfalls aufstand, befand sie sich mit ihm auf Augenhöhe. Er schien sichtlich irritiert, dass sie so groß war, schulterte seinen Trekkingrucksack und verabschiedete sich. »Gute Reise noch!«

»Zum Glück haben wir's nicht mehr so weit, Dickerchen«, flüsterte Ruth ihrem Hund zu. Ihr Koffer kam gerade an ihr vorbei, und sie holte ihn vom Gepäckband. Sie schulterte den kleinen Rucksack und wuchtete den Koffer neben Neruda. »Bald darfst du raus. Versprochen!«

Es dauerte noch mal zehn Minuten, bis auch ihr Trekkingrucksack langsam an Ruth vorbeiglitt. Sie legte ihn auf den Koffer und schob dann den Gepäckwagen in die Ankunftshalle. Ihr Herz pochte laut in der Brust. Wer wohl gekommen war, um sie daheim willkommen zu heißen?

Ihr Blick ging an den vielen Menschen vorbei, die hinter der Absperrung warteten, suchte nach bekannten Gesichtern … nichts. »Sieht aus, als würden wir nicht erwartet, Kumpel.« Sie blieb stehen, von hinten drängten andere Reisende nach. Der Lärm in der Ankunftshalle überwältigte sie. Ruth merkte, dass sie schleunigst hier rausmusste.

Sie schob den Wagen nach draußen. Auch hier schaute sie sich noch mal um. Komisch. Sie hatte ihren Mitbewohnern ihre Ankunftszeit mitgeteilt. Sie war sogar dreißig Minuten zu spät gelandet, also selbst wenn Thorunn und Jake sich verspätet hätten – was ihnen sonst nie passierte! –, hätten sie doch wenigstens eine Nachricht geschickt …

Ruth wühlte nach ihrem Handy. Auch nichts! Es war wie verhext. Kein Anruf, keine Nachricht. Sie wählte Thorunns Nummer aus ihrem Adressbuch und rief sie an. Konnte ja nicht sein, dass ihre besten, ältesten Freunde – Nela mal ausgenommen – und Mitbewohner sie vergessen hatten!

Thorunns Mailbox sprang nach dreimaligem Klingeln an. Ebenso lief es bei Jake. »Orrr, Leute!«, schimpfte Ruth. »Ihr könnt mich doch nicht am Flughafen sitzen lassen!«

Doch, konnten sie offenbar. Ruth schrieb Thorunn eine Nachricht (»Wo steckt ihr? Bin grad gelandet, aber ihr seid nicht hier? Hoffe, es ist nix passiert!«), dann schob sie den Gepäckwagen zum nächstgelegenen Taxistand. Mit ihrem Gepäck und Nerudas Kiste musste sie ein Großraumtaxi nehmen. Aber so konnte der Hund wenigstens sicher in seiner Kiste bleiben. Der Taxifahrer war ein Münchner Original; für ihn war sogar Neruda mit seiner beeindruckenden Größe ein Zamperl, für den er Leckerlis im Handschuhfach hatte.

»Bin ja spezialisiert auf Hunde!«, erklärte der Mittfünfziger, wuchtete seinen mit reichlich Bier und Schweinshaxe gepflegten Bauch hinters Lenkrad und gab die von Ruth genannte Adresse in sein Navi ein, obwohl sie sicher war, dass er wusste, wie er dort am schnellsten hinkam. »Mach das hier seit dreißig Jahren, aber so ein hübsches Zamperl hatte ich noch nie. Mischling, was?«

»Genau.« Ruth lehnte sich zurück. Ihr war nicht nach Plaudern zumute, und das merkte der Fahrer bald. Den Rest der Fahrt verbrachten sie schweigend.

Als sie die Adresse in Schwabing erreichten, half der Taxifahrer ihr beim Ausladen. Ruth gab ihm ein großzügiges Trinkgeld.

Sie blickte an der hellgelb gestrichenen Fassade des hübschen Altbaus hoch. Seufzte glücklich. Der Münchner Himmel spannte sich unfassbar blau über den Dächern der Stadt, nur ein paar Federwölkchen schwebten darüber hinweg. Als hätte es das Gewitter vor einer Stunde nie gegeben. Perfektes Münchner Frühlingswetter. Die beste Jahreszeit, um nach zwei Jahren in der Ferne wieder daheim ein paar Wurzeln zu schlagen.

Sie ärgerte sich auch gar nicht mehr, dass Thorunn und Jake sie versetzt hatten; irgendwas musste den beiden dazwischengekommen sein. Gestern vor ihrem Abflug hatte Ruth noch mit Thorunn geschrieben, außerdem hatte sie noch mal bei ihrem Zwischenmieter Maik gefragt, ob alles okay und die Wohnung geräumt sei. Der hatte allerdings auch noch nicht geantwortet. Komisch, sonst war er immer zur Stelle, wenn sie Fragen hatte.

Sie ließ Neruda aus der Box und nahm ihn an die Leine. Er wollte natürlich an jeder Ecke schnüffeln, das war hier alles ziemlich aufregend für ihn. Ruth hockte sich neben ihn und kraulte ihn hinter den Ohren. »Versteh dich, Dickerchen. Aber guck, das Haus steht schon mal noch, das ist die Hauptsache.« Sie schulterte den Trekkingrucksack, nahm den kleinen Rucksack vor die Brust und zog den Rollkoffer hinter sich her. Die Box musste sie für ein paar Minuten unten stehen lassen.

»Dritter Stock. Fahrstuhl, Dickerchen?«

Doch Neruda nahm lieber die Treppe. Alles Beengte war nichts für ihn – oder erst nach langer Gewöhnung. Ruth ließ den Koffer im Hausflur stehen. Wenn gleich jemand meckerte, konnte sie es nicht ändern.

Im dritten Stock klingelte sie Sturm. Nichts. Das wurde wirklich immer merkwürdiger.

Sie musste tief in ihrem kleinen Rucksack nach dem Schlüssel wühlen, der sie all die Jahre begleitet hatte. Neruda legte sich auf die Fußmatte vor der Tür.

Gegenüber öffnete sich die Tür der Nachbarn. »Hunde sind hier aber nicht erlaubt!« Eine ältere Dame mit schwarz gefärbten Haaren und einem schmalen grauen Haaransatz spähte durch den Türspalt. »Ich meld das dem Vermieter!«

»Ja, machen Sie das ruhig, Frau Krauthuber. Sonst geht's Ihnen gut?« Ruth bemühte sich, freundlich zu bleiben. Sie hatte gehofft, nicht direkt nach ihrer Ankunft mit jemandem über Neruda diskutieren zu müssen. Sie kannte die Hausordnung, wonach die Haltung von Hunden verboten war. Noch so ein Problem, das sie bisher erfolgreich verdrängt hatte.

»Alles bestens!«

»Herr Krauthuber ist auch wohlauf?«

Die Nachbarin spitzte die Lippen. »Der ist ausgezogen.«

»Ach so.«

»Wollte lieber mit so einer Pudelmutti nach Berlin ziehen.«

»Das tut mir leid.« Endlich hatte sie den Schlüsselbund gefunden. Sie zog ihn hervor und schloss die Tür auf.

»Mir tut's nicht leid«, keifte Frau Krauthuber. »Ich wünsch ihm die Pest an den Hals und Genitalherpes obendrauf! Und sehen Sie zu, dass der Hund verschwindet, den will hier keiner haben. Punkt acht der Hausordnung!«

»Komm, Neruda.« Ruth betrat die Wohnung, schloss die Tür hinter sich und atmete auf. Stille. Gegenüber knallte Frau Krauthubers Wohnungstür. »Uff«, machte sie. Dann sah sie sich um. Und erkannte ihre eigene Wohnung nicht wieder. »Was ist denn hier passiert?«, fragte sie leise. Doch niemand war da, um ihr eine Antwort zu geben.

Als Ruth vor zwei Jahren ihre Weltreise plante, hatte sie eine genial einfache Idee. Für die Zeit, die sie arbeitend auf Reisen war, wollte sie ihre Hälfte der Wohnung, die sie mit Thorunn und Jake teilte, an Maik vermieten. Maik war Informatiker, verdiente gut, besaß

Manieren und zahlte immer pünktlich. Sie hatten einen Vertrag zur Untervermietung geschlossen, den Ruth vor drei Monaten fristgerecht gekündigt hatte, als absehbar war, dass sie bald zurückkommen würde. Also müsste Maik seit ungefähr zwei Wochen seinen Teil der Wohnung geräumt haben.

Die Wohnung war ein Glücksfall, den Ruth keineswegs aufgeben wollte, solange sie in München lebte: Vom gemeinsamen Flur gingen zwei kleine Wohnungen ab, die irgendwann mal zusammengelegt worden waren. Beide hatten ein Schlafzimmer, eine Wohnküche und ein kleines Tageslichtbad. Dazu gab es noch einen Balkon, der aber nur über die Wohnung von Thorunn und Jake zugänglich war. Ruth hatte ihre Hälfte inklusive Möbel vermietet.

Als sie jetzt allerdings im Flur stand und durch die offene Tür in ihre Wohnung zur Rechten schaute, waren dort nicht ihre Möbel aufgestellt, sondern – vermutlich – die von Maik. Die einst rot lackierten Küchenfronten erstrahlten in Weiß, dasselbe war mit dem Tisch aus Kiefernholz und den Stühlen passiert. Also, es waren schon noch *ihre* Möbel – aber eben weiß gestrichen.

»Bleib«, sagte sie zu Neruda, der sich auf den Holzboden legte, die Schnauze auf den Pfoten. Ruth betrat die Wohnküche. Ihr Sofa war weg. Das rote Sofa von IKEA, das sie schon über zehn Jahre besessen hatte, war einem merkwürdig leblosen grauen Monster gewichen, das nur leidlich bequem aussah. Auch die Obstkisten-Wohnwand hatte etwas Modernerem Platz gemacht – und einem ziemlich großen Fernseher. Unter dem Fenster der Schreibtisch war geblieben, doch ihr Stuhl war gegen einen hohen schwarzen Gaming-Sessel ausgetauscht worden.

Ruth fluchte leise. Was kam als Nächstes? Sie hatte gedacht, Maik wäre längst ausgezogen …?

Und dann der zweite Gedanke: Wo sollte sie eigentlich heute Nacht schlafen, wenn Maik weiter hier wohnte? Viel wichtiger aber: Wieso war er nicht ausgezogen?

Ein Schlüssel rasselte im Schloss der Wohnungstür. Ruth ging zurück in den Flur, weil Neruda aufsprang. Sie nahm sein Halsband und hielt ihn fest.

Die Tür ging auf. Maik streckte den Kopf herein. Als er Ruth erkannte, fiel sein Lächeln in sich zusammen. »Oh«, sagte er.

»Mehr hast du nicht zu sagen?«, fragte Ruth.

Er hielt eine Bäckertüte hoch. »Ich hab Butterbrezen geholt. Falls das hilft?«

Sie hätte ihn am liebsten mit den Butterbrezen erwürgt, konnte sich aber gerade so beherrschen. »Wieso bist du noch nicht ausgezogen?«, fragte sie betont ruhig. Brachte ja keinem was, wenn sie hier die Krauthuberin gab. »Und wann genau planst du, auszuziehen? Wo stecken Thorunn und Jake, sie wollten mich vom Flughafen abholen und sind nicht gekommen?«

»Puh. Darf ich erst mal reinkommen? Also, ohne dass dein Höllenhund mich frisst?«

»Er heißt Neruda und frisst niemanden.« Ruth machte ein wenig Platz, damit Maik in den Flur konnte. Er schob sich mit größtmöglichem Abstand an Neruda vorbei in seine – nein, Ruths! – Küche. »Bekomme ich auch Antworten?«

»Ja, bekommst du. Versprochen. Soll ich uns 'nen Kaffee kochen und Frühstück machen?«

Ruth seufzte. »Na gut«, sagte sie, obwohl sie hundemüde war. Für den Augenblick schien Kaffee das Beste, was sie kriegen konnte.

Sie ließ sich auf das Sofa plumpsen, während Maik sich in der Küche zu schaffen machte. Leider war es genauso unbequem, wie es auf den ersten Blick ausgesehen hatte. Neruda lag auf dem grauen Teppich vor dem Sofa und beobachtete Maik scharf.

»Wo sind meine Sachen?«, fragte Ruth. Maik gab ihr einen Becher Kaffee.

Er sah sich in der Wohnküche um. »Ich habe einige Sachen

eingelagert. Auf meine Kosten«, fügte er hinzu, und fast hätte Ruth ihn angefaucht, dass *das* ja wohl das Mindeste sei.

»Und wieso bist du noch hier?«

Maik seufzte. »Warte, ich mach gerade noch das Rührei.«

Ruth nippte an dem Kaffee, der zum Glück gut schmeckte und so stark und süß war, dass sie langsam wieder munter wurde. Hach, sie war normalerweise auch gar nicht so grummelig, aber sie hatte gerade einen über dreizehnstündigen Nachtflug von Uruguay nach München hinter sich.

Maik tischte reichhaltig auf: eine Aufschnittplatte, drei Sorten Käse, Quark mit Früchten aus der Dose, Butterbrezen und Brötchen frisch vom Bäcker und Orangensaft, den er unter Höllenlärm frisch presste. Ruth wurde das Gefühl nicht los, dass er versuchte, sie durch die reichhaltige Mahlzeit zu besänftigen.

Als sie kurz darauf gemeinsam am Tisch saßen, sprang Maik sofort wieder auf. »Mag dein Hund auch was?« Ratlos schaute er in den Kühlschrank, als würde er erwarten, dass darin köstliches Fleisch oder Dosenfutter stand.

»Ich habe was für ihn dabei. Wir brauchen nur 'ne Schüssel.«

Maik reichte ihr eine bunte Schüssel, deren Rand mehrfach angeschlagen war. Ruth erkannte die Schüssel – sie hatte zu ihren Sachen gehört. »Die war vor zwei Jahren aber noch nicht so abgemackelt«, sagte sie leise.

»Nee, stimmt. Sorry.«

Ruth hielt die Schüssel in der Hand. Sie wollte noch mehr sagen. Dass ihre Sachen ihr wichtig waren. Dass sie nicht mochte, wie Maik damit umgegangen war. Doch dann seufzte sie nur und füllte Nerudas Trockenfutter aus einem Beutel in die Schüssel. Maik brachte eine zweite Schüssel mit Wasser. Dann setzte er sich an den Tisch und reichte ihr das Rührei. Neruda machte sich über das Trockenfutter her. Ihm war's egal, ob die Schüsseln angeschlagen waren, Hauptsache, es gab was zu fressen.

Ruth merkte, dass sie auch Hunger hatte. Sie schaufelte sich eine große Portion auf den Teller, nahm eine Butterbreze und biss hinein. Maik beobachtete sie.

»Also, deine Sachen. Die sind eingelagert«, fing er an.

Ruth nickte mit vollem Mund. Frisch gestärkt fühlte sie sich auch gewappnet, ihm die unangenehmen Fragen zu stellen.

»Du bist aber nicht ausgezogen. Wie wir es vor zwei Jahren vereinbart haben, sobald ich die Untermiete kündige.«

Maik zuckte unbehaglich mit den Schultern. »Ich hab nichts gefunden. Der Münchner Mietmarkt war ja vor zwei Jahren schon eine Katastrophe, darum habe ich mich überhaupt auf diese Sache mit der Untermiete eingelassen. Ist seitdem nicht besser geworden.«

»Das ist jetzt aber nicht mein Problem«, sagte sie leise.

Doch, war es. Denn Maik war immer noch hier, mit all seinen Sachen. Außerdem war da noch die Angelegenheit mit Neruda, oder wie Frau Krauthuber sagen würde: *Hausordnung Punkt acht.*

»Und wo soll ich dann wohnen?«, fragte sie ratlos. »Ich meine, du haust hier immer noch? Du könntest ja vorübergehend in ein Hotel ziehen, bis du was gefunden hast.«

Er schob die Unterlippe vor und spielte mit seinem Buttermesser. »Das will ich aber nicht. Ich mag die Wohnung.«

»Es ist aber nicht *deine* Wohnung.«

»Streng genommen haben Thorunn und Jake sie gemietet. Sie stehen im Mietvertrag und haben an mich untervermietet, solange du auf Weltreise warst.«

Ruth begriff, was er da sagte. Scheiße, dachte sie. Plötzlich wurde ihr eiskalt. Wenn Thorunn und Jake lieber Maik als WG-Mitbewohner behalten wollten, hatte sie schlechte Karten … Aber so schnell wollte sie sich nicht geschlagen geben.

»Ich habe ihnen und dir früh genug mitgeteilt, dass ich zurückkommen werde. Wenn es also ein Problem gegeben hätte, wäre das der richtige Zeitpunkt gewesen, mir das mitzuteilen. Vor drei Monaten zum Beispiel. Meinetwegen vor drei Wochen.«

»Ich hatte 'ne echt hübsche Wohnung in Aussicht«, fiel ihr Maik ins Wort. »Ehrlich, super gelegen, nicht weit von hier, mit eigenem Balkon und so weiter … Aber da habe ich eben letzte Woche eine Absage bekommen.«

»Auch da hättest du mir das einfach mitteilen können. Wie soll das denn jetzt gehen? Ich schlafe hier auf dem Sofa, bis du was gefunden hast?«

Er wich ihrem Blick aus. »Ehrlich gesagt … nein. Ich mag keine Hunde. Und Gesellschaft schon gar nicht.«

»Aber es ist meine Wohnung! Ihr könnt mich nicht rauskicken, nur weil du nichts Neues gefunden hast!«

Maik blieb stumm. Ruth konnte das nicht glauben. Was erlaubte er sich eigentlich? Ihr verging der Appetit, und am liebsten hätte sie ihm den inzwischen lauwarmen Kaffee über den Kopf gekippt, einfach um ihren Frust irgendwo loszuwerden.

Zum Glück hörte sie in diesem Moment einen Schlüssel in der Wohnungstür. Dann zwei Stimmen. »Wir sind wieder da! Hast du Ruth abgeholt? Wir haben ihren Koffer und eine Transportkiste gefunden!« Das war Thorunn.

Ruth sprang auf. Sie stürmte in den Flur und stand ihrer Freundin gegenüber. Thorunn mit den kurzen braunen Haaren, mit dem breiten Lächeln und dem Piercing im Nasenflügel.

Ruth sah Thorunn stumm an. Sie brauchte gar nichts zu sagen; sie kannten sich so gut, Thorunn las den Vorwurf in ihrem Blick. »Du weißt es also schon«, sagte sie. »Scheiße, Ruth. Tut mir leid.«

»Was genau?«, fragte Ruth. Plötzlich war sie ganz ruhig. »Dass ich keine Bleibe habe oder dass ihr mich am Flughafen habt sitzen lassen? Oder nein, vielleicht auch, dass ihr mich bis heute früh im Unklaren gelassen habt, was hier los ist?«

Jake schob sich an Thorunn vorbei in die Wohnküche zur Linken. »Macht ihr das untereinander aus.«

»Echt jetzt?«, rief Thorunn ihm nach.

»Ich koche uns Tee!« Für Jake war Tee immer die Lösung aller Probleme. Er stammte aus Aberdeen, ihn hatte erst das Studium nach München geführt, und dann war er wegen der Liebe hiergeblieben.

»Also? Was ist hier eigentlich los?«, wollte Ruth wissen. »Da ist doch noch mehr, oder? Geht ja nicht nur darum, dass Maik nix Neues gefunden hat.« Sie sah Thorunn herausfordernd an. »Ich dachte, wir sind Freundinnen.«

»Sind wir auch.« Thorunn seufzte und holte ein Heftchen aus der Umhängetasche, aus dem sie ein schwarz-weißes, krisseliges Blatt hervorzog. »Das ist los«, sagte sie leise. »Ich vermute, du wirst ohnehin ausziehen wollen. Darum …« Sie zuckte mit den Schultern.

Ruth starrte auf das Ultraschallbild. Sie konnte gar nicht sagen, wie viele Gefühle sich gerade in ihrem Bauch zusammenbrauten. »Ein Baby. Du bist schwanger?« Sie blickte von dem Bild zu Thorunn, konnte das immer noch nicht glauben. Fühlte sich verraten.

»Es kommt im November.« Thorunn zuckte mit den Schultern. »Tut mir leid, Ruth.«

Ja, dachte Ruth, mir tut es auch leid.

Daran, wie Thorunn zusammenzuckte, merkte sie, dass sie das gerade laut gesagt hatte.

»Normalerweise sagt man wenigstens ›Glückwunsch‹ oder so«, gab sie spitz zurück.

Ruth gab ihr das Ultraschallbild wieder. »Glückwunsch«, murmelte sie. Obwohl sie weit davon entfernt war, sich für ihre Freundin zu freuen.

Denn Thorunn hatte recht – wenn sie ein Baby bekam, konnte Ruth hier nicht länger wohnen.

Kapitel 2

Es dauerte, bis sich alle beruhigt hatten. Bis Ruth es über sich brachte, Thorunn und Jake zum Nachwuchs zu gratulieren. Und sich auf Maiks Angebot einzulassen, über Nacht auf dem Sofa zu bleiben. Aber sie war zu müde, um seinen Vorschlag abzulehnen.

Sie brauchte Ruhe. Schlaf. Idealerweise ab morgen eine neue Bleibe. Und so saß sie nun auf dem Sofa, das Maik mit Bettzeug für sie hergerichtet hatte. Die Jalousie nach unten, nur ein kleines Licht brannte noch neben dem Sofa. Maik war drüben bei Thorunn und Jake, um sie nicht zu stören.

Auf ihrem Schoß lag ein Päckchen. Von Nela.

»Wenigstens du hast an mich gedacht«, murmelte Ruth. Sie seufzte, schnitt die Paketschnur mit ihrem Schweizer Taschenmesser durch und wickelte einen Kinderschuhkarton – ausgerechnet! – aus dem Packpapier. Sie klappte ihn auf. Obenauf eine Möwenpostkarte, die Möwe hatte eine Sprechblase am Schnabel. »Moin!«, rief sie. Darunter kamen ein paar Köstlichkeiten zum Vorschein: Sanddornlikör, ein Päckchen Heidesand, eine Tafel dunkle Schokolade.

Nela schrieb: *Liebe Ruth, endlich leben wir wieder auf einem Kontinent, in einer Zeitzone! Na ja, du halt in Bayern, das ist immer noch Welten weg vom Meer. Aber wann immer du magst, kannst du zu uns auf die Insel kommen. Für dich haben wir immer ein Bettchen frei. XOXO, Nela*

Ruth musste ganz tief durchatmen, denn Nelas Nachricht war im Moment wie eine warme Decke, in die sie sich einhüllen konnte. Seht ihr?, hätte sie Thorunn und Jake am liebsten zugerufen, Nela hat immer ein Bettchen für mich frei, bestimmt auch ein Tellerchen für Neruda und ein Gäbelchen und ... ein Becherchen Sanddornlikör.

Sonst trank sie ja nie Alkohol. Aber ehrlich gesagt war heute so ein Tag, an dem sie diesen Grundsatz über Bord werfen konnte.

Nachdem Ruth sich einigermaßen beruhigt hatte, zog sie den Stopfen aus der Flasche und schnupperte an dem Sanddorngesöff. Sie wollte Maik nicht nach Gläsern fragen (Wer weiß, was sie in den Schränken fand, sie fürchtete Schlimmstes! Vermutlich besaß er nur Designergläser und hatte ihre aus Senfkristall und die alten Wassergläser mit Ernie und Bert, Krümelmonster und Grobi dem Altglas überantwortet ...), darum nahm sie einen ordentlichen Schluck direkt aus der Flasche.

»Puh, sauer«, murmelte sie. Aber auch lecker. Ging ein bisschen schwer durch den Hals. Sie genehmigte sich gleich noch einen Schluck. Wie angenehm – dieser Likör brannte gar nicht in der Kehle.

Die kleine Flasche war halb leer, als sie schließlich mal das Etikett genauer studierte. »Sanddornliebe – der kleine Sanddornsirup mit viel Vitamin C«, las sie. »Genießen Sie ihn als Ergänzung zu sommerlichen Schorlen oder im Tee.«

Ruth musste lachen. Herrje, hatte sie wirklich gerade versucht, sich mit einem ultragesunden Saft abzuschießen?

»Da will ich schon mal trinken, klappt das auch nicht richtig«, murmelte sie. Und schon ging es ihr ein bisschen besser. Solange sie noch über sich selbst lachen konnte, war es nicht so schlimm, oder?

Sie griff zum Telefon und wählte Nelas Nummer. Nach dem zweiten Klingeln wurde sie weggedrückt. Huch?

Als sie es das zweite Mal versuchte, meldete Nela sich nach dem fünften Klingeln mit einem geflüsterten »Ja?«

»Du glaubst nicht, was mir gerade passiert ist. Also, du wirst auch nicht glauben, was mir heute den ganzen Tag schon passiert ist, aber vorhin hab ich dein Päckchen aufgemacht – danke dafür, wenigstens von dir fühle ich mich willkommen geheißen – und dachte, geil, Sanddornlikör, Nela ist die Beste, die hat gewusst, dass ich den brauche, obwohl ich nie Alkohol trinke. Hab ernsthaft versucht, mich damit zu betrinken, damit ich endlich schlafen kann. Bin todmüde, ernsthaft.« Sie machte eine kurze Pause. »Nela, alles okay?«

»Ja, ja, alles okay.« Nela flüsterte immer noch so komisch. »Ich lieg nur gerade bei Jonte, und er ist eben erst eingesch…« Ein schrilles Brüllen schnitt ihr das Wort ab. Nela seufzte. Ruth seufzte ebenfalls und hielt das Handy weit weg von ihrem Ohr. Jonte, ach ja. Das hatte sie fast vergessen.

Oder nein, sie hatte es wohl lieber verdrängt, dass ihre längste, beste und allertollste Freundin Nela Westhues vor zwei Jahren, kaum dass Ruth ihr und München den Rücken zugekehrt hatte, um durch die Welt zu reisen, nach einem Zusammenbruch zu ihrer Familie nach Norderney geflohen war. Dort hatte die gelernte Hebamme sich nicht nur Hals über Kopf in einen gewissen Simon verliebt, der auf sämtlichen Fotos irgendwie steif wirkte mit seinem hellen Hemd und der Weste zur Stoffhose, nein, sie hatte sich auch einen lang gehegten Traum erfüllt und ein Geburtshaus eröffnet. Letztes Jahr im September war ihr Glück dann durch die Geburt von Jonte komplettiert worden.

Dieser machte seinem Unmut über die späte Ruhestörung gerade lautstark Luft.

»Soll ich später noch mal anrufen?«, fragte Ruth.

»Ach, ich muss eh ein wenig mit ihm rumlaufen. Warte, ich pack ihn in die Trage und geh danach mit ihm raus.« Ruth hörte, wie Nela das Handy beiseitelegte, dann sprach sie mit dem Baby.

»Alles gut, mein Schatz. Ich weiß, du bist müde. Ja, komm her.

In der Trage kannst du bestimmt bald schlafen, hm?« Ruth musste an sich halten, dass sie nicht die Augen verdrehte bei diesem süßlichen Gesäusel. Und dann dachte sie, ist doch egal, Nela sieht's ja nicht. Sie schloss die Augen und legte den Arm auf die Stirn. Neruda jibbelte, weil er mit aufs Sofa wollte. Dem steckte die Reise auch noch in den Knochen.

»Da bin ich wieder.«

Das Baby brabbelte zufrieden.

»Wir gehen raus ans Meer, da schläft er immer ein.« Nela lief eine Treppe runter, sie rief etwas, eine Männerstimme antwortete. Dann Nelas Schritte auf Asphalt. »Soso, mit Sanddornsirup wolltest du dich betrinken. Als würde ich *dir* Alkohol schicken. Was um alles in der Welt war denn so schlimm, dass das nötig wurde?«

»Alles«, jammerte Ruth. Und dann erzählte sie. Von ihrer Ankunft. Davon, dass niemand sie abholte, dass sie keine Wohnung mehr hatte und sich morgen was Neues suchen musste. »Und jetzt ist auch noch Thorunn schwanger, ich *kann* gar nicht hierbleiben, weil in einem halben Jahr so ein kleiner Glatzkopf alle terrorisiert. Ich glaube ja, Maik hat das noch nicht zu Ende gedacht, aber ich werde hier nicht länger als unbedingt nötig bleiben.«

Nela hörte zu. Sie machte zwischendurch beruhigende Geräusche, summte gelegentlich, machte die Laute ihres quakenden Babys nach – und wurde immer stiller.

»Bist du noch da?«, fragte Ruth irgendwann.

»Ja«, sagte Nela leise. »Ich bin grad bis zur Weißen Düne gelaufen, während du geredet hast. Und jetzt lausche ich dem Meer. Und dir.« Sie hörte Nela durchatmen. »Du klingst ziemlich erschöpft, Liebes.«

»Das bin ich auch.«

»Und ein bisschen verbittert.« Nela war noch nicht fertig. »Ich versteh dich. Du hast dich auf dein Zuhause gefreut. Du warst zwei Jahre unterwegs, kommst heim, und alles hat sich verändert, niemand hat sich offensichtlich auf dich gefreut. Nicht mal Kuchen hat jemand für dich gebacken.« Beide lachten. »Weiß doch, wie gern du Kuchen magst … Bitte, Liebes … nimm es dir nicht so sehr zu Herzen. Du hast dich weiterentwickelt. Und wir alle, deine Freundinnen … wir eben auch.«

Ruth stellte sich vor, wie Nela das bemützte Köpfchen ihres Babys küsste. Und sie verstand. »Man steigt nicht zweimal in denselben Fluss …« Ihre Stimme klang rau. »Meinst du das?«

»So ungefähr. Weißt du noch, damals vor zwei Jahren? Du warst gerade abgereist, und ich stürzte in die tiefste Krise meines bisherigen Lebens. Mein Fluss hatte einige Stromschnellen.« Natürlich erinnerte Ruth sich. »Und ich dachte echt, das kann's nicht gewesen sein. Dass mich das Leben so ausspuckt, nach der Sache mit meinem Ex und meinem Zusammenbruch … Ich dachte, ich komme nie mehr auf die Beine.«

»Dann hast du Simon kennengelernt.«

»Nee. Das hatte nichts mit Simon zu tun. Also, doch schon insofern, da er an mich in dem Moment geglaubt hat, in dem ich es nicht konnte. Und weißt du was? Jetzt bin ich diejenige, die mal an *dich* glaubt. Mein Angebot steht. Wenn du herkommen und durchschnaufen willst, bist du uns von Herzen willkommen.«

»Ich komme aber nicht allein.« Ruth kraulte Nerudas Ohren. Ihr Hund war auf ihren Beinen eingeschlafen, und vermutlich würden ihre Beine bald folgen, weshalb sie morgen früh beim Aufstehen sofort hinknallen und sich beide Kniescheiben auskugeln würde. Hätt sich was mit Norderney.

»Das macht nichts. Omama mag Hunde, ihr müsstet sowieso bei ihr im Gästezimmer übernachten.«

Wenigstens sagte sie nicht als Erstes, dass Ruth aber aufpassen müsse, damit Neruda nicht das Baby abschlabbere. Ruth atmete tief durch. Sie dachte nach.

»Norderney also?«, fragte sie.

»Sieh's mal so. Entweder das oder ihr schlaft über kurz oder lang unter einer Isarbrücke.«

Wie recht sie hatte. Ruth gab nach. »Morgen oder übermorgen. Okay? Ich meld mich.« Sie musste sich das erst in Ruhe durch den Kopf gehen lassen.

Nela legte auf. Sie blickte aufs Wasser, das still ans Ufer glitt. Ihr wurde ganz friedlich ums Herz, sie konnte all das abschütteln, was sie den Tag über genervt hatte.

Jonte war in der Trage eingeschlafen. Sie streifte die hellen Segeltuchschuhe von den Füßen und ging zum Wasser. Es umspülte kühl ihre Füße, es flüsterte und lockte. Sie lächelte. Hier zu sein, das brachte sie nach dem stressigsten Tag wieder zu sich.

Und was war das für ein Tag gewesen! Fast konnte Nela jetzt darüber lachen, denn sie war kurz nach Mitternacht von ihrem Handy geweckt worden – eine Geburt stand an, und die werdende Mama hatte sie quasi im Stundentakt darüber informiert, wie es ihr ging, in welchem Abstand die Wehen kamen … Das war okay, die Fruchtblase war geplatzt; trotzdem hatte Nela in der Nacht keine Ruhe gefunden. Kurz nach fünf traf sie sich mit den Eltern im Geburtshaus, das in einem anderen Teil ihres Wohnhauses untergebracht war. Während Alissa Wehen veratmete und Torben ihr mitfühlend den Rücken massierte, hatte Nela ihre Kollegin Greta informiert. Keine Minute zu früh, denn kaum war Greta da, ging die Geburt bereits in die heiße Phase über, und schon eine knappe Stunde später wurde der kleine Eric geboren. Nela musste danach schnell rüber in ihre eigene Wohnung, denn dort war Jonte gar nicht damit einverstanden, dass seine Mama beim Aufwachen nicht da war und ihm nur ein Fläschchen abgepumpte Milch und den Papa dagelassen hatte. Beides war ja wohl unverantwortlich, wenn man Zähne bekam, fand der Kleine. Nela stillte ihn, stürzte einen Kaffee runter, den Simon ihr gekocht hatte, und musste dann auch schon wieder los, denn ab acht Uhr hatte sie einige Vorsorgetermine angesetzt. Bis mittags hatte sie viel zu tun, und das meiste bewältigte sie mit Jonte auf dem Schoß, während Simon in die Apotheke am Kurpark radelte und dort in seinem Büro arbeitete und Kunden bediente. Manchmal beneidete sie ihn um seinen Job, denn dass er ein Baby auf dem Arm trug, während er Medikamente ausgab, war für ihn undenkbar.

Mittags wollte Jonte nicht schlafen, dabei hätte Nela sich so gern etwas ausgeruht. Nachmittags erledigte sie allerlei Dinge im Geburtshaus – Wäsche waschen, Papierkram fiel ja auch immer an, und als sie damit fertig war und in die Wohnung zurückkehrte, traf sie fast der Schlag, denn Simon hatte offenbar heute früh gar nicht aufgeräumt, bevor er aus dem Haus ging. Außerdem klopfte Omama bei ihr und fragte, wann sie denn mal wieder gemeinsam einen Rummarmorkuchen backen könnten, der letzte sei schon drei Tage her, und sie könnte schon wieder so ein paar Stückchen vertragen. Zum Glück retteten Tini und ihre Freundin Sabine, die auch im Haus wohnten, Nela vor einem kleinen Zusammenbruch, denn sie holten den jüngsten und die älteste Westhues für ein, zwei Stündchen zu sich rüber, damit Nela etwas Schlaf nachholen konnte. Nicht zum ersten Mal dachte Nela, dass sie ohne ihre Schwester ganz schön aufgeschmissen wäre.

Nach einer Stunde wachte sie wieder auf, weil Simon unten in der Küche lärmte. Als sie runterkam, stand er vor dem offenen Kühlschrank und machte seinem Unmut Luft, weil noch niemand das Abendessen vorbereitete.

»Du hast zwei gesunde Hände und bist nicht auf den Kopf gefallen, oder?«, fragte Nela ihn spitz. Er musterte sie verwirrt, als könnte er nicht glauben, dass sie gerade wirklich meinte, er solle das Abendessen zubereiten.

»Ich habe den ganzen Tag gearbeitet!«

»Ich auch«, erwiderte Nela nur. Sie schob sich an ihm vorbei, holte ein paar Paprika aus dem Kühlschrank und begann, mit Quinoa gefüllte Paprika und einen Salat vorzubereiten. Simon setzte sich an den Küchentisch und las irgendwas auf seinem Tablet, während sie in den Kochpausen noch eine Maschine Wäsche anschmiss und im Wohnzimmer aufräumte, das aussah, als wäre eine kleine Bombe eingeschlagen, die gerade eifrig krabbeln übte und auf den Namen Jonte hörte.

Als sie in die Küche zurückkam, war der Tisch noch nicht gedeckt, und Simon war in seinem Arbeitszimmer verschwunden. Nela seufzte. Die Paprika brauchten noch zehn Minuten. Sie schnippelte etwas Gurke und Banane für Jonte, der noch kein großer Freund von fester Nahrung war frei nach dem Motto »food under one is just for fun«, und ging rüber zu Tini und Sabine, um Jonte zu holen.

Der war inzwischen von der Bespaßung dreier begeisterter Frauen, die froh waren, ihn nach ein paar Stunden wieder abgeben zu können, auf dem Teppich eingeschlafen. Durch die kleine Erdgeschosswohnung zog der köstliche Duft von Rummarmorkuchen, und Omama saß mit einer Tasse Tee am Küchentisch und wirkte ganz zufrieden mit sich.

Nela wusste also, dass sie heute Abend noch ziemlich lange mit Jonte beschäftigt sein würde. Aber sie machte niemandem einen Vorwurf, weil der Kleine so spät noch ein Nickerchen gemacht hatte. Brachte ja nix. Sie nahm ihn mit, es gab Abendessen, und während sie danach mit Jonte spielte, räumte Simon die Küche auf.

Und kaum hatte Jonte endlich mühsam in den Schlaf gefunden, brummte ihr Handy. Beim ersten Mal hatte sie die Anruferin noch weggedrückt, aber weil Nela Ruth nicht ein zweites Mal abwürgen wollte, war sie dann rangegangen. Prompt wachte Jonte auf. Nela stand trotz ihrer Müdigkeit noch mal auf. Beim Spaziergang hatte sie ein bisschen ihren Frust von der Seele laufen können, und sie hatte Ruth zugehört, deren Tag auch eher direkt aus der Hölle kam.

Und nun lauschte sie mit ruhigem Herzen dem leisen Rauschen der Wellen. Eine Möwe stieg über ihr auf, legte sich auf den Wind und stand fast in der Luft. Nela sah ein paar letzte Spaziergänger, die sich mit Einbrechen der Dunkelheit rasch zerstreuten.

Sie war allein. Und doch wieder nicht, denn vor ihrer Brust schlief ihr kleiner Sohn. Manchmal wollte ihr Herz schier zerspringen vor Glück, weil sie ihn hatte. Weil sie nie damit gerechnet hatte, dass ihr Leben noch mal so viel für sie bereithalten würde.

»Trotzdem«, murmelte sie, »Simon könnte sich auch mal ungefragt um die Wäsche kümmern.«

Und dann musste sie über sich selbst lachen. Weil sie Selbstgespräche führte, weil sie lieber im Meer stand, als zu Hause auf dem Sofa zu sitzen und sich von Simon die Füße massieren zu lassen.

Sie machte sich auf den Heimweg. Der Spaziergang hatte ihr gutgetan, aber müde war sie jetzt erst recht.

»Wo warst du denn so lange?«

Simon wartete schon auf sie. Er saß im Wohnzimmer in seinem Sessel am Fenster und las ein Buch. Als Nela mit Jonte in der Trage eintrat, ließ er das Buch sinken.

Sie wusste nicht, wie sie ihre ganzen Gedanken und Vorwürfe – denn so würde er's auffassen, oder? – in nette Worte verpacken könnte. Darum legte sie den Finger auf die Lippen. »Ich versuche mal, ihn hinzulegen.«

»Okay«, flüsterte Simon. Er stand auf, und sie hörte ihn in der Küche rumoren, während sie nach oben ging und Jonte ganz behutsam aus der Trage hob und ihn ins Elternbett im Schlafzimmer legte. Das Fenster war auf Kipp, und sie schloss es, denn auch wenn sie in einem ruhigeren Teil von Norderney wohnten, kam es gelegentlich vor, dass ein paar Inselgäste laut palaverten, während sie vom Restaurant zurück in ihre Ferienwohnung gingen. Das störte Nela nicht, aber es störte manchmal Jontes Schlaf.

Am liebsten hätte sie sich einfach dazugelegt. Aber Simon wartete auf sie.

Als sie nach unten kam, saß er wieder auf seinem Sessel, und für sie standen auf dem Tischchen vor dem Sofa eine kleine Schale Chips und ein Glas Cola. Seufzend ließ Nela sich auf das Sofa sinken. Sie fröstelte und zog eine helle Wolldecke mit Fransen über ihre nackten Beine und Füße.

»Langer Tag?«

»Oh ja.« Sie machte sich über die Chips her. Chips und Cola, das war nun wirklich keine gesunde Ernährung, aber sie hatte keine Energie, darüber nachzudenken, und sie *brauchte* noch ein wenig Energie, weil sie ahnte, dass Simon in Plauderlaune war. Das war er abends nämlich immer.

»Warst du am Meer?«

»Jonte ist aufgewacht, als Ruth anrief, und dann sind wir eben noch mal raus.«

»Ach so.«

Er klappte das Buch zu. Nela merkte, wie er sie belustigt beobachtete. »Was ist?«, mümmelte sie zwischen zwei Chips. Mhmm, Paprika. Ihre Lieblingssorte.

»Du siehst müde aus.«

Sie warf ihm einen Blick zu, den Simon ohne Probleme als »no shit, Sherlock?!« übersetzen konnte. »Und das amüsiert dich? Gibt so Tage.«

»Ja, aber morgen wird's bestimmt besser.«

Nela hatte wenig Lust, mit Simon zu plaudern. Sie machte sich um Ruth Sorgen und überlegte, wie sie Omama, die ja mit dem Alter langsam tüdelig wurde, schonend beibringen konnte, dass sie demnächst eine Mitbewohnerin mit Hund bekam. Der Hund wäre vermutlich das kleinere Problem, da Omama Hunde mochte. Die tranken ihr jedenfalls nicht den Rumvorrat weg. Dass Ruth nicht trank, würde Omama vermutlich erst mal nicht glauben.

»Dann sollte ich wohl bald ins Bett, hm?«, fragte Nela. Sie war müde, stimmte schon. Zugleich hätte sie aber gern mal wieder eine Serie geguckt oder einfach mit Simon gequatscht, der den Finger immer noch im Buch stecken hatte. Als wüsste er, dass er gleich weiterlesen durfte.

»Wie du willst. Ich schick dich nicht.«

Es hatte in der Vergangenheit ein paar nicht so schöne Situationen gegeben, als er Nela ins Bett geschickt hatte und sie empört behauptete, sie sei nicht müde, nur um fünf Minuten später auf dem Sofa einzuschlafen.

»Ich sollte aber. Hab morgen viel vor. Ach so, und Ruth kommt vielleicht zu Besuch. Für länger.« Sie erzählte ihm von Ruths Notlage.

»Ist ja fast wie bei dir damals.«

»Was, dass München sie ausspuckt und sie dann hier erst mal zur Ruhe kommt? Nun ja … Platz haben wir nicht unbegrenzt, aber sie ist meine beste Freundin. Oder war sie, bevor sie auf Weltreise ging. Seitdem ist ja ein bisschen was passiert.«

Simon wiegte den Kopf. »Meinst du, das ist so klug, sie einzuladen? Vielleicht versteht ihr euch gar nicht mehr.«

Nela stellte das Chipsschälchen auf den Couchtisch. Wieso waren die immer so schnell leer? Sie nahm einen letzten Schluck Cola.

»Noch eine?«, fragte Simon, bevor sie auf seine letzte Frage antworten konnte.

»Ja. Und ja.«

Er holte ihr Nachschub, während sie über seine Frage nachdachte.

Kannte sie Ruth noch? Zwei Jahre konnten vieles verändern. Sie musste ja nur anschauen, was aus ihr geworden war. Vor zwei Jahren hatte sie in einem Schwesternwohnheimzimmer gehockt, hatte Sonderschichten als Klinikhebamme geschoben und ihrem Ex hinterhergeweint. Als sie nach einem Zusammenbruch nach Norderney kam, lernte sie Simon kennen und lieben, sie träumte erfolgreich den Traum von einem Geburtshaus auf der Insel, verabschiedete sich von ihren Eltern, die es im Alter aufs Festland zog, und übernahm mit ihrer Schwester Tini, mit der sie vorher nie viel verbunden hatte, die volle Verantwortung für Omama, die langsam, aber sicher in ihrer Demenz verschwand, doch immer wieder so helle, lichte Momente hatte, dass keine es übers Herz brachte, noch mal vorzuschlagen, sie könnte in ein Heim ziehen. Solange in Omamas Wohnung der Herd abgeklemmt war und ein paar andere Vorkehrungen getroffen wurden, ging es allen gut. Nela hatte ein Baby, ein erfolgreiches Unternehmen, war mit Simon glücklich – nichts davon hätte sie sich vor zwei Jahren auch nur im Traum ausmalen können. Doch hier war sie. Und ja, vermutlich würde Ruth sie nicht wiedererkennen, und das nicht nur, weil Nela seit ein paar Monaten die Haare nur noch kinnlang trug, da der hormonbedingte Haarausfall nach der Schwangerschaft sie so genervt hatte.

»Weißt du, sie war damals vor drei Jahren die Einzige, die zu mir gehalten hat. Während mein Ex sich lieber zur Next verzogen hat und alle, die wir zur Hochzeit eingeladen hatten, so ein lauwarmes ›Ach schade!‹ schickten, war sie zur Stelle und hat mir geholfen, aus der Wohnung auszuziehen. Nächtelang waren wir zusammen, und sie hat sogar die geplante Weltreise um ein paar Monate verschoben. Damals brauchte ich sie. Und jetzt braucht sie eben einen Ort, wo sie sein kann, und den habe ich hier. Wäre ziemlich gemein, wenn ich da nicht wenigstens anbiete, dass sie zu uns kommt. Ob sie es macht, ist eine andere Frage, Norderney ist ja nicht so um die Ecke wie der Starnberger See.«

»Okay. Musst du wissen. Ich will nur nicht, dass du dich noch mehr überforderst.« Simon legte das Buch beiseite und stand auf. »Ich geh ins Bett.«

Nela nickte. Sie merkte trotz der Cola, wie müde sie auch war. »Ich komme mit.«

Bevor sie Mutter wurde, hatten ihr die Nächte mit Geburten nichts ausgemacht. Aber damals hatte sie sich auch nicht die Nächte mit dem eigenen Baby um die Ohren geschlagen. Das erste halbe Jahr nach der Geburt hatte sie ganz bewusst ausgesetzt. Seit sie wieder dabei war, merkte sie, dass sie ständig von einer Überforderung in die nächste stolperte.

Vielleicht hatte Simon recht, und sie mutete sich zu viel zu. Aber was sollte sie denn machen? Weder das Geburtshaus noch das Baby konnte sie jetzt einfach von sich schieben, oder?

Kapitel 3

Zwei Tage lang blieb Ruth noch in München und schlief bei Maik auf dem Sofa. Zwei Tage, die sie zum Wäschewaschen nutzte, die vertraglichen Details mit Thorunn und Jake regelte, mit den beiden auf ihrem Balkon abends grillte und ihre Reise nach Norderney plante. Am dritten Tag stand sie mitten in der Nacht auf, bestellte sich ein Taxi und fuhr zum Bahnhof. Neruda immer an ihrer Seite, so bestieg sie den Zug, der sie bis zum Morgen nach Hannover brachte, wo sie in einen Regionalexpress umstieg, der direkt bis an den Fähranleger von Norddeich fuhr. Diesmal hatte sie nur ihren Trekkingrucksack und eine große Tasche gepackt. Neruda lag die ganze Reise brav zu ihren Füßen, und als sie in Norddeich aus dem Zug stieg, hätte sie zwar die nächste Fähre erreichen können, aber sie entschied sich stattdessen dafür, ihr Gepäck in einem Schließfach zu verwahren und mit Neruda erst mal eine große Runde spazieren zu gehen.

Norddeich gefiel ihr schon mal. So viel Landschaft! Zwischen dem Strand für Badegäste und dem Fährhafen gab es direkt am Meer eine große Hundewiese, auf der Neruda herumtoben und neue Freundschaften schließen konnte. Die kühle Brise schmeckte nach Meer, so ein bisschen muffelig wie vermoderte Erde. Ganz anders als die würzige Bergluft Bayerns, mit der Ruth aufgewachsen war.

Sie war noch nie so weit nördlich in Deutschland gewesen, fiel ihr auf. Sie hatte die ganze Welt bereist, doch war sie nie über das Ruhrgebiet hinausgekommen. Schade eigentlich, denn das hier war ein hübsches Fleckchen Erde.

Am Nachmittag bestiegen sie die Fähre. Eine Servicekraft ging rum, und Ruth bestellte bei ihr einen Kaffee. Inzwischen machte sich die Müdigkeit doch bei ihr bemerkbar. Erst der Jetlag, dann zwei miese Nächte auf dem schmalen Sofa in Maiks Wohnküche und dann eine Nacht im ICE, ständig aufgeschreckt von Durchsagen. Hoffentlich hatte Nela ein gutes Bett auf der Insel.

Sie zog ihr Handy aus der Hosentasche und schrieb Nela eine Nachricht. *Komme ich vom Hafen zu Fuß zu euch oder soll ich lieber den Bus nehmen?*

Nela antwortete prompt: *Wann kommst du an? Ich kann mit dem Lastenfahrrad kommen, zumindest für dein Gepäck …*

Ruth lächelte müde. Am liebsten wäre ihr ein Lastenrad gewesen, auf dem sie liegen konnte, während Neruda nebenherlief und Nela sich abstrampelte. Puh, sie war *wirklich* müde, dass sie solche Gedanken hatte.

Dann nehme ich ein Taxi. Sitze schon auf der Fähre.

Sie steckte das Handy weg und genoss den Kaffee, der leider nicht stark genug war, um ihre Lebensgeister vollständig zu wecken. Sie wühlte in ihrem Rucksack und fand einen Schokoriegel, der offenbar schon einige Kilometer mit ihr gereist und etwas aus der Form geraten war. Er schmeckte trotzdem ganz hervorragend, und Ruth verträumte ein wenig die letzte Etappe ihrer Reise.

Am Norderneyer Fährhafen erwischte sie ein Großraumtaxi, das sie die letzten zwei Kilometer bis direkt vor Nelas Haus brachte. Die Taxifahrerin war total nett und zwang Ruth kein Gespräch auf; sie merkte wohl, wie müde ihre Fahrgästin war. Und Ruth, die sonst gern das Gespräch mit anderen Menschen suchte, weil Menschen immer viel zu erzählen hatten, war zum ersten Mal seit Langem froh, dass sie nicht reden musste.

Das weiß gestrichene Haus im klassizistischen Stil, das sich hinter einem kleinen Vorgarten erhob, hatte drei Geschosse und neben der Haustür eine alte Kastanie. Ruth blickte an der Fassade hoch. Große Fenster, die offen standen und die kühle Luft einließen. Sie hörte die helle Stimme einer Frau, die gerade eine Yogasequenz ansagte, zu der sich ein paar andere Frauen mit Kugelbäuchen mehr oder weniger elegant bewegten, wie Ruth durch eines der offenen Fenster beobachten konnte.

Ihre Schritte verlangsamten sich. Ach ja, das hatte sie irgendwie verdrängt. Dass Nela in diesem Haus nicht nur wohnte, sondern auch ihr Geburtshaus Storchennest betrieb.

Und dann fiel ihr ein, dass Nela darüber hinaus ein Baby hatte. Wie hatte sie das vergessen können? Jonte war doch bei Nela gewesen, als sie telefoniert hatten. Aber danach kommunizierten sie nur über Nachrichten, und da hatte Nela kein Wort mehr über das Baby verloren.

Fast hätte sie auf dem Absatz wieder umgedreht. Aber Neruda blickte zu ihr hoch, als wollte er fragen: *Was denn, vor Babys hast du Angst? Wieso das? Die sind doch niedlich!*

»Du findest sie nicht mehr niedlich, wenn sie sich an deinem Fell hochziehen, Kumpel«, murmelte Ruth. Sie stieg die Stufen zum Eingang hinauf und klingelte bei N. Westhues / S. Rodenbrock.

Ach ja, einen Mann gab es auch in Nelas Leben, den sie noch nicht kannte. Nun gut. Hoffentlich lohnte das Gästezimmer den Aufwand. Ruth seufzte. Wenn sie müde war, zog sie alles in Zweifel, und offensichtlich war sie gerade *sehr* müde.

»Hey!« Nela riss die Tür auf. Barfuß, mit einem langen, bunt gebatikten Rock, einem rosa Shirt, das ihr von der einen Schulter rutschte, und einem Baby auf der anderen Hüfte stand sie vor Ruth. Einen Moment lang starrte Ruth ihre Freundin an. »Wie schön, dass du da bist.« Nela trat vor und legte Ruth behutsam den freien Arm um die Schultern. Sie drückte Ruth an sich und löste sich dann wieder von ihr. »Und das ist also Neruda«, sagte sie. Ihr Blick war so offen, freundlich und gelöst, dass Ruth völlig aus dem Konzept geriet. Sie wusste selbst nicht so genau, was sie erwartet hatte. Aber wohl nicht, dass Nela so fertig aussah und zugleich so … strahlte.

»Hi, Nela.« Ruth umfasste Nerudas Leine fester, als wäre sie das Einzige, was sie davor bewahrte, den Halt zu verlieren. »Das ist Neruda, genau.«

Sie kraulte den Kopf ihres Hundes. Nela lächelte immer noch, als wäre der Gesichtsausdruck bei ihr festgetackert. Sie schien auf etwas zu warten, und als Ruth nicht wie erhofft reagierte, meinte sie: »Das ist übrigens Jonte, hast du dir sicher schon gedacht.«

»Äh, ja. Hallo, Jonte.«

Das Baby gluckste und strampelte auf Nelas Arm, hickste, und ein kleiner Schwall gelbliche Milch schwappte auf Nelas T-Shirt. »Ach herrje, du wilde Fressraupe. Warst du wieder zu gierig? Moment.«

Nela drehte sich um. Auf der kleinen Kommode hinter ihr lag ein Stapel Mulltücher, von denen sie das oberste nahm, Jonte den Mund abwischte und sich selbst notdürftig von der säuerlich riechenden Milch säuberte. Dabei hörte sie nicht auf zu lächeln und in einem absurd gurrenden Tonfall ihr Tun zu kommentieren. Nelas Lächeln wirkte gänzlich entrückt. Wie konnte sie so happy sein, während sie sich Babykotze vom Shirt wischte?

»Komm doch rein.«

Ruth wollte umdrehen und wegrennen. Aber die Müdigkeit siegte, und sie betrat das Haus. »Du siehst glücklich aus«, krächzte sie. »Hallo.«

Nelas Lächeln wurde ganz weich. »Das bin ich auch.« Sie gab sich einen Ruck. »Ich wollte gerade Jonte wickeln, aber Neruda und du könnt es euch erst mal gemütlich machen.« Sie ging voran und zeigte Ruth das Wohnzimmer mit Essbereich und die angrenzende Küche. »Da vorn ist das Bad. Brauchst du was? Kaffee? Ich mach dir gleich welchen. Wir haben für Omama Alma Kuchen gebacken, ich hab dir ein dickes Stück gesichert.« Barfuß lief Nela die Treppe hoch. Jonte blickte über die Schulter seiner Mama und zeigte auf Neruda. »Gaga!«, rief er.

Was auch immer das heißen sollte.

Ruth setzte sich in der Küche auf einen der Stühle. »Platz«, flüsterte sie Neruda zu, und der legte sich zufrieden neben ihren Stuhl. Es dauerte ein paar Minuten, bis Nela zurückkam. Sie setzte das Baby in einen Hochstuhl, drückte ihm ein Püppchen in die Hand und machte sich an der Siebträgermaschine zu schaffen, die auf der Anrichte stand. Ruth konzentrierte sich ganz auf Nela. Das Baby irritierte sie, wie es da pausbäckig und selbstzufrieden im Hochstuhl saß, das Püppchen einspeichelte und sie mit den zwei Zähnchen oben und unten angrinste.

»Ich hab dir ja geschrieben, dass wir Platz haben. Aber leider kannst du nicht in unserer Wohnung unterkommen.« Nela stellte einen Becher mit Milchkaffee vor Ruth ab. »Ist mit Hafermilch, ich hoffe, das ist okay für dich?«

»Perfekt.« Und damit meinte Ruth nicht nur den Kaffee, sondern auch die Tatsache, dass sie nicht mit einem Baby in einer Wohnung schlafen musste.

»Aber drüben bei Omama Alma ist Platz genug. Sie ist … nun ja. Ich habe dir erzählt, wie es ihr geht.«

»Ist es schlimmer geworden?«

»Zum Glück gar nicht. Aber sie ist fünfundachtzig, wir lassen sie nicht mehr allein an den Herd. Sie bereitet aber alle drei Tage wunderbare Kuchenteige zu, die dann in einer anderen Wohnung gebacken werden müssen.«

»Damit kann ich leben.«

»Wir bekochen sie auch immer, und sie hört ziemlich laut ihre Schlager.«

»Auch damit komme ich klar.«

»Ja dann – willkommen im Storchennest. Genießen Sie Ihren Aufenthalt!« Nela lächelte. Sie holte sich ein Glas Wasser und setzte sich zu Ruth. »Schön, dass du da bist.«

Ruth gähnte hinter vorgehaltener Hand.

»Oje. Willst du dich hinlegen?«

»Bloß nicht. Nee, ich muss bis heute Abend durchhalten, sonst werde ich den Jetlag nie los.«

»Wie war Uruguay?«

Ruth lachte. »Fleischlastig«, gab sie zu. Sie hatte schon vor einem Jahr geplant, ihre Weltreise zu beenden – damals war sie schon wieder in Europa gelandet, hatte in Südspanien auf einer Mangoplantage ausgeholfen. Körperliche Arbeit machte ihr nichts aus, im Gegenteil, sie liebte es, draußen zu sein, und konnte immer mit anpacken. Dann hatte sie sich mit Ana angefreundet, einer wundervollen Uruguayerin. Als Ana zurück in ihre Heimat wollte, ging Ruth mit – und das war rückblickend betrachtet die beste Entscheidung der ganzen letzten zwei Jahre. In Uruguay fand sie Neruda als völlig verängstigten, halb verhungerten Straßenhund, den sie bei sich aufnahm. Und sie selbst wurde in die Gemeinschaft der Frauen aufgenommen, zu der Ana gehörte. Das überraschte Ruth; sie hatte immer gedacht, sie wäre am besten dran, wenn sie allein auf sich gestellt war. Aber nicht mal sie war eine Insel. Erstaunliche Erkenntnis.

»Ich hoffe, du vermisst das Fleisch nicht.« Auch Nela lachte. Sie wusste von den Fotos, die Ruth ihr zwischendurch geschickt hatte, dass für Uruguayerinnen ein Asado zur Lebensart gehörte – ein großes Grillfest, bei dem die Beilagen eher nebensächlich waren. »Wir leben hier inzwischen weitgehend vegetarisch. Manchmal etwas Fisch, ganz selten Fleisch.«

»Ist schon okay. Hauptsache, es gibt Kuchen.«

»Worauf du dich verlassen kannst.« Beide grinsten.

Es fühlte sich an, als wären sie nie getrennt gewesen, und das war schön. Nela bot Ruth einen zweiten Kaffee an, ging dann den Kuchen holen und ließ Ruth mit Hund und Baby allein.

Jonte blickte Ruth an. Dann zeigte er zur Tür. »Gaga! Mamamamama!«

»Ja … äh. Deine Mama kommt gleich wieder.«

»Brrrrbrrrr.«

»Finde ich auch. Unverschämtheit, dass sie uns allein lässt.«

Jonte blickte wieder zur Tür, dann zu Ruth. Er runzelte die Stirn, schob die Unterlippe vor – und fing an zu weinen.

»Oje. Ähm …« Was machte man bei einem weinenden Baby? Trösten, schon klar, aber Ruth war unsicher. Sollte sie ihn aus dem Hochstuhl nehmen? Neruda, der so still neben ihr gelegen hatte, richtete sich auf und spitzte die Ohren. »Ist schon gut«, sagte Ruth beruhigend. Sie beugte sich vor und streichelte unbeholfen Jontes Schulter. Doch das schien ihn mehr zu ärgern als zu trösten, denn sofort legte er noch ein bisschen mehr Lautstärke nach und kreischte auf. Neruda erhob sich und sah Ruth vorwurfsvoll an.

»Ja, Kumpel, ich hör's auch, aber ich weiß nicht, wie man Babys beruhigt.« Ruth konnte nicht verhindern, dass sie genervt klang. Inzwischen war Jontes Weinen so schrill, dass man es vermutlich im ganzen Haus hören konnte. Verdammt! Wann kam Nela zurück?

Endlich hörte Ruth das Klappen einer Tür, dann war Nela wieder bei ihnen. »Ach, magst du nicht mit Ruth allein bleiben?«, säuselte sie. Ihre Stimme klang wieder viel höher und hatte einen Singsang angenommen. Sie hob Jonte aus dem Hochstuhl, der sofort an ihrem T-Shirt zerrte. »Hunger? Schon wieder?« Nela lachte. Sie setzte sich auf einen Stuhl und hob ihr Shirt. Während sie den Still-BH aufknöpfte, zappelte Jonte auf ihrem Arm. »Ich hoffe, das ist okay?«

»Dein Haus, deine Regeln.« Ruth versuchte, nicht hinzugucken. Sie fand es nicht direkt unangenehm, dass Nela ihren Sohn stillte, aber sie konnte einfach mit diesem ganzen Thema nichts anfangen.

Jonte schmatzte laut. Nela angelte nach ihrem Kaffeebecher. »Danach können wir rüber zu Omama Alma. Ich habe ihr erzählt, dass du zwei Jahre auf Weltreise warst. Du wirst eine geduldige Zuhörerin haben. Omama ist an allem sehr interessiert.«

Als sie eine halbe Stunde später in den anderen Seitenflügel gingen, durchquerten sie den Flur des Geburtshauses. Gerade fand wohl ein Babykurs statt, denn ein paar Mütter drängten sich mit ihren Babys auf dem Arm in den Kursraum, in dem vorhin noch das Yoga für Schwangere stattgefunden hatte. Ruth hielt den Blick starr geradeaus gerichtet, während Nela offenbar alle kannte, einzeln begrüßte, sich nach dem Wohl und Wehe von Müttern und Babys erkundigte. Neruda hatten sie in Nelas Wohnung gelassen – er war sehr müde und liebte die kühlen Fliesen in der Küche.

»Omama?« Nela öffnete die Tür zu der kleinen Erdgeschosswohnung. Zwei Zimmer, Küche, Bad, eine kleine Terrasse mit Blick auf den Obstgarten. »Das große Zimmer ist Almas Reich«, erklärte Nela. »Sie schläft dort, hört ihre Schlager und guckt ins Grüne. Omama!«

»Hier draußen, min Deern!« Die Stimme einer alten Frau, allerdings erstaunlich kräftig. Nela und Ruth traten auf die Terrasse. Helle Holzmöbel, unter anderem eine Bank mit dicken Polstern und vielen blau und weiß gestreiften Kissen. Nelas Oma hielt einen Becher Tee mit beiden Händen umfasst und ließ die Füße mit den roten, mit Blümchen bestickten Filzpantoffeln ein bisschen baumeln. Sie trug dazu ein cremefarbenes Sommerkleid, das mit Klatschmohnblüten bedruckt war.

»Da ist ja mein kleiner Jonny!«, rief Omama Alma. Sie streckte die Arme nach Jonte aus. »Komm zur Uimama!«

Jonte zappelte schon wieder, weil er tatsächlich zu seiner Uroma wollte. Nela setzte sich zu Omama und hob Jonte auf ihren Schoß. Die alte Dame konnte trotz ihrer Zartheit gut zupacken, und es wunderte Ruth, wie ruhig Nela dabei blieb. Fürchtete sie nicht, ihre Oma könnte das Baby runterfallen lassen?

»Ich möchte dir Ruth vorstellen, Omama.«

Alma blickte auf. »Sie sind die Weltreisende.«

»Ja, genau.« Ruth war erleichtert. Sie hatte schon befürchtet, Alma würde sich an nichts erinnern oder wütend werden, weil Nela ihr eine Mitbewohnerin ins Haus holte.

»Können Sie gut mit Roland Kaiser?«

»Wie bitte?«

»Der Schlagersänger. Mögen Sie den?«

»Also, ich bin ihm noch nie persönlich begegnet«, stotterte Ruth.

Alma kicherte. »Die nehm ich, sie ist lustig«, erklärte sie an Nela gewandt. »Kommen Sie, ich zeige Ihnen Ihr Zimmer.« Sie gab Jonte zurück an Nela, hüpfte von der Bank und ging voran. »Nela hat erzählt, Sie bringen ein Hundchen mit. Wo haben Sie das versteckt?«

»Neruda schläft drüben in Nelas Wohnung.«

Alma schnalzte mit der Zunge. »Na gut. Ich hoffe, er weiß sich zu benehmen und kackt mir nicht unter den Pflaumenbaum.«

Ruth lachte. Ihr gefiel Nelas Oma. Sie hatte so eine wunderbar unprätentiöse Art, dabei war sie eine gepflegte alte Dame.

»Möchten Sie einen Kaffee? Ich hoffe, Sie mögen Tee lieber, ich halte nicht viel von Kaffee. Den müssten Sie sich drüben bei Nela holen, denn 'ne Kaffeemaschine kommt mir nicht ins Haus. So, das wäre dann Ihr Zimmer.« Sie öffnete die Tür zu einem Zimmer, das etwa sechzehn Quadratmeter groß war. Neben Bett, Schreibtisch, Kommode und einem kleinen Kleiderschrank in der Nische hinter der Tür gab es mitten im Raum einen bunten

Flickenteppich, auf dem eine Récamiere mit Blick aus dem bodentiefen Fenster stand. »Nela hat mir verboten, Ihnen Miete abzuknöpfen.« Fast anklagend klang Alma. »Aber bisschen Gesellschaft ist ja auch schon was wert.«

Ruth schaute sich um. Helle Möbel, maritim geprägte Farben. Über dem Bett ein Gemälde von einem großen Segelschiff. Doch, das hier gefiel ihr. Genug Platz für sie und Neruda. Sie konnte förmlich sehen, wie ihr Hund sich die Récamiere schnappte.

»Ich glaube, wir kommen gut miteinander aus, Frau Westhues.«

»Nenn mich Alma. Sonst fühle ich mich so alt.«

»Alma also.« Ruth grinste. »So alt wirkst du gar nicht auf mich.«

»Sag's ja, die nehm ich. Sie macht mir durchsichtige Komplimente«, meinte Alma zu Nela.

»Das ist nicht der Grund, weshalb ich sie mag, aber solange ihr euch vertragt, ist mir alles recht.«

Damit war's besiegelt. Ruth versuchte, sich zu freuen. Ein Dach über dem Kopf, regelmäßig Kuchen und ein bisschen Schlager – das klang doch gar nicht so übel. Trotzdem wurde sie das Gefühl nicht los, dass sie hier nicht ewig glücklich werden würde. Sie brauchte ja irgendwo einen festen Ort, an dem sie was Neues anfangen konnte. Für München hatte sie keine Pläne gehabt, und welche sie auch immer gefasst hätte, sie wären auf Norderney nicht umsetzbar gewesen. Und so hing sie jetzt in der Luft.

Aber sie war bisher immer noch auf die Füße gefallen. Auch in den letzten beiden Jahren hatte sich immer wieder ein Ort für sie ergeben.

Nela und Alma ließen Ruth allein, damit sie in Ruhe auspacken konnte. Sie holte Neruda und ihr Gepäck und begann, die Schubladen der Kommode mit ihren Sachen zu befüllen. Ganz oben im Koffer lag eine Jacke, die Ana ihr zum Abschied geschenkt hatte. Sie war aus vielen verschiedenen Farben gestrickt, von denen jede einzelne in der Manufaktur gefärbt worden war, in der Ana und Ruth fast zehn Monate zusammengearbeitet hatten.

»Jede Farbe hat eine andere von uns gefärbt«, hatte sie erklärt, als sie Ruth den Pullover überreichte. Die bunten Streifen in Fuchsia, Senfgelb, Maigrün, Indigo und all den anderen Schattierungen waren perfekt aufeinander abgestimmt, mit jeder Farbe waren ein paar Runden der Passe gestrickt, bevor es einen Farbwechsel gab. Der Körper, der Halsausschnitt und die Ärmel waren in einem schlichten Hellgrau, das ließ die bunten Streifen noch mehr leuchten. Ruth war erst Ana und dann all den anderen Frauen um den Hals gefallen, mit denen sie so viele Tage Seite an Seite Wolle gefärbt, ausgewaschen, aufgehängt und später zu Strängen gewickelt hatte.

Auch jetzt drückte sie den Pullover kurz an sich. Er barg die Erinnerung an eine sehr intensive Phase ihres Lebens. Sie wollte nichts daran missen, denn erst in Uruguay hatte sie begriffen, was es bedeutete, Teil einer Schwesternschaft zu sein. Frauen, die unabhängig von Alter, Religion, Herkunft und all den anderen Attributen, von denen man ihnen einreden wollte, dass sie einander trennten, das taten, was ihnen Freude bereitete und womit sie ihr eigenes Geld verdienen konnten. Wenn Ruth an die Geschichten ihrer Freundinnen dachte, wurde sie ganz still und demütig. Die hatten alle so viel mehr auf die Beine gestellt in ihrem Leben als sie selbst.

»Herrje«, murmelte sie halb an Neruda, halb an sich selbst gerichtet. »Da ist jemand aber sehr müde, hm?«

Immer noch galt: Wenn sie müde war, dann bekam sie den Eindruck, selbst nichts zu schaffen und eher das personifizierte Scheitern zu sein.

War sie gar nicht.

Sie war nur sehr müde.

An diesem Abend ging sie früh ins Bett – für ihre Verhältnisse – und schlief auch zeitig ein. Endlich in einem *bequemen* Bett. Ohne sich sorgen zu müssen, dass sie morgen keinen Platz mehr zum Schlafen hatte.

Na ja, oder vielleicht doch. Neruda fand das Bett nämlich auch gemütlich und versuchte, sie abzudrängen. Aber Ruth blieb standhaft. Ihr Bett, ihre Regeln. Sie verbannte den Hund auf den Teppich und konnte selbst im Dunkeln sehen, wie er sie vorwurfsvoll anschaute.

Kapitel 4

»Sitz still, Noah.« Hanno runzelte die Stirn. Sein siebenjähriger Sohn saß neben ihm auf einem dieser unbequemen Stühle vor dem Klassenzimmer und baumelte mit den Beinen. Die Norderneyer Grundschule war hell und bunt; Hanno wäre hier auch gern zum Lernen hingekommen. Seine Schulzeit versank in der Erinnerung in einem grauen Betonklotz, der nach Matritzendrucker und Klostein roch.

»Herr Poppinga? Entschuldigen Sie, dass Sie warten mussten.« Noahs Klassenlehrerin Frau Hopp kam aus dem Klassenzimmer. Noah sprang vom Stuhl und hätte sich am liebsten hinter seinem Papa versteckt. Hanno schüttelte Frau Hopp die Hand. Sie machte auf ihn einen patenten Eindruck – na ja, patent, sagte man das so? Mit dem blauen Plisseerock und einem weißen T-Shirt stand sie vor ihm. Ihr Lächeln war warm und wohlwollend, als hätte sie Noah und ihn nicht einbestellt, weil es »Probleme« gab.

Noah behauptete, er hätte gar keine Probleme mit Frau Hopp, die hätte eher Nicolas, sein bester Freund und Sitznachbar. Trotzdem mussten sie auch zu einem Gespräch mit der Lehrerin erscheinen.

Frau Hopp ging voran. Sie setzte sich hinter das Lehrerpult, rückte ihre goldgerahmte, runde Brille zurecht und faltete die Hände auf dem Pult. »Setzen Sie sich.«

Für Noah und ihn blieben nur die kleinen Stühle. Hanno faltete seine knapp eins neunzig mühsam auf einen der winzigen Stühle.

»Hat Noah Ihnen erzählt, worum es geht?«, wollte Frau Hopp wissen. Wenn sie nicht so streng gucken würde, könnte Hanno sie sogar mögen. Sie hatte große braune Augen, einen hübschen Mund, und die dunklen Haare trug sie zu einem kurzen Bob geschnitten. Er wusste, dass Noah seine Lehrerin mochte. Aber das hatte sich in den letzten Wochen geändert.

»Es geht um … Nicolas?«, fragte Hanno vorsichtig.

»Nicolas, ja. Auch. Aber vor allem sind wir hier, weil Noah sich in letzter Zeit allzu oft von Nicolas beim Quatschmachen hat anstecken lassen.«

Noah, der neben Hanno auf seinem Stuhl kippelte, rief: »Stimmt gar nicht! Sie sind voll gemein zu Nicolas.«

»Noah, bitte.« Hanno legte die Hand auf die Schulter seines Sohnes. Die ganze Situation war ihm unangenehm. »Also, Frau Hopp – ich vermute, Sie haben mich nicht herzitiert, weil die Jungs gelegentlich ein bisschen Quatsch machen.«

Frau Hopp zog die Augenbrauen hoch. »Sie haben recht, es ist mehr als nur ein bisschen Quatsch.« Sie holte tief Luft. »Nicolas und Noah haben … im Jungenklo in das Waschbecken defäkiert.«

»Defä…« Hanno lachte und wandte sich an Noah. »Ihr habt ins Waschbecken gekackt?« Es fiel ihm schwer, ernst zu bleiben, denn das klang nun wirklich zu absurd.

»Haben wir nicht! Das war wer anders!«

»Und warum habt ihr es nicht gemeldet, wenn ihr es nicht wart? Nach euch ging Piet ins Klo, und er hat es sofort gemeldet.«

»Na, weil Piet es war und es uns in die Schuhe schieben wollte!« Für Noah war die Sache total simpel, sah das Frau Hopp denn nicht?

»Noah …« Hanno seufzte. »Was erwarten Sie jetzt von uns, Frau Hopp?«, wollte er wissen. Das war wieder einer dieser Momente, in denen er sich Saskia herbeiwünschte. Sie hätte sowohl Noah als auch Frau Hopp zu nehmen gewusst. Er war mit solchen Gesprächen heillos überfordert, was er allein daran merkte, wie sein Gegenüber ihn abschätzig betrachtete.

Ja, Entschuldigung, Frau Lehrerin!, hätte er am liebsten gerufen. Bin halt nicht so ein piekfeiner Rechtsanwaltsschnösel oder Doktor, der seinen Kindern Manieren beibringt und sie in ihrer Freizeit zum Geigenunterricht und der Schach-AG karrt. Ich muss den ganzen Tag im Schafstall stehen oder bin draußen auf den Weiden, ich wühle den ganzen Tag in der Schafscheiße und stehe knietief im Dreck. Ach so, und dass ich jetzt mit verdreckten Stiefeln und meiner Arbeitshose vor Ihnen sitze, hat auch nichts mit mangelndem Respekt zu tun, sondern eher damit, dass eines meiner Schafe vorhin Probleme beim Lammen hatte und ich erst kurz vor knapp loskam. Ich mach mir Sorgen um das Schaf und die beiden Lämmer, und dann haben Sie uns zwanzig Minuten warten lassen, danke für nichts. Ich war nur fünf Minuten zu spät.

»Was ich erwarte?« Frau Hopp riss die Augen auf. »Neben einer Entschuldigung wäre es vielleicht angebracht, dass Sie ein ernstes Wort mit Noah reden. Ich dulde derlei Verhalten nicht an unserer Schule.«

»Was wollen Sie machen, einen siebenjährigen Erstklässler von der Schule schmeißen?«

Sie kniff die Lippen zusammen.

Ah, war wieder nicht richtig. Meine Güte, er bekam's einfach nicht hin.

»Entschuldigen Sie. Also, falls Noah es war. Sie verstehen sicher … Na ja. Es ist nicht immer leicht für uns.« Hanno stand auf. »Komm, Noah. Wir gehen nach Hause.«

»Sie können sich nicht ewig drauf rausreden, dass Ihre Frau tot ist!«, rief sie ihnen nach, und Hanno knallte die Tür zu, bevor sie mehr sagen konnte. Erst draußen auf dem Schulhof atmete er durch. Scheiße. Er hatte das Gefühl, Noahs Situation noch mal verschlimmert zu haben, weil er einfach nicht den Mund halten konnte.

»Papa? Werfen die mich echt von der Schule?«

»Nee, Kumpel. Können sie gar nicht. Du bleibst, wo du bist. Mir ist egal, ob du das mit dem Waschbecken warst oder nicht. Aber wenn du es warst: Mach so was nie, nie wieder.«

Noah nickte ernst. Seine braunen Augen schimmerten feucht. Hanno wuschelte ihm durch die dunklen Locken. Der Sommer hatte mit den ersten Sonnenstrahlen auch die Sommersprossen wieder hervorgelockt, und er musste an Saskia denken, der Noah wie aus dem Gesicht geschnitten war.

»Komm, wir holen deine Schwester ab, und dann geht's heim.«

Leni wartete schon in der Kita – mit Gummistiefeln an den Füßen und ihrem Pinguinrucksack auf dem Schoß. »Du bist pät, Papa!«, rief sie anklagend und witschte an ihm vorbei aus der Garderobe und Richtung Tür. »War alles prima, musstu nich mit Frauke prechen!«

Hanno ging trotzdem noch mal in den Gruppenraum. »Alles okay?«, fragte er die Erzieherin, die gerade mit drei Kindern an einem der niedrigen Tische saß und Bügelperlen sortierte.

»Eigentlich nicht«, sagte Frauke. Sie stand auf und kam zu ihm. »Leni ist neuerdings so … in sich gekehrt«, vertraute sie ihm an. »Wir sollten vielleicht mal in Ruhe darüber sprechen. Wenn du Zeit hast.«

Zeit war sein größtes Problem, denn er hatte einfach keine. Aber Hanno versprach, morgen beim Bringen etwas mehr Puffer einzuplanen.

Draußen balancierten Leni und Noah über die Kantsteine.

»Na kommt!«, rief Hanno. »Die Schafe warten!«

Sie zogen los. Noah auf seinem Fahrrad vorweg, Leni auf ihrem Roller neben Hanno, der Noahs Schulranzen und Lenis Rucksack trug.

Die kleine Schäferei lag am Ostrand des Dorfes, dahinter erstreckten sich nur noch die Wiesen und Dünen. Im Moment waren die meisten Schafe im Pferch direkt am Stall, aber morgen wollte Hanno sie wieder weit nach Osten bringen, wo sie auf einer der Salzwiesen grasen konnten und mit ihren kleinen Hufen auch für Deichschutz sorgten. Hannos Herde war nicht besonders groß – sie umfasste etwa achtzig Tiere –, und sie würde nicht genügen, um seinen Lebensunterhalt zu bestreiten. Schon gar nicht auf einer teuren Nordseeinsel! Das klappte nur, weil die Gemeinde Norderney ihn für den Deichschutz bezahlte. Die Schafe waren wichtig für das Ökosystem.

Zusätzlich verdiente er etwas Geld aus dem Verkauf der Erzeugnisse, die so eine kleine Schäferei im Jahreslauf abwarf – die Wolle verkaufte er an eine Gärtnerei, die Milch verarbeitete er zu würzigem Käse, und das Fleisch – nun, in seinem kleinen Hofladen gab es die besten Lammwürste Ostfrieslands. Insgesamt hatte er sich das Leben mit seinen Kindern sehr schön eingerichtet.

»Langsam!«, rief er Noah nach, der recht kräftig in die Pedale trat. Musste er sich um den Älteren Sorgen machen? Zwei Jahre war es nun schon her, dass sie Saskia verloren hatten – in einer dunklen, stillen Nacht war sie verschwunden. Nicht zum ersten Mal. Doch zwei Tage später standen zwei Polizisten vor Hannos Tür. Sichtlich verlegen, weil man sich ja kannte auf der Insel. Hanno war allein, das war vermutlich in dem Moment ein Glück. Er wusste bis heute nicht, was er geantwortet hatte, als ihm die beiden erzählten, dass Saskia einen »Alleinunfall« gehabt hatte, wie sie es nannten.

Was nur eine hübsche Umschreibung dafür war, dass sie mit ihrem Wagen von der Straße abgekommen und gegen einen Baum geprallt war. Überhöhte Geschwindigkeit, gepaart mit Drogenkonsum oder Alkohol. Dachte er damals. Tatsächlich war sie wohl nüchtern gewesen – und das hatte es nur noch schlimmer gemacht. Dass sie aufs Gas getreten war und es sie bei vollem Bewusstsein von der Straße getrieben hatte.

Hanno wusste bis heute nicht, ob es tatsächlich ein Unfall gewesen war – oder ob Saskia das mit Absicht getan hatte. Suizid. Einen Abschiedsbrief gab es nicht, aber wie bei so vielen Dingen, die Saskia getan hatte, gab es kein System, keinen Blick zurück. Sie hatte immer nur für sich gelebt. Für die Kinder war sie die beste aller Mütter gewesen, aber Hanno hatte gemerkt, wie das Muttersein sie gefordert hatte. Wie es vielleicht *zu viel* von ihr gefordert hatte. Noah war so ein friedliches, stilles Baby gewesen, da hatten sie beide gedacht, das würde bei Leni auch so laufen. Tatsächlich war das kleine Mädchen vom Tag ihrer Geburt an unfassbar laut und fordernd gewesen; war sie wach, gab es für die Menschen um sie herum keine ruhige Minute. Und das betraf vor allem ihre Mama Saskia.

Dann – war sie nicht mehr da.

»Noah!«, brüllte Hanno. Er beschleunigte seine Schritte. Sie waren nicht mehr weit von zu Hause entfernt, noch etwa zweihundert Meter an der Landstraße entlang, dann ging es links in die Dünen zur Schäferei. Aber dafür musste Noah die Straße überqueren. Hanno sah schon vor sich, wie sein Sohn beim Überqueren von einem Auto erfasst wurde …

Leni rief: »Papa! Tehenbleiben! Ich kann nich so snell!«, aber Hanno eilte weiter. Er spürte die eisige Angst nach ihm greifen. Nicht auch Noah, dachte er. Auf keinen Fall durfte Noah etwas zustoßen …

Er kam um die Kurve und sah Noah, der mit dem Rad auf dem Weg stand und auf ihn wartete. Hanno verlangsamte seine Schritte. Er hörte Leni rufen. »Bleib da!«, rief er Noah zu. Er lief zu Leni und nahm sie in den Arm. »Alles gut«, flüsterte er.

»Papa, trägst du mich?«

»Na klar.« Irgendwie schaffte er es, Leni auf dem einen Arm zu tragen, Rucksack und Ranzen über dem anderen, den Roller zog er hinter sich her. Leni schmiegte sich an seinen Hals.

Nichts war gut. Das Herz hämmerte in seiner Brust. Irgendwas passierte hier. Mit Noah, aber auch mit ihm. Er war nie ein furchtsamer Mensch gewesen, doch seit einigen Monaten plagten ihn immer schlimmere Ängste. Überall sah er Katastrophen heraufziehen, und immer wieder fürchtete er, das Schicksal könnte ihm die Kinder entreißen, so wie es ihm schon Saskia entrissen hatte.

»Mensch, Papa«, maulte Noah, als Hanno mit Leni auf dem Arm zu ihm kam. »Ich kann das schon ohne dich mit der Straße.«

»Ich möchte trotzdem, dass du auf uns wartest. So. Gucken, links, rechts, links, dann zügig rübergehen.«

Sie bogen in den kleinen Wirtschaftsweg ein. Nach hundert Metern öffnete dieser sich zu dem kleinen Hof. Links lag die Käserei mit dem Hofladen im Anbau, rechts der große Schafstall. Geradeaus das Häuschen, das für Hanno inzwischen seit acht Jahren sein Zuhause war. Hanno atmete auf. Hier war er zu Hause. Hier hatten sie ihre Ruhe. Das Meer war nicht fern, und trotzdem waren sie meist von den sommerlichen Touristenströmen unberührt.

Hanno blieb stehen. Noah brachte sein Fahrrad in den kleinen Anbau neben dem Lädchen und half Leni, ihren Roller und den Helm dort zu verstauen.

Ihr Haus war klein, eher ein Häuschen. Alt und windschief, im Winter zog es an allen Ecken. Vom kleinen Flur, der mit Schuhschrank und Garderobe schon voll war, ging es in die Wohnküche. Daneben das winzige Wohnzimmer, hinter dem noch ein Schlafraum lag, in dem Hanno vor allem seine Büroarbeit erledigte. Oben gab es drei Schlafzimmer und ein Bad. Das war alles – aber es war ihr Zuhause, und Hanno hätte es um nichts in der Welt hergegeben. Es gab noch einen Anbau mit einer kleinen Einliegerwohnung, und manchmal spielte er mit dem Gedanken, einen Durchbruch vom Wohnzimmer in die kleine Wohnung zu machen, um den Wohnraum zu vergrößern. Aber dann müsste er den auch putzen, heizen, mit Möbeln füllen – und außerdem fühlte es sich an, als lauerten dort die Geister der Vergangenheit. Deshalb verdrängte er meist die Tatsache, dass es theoretisch mehr Platz gäbe.

»Hände waschen und dann habt ihr ein bisschen Spielzeit, während ich mich ums Abendessen kümmere.«

Heute gab es Spinatblätterteigtaschen und Salat. Zum Glück waren Noah und Leni keine wählerischen Esser, und zum Glück kochte Hanno gern – dabei konnte er abschalten. Nachdenken.

Zum Beispiel darüber, dass dieser Vereinbarkeitslimbo, in dem er seit zwei Jahren gefangen war, nicht mehr so weiterging. Noah geriet in der Schule außer Rand und Band, während Leni sich immer mehr in sich zurückzog. Beide Kinder brauchten ihn, und zwar nicht, damit er sie morgens in der Kita und der Schule ablieferte und nachmittags kurz vor knapp aus der Betreuung holte, abends noch schnell zwei Pixibücher vorlas und ihnen dann einen Kuss gab. Am Wochenende mal Zeit für ein gemeinsames Spiel und das obligatorische Bad. Das war zu wenig.

Er brauchte Hilfe auf dem Hof, lieber heute als morgen. Aber wer tat sich schon diese anstrengende Arbeit in einer Schäferei an?

Nela war froh, denn ihr Kuppelversuch mit Ruth und Omama hatten offenbar geklappt. Jedenfalls hatten die beiden für den Rest des Nachmittags bei Tee und Nusskuchen zusammengegluckt.

Am frühen Abend hatte Nela Teambesprechung mit ihren Hebammenkolleginnen Greta und Edith. Greta kam etwas später, weil ihr Mann nicht rechtzeitig kam und sie ihre beiden Töchter nicht allein lassen wollte. Edith hatte letzte Nacht ein

Paar betreut, das glaubte, es ginge los, aber es waren dann wohl doch nur Übungswehen gewesen. Das Baby ließ noch etwas auf sich warten. Die Dritten ließen sich gern bitten, so hieß es ja.

»Seid ihr auch so müde?« Nela hatte Jonte vor fünf Minuten an Simon übergeben, der sich eher widerstrebend die Zeit genommen hatte, damit sie mit freien Händen zur Teambesprechung konnte. »Was mache ich denn, wenn er Hunger kriegt?«, hatte er zweifelnd gefragt.

»Du machst ihm Brei«, war Nelas lapidare Antwort gewesen. Aber mit einem Ohr lauschte sie natürlich trotzdem, ob sie von nebenan wütendes Gebrüll hörte, weil Jontes Papa zu begriffsstutzig war.

»Du hast ein kleines Baby, da ist man immer müde. Wird auch wieder besser.« Greta schenkte ihr ein aufmunterndes Lächeln. »Als meine Große zwei war und wir die Kleine bekamen, holy moly, war ich dauermüde.«

»Aber du hast nicht noch Vollzeit als Hebamme gearbeitet. Die Nächte sind gerade echt schlimm. Wenn ich nicht Jonte rumtrage, gibt's ne Geburt …« Nela biss sich auf die Lippe. Sie wollte gar nicht jammern.

»Na ja …« Edith gähnte hinter vorgehaltener Hand und stand auf, um sich aus der Kaffeekanne nachzuschenken, die in der kleinen Küche des Geburtshauses regelmäßig für Nachschub sorgte. »Wie oft übernimmt denn Simon die Nächte?«

»Das ist doch gar nicht die Frage.«

»Doch, Edith hat recht.« Greta blätterte in ihrem Kalender und blickte nicht auf. Eine Strähne ihrer blonden Haare war aus dem Knoten gerutscht. »Wenn er nicht auch die Hälfte der Nächte übernimmt, ist das unfair aufgeteilt.«

»Aber ich stille noch«, sagte Nela hilflos. »Es wäre doch viel leichter …«

»Ihr arbeitet seit sechs Wochen wieder beide in Vollzeit. Er hat keine Elternzeit genommen. Er übernimmt keine Nächte. Tagsüber ist er meistens auch nicht da«, zählte Greta auf. »Been there. Die Diskussion musste ich mit Malte auch zweimal führen, weil er sich nach dem ersten halben Jahr mit Säugling beide Male entspannt zurücklehnte, da er meinte, dass ich noch stille, sei sein Freifahrtschein für die Nächte. War es übrigens nicht. Ich habe ihn beide Male aktiv miteingebunden.«

Nela widersprach nicht mehr. Sie *wusste,* dass Greta recht hatte. Und das war auch das, was sie den Eltern, vor allem den Müttern, kurz nach der Geburt einschärfte. Lasst den Papa machen! Der kann das! Er wird es anders machen als du selbst, und du wirst manchmal denken, dass er es *falsch* macht, aber solange es dem Kind damit gut geht, ist alles bestens!

»Puh, ich bin ganz schön hysterisch.«

»Sag das nicht.« Edith legte ihr tröstend einen Arm um die Schultern. »Du bist eine Mama, die das Beste für ihr Kind will. Und Simon ist das Beste für Jonte. Für dich. Jetzt musst du nur noch einfordern, dass er dich nachts unterstützt. Muss ja nicht jede Nacht sein. Aber eine oder zwei pro Woche könnte er schon machen. Also welche, in denen du schläfst und nicht gerade Geburten begleitest.«

Darüber musste Nela erst mal nachdenken. Sie beendeten die Teamsitzung, und statt wie sonst in den letzten Wochen direkt wieder nach nebenan zu eilen und Jonte zu übernehmen, blieb Nela einfach noch ein paar Minuten sitzen. Ihr Gespräch drehte sich um andere Themen. Zum Beispiel um Ruth, die nun bei Omama wohnte. Nela erzählte von Ruths Weltreise, und sofort bekam Greta glänzende Augen. »Das wär auch was für mich!«, meinte sie.

»Untersteh dich. Wir brauchen dich hier.«

Greta hob lachend die Hände. »Keine Sorge, ich bleib dir treu, Nela. Wir fühlen uns so wohl hier auf Norderney. Ich glaube, beim

Familienrat hätte ich drei Gegenstimmen, wenn ich vorschlage, dass wir auswandern.« Gretas Mann arbeitete als Web-Entwickler komplett von zu Hause.

»Wenn es weiterhin so gut läuft, bräuchten wir auf lange Sicht eher noch eine zusätzliche Hebamme. Nur um für eventuelle Ausfälle gerüstet zu sein«, meldete sich Edith zu Wort. Sie war die Pragmatische, die auch die wirtschaftliche Seite des Geburtshauses immer im Blick behielt.

»Puh, können wir uns das überhaupt leisten?«

»Zumindest eine Teilzeitkraft wäre drin.«

»Ja, aber wer will schon in Teilzeit als Hebamme arbeiten?« Nela hatte da so ihre Zweifel. Aber sie musste Edith in einem Punkt recht geben – wenn eine von ihnen krankheitsbedingt ausfiel, wäre es für die anderen beiden schwierig, den Betrieb mit verschiedenen Kursen, Vorsorgen, Nachsorgen und Geburten aufrechtzuerhalten.

Darüber dachte sie nach, als sie kurz darauf in die Wohnung zurückkehrte. Im Flur hielt sie inne und lauschte. Aus dem Esszimmer hörte sie Simons Stimme. »Ja, super, Jonte!«

Sie spähte durch die angelehnte Tür. Jonte saß in seinem Hochstuhl, ein Spucktuch als Lätzchen um den Hals, vor sich eine Schüssel mit Brei. In der einen Hand hielt Jonte einen Löffel, doch gerade ging es wohl mit der anderen Hand besser. Die vergrub er nämlich im Brei und steckte sie dann in den Mund – und dabei hüpfte er vor Freude auf und ab, weil es ihm gelungen war, allein zu essen.

Nela sah ihren Liebsten und ihren Sohn, und da merkte sie: Edith hatte recht. Greta hatte recht. Sie musste die beiden nur machen lassen, dann bekamen sie das schon prima ohne sie hin. Sie musste ein kleines bisschen loslassen, damit Simon genug Raum hatte, in dem er mit Jonte alles so machen konnte, wie er selbst es für richtig hielt.

Simon schaute hoch, und ihre Blicke trafen sich. Nela gab ihm ein Zeichen, dass sie erst nach oben ging. Doch er lächelte. »Guck mal, da ist die Mama zurück!«

Nela seufzte. Jonte drehte sich natürlich sofort zu ihr um und strahlte sie an. Er hob seine Breihändchen, und Nela hatte keinen Zweifel, dass er ihr die am liebsten direkt aufs Gesicht gedrückt hätte, um seiner Wiedersehensfreude Ausdruck zu verleihen.

»Hey.« Sie trat zu den beiden. Wurde also nichts aus einer kurzen Pause – zehn Minuten auf dem Bett liegen und die Augen zumachen, das hätte sie jetzt gebraucht. Stattdessen wollte Jonte nun noch mit ihr kuscheln, bevor er wieder auf Entdeckungstour gehen konnte.

Simon räumte den Tisch ab. Er verschwand noch mal in seinem kleinen Büro, während Nela mit Jonte auf dem Wohnzimmerfußboden spielte. Später würden sie ihn gemeinsam ins Bett bringen. Nela würde bei Jonte liegen, bis er eingeschlafen war, und währenddessen würde Simon sich ums Abendessen für sie beide kümmern.

Er kümmert sich doch, dachte sie. Es ist doch alles bestens, oder?

Kapitel 5

»Das ist doch alles scheiße«, murmelte Ruth am nächsten Morgen um halb zehn. Sie hatte immer noch mit dem Jetlag zu kämpfen und wurde nun viel zu früh aus dem Schlaf gerissen – von Babygeschrei. Vielstimmigem Babygeschrei.

Und wenn Ruth eines gar nicht aushielt, war es Geschrei von Kindern, egal welchen Alters.

Sie versuchte erst mal, den Kopf unters Kissen zu stecken. Dann suchte sie nach ihren Ohrstöpseln, Lebensretter auf der Weltreise. Neruda wurde aber auch wach von dem Lärm. Er lag am Fußende ihres Bettes auf seiner Bodenmatte und blickte mit hochgezogenen Brauen zu ihr auf. *Machen die das jeden Morgen?*, schien er zu fragen.

»Bestimmt ist das nur ausnahmsweise so. Komm, wir stehen auf, ja?«

Sie zog sich an, ging ins Bad und machte sich fertig. Neruda wartete brav vor der Badezimmertür. Als sie in den Flur trat, schaute Alma aus der Küche. »Tee?«, fragte sie. Die Babys waren verstummt.

»Gibt es auch Kaffee?«

»Na, den musst du dir drüben bei Nela holen, ich hab nur Tee.«

Es gab nicht mal einen Porzellanfilter, musste Ruth feststellen. Sonst hatte Almas Küche aber so ziemlich alles, was das Herz begehrte – beim Durchstöbern der Schränke fand sie unter anderem eine Flotte Lotte und einen alten gusseisernen Fleischwolf mit Spritzgebäckaufsatz. Doch beim Kaffee war Alma rigoros.

Ruth nahm einen der Teebecher mit Rosenranken mit zu Nelas

Wohnung, die sie über die Terrasse hinter dem Haus erreichte. Nela saß in der Küche und gab Jonte einzeln die halben Heidelbeeren, die er mit einem Juchzen versuchte, in den Mund zu stecken.

»Moin, gibt's hier Kaffee?«

»Moin! Bedien dich. Oder soll ich helfen?« Nela zeigte auf die Siebträgermaschine, die neben dem Fenster auf der Arbeitsplatte stand.

»Ich krieg das schon hin.«

»Milch ist im Kühlschrank. Falls du Pflanzenmilch willst, müsste ich gucken, ob noch welche da ist.«

»Geht auch mit Kuh.« Ruth fand den Kühlschrank, befüllte die Milchkanne und setzte die Kaffeezubereitung in Gang. Sie gähnte hinter vorgehaltener Hand.

»Immer noch müde?«

»Aber hallo. Die Babys haben mich geweckt.«

Nela lächelte. »Der PEKiP-Kurs. Zweimal die Woche um halb zehn, ja. Die machen zwischendrin ganz schön Radau.«

»Und das stört dich nicht?« Ruth runzelte die Stirn.

»Es sind *Babys.* Die sind nicht immer leise.«

»Schon klar, aber mich würde das ja nerven …« Ruth verstummte. Es *würde* sie nicht nur nerven, es nervte sie ja schon jetzt! Oje …

»Man gewöhnt sich dran«, versprach Nela.

Ruth wies sie nicht darauf hin, dass Nela sich ja notgedrungen dran gewöhnen musste, weil sie selbst so einen kleinen Schreihals hatte. Der inzwischen dazu überging, die Heidelbeeren auf dem Tisch zu zermatschen. Schöne Sauerei. Ruth hätte das ja sofort unterbunden …

»Kommst du mit Omama gut klar?«

»Auf jeden Fall! Dreimal täglich Kuchen, traumhaft!« Ruth wollte noch etwas hinzufügen, doch es klingelte, und Nela sprang auf.

»Pass mal kurz auf Jonte auf«, sagte sie und verschwand Richtung Geburtshaus.

»Na, du kleiner Racker?« Wie passte man denn auf ein Baby auf, das offenbar große Freude daran fand, den Tisch mit Blaubeeren einzureiben? Ruth nahm ihren Kaffeebecher und setzte sich zu ihm. Sie wischte ein paar Blaubeerreste vom Tisch und wusste nicht, wohin damit. Jonte starrte sie mit großen Augen an. Dann verzog er das Gesicht und fing an, bitterlich zu weinen!

Da, darum sollte man Ruth nie mit Kindern allein lassen! Sie streifte die Blaubeerreste ab und ließ sie wieder auf den Tisch fallen. Das schien Jonte zufriedenzustellen, denn er sammelte alles ein und fing an, sich die Blaubeermatsche in den Mund zu schieben.

»Äh, nein.« Ihre Hände waren nicht sauber, der Tisch bestimmt auch nicht – keine gute Idee! »Komm, gib das wieder her.«

Jonte schüttelte entschieden den Kopf.

»Bitte, Jonte.« Ruth streckte die Hand aus. »Gib mir die Blaubeeren, die sind nicht gut. Wenn du sie isst, kannst du Bauchweh kriegen.«

Sie hörte selbst, wie absurd das klang. Wie sollte denn ein Baby verstehen, was an den Blaubeeren schlecht sein sollte, nur weil es sie in mundgerechte Häppchen gequetscht hatte? Jonte grinste und stopfte sich noch ein mit Blaubeeren verschmiertes Händchen in den Mund.

»Ist gut jetzt.« Behutsam wischte Ruth die restliche Matsche unter Jontes Händchen vom Tisch und warf sie in den Mülleimer unter der Spüle. Jonte beobachtete sie mit großen Augen, sagte aber nichts mehr.

»Guck, ihr seid ja super klargekommen.« Nela kam wieder hereingewirbelt. »Entschuldige. Ich muss rüber ins Geburtshaus, ein Notfall. Kannst du dich so lange um Jonte kümmern? Ich habe sonst niemanden.«

»Wie bitte?«

»Er ist eh müde und will gleich ein Schläfchen machen. Warte, ich setze ihn gerade in die Karre, dann kannst du mit ihm und Neruda einen kleinen Spaziergang machen.« Bevor Ruth widersprechen konnte, hatte Nela ihren Sohn aus dem Hochstuhl gehoben und ihn notdürftig gereinigt. Jonte juchzte, als sie ihm den Mund mit einem Spucktuch abwischte. Ruth folgte ihr in den Flur, wo Nela das Baby mit wenigen Handgriffen erst mit Jacke und Mützchen anzog und es dann in einem dreirädrigen Sportbuggy festschnallte. Sie schob den Buggy zur Eingangstür. »Willst du Neruda nicht holen?«

»Äh, na klar.«

Ruth lief in die andere Wohnung und holte den Hund nebst Leine. Sie nahm auch noch ihren Geldbeutel mit, wer wusste schon, wie lange sie unterwegs sein würden? Omama saß in ihrem Zimmer und guckte *Traumschiff*. Jemand hatte ihr ein Dutzend *Traumschiff*-DVDs hingestellt, die sie immer wieder gern schaute.

»Du bist die Beste.« Nela war nervös, das merkte Ruth. Doch sie gab Jonte einen Kuss, und dann half sie Ruth, den Kinderwagen die Stufen runterzuheben.

Die Tür knallte hinter ihnen zu, und Ruth stand mit einem Baby im Buggy und mit Neruda an der Leine einsam auf der Straße.

»So war das aber nicht geplant«, murmelte sie erbost.

Die nächsten zwei Stunden spazierte Ruth zunehmend genervt durch den Ort. Jonte, der zuerst überrascht darauf reagierte, dass Ruth mit ihm spazieren ging, ließ sich schnell vom sanften Schaukeln des Buggys in den Schlaf wiegen. Wenigstens etwas. Während sie durch den Ort bummelte und bei den verschiedenen Geschäften die Souvenirs studierte, dachte sie nach.

Sie war eventuell *etwas* naiv an die Sache mit der Unterkunft herangegangen. Dass im Nebengebäude ständig Babys sein würden, hatte sie gewusst, aber nicht in letzter Konsequenz bedacht, dass Babys eben auch weinten. Vielleicht war sie auch zu müde gewesen, als sie so begeistert Nelas Vorschlag zustimmte. Jetzt war sie halbwegs ausgeschlafen, hatte direkt ein Baby aufgedrückt bekommen und merkte, dass ihr nichts daran gefiel.

Sie wollte eigentlich nur ihre Ruhe haben. Und mit Ruhe meinte sie: Stille. Niemanden, der sie bequatschte oder mit ihr interagierte. Als sie zu Nela gefahren war, hatte sie so ein bisschen davon geträumt, in einem Hüttchen am Strand zu wohnen und aufs Meer zu gucken.

Aber hier gab es nur einen ganz normalen Ort mit ein paar Tausend Einwohnern, noch viel mehr Urlaubsgästen, und das Meer, ja, das müsste irgendwo da vorne sein, denn dorthin strebten die Menschen mit ihren Strandtaschen und Bollerwagen voller Kleinkinder gerade … Ruth schloss sich diesen Menschen an und hoffte, dass die nicht schon wieder zum Mittagessen in ihre Ferienwohnungen wollten.

Sie hatte Glück. An ein paar größeren Hotels vorbei gelangte sie über einen Strandweg zu der Promenade. Die beliebte *Milchbar* war hier, von der hatte Ruth in einem Reisebericht im Internet gelesen. Sie blieb einfach ein paar Minuten da oben stehen und blickte aufs Meer. Sie entdeckte einen Hundestrand und sah das tiefe Blau des Meeres, das strahlende Blau des Himmels – und es fühlte sich alles wundervoll an. Sie lächelte.

Die nächste halbe Stunde lief sie einfach auf der Promenade Richtung Westen und genoss den Wind im Haar. Als die Promenade endete, nahm sie den Dünenweg ins Inselinnere und lief weiter. Es tat ihr so gut, sich zu bewegen, und auch Neruda trabte neben ihr her und wirkte sehr zufrieden mit sich und seiner Welt. Sie musste ihn zwar an der Leine lassen, aber das störte ihn gar nicht.

Sie lief so lange, bis sie die Weiße Düne erreichte. Dort war ein zweiter Hundestrand ausgeschildert. Aber erst brauchte sie was zu essen. Im Restaurant fand sie draußen einen Platz. Ruth stellte den Buggy ab. Weil Jonte immer noch schlief, setzte sie sich daneben und bestellte Schnitzel mit Pommes. Neruda legte sich hin und sah sie von unten herauf zweifelnd an.

»Tut mir leid, alter Junge. Wir können Jonte nicht alleine lassen. Später«, tröstete sie ihn. Sie beobachtete die Urlauber und konnte sich ein Schmunzeln nicht verkneifen. Helle Caprihosen, Blockstreifensweatshirts in Dunkelblau und Weiß, dazu Käppis oder Shirts mit Sinnsprüchen zu gebräunter Haut und Goldschmuck. »Wie so 'ne Uniform«, murmelte Ruth.

»Entschuldigung? Das ist nicht nett.«

Ruth sah auf und blickte in das Gesicht eines etwa siebenjährigen Jungen, der an sein Fahrrad gelehnt etwa fünf Meter entfernt stand. Auf dem Rücken trug er einen Rucksack, der schon bessere Zeiten hinter sich hatte, und am Mundwinkel klebte noch ein Rest Marmelade vom Frühstück. Er runzelte die Stirn.

»Was ist nicht nett?«

»Wenn Sie so über die Urlauber reden. Ich hab das gehört.«

»Was hab ich denn gesagt?«

»Dass sie alle gleich aussehen. Aber das dürfen sie doch, wenn sie es schick finden und sich drin wohlfühlen.«

Sofort fühlte Ruth sich ertappt. »Was weißt du schon?«, erwiderte sie herausfordernd. So weit kam's noch, dass sie sich von so einem Dreikäsehoch maßregeln ließ.

»Ich weiß, dass wir beim Handball alle dieselben Trikots tragen. Ist auch wie 'ne Uniform. Da weiß jeder: Wir sind ein Team.« Der Junge kam näher. Er musterte Ruths Teller, der gerade serviert wurde. »Schnitzel mit Pommes?«

»Exakt.« Ruth zögerte. Der Junge wirkte ausgehungert. Wie er das Gespräch mit ihr suchte, ließ sie vermuten, dass er was abhaben wollte.

»Wer bist du eigentlich? Ein Ausreißer?«

Der Junge schnaubte. »Quatsch.«

»Wo kommst'n her?«

»Na, von da drüben. Mein Papa hat 'ne Schäferei.«

Ruth hätte es darauf beruhen lassen können. Okay, der Junge kam von der Insel – natürlich kam er von der Insel! –, er hatte einen Papa, der offensichtlich einer geregelten Arbeit nachging. Und der Junge streifte nach der Schule wohl gern noch herum. Ende der Geschichte, denn was ging es sie an, was die Kinder anderer Leute machten?

Aber er hatte eine Schäferei erwähnt.

»Möchtest du dich zu mir setzen, und ich bestelle dir auch was zu essen?«, hörte sie sich sagen. Verflixt! Warum tat sie denn so was?

Aber sie wusste, warum sie es tat. Weil es auf der Insel eine Schäferei gab.

Und bei Schafen wurde Ruth schwach.

Der Junge grinste. »Sie wissen ja nicht mal meinen Namen.«

»Du könntest ihn mir verraten.«

»Na, Noah, streunst du wieder rum? Soll ich deinem Vater Bescheid sagen?« Der Kellner kam noch mal raus und brachte Ruth Salz und Pfeffer.

»Nee, der ist eh unterwegs. Ich nehm das Übliche, Enno.«

Der Kellner blickte Ruth fragend an.

»Geht auf meine Rechnung.« Sie lachte verlegen und fühlte sich ein bisschen über den Tisch gezogen, denn es wirkte auf sie so, als hätte Noah hier schon häufiger Leute angesprochen. »Erzähl mir von eurer Schäferei.« Wenn dieser Junge sich schon ein Mittagessen ergaunerte, konnte er ihr auch zum Ausgleich was erzählen, fand sie.

Ruth liebte Schafe, sie konnte es nicht anders sagen. Schon als kleines Kind hatten nicht die Pferde auf den Wiesen rings um das bayrische Dorf, in dem sie aufgewachsen war, ihr Herz erobert, sondern die Schafherde, die einmal im Jahr mit einer Wanderschäferin durch die Gegend kam. Das Liebste war ihr, die Hände in der Wolle der Schafe zu vergraben, so tief es irgendwie ging. Und danach der typische Geruch nach Lanolin! Das hatte sie nie vergessen.

Während ihrer Weltreise hatte sie in Neuseeland für ein paar Monate auf einer Schaffarm ausgeholfen. Das Leben dort war rau gewesen, geradezu überwältigend stürmisch. Sie hatte jeden Tag geliebt, obwohl sie ganz zu Beginn auf der Suche nach zwei verloren gegangenen Schafen bei der Querung eines kleinen Flusses ausgeglitten und so unglücklich gestürzt war, dass sie sich beide Unterschenkelknochen im linken Bein brach und wochenlang zum Nichtstun verdammt war. Doch die Schäferfamilie kümmerte sich auch in dieser Zeit um sie und gab ihr was zu tun. »Jetzt bringe ich dir Stricken bei«, hatte Arthur, der Schäfer, erklärt. Und er drückte ihr ein Knäuel dicke naturweiße Wolle in die Hand und zeigte ihr, wie man Maschen aufnahm und abstrickte. Ruth hatte ihn verwundert gefragt, warum er als Mann stricken konnte. Arthur, ein vierschrötiger, kräftiger Mittfünfziger mit grauen, abstehenden Haaren und einer Knollennase, die sein hobbithaftes Gesicht dominierte, hatte sie über den Rand seiner Lesebrille unverwandt angeblickt. »Merkst du selbst, dass das 'ne dumme Frage ist, ne?«, meinte er, und da musste Ruth lachen. »Die Schafe gehören zu unserer Familie. Und weil sie zu uns gehören, befassen sich alle Familienmitglieder auch mit den Produkten, die wir aus der Schafzucht gewinnen. Sei es das Fleisch von Lämmern, Wolle von den Mutterschafen oder Lammfelle. Sie gehören zu uns, sie ernähren uns. Das Stricken hat mir mein Grampa beigebracht, da war ich grad mal fünf. Ich hab das nie infrage gestellt.«

Ruth erzählte ihm, dass dort, wo sie herkam, Stricken für Männer Weiberzeug war.

»Die müssen auch nicht mit den Schafen leben. Können sie gern glauben.«

Die Monate in Neuseeland hatte Ruth jedenfalls in guter Erinnerung, und die beiden Pullover, die sie sich während ihres gebrochenen Beins gestrickt hatte, begleiteten sie zurück nach Europa und später nach Südamerika. Dort lernte sie in Uruguay eine Kooperative von Frauen kennen, die sich dem Handfärben von Wolle verschrieben hatten, die sie in die ganze Welt verkauften. Sie nahmen Ruth in ihre Mitte auf, und von ihnen lernte sie nicht nur, wie man Wolle färbte, sondern auch, wie man sie von Hand spann und zu Tüchern webte.

Darum hatte ihre ursprünglich für ein Jahr geplante Weltreise auch zwei Jahre gedauert. Gut möglich, dass erst ihre anhaltenden Aufenthalte in Neuseeland und Uruguay dazu geführt hatten, dass sie so spät heimkehrte und kein Heim mehr hatte. Was sie wiederum nach Norderney geführt hatte, wo es eine Schäferei gab.

Ruth glaubte nicht an Zufälle. Zumindest hatte sie in diesem Moment ein sehr intensives »Ich glaube nicht an Zufälle«-Gefühl.

Noah erzählte munter. »Wir haben total viele Schafe! So tausend oder so. Mein Papa kümmert sich ganz allein um sie, seit Mama nicht mehr da ist.« Kurz verdüsterte sich seine Miene.

»Oh, das tut mir leid«, sagte Ruth mitfühlend. Sie spürte den Kummer des kleinen Kerls und hätte ihn gern irgendwie getröstet. »Haben sich deine Eltern getrennt?«

»So was in der Art, mhm.« Noah biss in den Burger und schaffte es, sich beide Ohren gleichzeitig mit Ketchup zu beschmieren. Ruth seufzte und hielt ihm ihre hellblaue Serviette hin, die er entgegennahm und dann neben seinen Teller legte, weil er wohl nix damit anzufangen wusste.

»Deine Ohren«, sagte sie leise.

»Oh.« Jetzt waren die Ohren nicht nur vom Ketchup rot. Er wischte sich die rote Soße von den Ohrmuscheln und stopfte sich dann drei Pommes auf einmal in den Mund.

Himmel, wie ausgehungert war dieses Kind? Kümmerte sich der Vater überhaupt um ihn? Vermutlich nicht, denn mit tausend Schafen hätte er mehr als genug zu tun. Das war kaum zu bewältigen, so allein ... Ruth schüttelte den Kopf. Vorsichtig bohrte sie nach. »Wer kümmert sich denn um dich?«

»Na ja, Papa ist nachmittags immer auf der Weide. Oder in der Käserei. Manchmal auch im Laden. Wir haben nämlich einen Laden«, fügte Noah hinzu. »Da verkauft er Schafskäse und so. Leni und ich spielen so lange auf dem Hof. Leni ist meine Schwester.«

»Das klingt ja aufregend.« Ruth lehnte sich zurück. Sie hatte jetzt genug von dieser Unterhaltung. Neruda schlief zu ihren Füßen, und so langsam sollte sie zurückgehen, bevor Jonte wach wurde und Hunger bekam. Was aß so ein Baby eigentlich außer Blaubeeren? Für Burger war es vielleicht noch zu jung.

»Das war lecker. Danke.« Noah schob den Teller von sich weg und sprang auf. »Tschüss dann, vielleicht sieht man sich mal!« Er winkte, dann stieg er aufs Rad. Bevor Ruth noch etwas sagen konnte, radelte er davon.

»Na so was«, murmelte sie. Keine Ahnung, was sie sich von Noah erhofft hatte – aber dass er einfach davonfuhr, überraschte sie schon irgendwie.

Ruth bezahlte und machte sich auf den Rückweg. Unterwegs wachte Jonte auf. Er schaute sich interessiert um, wirkte aber nicht im Geringsten beunruhigt, dass Ruth ihn durch die Gegend schob. Schau an, Babys konnten auch entspannt sein.

Zurück in Nelas Haus, stellte sie den Buggy im Flur ab. Jonte war unruhig, und wenn Ruth nicht alles täuschte, hatte er auf dem letzten Wegstück heimlich die Windel vollgeknallt. Na bravo.

Windeln wechseln gehörte wirklich nicht zu ihren Kernkompetenzen.

Bevor sie in ihrer Verlegenheit dazu kam, sich am Wickeln zu versuchen – denn sie konnte Jonte ja wohl kaum mit der vollen Windel spielen lassen! –, kam Nela durch die Verbindungstür zum Geburtshaus. Sie strahlte ihren Zwerg an. »Da ist ja mein Jonte!«

Sofort krähte der Kleine vergnügt und wollte von Ruths Arm auf den von seiner Mama. Ruth war erleichtert. »Ich glaub, er braucht 'ne frische Windel.«

»Ach, das haben wir sofort. Machst du uns 'nen Kaffee?«

Kaffee bekam Ruth jedenfalls besser hin als eine neue Windel.

»Sag mal. Wir waren bis zur Weißen Düne und haben dort gegessen. Also ich hab was gegessen, Jonte hat gepennt. Und da kam so ein kleiner Junge auf dem Fahrrad angesaust, sieben oder acht Jahre alt. Noah? Sein Vater hat 'ne Schäferei, und ich hab ihn zum Mittagessen eingeladen. Er wirkte auf mich ziemlich ausgehungert.«

»Ach, Noah? Klar kenne ich den. Der futtert sich bei jedem durch, wenn man ihn lässt. Bei uns war er auch schon mal. Ich musste aber intervenieren, weil Omama seine Kirschnusstorte mit Eierlikör übergießen wollte.« Nela setzte sich mit Jonte auf dem Schoß an den Tisch und nahm einen Schluck Kaffee. »Puh, den habe ich gebraucht. Danke.«

»Also ist er wie so ein Streuner?«

»So in der Art. Sein Papa arbeitet viel, seine kleine Schwester ist den ganzen Tag im Kindergarten, und er hat mittags Schulschluss. Irgendwo muss er ja bleiben.«

Ruth runzelte die Stirn. »Gibt es keine Ganztagsschule?«

»Nee.« Nela wurde nachdenklich. »Komisch, dass du das ansprichst. Ich hab darüber bisher nie nachgedacht … Also, dass er nirgends hinkann. Hm.«

»Das Problem kriegt ihr in ein paar Jahren ja auch …« Ruth verstummte. Sie merkte, wie Nela auf einmal in Gedanken ganz weit weg war.

»Weißt du was? Ich fahr heute Abend mal raus zur Schäferei. Wollte ich schon ewig mal machen, weil Hanno mich mal angesprochen hat, ob wir ein Lammfell für Jonte wollen. Ich guck mal, was da los ist.«

Ruth hätte fast angeboten, dass sie mitkam, doch sie hielt lieber den Mund. Noahs Familie geht mich nichts an, dachte sie.

Erst mal musste sie sich selbst wieder im Leben zurechtfinden. Sie kannte das schon – auch bei ihren Reisen hatte sie immer ein paar Tage Zeit gebraucht, bis sie sich zurechtfand. Heute Abend wollte sie mit Alma auf der Terrasse sitzen, kniffeln und Sanddornschorle schlürfen, bis sie ins Bett wankte und hoffentlich ungestört mindestens bis um zwölf schlief.

Sie hatte kaum das Wort »ungestört« gedacht, als nebenan wieder ein Baby anfing zu weinen.

»Was zur Hölle …«, murmelte Ruth.

»Krabbelkurs«, meinte Nela und zuckte entschuldigend mit den Schultern.

»Aber ist das denn richtig, dass die Babys immer weinen?«

»So ein Krabbelkurs ist eben aufregend. Und Babys können sich nur übers Weinen äußern, wenn ihnen etwas nicht passt.«

So hatte Ruth darüber noch nie nachgedacht.

»Trotzdem. Dabei findet doch kein Mensch Ruhe.«

Nela lächelte müde, und Ruth kam der Gedanke, dass ihre Freundin sich inzwischen schon ziemlich an das Weinen von Babys gewöhnt hatte – sowohl bedingt durch ihren Beruf als auch durch die räumliche Nähe zum Geburtshaus. Aber das musste ja nicht heißen, dass Ruth sich auch daran gewöhnen musste?

Nur: Wo sollten Neruda und sie denn sonst hin?

Kapitel 6

Nela merkte, dass Ruth sich noch nicht so richtig in die neue Wohnsituation eingefunden hatte. Deshalb fragte sie ihre Freundin auch nicht, ob sie auf Jonte aufpasste, während sie ihren Abendspaziergang machte.

Den hatte sie sich während der Schwangerschaft angewöhnt, als sie einen Schwangerschaftsdiabetes entwickelte. Für Nela kam das überraschend und war ein Ärgernis, denn so musste sie zumindest bis zur Entbindung darauf verzichten, die Abende erschöpft mit einem Eiscremeeimer auf dem wachsenden Bauch vor dem Fernseher zu verbringen. Stattdessen servierte Simon ihr Blattsalate mit Joghurtsoße, Tomate, Feta und Ei, gelegentlich garniert mit einer sehr dünnen Scheibe Vollkornbrot. Und jeden Abend gingen sie noch eine große Runde spazieren. Sowohl die Ernährungsumstellung als auch die abendlichen Spaziergänge sorgten dafür, dass Nela nicht weiter zunahm und das Baby nicht zu groß wurde. Trotzdem war sie für die Geburt nicht auf der Insel geblieben, sondern musste aufs Festland in eine Klinik ausweichen.

Die Spaziergänge hatte sie beibehalten, und sie genoss es heute Abend besonders, mit Jonte in der Trage vor der Brust noch ein wenig zu laufen. Der Tag war anstrengend gewesen, und sie musste viel nachdenken.

Erstens: Sie wusste nicht, ob sie Ruth oder sich selbst mit ihrem vorschnellen Angebot einen Gefallen getan hatte. Ruth vor die Tür setzen kam nicht infrage, aber sie wirkte nicht besonders glücklich mit so viel Babys rings um sich herum.

Zweitens: Simon. Natürlich hatte Nela Verständnis dafür, wenn er in der Apotheke unabkömmlich war. Aber sie war ja im Geburtshaus auch oft eingespannt und musste sich irgendwie freischaufeln. Und Jonte kam nun in ein Alter, da reichte es ihm nicht, einfach auf einer Krabbeldecke auf dem Boden zu liegen.

Drittens: Omama. Die einfachste Lösung wäre es, wenn sie sich langsam mal auf ein Altenheim einließ, denn Nela hatte immer wieder Angst, sie könnte irgendwas vergessen, übersehen, und Omama zündete ihnen dann das Haus an, weil sie es sich mit Kerzen gemütlich machen wollte und irgendwo Streichhölzer versteckte.

Viertens: Noah. Okay, streng genommen nicht ihr Problem. Aber sie machte sich Gedanken um Noah und seine jüngere Schwester Leni. Sie kannte die genauen Umstände nicht, wusste aber, dass Hanno seit etwa zwei Jahren mit den Kindern allein war – seit jenem Sommer, in dem Nela nach Norderney zurückgekehrt war.

Natürlich ging es sie nichts an, wie Hanno mit seinen Kindern umging. Aber sie wollte sich erkundigen, ob sie Hilfe brauchten. Die könnte Nela zwar nicht selbst leisten, doch sie kannte viele Familien auf der Insel.

Sie hatte die kleine Schäferei in den Dünen erreicht. Im Haus war alles dunkel, aber in der kleinen Käserei mit dem Hofladen brannte noch Licht. Komisch, es war doch schon fast neun Uhr …?

Nela trat an die Glastür. Der Hofladen war kaum größer als fünf mal vier Meter. An der gegenüberliegenden Wand stand eine große Käsetheke, in der die verschieden großen Käsestücke ausgestellt waren. Daneben waren die Regale mit anderen regionalen Produkten oder Waren, die Hanno herstellte. Eine Tiefkühltruhe barg vermutlich Lammfleisch, von einer Querstange an der Decke hingen Schafswürste. Hanno stand hinter der Käsetheke und räumte die Käsestücke in gelbe, flache Kisten. Nela klopfte an die Glasscheibe in der Tür. Er blickte auf, wirkte fast ein wenig gehetzt. Doch dann erkannte er Nela und lächelte. Er kam rum und schloss ihr die Tür auf.

»Moin, Nela, das ist 'ne Überraschung.«

»Moin, Hanno. War gerade auf meiner Abendrunde und hab noch Licht gesehen.« Das war nicht mal gelogen.

»Na, siehst ja, immer was zu tun, selbst und ständig.« Hanno lachte verlegen. Jonte in der Trage brummte, und Hanno legte sich erschrocken einen Finger auf die Lippen.

»Sorry, will deinen kleinen Beschützer lieber nicht wecken. Komm rein. Willst du Tee?«

»Ja, gerne.«

»Hab nur Schafsmilch da, hoffentlich ist das okay.«

Nela lachte. »Für mich dann ohne Milch.«

Während Hanno in der kleinen Küche hinter dem Laden verschwand, sah Nela sich um. Auf einem niedrigen Regal, das im Fenster neben der Tür stand und quasi als Schaufensterauslage diente, lagen mehrere Lammfelle. Sie strich mit der Hand darüber. So schön weich!

»Wollt ihr eins haben?« Hanno trat neben sie und gab ihr einen Becher.

Nela schnupperte daran. Thymian, lecker!

»Aus unserem Gärtchen.« Hanno nickte zu der Tasse. »Ich benutze die Kräuter auch für unseren Käse.« Er trank einen Schluck und machte »mhmm«. Dann wies er einladend auf einen bequemen Korbsessel, auf dem ebenfalls ein Lammfell lag und der neben dem Schaufenster in der Ecke stand. »Setz dich doch. Oder kannst du nicht mit dem Baby in der Trage?«

»Das geht schon.« Sie ließ sich auf dem Sessel nieder. Fieberhaft überlegte sie, wie sie das Gespräch auf Noah bringen konnte. Doch Hanno kam ihr zuvor.

»Früher habe ich meine Kinder auch getragen. Das war schön.« Er stand neben der Käsetheke und nippte an seinem Tee.

»Und jetzt sind die beiden schon so groß. Wie alt sind sie?«

»Noah ist sieben. Kommt bald in die zweite Klasse.«

»Schulkind schon, wow. Wie kommt er klar?«

Hanno verlagerte das Gewicht. »So weit gut, glaub ich. Er kann schon ein bisschen lesen.« Stolz schwang in seiner Stimme mit.

»Das ist toll. Ich frage nur, weil …« Jetzt bloß nicht was Falsches sagen. Sie merkte doch, wie unangenehm Hanno das Gespräch wurde. Das sollte es nicht. Er sollte kein schlechtes Gewissen haben, weil Noah herumstreunte.

»Meine Freundin hat ihn heute an der Weißen Düne getroffen. Sie hat ihn zum Mittagessen eingeladen.« Nela grinste. »Sie meint, er hätte sehr ausgehungert gewirkt.«

»Oh scheiße. Tut mir leid, Nela. Ich habe ihm schon tausendmal gesagt, er soll nach der Schule direkt nach Hause kommen, aber …«

»Nein, nicht doch!« Mist, nun hatte er sie falsch verstanden! Das wollte sie gar nicht. »Er war sehr höflich, sie hatte auch kein Problem damit. Aber sie wunderte sich eben, weshalb ein Siebenjähriger allein unterwegs ist.«

»Na ja, weil ich ihn nicht im Ganztag angemeldet habe«, nuschelte Hanno. »Dachte, das sei unnötig. Bis zum Winter hat das auch super geklappt, aber dann hat Bernd gekündigt, und ich muss seitdem alles allein wuppen.«

»Ach so.«

»Und dann geht Noah eben manchmal noch woanders hin. Weil es zu Hause ja langweilig ist. Leni holen wir erst gegen halb vier aus dem Kindergarten.«

Nela nickte. Sie wusste noch, wie es früher für Tini und sie gewesen war, wenn ihr Vater in der Apotheke stand und ihre Mutter sich um die Ferienwohnungen kümmerte. Da hatten sie auch nach der Schule viel Zeit allein verbracht.

»Nächstes Schuljahr kriegt er hoffentlich einen Platz. Aber gerade jetzt bräuchte ich dringend Hilfe und kriege keine. Na ja, also vernachlässige ich meine Kinder.«

Hanno ließ den Kopf hängen. Sofort tat es Nela leid, dass sie überhaupt was gesagt hatte.

»Du vernachlässigst sie doch nicht.«

»Doch, klar. Wäre ich 'ne Frau, würden alle sagen: ›Toll, wie die das wuppt‹, wahlweise, wenn's nicht so klappt: ›Herrje, die Arme, wie soll sie das auch schaffen.‹ Ich bin der Rabenvater. Habe ja zugelassen, dass sie ohne Mutter aufwachsen …«

Er sprach nicht weiter, und Nela räusperte sich verlegen. Sie wusste nichts über die genauen Umstände, die dazu geführt hatten, dass es keine Mutter mehr gab. Und sie fand's auch peinlich, ihn jetzt danach zu fragen.

»Na, jedenfalls … ich muss wohl einsehen, dass es so nicht weitergeht. Ich brauche Hilfe. Die brauche ich schon länger, aber das sollte jetzt wohl Priorität haben.« Er blickte sich im Lädchen um. »Ich meine, ich stehe bis abends um zehn hier und packe Käsebestellungen für meine Stammkunden. Das kann's doch auch nicht sein. Ich habe Arbeit für drei, und meine Kinder sehe ich maximal drei Stunden am Tag.« Er seufzte.

Nela konnte das alles so gut nachfühlen.

Und sie hatte auch schon eine Idee, wie sie Hanno helfen könnte – allerdings müsste sie es geschickt anstellen, denn sie wusste, dass die Person, die sie als Hilfe für Hanno im Blick hatte, es überhaupt nicht mochte, wenn man sie zu ihrem Glück zwang. Nela hatte das Gefühl, sie hätte bei Ruth schon einmal danebengelegen, weil sie ihre Freundin zu etwas gedrängt hatte.

Nein, diesmal musste die Initiative von Ruth kommen.

Aber Ruth mochte keine Kinder. Und hier wären schon zwei, die nicht den ganzen Tag auf einer Krabbeldecke lagen …

Nela fasste einen Entschluss. »Schreib doch mal 'ne Anzeige, damit ich sie am Schwarzen Brett im Geburtshaus anpinnen kann«, schlug sie vor.

»Was soll das bringen?« Hanno runzelte die Stirn.

»Lass mich nur machen.«

Sie war überzeugt, wenn Ruth den richtigen Stups bekam, würde sie sich hier einbringen, Kinder hin oder her.

»Schon wieder Babykurs?« Ruth stöhnte und vergrub das Gesicht unter dem Kopfkissen. Das Babygeheul war diesmal mindestens dreistimmig.

Neruda setzte sich auf und machte einmal »wuff!«, um auch sein Unbehagen über die frühe Ruhestörung zum Ausdruck zu bringen.

»Ich mag's auch nicht, Kumpel.« Ruth rollte sich aus dem Bett. Sie hörte das Wasser im Badezimmer rauschen. Alma war schneller gewesen. Na gut.

Sie zog sich an, und als sie aus ihrem Zimmer schaute, war auch schon die Badezimmertür offen, und sie hörte Alma in ihrem Zimmer mit Roland Kaiser im Duett. Wenigstens dieser Aspekt ihrer Wohnsituation klappte gut.

Eine Viertelstunde später verließ sie auf der Suche nach Kaffee die Wohnung. Bei Nela war niemand, also musste sie sich in das Geburtshaus wagen, das zwischen den beiden Wohnflügeln lag. Im Flur kam ihr Nela schon entgegen.

»Entschuldige!« Nela lachte. »Schon wieder die frühen Krabbelbabys.«

Inzwischen war es im Kursraum ruhig. Ruth atmete auf. Vielleicht gewöhnte sie sich ja irgendwann an dieses Leben …

»Nimmst du ihn mal kurz?«

Schon hatte sie wieder Jonte auf dem Arm. Der schien regelrecht begeistert von ihr zu sein, denn er wippte auf ihrem Arm, dass sie fürchtete, er würde gleich runterspringen. Nela zog einen

Zettel aus der Gesäßtasche und ging zur Pinnwand, die im Eingangsbereich des Geburtshauses für Ankündigungen von Kursen, Babyflohmarkt und dergleichen mehr diente. Sie pinnte einen hellgrünen Zettel zwischen der Suche nach einem bestimmten Tragetuch und dem Angebot von Fruchtbarkeitsyoga. Ruth bemerkte die witzigen Schäfchen, die rings um den Text aufgemalt waren.

»Schau mal, Jonte. Schafe!« Sie trat näher. Es waren tatsächlich Schafe, die auf einem Deich standen und ihre Popos in den Wind hielten. Darüber stand:

HILFE gesucht!
Kleine Norderneyer Schäferei braucht dringend Unterstützung beim Schafehüten, Melken, Scheren und allem, was noch so anfällt! Kost & Logis frei, viel frische Luft und harte Arbeit garantiert!

Darunter stand eine Handynummer und *Hanno, Noah & Leni*.

»Mhm«, machte Ruth.

»Hm?« Nela nahm ihr Jonte wieder ab.

»Meinst du wirklich, er findet *hier* 'ne Hilfe? Wo all die Muttis ihre Babys im Elterncafé schuckeln?«

»Ja, keine Ahnung. Die Muttis haben meist auch Ehemänner oder Freunde oder Brüder, manche haben auch schon Teenagersöhne …«

»Du meinst, das ist nur ein Job für Männer?« Jetzt verfinsterte Ruths Miene sich weiter. »Ernsthaft, Nela?«

»Nee. Das könnten sicher auch Frauen. Aber du hast schon recht, die Muttis werden's nicht rausreißen. Außerdem weiß ich zufällig, dass Hanno die ganze Stadt mit diesen Zetteln flutet, weil er wirklich dringend Hilfe braucht.«

»Soso.« Mehr sagte Ruth nicht. Nela sah sie von der Seite an, schwieg aber. »Also, ich glaube, ich mach erst mal 'ne Inselrunde mit Neruda. Er braucht Auslauf.«

»Ja, mach nur.« Nela wirkte seltsam fröhlich.

Ruth rief ihr nach: »Sag mal, diese Schäferei. Kannst du mir sagen, wie ich da hinkomme?«

»Klar. Kannst du gar nicht verfehlen. Am Krankenhaus vorbei Richtung Weiße Düne. Wenn du auf dem Dünenpfad nach Osten läufst, kommt rechter Hand ein kleiner Wirtschaftsweg. Ist auch ausgeschildert.«

Hatte Ruth sich das eingebildet oder grinste Nela irgendwie … zufrieden? Nee, konnte nicht sein. Das hieße ja, dass sie drauf spekuliert hatte, dass Ruth sich die Schäferei mal angucken wollte …

Vor einem Jahr war sie gerade auf dem Absprung nach Neuseeland gewesen. Eigentlich wollte sie schon wieder nach Hause, aber dann hatte sich die Gelegenheit geboten, sich einen Traum zu erfüllen. Wer sagte ihr denn, dass ihr das Schicksal nicht erneut eine Chance bot?

Ruth pfiff nach Neruda, der draußen auf der Veranda gelegen und auf sie gewartet hatte. Sie nahm ihn an die Leine, und so machten sie sich auf den Weg zur Schäferei.

Ein leichter Wind wehte und trieb Schäfchenwolken über den Himmel. Ruth schritt schnell aus. Die Bewegung tat ihr gut, und es gelang ihr, ein wenig die Gedanken zu sortieren, die ihr durch den Kopf gingen. Neruda lief aufmerksam neben ihr her.

Nach zwanzig Minuten erreichten sie die Abzweigung. Ruth folgte dem schmalen Weg und sah bereits die Gebäude, die sich um einen Innenhof gruppierten. Sie näherte sich dem Hof von der Gartenseite des kleinen Wohnhauses. »Neruda, bei Fuß«, sagte sie leise. Sofort war er an ihrer Seite. Dass er gut erzogen war, war ihr wichtig.

Ruth umrundete das kleine Holzhaus und stand vor dem Hofladen und der Käserei. Die Tür vom Lädchen stand offen, und drinnen hörte sie jemanden klappern. Drüben auf der anderen Seite des Hofs sonnte sich eine schwarz-weiße Katze, und als sie die Besucher bemerkte, rollte sie sich auf den Rücken. Die hatte also die Ruhe weg. Das Stallgebäude war still; bestimmt waren alle Schafe gerade auf einem Deich oder einer Weide.

»Moin.«

Ruth fuhr herum. In der Tür zum Hofladen war ein groß gewachsener Mann aufgetaucht, die dunklen Haare lockig, der Dreitagebart rötlich. Die grauen Augen musterten sie neugierig.

»Moin. Ich wollte nur mal gucken.«

Nur mal gucken, du meine Güte. Sie klang wie so eine Urlauberin.

»Gucken kostet nichts. Wir haben auch Käse im Angebot.« Ein Mundwinkel zuckte bei ihm. Ruth konnte sich das Grinsen auch nicht verkneifen.

»Vermutlich gibt's den nicht umsonst.«

»Der ist sein Geld schon wert. Wollen Sie probieren?«

Ruth hatte vorhin in all der Eile vergessen zu frühstücken, auch den Kaffee hatte sie vergessen, als sie so holterdiepolter zur Schäferei wollte. Sie nickte deshalb dankbar.

»Die Schafe sind ja gar nicht da.« Wieder so ein Urlauberinnensatz, dem man die Enttäuschung anhörte.

Er grinste spöttisch. »Die sind aufm Deich, wo sie hingehören.«

»Bleib«, sagte Ruth zu Neruda, ehe sie dem Mann in den Laden folgte. Ihre Augen brauchten einen Moment, ehe sie sich an das schwächere Licht gewöhnten.

Die Einrichtung in dem Lädchen gefiel Ruth. Viel dunkles Holz, eine moderne Käsetheke, eine Kühltruhe für Lammfleisch. Viele Lammsalamis unter der Decke. Der Mann – Ruth ging davon aus, dass es sich um den Schäfer Hanno handelte – trat hinter die Käsetheke. Er summte vor sich hin, schnitt Scheiben von einem Baguettebrot ab, belegte sie mit verschiedenen Käsesorten, träufelte hier Honig drüber, streute dort ein paar Kräuter aus einem kleinen Glas mit Bügelverschluss. Dann reichte er Ruth den kleinen Teller über die Theke.

Ruth blickte sich suchend um. Sie entdeckte einen Korbsessel neben dem Schaufenster und setzte sich. Dann probierte sie den ersten Käse. Feinherber junger Schafskäse mit Kräutern, dazu Honig und ein Gänseblümchen obenauf. Ruth genoss die beiden Häppchen und schloss genießerisch die Augen. So sollte Käse schmecken, dachte sie. Voll, kräftig, aber nicht zu sehr. Sie war keine Freundin von Stinkekäse.

Dann gab es noch einen älteren, gereiften Hartkäse, auf den Hanno einen Tupfer Feigensenf gesetzt hatte, und als krönenden Abschluss einen mit Kräutern bestreuten Frischkäse.

»Mhmm, lecker«, sagte Ruth. »Das schmeckt total gut!«

»Ihre Überraschung beleidigt mich.«

Sie lachte. »Entschuldigen Sie. Ich bin übrigens Ruth. Meiner Freundin Nela gehört das Geburtshaus, und ich habe Ihre Anzeige heute früh gelesen. Außerdem habe ich gestern Ihren Sohn Noah kennengelernt.«

»Ach, du bist das!« Er wechselte so lässig zum Du, als würden sie sich schon jahrelang kennen, und für Ruth fühlte sich das richtig gut an. Sie siezte aus Höflichkeit, nicht weil sie unbedingt siezen wollte. Insofern kam ihr Hannos Art entgegen.

»Ja, ich bin das.« Sie lächelte und stand auf, um den Teller auf den Tresen zu stellen. »Also, der Job, den du da hast …«

»Ach, der. Ja. Hm.« Er musterte sie.

Ruth hoffte, dass sie mit Jeans, einem ollen T-Shirt und dem Vogelnest auf dem Kopf einigermaßen repräsentabel aussah. Wenn es nicht für den Schafstall reichte, wofür denn dann?

»Kannst du zupacken?«

»Aber hallo kann ich zupacken.« Sie hätte ihm gern von den

Monaten in Neuseeland erzählt, aber da hatte ihr Zupacken allzu schnell nur Stricknadeln umfasst.

»Morgens um fünf raus?«

»Kein Problem für mich.« Eine kleine Notlüge. Aber seit sie Hanno kennengelernt hatte, war das Gras in dieser kleinen, niedlichen Schäferei so viel grüner als das mit rumgetränktem Marmorkuchen gepflasterte Leben in Nelas Geburtshaus, dass sie den Job auf einmal um jeden Preis haben wollte. Auch wenn sie sich dafür um fünf aus dem Bett quälen musste. Na ja, vielleicht reichte auch halb sechs.

»Du könntest hier draußen wohnen, wenn du magst.« Er blickte hinaus, wo Neruda weiterhin vor dem Laden lag und nicht mal mit den Ohren zuckte, obwohl die schwarz-weiß gescheckte Katze inzwischen aufgestanden war und über den Hof auf ihn zusteuerte.

»Du hast einen Hund, sehe ich. Gut erzogen?«

»Das war mir wichtig. Ein peruanischer Hirtenhund.«

Hanno lachte. »Die Rasse gibt's doch gar nicht. Also, dein Hund muss mit?«

»Ohne ihn geht's nicht.«

Hanno nickte. Er runzelte die Stirn. Ruth folgte seinem Blick. Die Katze rieb ihr Köpfchen an Nerudas Schnauze, der etwas irritiert zu Ruth blickte, dann aufstand und auf die andere Seite des Hofs ging.

»Versteht er sich auch mit anderen Hunden? Wir haben zwei, die sind hier die Chefs, weil sie für die Schafe unverzichtbar sind. Wenn's da Ärger gibt, zieht ihr den Kürzeren.«

»Das müssten wir ausprobieren.«

Schon sah Ruth ihre Chancen schwinden, denn wie sich Neruda bei anderen Hunden verhielt, hatte sie bisher eher selten getestet.

Hanno wirkte auch nicht besonders überzeugt.

»Aber Neruda hat auch kein Problem, wenn er die ganze Zeit an der Leine sein muss«, beteuerte Ruth. Sie merkte, wie sehr sie diesen Job wollte. »Magst du mir mehr über die Arbeit erzählen?«

Hanno musterte sie nachdenklich. »Also gut«, sagte er schließlich. »Ich will ehrlich sein: Ich habe wenig Hoffnung, dass sich überhaupt jemand auf mein Gesuch meldet. Ein bisschen Hilfe ist besser als gar keine.«

Na super, dachte Ruth. Das waren ja wirklich beste Voraussetzungen. Sie hatte wenig Lust, sich von ihrem zukünftigen Chef anhören zu müssen, dass sie ja nur zweite Wahl war, weil es sonst niemanden für den Job gab. Oder dass er sie für unfähig hielt, weil sie eine Frau war. So ein Quatsch!

Sie musste zugeben, dass ihr Ehrgeiz geweckt war. Sie würde Hanno schon beweisen, dass sie Ahnung von der Arbeit mit Schafen hatte!

Hanno zeigte ihr zuerst den hinteren Bereich des Ladens, die daran angeschlossene Käserei und den Keller, wo die Käselaibe auf Holzregalen reiften. Dann führte er sie über den Hof zum leeren Schafstall. Dabei erzählte er: »Ich habe achtzig Schafe. Ostfriesische Milchschafe, sie geben gute Milch, haben einen hohen Fleischertrag und eine feine Wolle. Ich habe im Moment drei Dutzend Mutterschafe, die täglich gemolken werden.« Er erzählte Ruth von der guten Milch, die er zu Käse verarbeitete, vom Fleisch, das er in einer Schlachterei verarbeiten ließ, und von der Wolle. »Die verkaufe ich. Aber ehrlich gesagt bringt das nicht viel. Drei Euro pro geschorenes Schaf, davon kann ich nicht mal einen Scherer bezahlen.«

»Warum verarbeitest du die Wolle nicht weiter?«

Da warf er ihr einen so finsteren Blick zu, dass Ruth lieber den Mund hielt. Aha, so einer war Hanno. Der gern redete, aber auf keinen Fall Widerspruch hören wollte.

»Ich zeig dir die Schafe.«

Sie holte Neruda und hielt die Leine kurz, während Hanno seine Hunde holte. Zwei Border Collies kamen aus dem Haus geschossen, auf einen winzigen Wink von Hanno blieben sie aber direkt bei ihm und spitzten nur interessiert die Ohren in Nerudas Richtung. Ruth merkte, wie dieser nervös wurde, und sie geriet selbst leicht ins Schwitzen. Hoffentlich benahm ihr Hund sich angemessen!

»Das sind Hottel und Luise«, stellte Hanno die schwarz-weiß gescheckten Hunde vor. Die beiden sahen Neruda an, als würden sie ihn nicht für voll nehmen. Neruda wollte zu ihnen, aber Ruth behielt ihn an der Leine.

»So weit, so gut«, meinte Hanno. Er schien mit dem ersten Kontakt der Hunde zufrieden zu sein. »Komm, gehen wir zu den Schafen.«

Sie nahmen einen dieser wunderschönen Wege, die sich zwischen den Dünen dahinschlängelten. Hanno schritt voraus, die Hände in den Hosentaschen vergraben, Hottel und Luise dicht an seiner Seite. Mit etwas Abstand folgten Ruth und Neruda, der zum Glück von seinen Artgenossen inspiriert seine beste Seite zeigte.

Sie erreichten die ausgedehnten Weiden südlich des Leuchtturms, und Ruth entdeckte die kleinen, flauschigen Wattetupfen, die in ein paar Hundert Metern Entfernung auf einer Weide grasten.

»Willst du heute schon anfangen?« Hanno drehte sich zu ihr um.

»Na klar!«

Wenn das hieß, dass sie den Job hatte, war sie sofort dabei. Hanno erklärte ihr, dass sie die Schafe einmal täglich melken mussten. Dafür wurde die Herde in den Stall getrieben, dort wurden sie gemolken, und anschließend kamen sie zurück. Manchmal waren sie auf einer anderen Weide, auf der er einen mobilen Melkstand nutzte, aber im Moment ging es nur im Stall.

»Ganz schön viel Umstand für ein bisschen Milch.«

»Ein Mutterschaf liefert im Jahr ungefähr vierhundert Liter. Das ist schon 'ne Menge Milch, wenn du mich fragst.«

Da musste sie ihm auch recht geben.

»Außerdem muss das ja auch verarbeitet werden. Kostet alles Zeit.«

Ruth blieb zurück, während Hanno auf die Weide ging. Seine Hunde wussten, was sie zu tun hatten; sie trieben die Schafe zusammen und Richtung Gatter. Auch die Schafe wussten, was los war, sie trabten folgsam auf Ruth und Neruda zu. Hottel sicherte vorne, Luise blieb weiter hinten. Kein Schaf scherte aus, sie passierten das Tor und liefen auf den Dünenweg zu. Auf dem Heimweg mussten sie lediglich eine Straße überqueren, und auch das schaffte die kleine Herde mit bewundernswerter Ruhe und Entspanntheit. Ruth war beeindruckt. Nicht, weil sie es anders erwartet hätte, sondern weil sie sah, wie gut Hanno mit den Schafen umging.

Sie hielt Neruda kurz an der Leine, als sie gemeinsam der Herde folgten, aber das wäre gar nicht nötig. Als wollte er ihr und allen anderen beweisen, was für ein folgsamer Hund er war, lief er dicht neben Ruth und blickte immer wieder zu ihr auf, als wollte er sich vergewissern, dass er alles richtig machte.

»Bist ein Guter«, murmelte Ruth. »Fein, Neruda.«

Die Schafe waren schon fast alle im Stall, als sie den Hof der Schäferei betrat. Drinnen hörte sie Hanno rufen. Sie band Neruda rasch an der kleinen Bank vor dem Wohnhaus an und folgte Hannos Rufen.

Er stand in der Milchkammer und zeigte ihr, wie sie die Schafe melken konnte. Die nächste Stunde verging einfach mit diesen für sie ungewohnten Handgriffen. Aber Hanno trat irgendwann einen Schritt zurück und nickte beifällig. Ihm gefiel, wie sie arbeitete.

»Stellst dich ganz gut an«, meinte er, und sie vermutete, das war so eine ostfriesische Art, ein Lob auszusprechen.

Nach getaner Arbeit merkte sie jedenfalls, dass sie was geleistet hatte; ihr Rücken schmerzte ordentlich. Sie stand auf und rieb sich das Kreuz.

»Ist es dir schon zu viel?«, fragte Hanno mitfühlend und spöttisch zugleich.

»Auf keinen Fall! Was kommt als Nächstes?«

»Wir bringen die Herde zurück und kümmern uns danach um die Milch.« Er musterte sie nachdenklich. »Kannst du dir das vorstellen? Also, bei mir zu arbeiten?«

Ruths Herz klopfte aufgeregt. Na klar!, hätte sie am liebsten gerufen. »Und mein Hund stört dich nicht?«, fragte sie stattdessen.

»Dein Hund beträgt sich gut. Komm, ich zeig dir mal das kleine Quartier für euch.«

Ruth folgte ihm aus dem Stall und zum Wohnhaus. Es gab einen kleinen Anbau auf der Rückseite mit eigener Terrasse. Hanno schloss die Tür auf. Man stand zuerst in einem kleinen Vorraum, der ringsum verglast war, wie eine Veranda. Zwei helle Polsterstühle mit Armlehnen standen an einem kleinen Tisch. Dahinter ging es in eine Küche, die aus einer Zeile mit Backofen, Herd und Kühlschrank bestand. Wenig Platz, doch als Ruth in die Schränke linste, sah sie, dass der vorhandene Platz gut genutzt war. Besonders gut gefiel ihr das bunt lasierte Geschirr. Sie folgte Hanno in den Wohnraum, der auf die Terrasse führte. Hinter einem Raumteiler, auf dem ein paar vertrocknete Zimmerpflanzen vor sich hin verkümmerten, gab es ein Bett, daneben eine Kommode. Ein Sofa, ein kleines Regal mit Fernseher und ein atemberaubender Blick auf die Dünen vervollständigten den Raum. Von der Schlafecke führte eine Tür in das kleine Duschbad, das erstaunlich modern war.

»Haben wir vorletztes Jahr neu machen lassen. Als … na ja.« Er verstummte.

»Hübsch«, meinte Ruth. »Wie viel Miete willst du?«

»Nee, nix da mit Miete. Wenn du mit anpackst, kannst du kostenfrei wohnen und drüben bei uns essen. Das klappt gut. Kannst dich aber auch selbst versorgen. Viel zahlen kann ich aber nicht zusätzlich.«

Ruth überlegte. Eine eigene kleine Wohnung für Neruda und sie. Eine Arbeit, mit der sie etwas Geld reinbekam. Familienanschluss, nun gut. Letzteres war nicht unbedingt ihre Präferenz, aber wenn sie wollte, konnte sie ja hier bleiben.

Sie einigten sich für den Anfang auf fünfundzwanzig Stunden pro Woche und klärten die Zahlungsmodalitäten. Hanno ging erleichtert auf Ruths Vorschlag ein, sie könnte sich ja einen Teil des Lohns in Lammsalamis und Käse auszahlen lassen. Das war zwar nicht so ganz korrekt, aber sie hatte den Eindruck, dass er immer noch fürchtete, sie könnte der Aufgabe nicht gewachsen sein und ihn früher oder später mit der Arbeit alleinlassen.

Was sie auf keinen Fall tun würde!

Sie war so froh. Auf dem Rückweg tänzelte sie mit Neruda, der völlig verwirrt war, über den Dünenweg. So kannte er Ruth gar nicht, sonst war sie in sich gekehrt und in ihre Gedanken versunken.

Aber sie durfte in einer Schäferei arbeiten, und wenn sie Glück hatte und Neruda sich benahm, konnte er ganz viel von Hottel und Luise lernen.

Endlich morgens kein Babygeschrei mehr.

Das war eigentlich noch das Beste daran.

Okay, früh aufstehen müsste sie wohl. Aber Ruth beschloss, dass sie auch das nicht stören sollte.

Kapitel 7

Ruths Hilfe hatte es Hanno ermöglicht, pünktlich zum Schulschluss vor der Grundschule zu stehen. Noah kam mit seinen Freunden aus dem Schulgebäude und verlangsamte seine Schritte.

»Was machst du denn hier, Papa?«, maulte er.

»Dich abholen. Damit du nicht wieder zur Weißen Düne fährst und dich bei fremden Leuten durchfutterst.«

Noah verzog das Gesicht, sagte aber nichts.

»Mensch, Noah. Zu Hause steht doch unser Essen auf dem Herd. Du brauchst es nur warm zu machen, das haben wir doch besprochen.«

»Mag aber nicht allein essen.« Noah schob sein Fahrrad neben sich her. Hanno schwieg. Dass er die Kinder zu viel allein ließ, wusste er schließlich. Aber wie sollte er sonst alles geregelt bekommen?

»Stell dir vor, ich habe jetzt Hilfe. Wir können vielleicht häufiger mittags essen.«

»Ja, echt? Cool.« Es klang aber, als fände Noah das gar nicht cool.

»Es ist die nette Frau, die dich gestern zum Essen eingeladen hat.«

Noah horchte auf. »Cooool«, sagte er. Diesmal freute er sich wirklich. »Bringt sie ihren Hund auch mit?«

»Sie zieht sogar zu uns. In die Einliegerwohnung.«

Zack, da waren bei seinem Sohn die Schotten wieder dicht. Hanno hätte es sich denken können.

»Weißt du, wir können die Wohnung nicht für alle Zeiten leer stehen lassen. Wenn Ruth sie nicht bekommt, müssen wir anderweitig einen Mieter aufnehmen.«

»Du gibst ihr Mamas Wohnung.« So viel Verachtung und Wut in so einem jungen Kerl. »Du spinnst wohl.«

»Noah …«

Hannos Sohn stieg aufs Rad. »Du bist ein blöder Arschpapa!«, schrie er so laut, dass es das halbe Dorf hörte. Dann trat er kräftig in die Pedale.

Hanno blieb stehen. Er ballte die Fäuste und versuchte, die zahlreichen Gefühle einzuordnen, die ihn gerade packten. Wut, ja. Natürlich war er wütend. Aber nicht auf Noah, denn sein Sohn konnte ja nichts dafür, dass das Leben weitergehen musste. Für Noah war seine Mutter immer noch Teil seines Lebens, und das sollte sie auch bleiben – aber langsam gewann Hanno den Eindruck, dass sein Sohn die Tatsachen ignorierte.

Sie war tot. Sie würde nie zurückkommen, egal, wie lange ihre Wohnung leer stand. Wann begriff Noah das endlich? Oder war das von einem Siebenjährigen zu viel verlangt? Hanno beschloss, auch Leni heute früher abzuholen. Er verspürte das Bedürfnis, sich um seine Kinder zu kümmern. Sie auf die Veränderungen vorzubereiten, die sich durch eine neue Person in der Schäferei ergeben würde. Noch dazu eine Frau, die im Alter ihrer Mutter war …

Eine Frau, die er mochte. Er wusste gar nicht so genau, woran das lag. An ihrem Lächeln, als sie Luise durchkraulte und zu ihm aufblickte, kurz bevor sie mit ihrem Hund wieder Richtung Dorf lief? Neruda, was für ein schöner Name für einen wunderschönen Hund. Der außerdem gut erzogen war, das war ihm auch nicht entgangen. Er hasste diese kleinen Kläffer, die regelmäßig mit den Spaziergängern an der Schäferei vorbeiliefen und versuchten, Hottel oder Luise durch ihr freches Gebell aus der Ruhe zu bringen. Oder die Schafe.

Ruth hatte so etwas Entspanntes, in sich Ruhendes. Ganz anders als Saskia, die wie eine Flipperkugel durchs Leben tänzelte und dabei immer wieder irgendwas in Scherben zerhaute. Das Vertrauen ihrer Kinder zum Beispiel. Oder seine Liebe.

Hör auf damit, schalt er sich. Es bringt nichts, wenn du als Erstes deine neue Mitarbeiterin mit der Frau vergleichst, die für dich und die Kinder das Leben einst so sehr bereichert hat … Zugleich war es nie leicht gewesen mit Saskia. Er erinnerte sich zu gut daran, wie sie immer gestritten hatten …

Nein, genug davon. Keine Gedanken an Saskia, kein Vergleich mit Ruth. Dabei konnte er nur verlieren …

»Na? Hat's geklappt?«, fragte Nela, als Ruth zurückkam, sich neben sie setzte und erst mal gar nichts sagte, sondern Nela so erstaunt ansah, als hätte sie einen Geist vor sich.

Nela saß auf der Veranda, der schlafende Jonte auf ihrem Schoß. Sie genoss diese Stunden ganz besonders, wenn ihr kleiner Sohn so kuschelig war, dass er an der Brust einschlief und den Mittagsschlaf auf ihr machte. Irgendwann war er groß und brauchte sie nicht mehr … Nela schluckte. Das war so ein Gedanke, der sie seit dem dritten Tag nach der Geburt nicht mehr losließ. Sie hatte damals vor der Wiege gestanden, in der ihr Baby friedlich schlief. Ihre Brüste schmerzten nach dem Milcheinschuss, ihr Unterleib fühlte sich ohnehin ganz wund an, die Dammrisswunde schmerzte, und die Tränen flossen. Ihre Brüste kribbelten, auch die Milch tropfte, und sie konnte nicht aufhören zu heulen, weil dieses winzig kleine Baby schon bald anfangen würde zu wachsen und nie wieder so winzig sein würde … Einerseits ein so schöner Gedanke, dass es ihr das Herz abschnürte, zugleich aber die schlimmste Vorstellung für sie.

»Du hast das geplant«, sagte Ruth schließlich.

»Na ja, planen ist der falsche Begriff.« Nela wiegte den Kopf.

»Sagen wir, ich habe gehofft, dass die Schäferei der richtige Ort für dich ist.«

Ruth wollte etwas entgegnen, doch dann hielt sie lieber den Mund.

Nela beugte sich behutsam zu ihr rüber und berührte sie am Arm. »Hey, es ist okay. Du musst nicht bei uns wohnen. Ich dachte, es kann funktionieren, aber da habe ich mich geirrt. Tut mir leid.«

»Nee, mir tut's leid. Ich dachte, so ein paar Babys stören schon nicht. Und es gibt bestimmt andere Menschen, die finden es hier bei euch wunderschön.« Ruth seufzte. »Mit den Neugeborenen, mit Alma und so weiter. Es liegt übrigens nicht an Alma, sie ist zauberhaft. Und wenn du nichts dagegen hast, besuche ich sie weiter regelmäßig.«

Nela lachte glucksend. »Erstens wirst du sie das selbst fragen müssen, ob sie das will. Und zweitens, dir geht's ja nur um den Kuchen, stimmt's?«

Da lachte Ruth, und Nela freute sich über das Lachen. Denn das war wieder ihre Ruth, die sie so lieb hatte.

»Verrat's ihr nicht, okay?«

Nela legte einen Finger auf die Lippen.

»Was kannst du mir über Hanno erzählen?«, fragte Ruth.

»Nicht viel. Er ist seit zwei Jahren mit den Kindern allein, aber damals war ich so beschäftigt, frisch verliebt und alles ging drunter und drüber. Ich habe das nur am Rande mitbekommen. Thore weiß vermutlich mehr.« Thore war Nelas Freund aus Schulzeiten, der schon früher auf die Insel zurückgefunden hatte als sie.

»Geht mich ja auch nichts an. Er bezahlt ein bisschen Gehalt, und ich kann bei ihm wohnen. Mehr brauchen Neruda und ich nicht.«

»Klingt perfekt.« Nela fielen die Augen zu. Die Nächte mit Jonte waren mal wieder die von der Sorte, dass man sich kein weiteres Kind wünschte. Und nach dem Stillen wurde sie dann manchmal so müde, dass sie mit ihm auf dem Arm einschlief.

Sie hörte, wie Ruth aufstand. Nela dachte schon, ihre Freundin sei beleidigt, doch als sie etwa zwanzig Minuten später die Augen wieder aufschlug, stand vor ihr eine kleine Thermoskanne mit starkem Kaffee und ein Schälchen dänische Butterkekse. Ruth war verschwunden.

Vielleicht packte sie schon.

Simon kam an diesem Nachmittag früher aus der Apotheke, und darüber war Nela froh, denn er nahm ihr Jonte ab, damit sie sich hinlegen konnte. Als sie nach anderthalb Stunden wieder nach unten kam, waren Simon und Jonte unterwegs. Auch gut. Sie hatte immer genug zu tun und konnte sich so mal in aller Ruhe um ein paar Dinge kümmern, die sonst liegen blieben.

Aber Nela hatte sich kaum mit einem weiteren Becher Kaffee an Simons Schreibtisch im Kabuff gesetzt und ihr Notebook aufgeklappt, als sie draußen Tini hörte, die nach ihr rief.

Tini wohnte seit anderthalb Jahren im anderen Flügel des Gebäudes; sie hatte sich mit ihrer besten Freundin Sabine im Obergeschoss und Dachgeschoss eine wunderschöne Wohnung ausgebaut. Gemeinsam verdienten sie auf Instagram Geld als Influencerinnen für Nachhaltigkeit. Früher hatte Tini sich auf der Social-Media-Plattform total verstellt und ihren meist weiblichen Followern ein verzerrtes Bild ihres Lebens gezeigt mit Schauspielern, die ihre Freunde spielten, und einer Assistentin, die sie bezahlte, damit die vielen Bälle, die sie in der Luft hielt, nicht nach unten fielen. Jene Assistentin war dann die einzige Freundin, die Tini blieb, nachdem ihr Schwindel aufflog und viele Followerinnen sich enttäuscht von ihr abwandten. Seitdem machten Tini und Sabine gemeinsam weiter, und das funktionierte erstaunlich gut.

Auch Tinis Erscheinungsbild hatte sich seitdem gewandelt. Früher hatte sie sehr auf ihr Äußeres geachtet, sich nie ungeschminkt und ohne Filter gezeigt. Inzwischen hatte sie auch mit ihrem eigenen Körper Frieden geschlossen – der übrigens in Nelas Augen perfekt war, wie er war.

»Was ist los?« Nela trat auf die Veranda.

»Sorry, störe ich dich bei irgendwas?«

Nela winkte ab. »Nur beim Arbeiten.«

»Bist du allein?« Tini schaute sich suchend um, als könnte ihr Neffe gleich wie ein Babyninja aus einem der Kirschbäume auf sie herabstoßen.

»Simon hat sich erbarmt.«

»Hast du Zeit?«

»Immer.«

Das Verhältnis zu Tini hätte Nela vor ihrer Rückkehr nach Norderney allenfalls als kompliziert bezeichnet. Doch die beiden Schwestern hatten wieder zueinandergefunden, und sie nannte es inzwischen kompliziert und liebevoll.

»Ruth packt.«

»Ja, ich weiß.« Nela seufzte. »Sie mag's nicht bei uns.«

Tini riss überrascht die Augen auf. »Aber wieso denn? Es ist ein Haus von Frauen für Frauen, hier kann sich jede wohlfühlen! Alle kümmern sich um Alma, im Geburtshaus kommen ständig Mütter mit ihren Babys vorbei, manche werden hier geboren …«

»Das ist ja das Problem«, sagte Nela sanft.

»Kam sie mit Alma nicht klar?«

»Nein. Mit den Babys.«

Darüber musste Tini nachdenken. »Mhm«, machte sie.

»Nicht jede Frau mag Babys, nur weil sie eine Frau ist«, fügte Nela leise hinzu.

»Ich dachte …«

Nela verkniff sich einen weiteren Kommentar. Natürlich hätte sie auch sagen können, dass Ruth keine Kinder wollte. Aber das war Ruths Sache und ging Tini mal nichts an.

»Ich hab auch gehofft, dass es ihr bei uns gefällt.«

Nein, musste Nela sich eingestehen, sie hatte gehofft, Ruth durch die Situation in ihrem Heim wenigstens ein klitzekleines bisschen auf ihre Seite zu ziehen – mit Marmorkuchen, süßen Babys und einer Umgebung, in der Frauen einander ermutigten, ihren eigenen Weg unbeirrt voranzugehen.

Aber das war grandios in die Hose gegangen. Und nun kniff sie das schlechte Gewissen, denn sie hatte das Gefühl, Ruth in eine unmögliche Situation gebracht zu haben. Sie hatte ihr eigenes Leben als die Perfektion dargestellt, die es gar nicht war. Und Ruth hatte diese fehlende Perfektion in nur wenigen Tagen entlarvt. Nela konnte sich nicht gegen die Erschöpfung wehren, die dieser Gedanke ihr bescherte. Sie brauchte mehr Nachtschlaf, dann sah sie auch die guten Seiten und nicht mehr die pure Müdigkeit.

»Nächstes Thema: Omama.«

Tini war noch nicht fertig, und Nela seufzte.

»Ja, Omama. Ich weiß.«

»Wie lange geht das noch gut?«

Nela sagte nichts.

»Wir müssen uns was einfallen lassen. Sie ist fünfundachtzig.«

»Ich weiß, wie alt sie ist.« Nela wurde ungeduldig. »Aber sie ist erwachsen, ihr gehört das Haus … Was soll ich denn machen, sie entmündigen und ins Heim abschieben? Du weißt, anders wird's nicht gehen, sie ist mindestens so stur wie wir.«

Tini lächelte nachsichtig. »Willst du deshalb nicht mit ihr Klartext reden? Weil sie dir sonst den günstigen Mietvertrag nicht verlängert?«

»Für dich mag das leichter sein, schließlich verdienst du einen Haufen Geld mit deinem Instagram-Influencer-Kram.« Nela dachte an die vielen Rechnungen, die sie monatlich überwies, an die Gehälter von Edith und Greta, an die Versicherungsbeiträge für Hebammen … Manchmal glaubte sie, es reichte finanziell nicht, aber wenn sie die Zahlen untereinanderschrieb, passte es. Das sagte übrigens auch ihre Steuerberaterin. Alles im grünen Bereich. Nicht rosig, sie würde also nie ein Vermögen verdienen – aber das wollte sie auch gar nicht.

Möglich war dies nur, weil Omama nicht die ortsübliche Miete für das Geburtshaus verlangte. Rumkuchen-Rabatt nannte sie das, und deshalb buk Nela ihr auch gelegentlich einen Marmorkuchen. Tini hatte bisher nie durchblicken lassen, dass es für sie ein Problem war, wenn Nela von Omama auf diese Weise gesponsert wurde, während sie die übliche Miete zahlte.

»Lieblingsenkeltochter eben.«

Nela horchte auf. »Was heißt das denn?«

Tini zuckte mit den Schultern. »Ich finde einfach, wir sollten ihr mal ein Heim zeigen. Es gibt doch wirklich schöne auf Norderney.«

»Ja, gibt es.«

Trotzdem war Nela nicht dazu bereit. Sie wusste auch schon, wie Omama sich gegen die Veränderung wehren würde. Einen alten Baum verpflanzte man doch nicht!

Tini verdrehte die Augen, wie nur Tini die Augen verdrehen konnte, sie war eben die Dramatikerin in dieser Familie. Dann polterte sie zurück ins Haus. Die Terrassentür knallte so laut zu, dass sie zusammenzuckte. Aber nein, Jonte war nicht hier, ihn hatte sie damit nicht geweckt.

Nela verfluchte ihre Familie. Sie verfluchte die Wohnverhältnisse, ja, sie war sogar wütend auf das Geburtshaus nebenan. In diesem Moment hörte sie Simon, der die Karre mit Jonte durch das kleine Gartentor schob. Der Kleine weinte.

»Hier, nimm du ihn.« Er drückte ihr das Baby in die Arme und verstaute den Buggy zusammengeklappt im Hausflur.

Nela stand neben ihm und wartete. »Ich kann gerade nicht«, flüsterte sie mit erstickter Stimme. »Kannst du …?«

Simon musterte sie überrascht. Das war er von ihr nicht gewohnt, dass sie Jonte nicht sofort wieder nahm. Nela gab ihm das Baby zurück und lief nach oben. Rums, knallte sie die Schlafzimmertür hinter sich zu. Durchs gekippte Fenster hörte sie Simon mit Jonte reden. »Na, deine Mama ist auch müde, mhm?«

Sie schloss das Fenster und legte sich aufs Bett. Wusste selbst nicht, wieso sie *so* schlecht drauf war. Das ging schon seit ein paar Tagen so, und früher hätte sie eine Rolle Doppelkekse drauf verwettet, dass ihre Periode mal wieder vor der Tür stand …

Ach herrje. Das könnte tatsächlich eine Erklärung sein.

»Bitte nicht«, flüsterte Nela, denn wenn sie eins am Schwangersein und Mutterwerden wirklich außerordentlich geschätzt hatte, dann war es das Ausbleiben der regelmäßigen Blutungen. Wieso musste sie das denn jetzt schon wieder kriegen? Sie stillte Jonte fast noch voll.

Aber als Hebamme wusste sie natürlich, dass Vollstillen weder vor einer erneuten Schwangerschaft schützte noch die Mutter davor bewahrte, wieder einen regelmäßigen Zyklus zu bekommen. Wundervoll, dachte sie. Genau das brauche ich jetzt.

Jontes Weinen war verstummt. Nela schaffte es, nicht nach ihm zu gucken. Sie rollte sich auf dem Bett ein, zog eine Wolldecke bis zum Bauch und schloss die Augen.

Fünf Minuten später war sie eingeschlafen.

Kapitel 8

Ruth hielt es keine dritte Nacht neben dem Geburtshaus aus. Wenn sie noch einmal von weinenden Babys geweckt wurde, wusste sie nicht, was größer wäre – ihr Frust oder ihre Erschöpfung. Deshalb schulterte sie ihren Rucksack, kaum dass sie fertig gepackt hatte. Für den Koffer musste sie sich noch was überlegen; irgendwie würde sie den in den nächsten Tagen nachholen.

Neruda, der ihre erneute Packerei auf dem Teppich vorm Bett liegend beobachtet hatte, sprang auf und war vor ihr an der Tür. *Dass du mich nicht vergisst!,* sagte sein Blick.

»Ich vergesse dich doch nicht, du Fellmonster. Komm.« Sie verabschiedete sich von Omama Alma, aber die war gerade in eine *Traumschiff*-Folge vertieft, eine von den älteren mit Sascha Hehn als Steward. Ruth lächelte, denn diese seichte Unterhaltung – die hatte schon was Verträumtes, damit ließ es sich gut ein bisschen aus dem Alltag entfliehen.

Vor dem Haus traf sie Simon, der gerade Jonte in den Buggy schnallte. »Hey, Nachbar«, begrüßte sie ihn, und er fuhr überrascht hoch, als fürchtete er, sie könnte ihn bei einer Kindesentführung ertappen.

»Ruth, du hast mich erschreckt.«

»Sorry. Wollte mich nur verabschieden. Ich wohne jetzt drüben in der Schäferei bei Hanno. Hab auch den Job bei ihm angenommen, du kannst den Zettel bei euch in der Apotheke also wieder abhängen.«

»Welchen Zettel?« Simon zog die Stirn kraus, doch dann

machte er eine wegwerfende Handbewegung. »Nela schläft übrigens. Der kleine Mann hier hält uns ganz schön auf Trab. Wollte mit ihm noch mal rüber zur Apotheke.«

»Dann lass sie schlafen. Ich melde mich bei ihr.«

Sie winkte noch mal und machte sich auf den Weg. Wieso hatte Simon so komisch auf ihre Bemerkung reagiert? Nela meinte doch, die ganze Stadt sei mit Hannos Anzeige gepflastert …

Als sie die Schäferei erreichte, war niemand da. Mist! Sie hätte mit Hanno Nummern austauschen sollen, dann hätte sie ihm mitteilen können, dass sie heute schon einziehen wollte. Aber da stand sie nun. Neruda sah sie verwirrt an, was wollte sie denn *schon wieder* hier, und sie schaute sich ratlos um. Der kleine Hofladen aber hatte ein Schildchen in der Glastür, auf dem »Bin gleich wieder da!« stand. Na hoffentlich.

Sie war wieder über den Dünenweg gekommen, nicht über die schmale Straße aus Richtung Süden. Auf der näherten sich nun mehrere Radfahrer. Zwei Pärchen. Ruth musste grinsen. Alle trugen die Urlauberuniform, bestehend aus Caprihosen für die Damen und Bermudas für die Herren. Nur dass die Frauen identische Pullover in Blockstreifen trugen und die Männer fliederfarbene Polohemden.

»Kommt, wir gucken mal, ob der Schäfer offen hat!« Die jüngere der beiden Frauen sprang vom Rad und schob es bis zur Tür des Hofladens. »Leider nicht, wie schade!« Sie war sichtlich enttäuscht. Doch dann entdeckte sie Ruth. »Gehören Sie zur Schäferei?«

»Streng genommen noch nicht.« Ruth gab Neruda das Zeichen, damit er liegen blieb, dann ging sie zu den beiden Pärchen. Sie merkte, dass die Pärchendynamik eher auf zwei homosexuelle Paare hindeutete, und musste über sich selbst lachen. Dass Paare für sie auf den ersten Blick immer heterosexuell sein mussten, hatte auch viel mit ihrer eigenen Erziehung zu tun, und wenn sie dann einer anderen Lebenswirklichkeit begegnete, musste sie sich da immer ein bisschen drauf einstellen. Das brachte es mit sich, wenn man in einem bayrischen Dorf aufwuchs – es pflanzte selbst dann Vorurteile in die Köpfe, wenn die Leute das gar nicht wollten.

»Ich bin die Neue. Der Chef ist gerade mit seinen Kindern unterwegs. Möchten Sie was Bestimmtes, dann schreib ich's auf, und wir können es vielleicht später liefern?«

»Ja, ich weiß nicht.« Die Frau blickte ihre Partnerin fragend an. »Was meinst du, Lisa?«

»Können wir einfach ein Käsesortiment bei Ihnen ordern? Wir haben schon so viel vom Schafskäse gehört.«

»Klar, ich schreib Ihre Adresse auf und kümmere mich morgen darum.« Ruth zückte ihr Handy und schrieb alles in ihrer Notizen-App mit. »Lisa und Franziska Hoffmann«, las sie vor. »Südstraße 1, Apartment Gezeiten-Paradies.«

»Genau. Wollt ihr auch was bestellen?«, rief Lisa den beiden Männern zu. Die kamen näher und bestellten ebenfalls. Ihre Wohnung lag im selben Haus.

»Prima, ich kümmere mich drum.« Ruth freute sich. Wie ärgerlich wäre das für Hanno gewesen, wenn ihm das Geschäft durch die Lappen gegangen wäre!

»Hat der Hofladen denn keine regelmäßigen Öffnungszeiten?«, wollte Henning Bäumner wissen. »Dann kämen wir noch mal vorbei.«

»Tut mir leid, ich hoffe, da kann ich Ihnen morgen mehr sagen. Ist es okay, wenn ich vormittags zwischen neun und zehn komme?«

Alle waren damit einverstanden. Die Pärchen witzelten noch ein wenig untereinander, dass die Männer ja nur selten früh aus dem Bett kamen. »Wenn wir den Käse für euch annehmen, bleibt der bei uns!«, drohte Franziska.

Ruth winkte den vier Radlern hinterher, als sie sich auf den Weg machten. Sie lächelte und beantwortete eine Nachricht von Nela, die sich inzwischen gemeldet hatte.

Sorry, ich war so müde! Hab sofort gepennt. Simon sagt, du bist schon weg?! Sehen wir uns denn noch mal?

Ruth schrieb zurück: *Bin nur drei Kilometer weiter, nicht aus der Welt!*

Sie lächelte immer noch, als sie das Handy einsteckte und hochsah.

Vor ihr stand wie aus dem Nichts gewachsen Hanno.

»Dich hab ich nicht so schnell zurückerwartet.«

»Freu dich lieber.« Sie steckte das Handy ein. »Während du weg warst, habe ich Käse verkauft.«

Verblüfft hob er die Augenbrauen. Er blickte zum Hofladen, aber die Tür war verschlossen und zeigte keine Spuren eines unerlaubten Eindringens. »Wie hast du das geschafft? Dich in den Laden teleportiert?«

Ruth erklärte es ihm in wenigen Sätzen. »Ich hoffe, das ist okay. Und dass ich gern heute schon einziehen möchte, stört auch niemanden. Hoffe ich.« Sie sah an ihm vorbei. Am anderen Ende des Hofs standen Noah und ein kleines Mädchen, etwa vier Jahre alt, schätzte Ruth. Das Mädchen hielt die beiden Hütehunde an den Leinen fest. Der finstere Blick von Noah und der fragende von seiner kleinen Schwester gingen von ihrem Vater zu Ruth und zurück.

»Ja, irgendwie wird's schon gehen. Ich habe Leni nur noch nichts von dir erzählt.«

»Ach so. Okay …«

»Na, ich geb dir erst mal die Schlüssel. Du kannst nachher gern zum Abendessen zu uns kommen.«

Er holte einen Schlüsselbund aus der Hosentasche und machte einen Ring mit zwei Schlüsseln ab. Ruth nickte stumm und ging zur rückwärtigen Seite des Hauses. Neruda folgte ihr wie ein Schatten.

»Papa, wer ist das?«, hörte Ruth das kleine Mädchen fragen.

»Das ist unsere neue Mitarbeiterin«, sagte Hanno. »Sie zieht in die kleine Wohnung.«

»Das ist Mamas Wohnung!« Noahs Stimme. Bevor Ruth hören konnte, was Hanno antwortete, hatte sie das Haus umrundet. Sie betrat rasch die Wohnküche und machte hinter sich die Tür zu.

Puh. Jetzt brauchte sie erst mal eine Dusche, sie war nämlich total durchgeschwitzt. Und dann stellte sie sich nachher dem Familienleben. Sie war noch nicht sicher, ob eine trotzige Vierjährige und ein wütender Siebenjähriger wirklich eine Verbesserung verglichen mit Babygeschrei waren.

Bei Babys verstand man wenigstens nicht, worüber sie sich beschwerten.

Einerseits hatte Hanno sich gefreut, als er mit Leni und Noah nach einer langen Spielplatzrunde zur Schäferei zurückkam und dort Ruth antraf. Andererseits musste er nun Leni und Noah auffangen, denn beide waren nach der Begegnung mit Ruth ziemlich durch den Wind.

Hanno musste sich selbst erst mal ein wenig sortieren. Als Abendessen hatte er Linsensuppe mit Frischkäse und Apfelnussbrot geplant. Den Brotteig hatte er gestern schon vorbereitet, die Suppe hatte er mittags auf den Herd gestellt. Für drei hätte das gereicht, aber mit einer vierten Esserin brauchte er noch ein paar Lammwürstchen dazu.

Er stand in der Küche und briet die Würstchen, als Ruth klopfte. Noah und Leni waren im Wohnzimmer und guckten eine Kinderserie. Irgendwas mit Drachen, die die Welt retteten. Vor zehn Minuten hatte Leni einen heftigen Trotzanfall gehabt, und Noah hatte auch nur rumgemault. Bei beiden vermutlich Hunger, weshalb Hanno ihnen einen Teller mit Apfelschnitzchen und Möhrensticks auf den Couchtisch gestellt hatte. Leni stand vor dem Tisch und mampfte, während sie wie gebannt auf den Fernseher starrte. Dafür bekam er bestimmt nicht den Preis als Vater des Jahres (das Kind aß vor dem Abendessen! Vor dem Fernseher! Ohne Begleitung!), aber die Kinder waren zufrieden. Und manchmal war das die Hauptsache.

»Hey, schön, dass du da bist.« Hanno wies einladend auf die Eckbank. »Du kannst am Kopfende sitzen.« Zu spät fiel ihm ein, dass früher Saskia dort gesessen hatte. »Oder nein, macht es dir was aus, wenn du hier sitzt?« Er zog den Stuhl gegenüber vor. Sein Platz war zwischen Noah auf der Bank und Leni auf ihrem geliebten Tripp Trapp.

»Klar, kein Problem.«

»Wo ist Neruda?«

»Ich dachte, es wird ihm vielleicht zu wuselig. Aufregender Tag für uns alle. Hast du was zu schreiben hier?«

Er nickte und zeigte auf die Magnettafel über der Eckbank. »Oder brauchst du Papier?«

»Geht schon.« Ruth nahm einen pinkfarbenen Stift und notierte die Käsebestellung. Darunter schrieb sie außerdem eine Handynummer. »Meine«, sagte sie und schrieb ihren Namen dahinter.

»Ah, gute Idee. Ich schick dir nachher 'ne SMS, dann hast du auch meine.«

»Kann ich irgendwie helfen?«

»Nee, setz dich einfach schon hin. Dauert nicht mehr lange.«

Das Brot war noch warm, und die Kruste krachte, als er es anschnitt. Er schnitt auch die Würstchen klein. »Isst du Fleisch?«

»Na, schon.«

»Gut.« Er sollte deshalb nicht so erleichtert sein, oder? Sie könnte genauso gut Vegetarierin sein. Er aß auch nicht *ständig* Fleisch, wenn, kam es meist von seinen Lämmern.

»Papa, gibt es bald was zu essen? Leni hat alle Äpfel weggegessen.« Noah stand in der Küchentür und streckte ihm anklagend den Teller hin, auf dem nur noch ein paar Möhrensticks lagen.

»Klar, ihr könnt euch schon hinsetzen. Ruth isst heute mit uns.« Sofort verfinsterte sich Noahs Miene wieder. Hanno stellte den Brotkorb auf den Tisch, ging zu ihm und drückte ihn an sich. »Na komm«, murmelte er. »Sei nett, okay? Und hol deine Schwester.«

»Leni!«, brüllte Noah Richtung Wohnzimmer. Leni antwortete mit einem Kreischen, und deshalb ging Hanno ins Wohnzimmer und holte sie. Manchmal war die Kleine zur Abendessenszeit schon so müde, dass sie nicht mal den Weg vom Sofa zum Küchentisch laufen wollte.

»Hey, kleine Schäferin. Es gibt Linsensuppe mit Würstchen, soll ich dich an den Tisch tragen?«

Leni verschränkte die Arme vor der Brust und schob die Unterlippe vor. Sie schüttelte den Kopf, dass ihre dunklen Locken flogen. »Nein, nein, nein!«, kreischte sie, nur damit Hanno auch mitbekam, dass sie *auf gar keinen Fall* an der Familienmahlzeit teilnehmen würde.

Hanno seufzte. Er ging neben seiner kleinen Tochter auf die Knie. »Ist es, weil Ruth zu Besuch ist?«

Wieder Kopfschütteln. Dann ein Blick zur Küche, ein zögerliches Nicken.

»Okay. Veränderung, verstehe. Weißt du, sie hilft mir bei den Schafen. Damit ich wieder mehr Zeit für euch habe. Das ist doch gut, oder?«

Leni nickte erneut.

»Wollen wir erst mal schauen, ob du Ruth magst? Und wenn's gar nicht geht …« Er sprach nicht weiter, denn er wollte seiner

Vierjährigen keine Versprechen geben, die er nicht halten konnte. Er *brauchte* Hilfe auf dem Hof, denn das hohe Tempo, in dem er schuftete, hielt er auf Dauer nicht durch, ohne dass irgendwer darunter litt. Im Moment waren das die Kinder, aber früher oder später würden es auch die Schafe und er selbst sein.

»Hunger«, flüsterte Leni. Hanno breitete die Arme aus, und sie schmiegte sich an ihn.

»Komm.« Er hob Leni hoch und trug sie in die Küche. Alles Weitere konnte warten. Jetzt brauchten alle was Warmes im Bauch.

Ruth wusste ja nicht, womit sie zu rechnen hatte, als Hanno sie zum Abendessen einlud. Vermutlich damit, dass die beiden Kinder brav und schweigend ihre Mahlzeit einnahmen, oder vielleicht damit, dass sie total durchdrehten, mit Suppe schmissen und schrecklich ungezogen waren.

Aber als Hanno die sichtlich erschöpfte Leni zum Tisch trug und ihr einen Löffel in die Hand drückte, fiel ihr vor allem auf, wie liebevoll er ihr über die Haare strich. »Guten Appetit, mein Schatz«, hörte sie ihn flüstern. Leni fing an zu essen. Auch Noah löffelte seine Suppe, während Hanno den Kindern Wassergläser hinstellte und dann für Ruth und sich heiße Suppe in salbeigrün lasierte Schüsseln füllte. Die Suppe der Kinder hatte schon auf dem Tisch gestanden, als sie die Küche betrat – vermutlich, damit sie etwas abkühlen konnte. Clever, dachte Ruth. Leni jammerte trotzdem. »Viel zu heiß!« Hanno beugte sich über ihre Schale und pustete. Danach war seine Tochter zufrieden, obwohl das einmalige Pusten vermutlich nicht viel zur Abkühlung beigetragen hatte. Vom Brot schnitt er ihr die Kruste ab, die Leni dann aber doch mit Frischkäse bestrichen haben wollte. Erst nachdem auch Noah noch etwas mehr Wurst bekommen hatte, setzte Hanno sich und begann zu essen. Ruth starrte ihn an.

»Was ist?«, fragte er.

»Ich wusste nicht …« Sie räusperte sich. »Ach, nichts.«

Seine Augen funkelten belustigt. Sicher ahnte er, was sie sagen wollte.

Ich wusste nicht, dass man Kindern auch auf Augenhöhe begegnen kann. So wie du es machst. Du nimmst ihre Sorgen ernst. Du hörst ihnen zu.

Nachdem der erste Hunger gestillt war, wurde Leni wieder munter. Atemlos und mit sich überschlagender Stimme erzählte sie von der Folge *Drachenretter*, die sie geguckt hatten. »Und dann hat der orange Drache zu dem blauen Drachen …«

»Bubsler.«

»Was?«

»Der orange Drache heißt Bubsler. Der blaue ist Flügler.« Noah rührte mit seinem Löffel in der Suppe. Er sah nicht auf, und die Ponyfransen hingen ihm ins Gesicht. »Die Serie ist öde, Leni. Total öde. Die *Drachenreiter* sind viel cooler.«

»Gar nicht! Papa, sag Noah, dass die *Drachenretter* meine absolute Lieblingsserie sind!«

»Streitet nicht«, sagte Hanno erschöpft. »Wir sind alle müde, ja?«

»Ich bin nicht müde!«, kreischte Leni.

Vorbei war's mit der Ruhe. Das kleine Mädchen warf den Löffel in die Suppe, und diesmal landeten ein paar Spritzer auf der hellblauen Wachstischdecke mit weißen Punkten, die so gut in diese helle, wohnliche Küche passte. Ruth hätte sich am liebsten unsichtbar gemacht. Die ganze Situation war ihr so unangenehm.

»Und überhaupt, ich bin satt!« Mit diesen Worten schob das kleine Mädchen den Teller weg und verschränkte trotzig die Arme vor der Brust. Hanno blickte zu Ruth, die sofort den Kopf senkte und in ihre Suppe starrte.

»Es schmeckt sehr gut«, murmelte sie.

Und das stimmte – die Suppe war köstlich. Linsen mit kleinen Gemüsewürfeln – Sellerie und Möhre, Kartoffeln und Zwiebel. Eine hauchzarte Knoblauchnote, dazu die Würze von Kräutern und etwas Tomate. Ruth sollte nicht so überrascht sein, aber als Hanno sie zum Abendessen einlud, hatte sie mit ein paar Scheiben Brot aus der Tüte und schlimme Augenwurst gerechnet. Das hier war echtes Seelenfutter und damit genau das Richtige für sie nach der vergangenen Woche.

Bevor Ruth wusste, wie ihr geschah, tropfte eine Träne in ihre Suppe. Überrascht wischte sie sich über die Nase, aber die Tränen flossen aus den Augen, als würde sie gerade einfach überlaufen. Als hätte sie in den letzten sieben Tagen dieses gewisse Maß an Scheiße ausgehalten, und jetzt war es eben zu viel. Sie saß bei fremden Leuten am Küchentisch, das jüngste Kind trotzte, der ältere Sohn mokierte sich über seine Schwester und gab dem Vater Kontra, der ihn schalt, weil er seine Schwester piesackte. Und dazu gab es die beste Suppe, die Ruth seit Langem gegessen hatte, und sie heulte, weil es in den letzten Tagen so anstrengend gewesen war, ihren Platz in dieser Welt zu finden. Und sie sich an diesem Küchentisch – ausgerechnet! – wohler fühlte als in der Münchner WG oder bei Nela zu Hause.

»Entschuldigt bitte.« Sie schniefte und stand hastig auf. Alle drei Poppingas schauten ihr nach, das spürte sie.

Vor dem Haus stand eine Bank, und auf die setzte sich Ruth. Sie versuchte, ihre Gedanken zu fassen, aber da war erst mal nur Leere. Sie dachte an ihre Kindheit, ans bayrische Dorf, an die Schafherde, zu der sie floh, wenn sie's daheim nicht mehr aushielt. Und sie dachte daran, wie das leise Meckern der Ziegen und das Mähen der Schafe sie immer getröstet hatten.

Niemand folgte ihr, und darüber war Ruth ganz froh. Der dicke Kater kam vom Hofladen zu ihr rüber. Er maunzte, als müsste er ganz schrecklich hungern, und Ruth streckte ihm die Hand hin.

Die roch vermutlich nach dem Abendessen, nach Brot und Frischkäse, der auf der Zunge leicht britzelte und etwas salziger war als das, was man im Supermarkt bekam.

Sie zog das Handy aus der Bauchtasche ihres Hoodies. Nela hatte sich wieder gemeldet. *Wie gefällt's dir dort? Hoffe, alle sind lieb zu dir! Hab ein schlechtes Gewissen, weil wir dich verjagt haben.*

Ruth lächelte. »Musst du nicht«, flüsterte sie. Der Kater sprang neben ihr auf die Bank und warf sich auf Ruths Schoß. Sie machte mit ihrem Smartphone ein Foto von ihm. *Habe beste Gesellschaft nach dem Abendessen. Geht's dir besser?*

Von Nela kam nur ein kotzendes Smiley. Also nicht, die Arme.

»Alles okay mit dir?« Sie blickte auf. Hanno stellte ein Tablett neben sie auf die Bank. Der Kater sprang von ihrem Schoß und schoss mit Flaschenbürstenschwanz über den Hof, als wäre ein Fuchs hinter ihm her. »Du mich auch«, brummte Hanno.

»Mag er dich nicht?«

»Nee. Männer sind ihm ein Graus. Kannste nix machen. Er war immer Saskias Kater.« Hanno atmete tief durch. »Saskia – die Mutter von Noah und Leni.«

Interessant war, dass er von ihr nicht als seiner Frau sprach. Nur so am Rande registrierte Ruth dieses Detail.

»Dachte, du hast noch Hunger. Oder bist du rausgestürzt, weil's so ungenießbar war?«

Ruth lächelte. »Ganz im Gegenteil. Danke.«

»Ich bring jetzt die Kinder ins Bett. Wenn du magst – ich hab bestimmt noch 'ne Flasche Wein irgendwo. Könnten wir dann nachher trinken.«

»Ich trinke keinen Alkohol«, sagte sie sanft.

»Ach so.« Er wirkte kurz verwirrt, und Ruth fügte nichts Erklärendes hinzu. Denn sie fand, sie musste sich nicht für etwas rechtfertigen, das genauso normal sein sollte wie Alkoholkonsum. Mindestens.

»Aber wir können gern bei ’nem Glas Limo noch zusammensitzen, wenn du magst«, fügte sie hinzu. »Meinetwegen auch Schafsmilch.«

»Ja, gerne. Findet sich bestimmt was.« Er stand auf. »Iss, bevor es kalt wird. Oder magst du die Suppe lieber so wie meine Kinder?«

»Bestimmt nicht! Sie ist wirklich köstlich.«

Wieder allein, dachte sie über Hannos Reaktion nach, während sie im Licht der Abendsonne die Suppe löffelte. Wolken zogen über den Himmel, das Licht gewann irgendwie trotzdem an Kraft. Hier oben im Norden war die Welt heller.

Sie hatte schon viele Reaktionen erlebt, wenn sie erklärte, dass sie keinen Alkohol trank. Von Unverständnis über Verwirrung bis hin zu den übergriffigsten Fragen, ob bei ihr »was Kleines unterwegs sei«, hatte sie schon alles erlebt. Und nun hatte Hanno die einzig erwachsene Reaktion gezeigt, an die sie sich erinnern konnte: Knappes Nicken, okay, dann ist das so. Die Gründe gingen ihn nichts an, und deshalb fragte er nicht.

Seelenfutter, eine kleine Schäferei und ein Mensch, der ihre Grenzen akzeptierte. Ohne die Kinder wäre es vielleicht ein Paradies.

Obwohl: Die fand sie gar nicht mehr so schlimm.

Eine halbe Stunde später trug sie das Tablett ins Haus. Oben war alles still. Ruth schloss die Küchentür hinter sich. Hanno hatte das dreckige Geschirr in das Spülbecken geräumt. Eine Spülmaschine gab es nicht; sie machte sich an den Abwasch. Dabei summte sie leise vor sich hin. Es tat gut, etwas Sinnvolles zu erledigen. Sich hilfreich zu fühlen.

Luise und Hottel hatten im Wohnzimmer geschlafen, und während Ruth abspülte, kratzte die Hündin an der Tür. Ruth ließ sie herein. Erwartungsvoll setzte sich der Border Collie neben seinen Napf.

»Nee du, ich hab keine Ahnung, wie viel es hier für euch zu welchen Zeiten gibt. Brauchst du gar nicht erst zu versuchen.« Siedend heiß fiel ihr Neruda ein. Mit dem müsste sie gleich auch noch mal durch die Dünen laufen, aber vermutlich schlief ihre Pennbacke gerade auf dem Sofa – obwohl oder gerade weil sie ihm vor dem Weggehen erklärt hatte, dass er dort auf keinen Fall auch nur eine Pfote drauflegen durfte. Er hatte kein Problem mit dem Alleinsein.

Trotzdem wollte sie es nicht übertreiben. Auch für ihn waren Situation und Umgebung neu. Nach dem Abspülen ließ sie das Geschirr stehen und ging ums Haus zur Einliegerwohnung.

Wie erwartet lag Neruda wach vor dem Sofa. Ruth brauchte nicht mal die Hand auf die Sitzfläche zu legen, um zu wissen, dass er dort gedöst hatte, bis er sie kommen hörte. Darum warf sie ihm nur einen strengen Blick zu.

Neruda wäre am liebsten unter dem Flickenteppich verschwunden, so sehr kniff ihn das schlechte Gewissen.

Sie holte die Leine und sein Geschirr. »Na komm.«

Neruda sprang um sie herum wie ein Welpe, so sehr freute er sich. Sie legte ihm das Geschirr an und ging über den Hof Richtung Dünen.

Kapitel 9

»So eine Scheiße, ey.« Nela wischte sich den Mund ab und rappelte sich hoch. Sie hatte dröhnende Kopfschmerzen und sich gerade zum dritten Mal an diesem Abend übergeben. Sie hörte Jonte weinen. Na klar, der wollte jetzt mal langsam in den Schlaf gestillt werden, aber allein bei dem Gedanken daran wurde ihr ziemlich übel.

Simon klopfte an die Schlafzimmertür. Nela schleppte sich zum Bett. »Was ist?«, fragte sie schlapp.

»Kannst du ihn übernehmen?«

Seine Worte gingen in Jontes Brüllen fast unter. Nela schloss die Augen. »Na klar. Gib ihn mir.«

»Muss noch mal rüber in die Apotheke, die Buchhaltung für letzten Monat muss morgen zur Steuerberaterin.«

Natürlich. Sie hatten beim Frühstück darüber gesprochen. Nela richtete sich auf und nickte tapfer. Irgendwie würde sie das schon hinbekommen. Und zur Not konnte sie Tini oder Bine bitten, sie zu unterstützen. Wenn ihr nur nicht so schlecht wäre.

»Kann ich noch was für dich tun?« Simon stand hilflos vor dem Bett, während Nela ihre Bluse aufknöpfte und Jonte anlegte, der vor Aufregung und Hunger zappelte.

»Nein«, sagte sie erschöpft. Irgendwie war ihr gerade nicht zu helfen. Es wäre nur gut, wenn diese elende Übelkeit endlich vorbei wäre …

Sie bekam nicht mit, wie Simon ging, aber als sie fünf Minuten später nach ihm rief, war er schon fort. Auch gut. Es ging ihr etwas besser. Sie ließ Jonte erst ein wenig stillen. Dann wurde der

Kleine unternehmungslustig, und sie müsste ihn ohnehin erst bettfertig machen, bevor er schlafen konnte. Sie ging mit ihm nach unten und wickelte ihn. Für die Nacht bekam Jonte einen leichten Schlafsack über den Kurzarmbody gezogen. Sie putzte seine winzigen Beißerchen – die vier, die er schon hatte – und trug ihn wieder nach oben. Jonte rieb sich die Augen, als sie ihn ins Bett legte.

Die einzelnen Aufgaben hatten sie ein wenig abgelenkt. Nela überlegte, ob sie eine Kopfschmerztablette nehmen sollte oder ob die sofort wieder retour käme. Jonte kugelte derweil über das breite Bett. Bis der schlief, würde es noch dauern. Also lieber mit Tablette und hoffen, dass sie drinblieb.

Irgendwie ärgerte sie sich. Wieder war sie abends mit dem Kind allein. Das kam inzwischen immer häufiger vor. Ständig hatte Simon noch was Dringendes zu erledigen. Klar, die Apotheke brachte viel Arbeit mit sich, er suchte aktuell wieder nach Verstärkung, doch die war schwer zu bekommen. Er konnte sich als Chef nicht immer vor der Verantwortung drücken.

Aber Nela hatte auch als leitende Hebamme des Geburtshauses ähnliche Pflichten. Seit sie wieder in den Job zurückgekehrt war, klappten die Absprachen, die sie vorher getroffen hatten, leider nicht so gut wie erhofft. Geplant war es so, dass Simon Jonte an drei Abenden in der Woche übernahm. Die Realität sah eher so aus, dass er es mit Müh und Not auf ein bis zwei Abende brachte.

Hatten sie sich beide verrechnet? Die Verantwortung unterschätzt, die zwei Selbstständigkeiten und ein Säugling mit sich brachten? Vermutlich.

Es tröstete sie, dass dieser Zustand vorübergehend war. Jonte wurde im September ein Jahr alt, und ab Oktober hatte er einen Platz in der Kita. Dann hätte sie auch wieder Zeit, administrative Dinge mit *beiden* Händen zu erledigen und nicht mit Baby auf dem Schoß. Oder die Vorsorgeuntersuchungen und Wochenbettbetreuung ihrer Schwangeren zu übernehmen und nicht im Notfall auf Edith oder Greta ausweichen zu müssen.

Jonte hatte einen Rasselball entdeckt, den er offenbar gestern Abend mit ins Bett genommen hatte. Er krähte vergnügt und streckte ihn seiner Mama hin, damit Nela ihm den Ball zurollte. Sie lächelte und hing ihren Gedanken nach, während Jonte dem Ball in seinem Schlafsack hinterherrobbte.

Simon und sie waren sich zum Glück einig, dass Jonte ihr einziges Kind bleiben sollte. Wo sollte ein zweites Kind auch herkommen, waren sie doch beide oft zu müde, um abends noch … nun ja, das zu tun, was man für ein Kind als Paar eben machte. Bis auf diesen romantischen Abend vor knapp drei Wochen, als sie ihr Zweijähriges gefeiert hatten … Nela runzelte die Stirn. Hm. Nicht gut, dachte sie.

Gar nicht gut.

Wenn sie nun da schwanger geworden war, würde sie das ziemlich genau jetzt merken, oder? Sie hatte keinen Gedanken an Verhütung verschwendet, weil sie halt noch so viel stillte.

Als Hebamme hätte sie es wirklich besser wissen sollen!

Sie hatte schon das Smartphone in der Hand und wollte Simon schreiben. Doch dann hielt sie inne. Was sollte sie schreiben?

Sag mal, haben wir vor drei Wochen beim Sex eigentlich verhütet?

Kam jetzt nur ein bisschen komisch, oder?

Sie ließ das Handy wieder sinken und widmete sich lieber Jonte.

Nach einer halben Stunde, die sie durch die Dünen gelaufen war, kehrte Ruth zur Schäferei zurück. Vor dem Haus saß Hanno auf der Bank und bätterte flüchtig in einem zerfledderten Taschenbuch.

Jetzt las der auch noch! Was kam als Nächstes?

»Ich habe uns Sanddornlimo gemacht. Magst du Sanddorn?«

Sie lächelte und blieb ein paar Schritte entfernt stehen. Neruda setzte sich neben sie und blickte erwartungsvoll zu ihr auf. »Habe ich noch nie getrunken. Wo sind deine Hunde?«

»Drin. Lass Neruda ruhig bei uns, wenn du magst.«

Sie setzte sich zu ihm auf die Bank. Auf einem Tablett stand ein Krug mit Limonade und dazu zwei Gläser. Hanno legte das Taschenbuch beiseite und goss ihr was ein.

»Was liest du?«, wollte sie wissen.

Er grinste und hielt das Taschenbuch hoch. Pablo Neruda – Gedichte.

»Mir ist eingefallen, dass ich die noch irgendwo habe. Und ich dachte, da haben wir direkt ein Gesprächsthema.«

»Oje, und ich kenne mich mit Neruda gar nicht aus. Also dem Schriftsteller. Hab nur mal was von ihm gelesen.«

»Wie ist der Hund dann zu seinem Namen gekommen?«

»Ach, lustige Geschichte.« Ruth probierte die Limo. Sauer und ein kleines bisschen süß. Köstlich! »Ich habe Neruda in Montevideo auf der Straße aufgelesen. Oder er mich, so genau weiß ich das nicht. Damals habe ich in einer Handfärberei gearbeitet. Es war wundervoll dort, und die Frauen, mit denen ich zusammengearbeitet und gelebt habe, haben ihn Neruda genannt, weil sein Profil sie an den chilenischen Schriftsteller erinnerte. Ich habe gefragt, warum Neruda und nicht Borges? Sie wussten keine Antwort. Das wäre eben so. Und ich würde einen Hund ja auch Shakespeare und nicht Goethe nennen. Das geht alles.«

»Überhaupt – Schriftsteller als Hundenamen! Genial. Luise und Hottel hingegen …« Hanno lachte.

»Auch schön«, behauptete Ruth.

»Na, weiß nicht.« Er nippte nachdenklich an seinem Glas. Ruth hatte nicht das Gefühl, dass er ihr erzählen würde, woher

Hottel und Luise ihre Namen hatten, und deshalb wechselte sie das Thema.

»Wie stellst du dir die Zusammenarbeit vor?«, fragte sie.

»Na ja, ich glaube, du bist ganz gut im Laden aufgehoben, oder? Zumindest hast du heute in meiner Abwesenheit den größten Umsatz generiert.« Er zog die Stirn in Sorgenfalten.

»Läuft nicht gut?«

»Läuft gar nicht«, räumte er ein. »Bin ja fast nie da, und so weit draußen, wer verirrt sich schon hierhin … Nur für so ein bisschen Käse und Lammsalami.«

»Dabei ist beides so lecker!«

Hanno lachte. »Meine größte Befürchtung war ja, dass du Vegetarierin bist. Sind ja viele Leute inzwischen.«

»Bin ich manchmal auch. Also so eine Art Flexitarierin, die nur das Fleisch isst, bei dem sie weiß, woher es kommt.«

»So mache ich das auch.«

»Lieferst du eigentlich auch an Restaurants?«

»Nee. Darum habe ich mich nie gekümmert.« Wieder sah es so aus, als wollte er etwas hinzufügen und verkniff es sich. Es klang auch wie »Darum habe *ich* mich nie gekümmert«.

»Wäre das noch eine Möglichkeit? Oder hast du eh genug Absatzmärkte?«

Hanno schwieg lange. Sehr lange. Inzwischen dämmerte es, und sie konnten die Mauersegler beobachten, die unter dem Dachvorstand des Schafstalls ein und aus flogen. Ruth trank Sanddornlimo, vergrub die nackten Füße in Nerudas Fell und genoss dieses Gefühl, am richtigen Ort zu sein. Das hatte sie schon vorhin beim Abendessen gespürt. Hannos Schweigen wurde gar nicht unangenehm, obwohl sie ihn mit ihrer Neugier offenbar in Bedrängnis gebracht hatte.

»Musst nicht antworten.«

»Das hat alles Saskia geregelt.«

Sie schwiegen betreten, weil sie gleichzeitig gesprochen hatten.

Hanno atmete durch. »Ich glaub, wenn du hier anfängst … Also. Hier sind ja überall die … Erinnerungen. Und ich will nicht ständig ausweichen müssen, wenn du mich was fragst. Ich erzähle dir mal von Saskia, okay? Also … Noahs und Lenis Mama.«

Wieder sprach er von ihr nicht als »meine Partnerin«, aber Ruth nickte, sie machte ihn nicht darauf aufmerksam. »Okay.« Sie räusperte sich verlegen.

»Gut, aber ich hole mir ein Glas Wein.« Er lächelte traurig, als er aufstand und ins Haus ging.

Er hatte schon häufiger Aushilfen hier draußen gehabt. Letzten Sommer einen älteren Mann, Frührentner mit Liebe zur Natur. Mit Bernd hatte das ganz gut geklappt, der redete nicht viel. Aber nach einem Sommer hatte er genug von der körperlichen Arbeit, er hatte die Knochen vorher schon kaputt. Mit dem hatte er abends gut schweigen können, bevor Bernd sich aufs Hollandrad schwang und zurück ins Dorf fuhr. Hier draußen bei ihnen hatte bisher keiner gelebt.

Und nun war da Ruth, die sich mit ihrem Hund ausbreitete, einnistete, Raum einnahm. Aber auf so eine ganz sanfte, friedfertige Art, ohne Ansprüche zu stellen. Zugleich dachte sie mit. Stellte Fragen.

Er mochte, wie sie ihn anlächelte. Gar nicht kokett oder so schüchtern von der Seite, sondern mit bewundernswerter Offenheit. Sie trank keinen Alkohol, das hatte ihn überrascht. Aber er fragte nicht nach, denn es konnte tausend Gründe geben, weshalb jemand nichts trank, und keiner davon ging ihn etwas an. Er ging zum Kühlschrank. Grauburgunder, manchmal stellte er sich eine Flasche rein für die Abende, wenn er den Sternen zuprostete und hoffte, dann schneller einschlafen zu können. Besser schlafen, nun ja. Das bekam er selten hin.

Als er mit dem Weinglas wieder nach draußen kam, hatte er sich ein paar erste Sätze zurechtgelegt. Er wusste nicht so genau, warum er glaubte, sich Ruth gegenüber erklären zu müssen. Aber ja, er wollte ihr erzählen, warum er manchmal komisch reagierte. Sie würden sicher häufiger gemeinsam essen, vielleicht passte sie mal auf die Kinder auf. Da sollte sie wissen, was sie seit zwei Jahren mit sich herumschleppten.

»Saskia.« Er setzte sich, trank einen Schluck Wein. Atmete. Wenn er atmete, fiel es ihm leichter. »Saskia … war meine Frau.« Von großer Liebe sprach er nicht mehr. Obwohl er das damals geglaubt hatte. Ganz zu Anfang, als sie sich verliebten und Saskia zu ihm auf den Hof zog. Das war nun acht Jahre her … Er gab sich einen Ruck. »Wir waren mal sehr glücklich. Sie zog hierher, hat den Hofladen aufgezogen. Dann wurde sie schwanger, und wir bekamen Noah.« Er lächelte verträumt. »Wir dachten, das geht nun immer so weiter. Aber Saskia … Sie merkte, dass sie einfach nicht … fürs Muttersein geschaffen war. Jede Frau ist vom Muttersein anfangs überfordert, glaube ich. Aber sie haderte so sehr. Dann kam auch noch Leni, und Saskia … veränderte sich. Sie war für die Kinder da. Aber sie … verschwand.« Seine Stimme stockte. »Weißt du, wenn ein Mensch nicht mehr da ist. Wenn sie sich nicht mehr spürt. Wenn sie unglücklich ist … Ich konnte sie ja schlecht festhalten. Also, versucht habe ich es schon.« Er scharrte mit dem Schuh im Kies.

Ruth beobachtete ihn aufmerksam, ließ ihm aber Raum, damit er so viel erzählte, wie er erzählen wollte. Keinesfalls wollte sie ihn mit Fragen bedrängen.

»Also …« Er schluckte. »Vor gut zwei Jahren hat sie uns verlassen. Die Kinder und mich. Von vornherein war klar, wenn das auseinandergeht, bleiben die Kinder bei mir. Das wollte sie so. Weil ich der bessere Elternteil war. Hat sie zumindest immer behauptet.« Er war sich bis heute nicht sicher, ob das stimmte. Auf jeden Fall war er derjenige, der mit den elterlichen Aufgaben besser klargekommen war als Saskia. Die Fremdbestimmung. Im Kleinen hatte er das ja schon bei den Schafen gelernt, dass er immer zur Stelle sein musste, wenn was los war. Saskia fand einen Job auf dem Festland. Wollte alle zwei Wochen übers Wochenende auf die Insel kommen und in der Einliegerwohnung schlafen. Sie brauchte Abstand. Hanno wusste damals nicht, was er brauchte. Saskia, hätte er spontan gesagt, aber er wäre sich vorgekommen wie ein drittes Kind, wenn er ihr das so gesagt hätte. Er hatte damals schon gespürt, wie wenig es brachte, wenn er sie zum Bleiben überreden wollte. Das hätte sie nur noch weiter von den Kindern und ihm weggetrieben.

»Und dann war sie plötzlich tot.«

Er hörte es sich sagen, aber begreifen, das gelang ihm auch nach zwei Jahren noch nicht. Sie hatten sich vor ihrem Tod entliebt, aber da war noch immer diese entsetzliche Lücke, die ihr Tod gerissen hatte. Nicht nur, weil Hanno sie vermisste. Leni und vor allem Noah hatten danach lange gebraucht, bis sie die Traurigkeit abstreifen konnten. Zumindest vorübergehend. Manchmal fragte sich Hanno, ob er genug getan hatte, genug für seine Kinder da gewesen war, als er selbst vom Schmerz wie betäubt gewesen war. Wenn es für ihn schon schrecklich gewesen war, nachdem Saskia und er sich voneinander entfernt hatten – wie musste es dann erst für seine Kinder sein. Ihre Kinder. Sie waren Halbwaisen, und das zu begreifen … Nein, das schaffte Hanno auch nicht.

»Das tut mir so leid.« Ruths Stimme. Sanft und dunkel. Sie holte ihn zurück in die Gegenwart. Weg von diesen schrecklichen Erinnerungsbildern. Leni in einem dunkelgrauen Kleidchen mit Giraffen, wie sie mit einer weißen Rose in der kleinen Hand vor Saskias Grab stand. Gerade so, als würde sie im nächsten Moment versuchen, sich auf den Sarg zu werfen. Hanno hatte sie rasch auf den Arm genommen, und gemeinsam hatten sie Lenis weiße Rose in die Grube geworfen.

»Danke.« Er schniefte. Merkte selbst erst, dass er weinte, als Ruth ihm stumm eine Packung Taschentücher in die Hand drückte. Sie stand auf und entfernte sich ein paar Schritte. Hanno war ihr dankbar für das Taktgefühl.

Er hatte bisher mit niemandem über diese Zeit geredet. Mit wem denn? Nach Saskias Tod waren sie auf die Insel zurückgekehrt. Er schickte Noah und Leni zur Kita, ging zu seinen Schafen, fand einen Arbeiter, der ihm half … und versuchte, sich einzureden, dass es schon irgendwie weitergehen würde. Irgendwann verheilten die Wunden und wurden zu Narben. Aber das erste Jahr war hart. So viele erste Male. Und während Leni, die kurz vor Saskias Tod gerade zwei geworden war, ihre Mama rasch vergaß, war es für Noah nicht so leicht. Schwierig auch, dass die kleine Schwester sich bald nicht mehr erinnern konnte. Das hatte manches Mal zu Streit geführt, den Leni nicht verstand. Und Noah war ja selbst noch zu klein, um aktiv Empathie zu empfinden …

Hanno hatte seine Kinder durch diese schwere Zeit begleitet. Trotzdem fragte er sich heute zum ersten Mal, ob er überhaupt selbst genug Zeit zum Trauern gehabt hatte.

»Kommst du wieder her?«, fragte er nach einigen Minuten in die Dunkelheit. Ruth kam vom Schafstall zurück über den Hof. Sie setzte sich neben ihn. Etwas näher an ihn herangerückt als vorher. Hanno atmete durch.

»Brauchst du noch Wein?«, fragte Ruth.

»Schon.«

»Ich hole dir ein Glas.«

Er hörte sie in der Küche rumoren. Sie blieb länger weg, als man erwarten würde, wenn jemand ein Glas Weißwein auffüllte. Als sie zurückkam, hatte sie auch für sich eins dabei. Mit Eiswürfeln.

»Weinschorle.« Sie zuckte mit den Schultern.

»Ich dachte, du trinkst keinen Alkohol?«

»Jaaa.« Sie stieß ihr Glas an seins. »Sagen wir so, das ist jetzt die Ausnahme, die ich einmal im Jahr mache.«

Er fragte auch diesmal nicht nach.

»Ich bekomme einfach sofort Migräne, wenn ich was trinke. Und ist vielleicht doof, aber ich habe gerade einen neuen Job angetreten, und morgen ist der erste Tag. Ich hoffe, mein Chef schmeißt mich nicht sofort raus, falls ich morgen Migränekater habe.«

»Dein Chef ist nicht so einer, der dich sofort vor die Tür setzt. Ich glaub, der ist froh, dass er überhaupt jemanden gefunden hat.« Was stimmte. Aber eben nur die halbe Wahrheit war.

Er mochte Ruth. Und er wollte es sich auf keinen Fall mit ihr verscherzen, weil er zu viel von sich preisgab. Hatte er zu viel erzählt? Vermutlich. Aber sie nahm seine Geschichte an, ließ ihn erzählen und ließ auch genug Raum, dass er sich wieder aus dem Erzählen zurückziehen konnte. Das war auch eine Kunst, dachte er.

»Na dann – prost.«

Ihr Glas stieß noch mal gegen seins. Hanno lachte. »Du hast nicht ernsthaft Eiswürfel in den Grauburgunder gekippt?«

»Und Wasser. Weinschorle! Trinkt man das nicht so?«

»Kann man machen. Aber lass das niemals meinen österreichischen Weinhändler sehen. Den trifft der Schlag.«

»Der Arme.« Sie grinste, und er musste lachen.

»Er wird's verschmerzen. Ob der Grauburgunder das übersteht, keine Ahnung.«

Sie hielt ihm das Glas hin. »Ich finde schon. Probier mal!«

Er nahm das Glas. Es fühlte sich seltsam intim an, mit ihr aus einem Glas zu trinken. Der Grauburgunder schmeckte mit Wasser natürlich etwas flacher, aber nicht so schlimm, wie er befürchtet hätte.

»Für mich passt das.« Ruth lehnte sich zufrieden zurück.

»Das ist die Hauptsache.«

Sie tranken Wein, sie schwiegen. Das war angenehm, dachte Hanno. Er musste nicht viel sagen, und sie wirkte darüber nicht unglücklich. Ruth beugte sich vor und kraulte Neruda zwischen den Ohren.

Hanno nahm das Buch zur Hand. Er wusste gar nicht so genau, wie es in seinen Besitz gelangt war, aber hier war es, und er schlug es auf.

Leib eines Weibes, weiße Hügel, weißblanke Schenkel,
du gleichst der Welt, so weit und willig, wie du dich hingibst.
Mein wilder Bauernkörper durchgräbt dich, unterhöhlt dich
und lässt das Kind entspringen aus der Tiefe der Erde.

Er klappte das Taschenbuch wieder zu. Hoppla! Das waren ja … Liebesgedichte? Und noch dazu so … anzügliche. Sinnliche. Er räusperte sich und legte das Buch auf die Bank neben sich. Nicht auf Ruths Seite. Nachher nahm sie es zur Hand und las ein paar Zeilen …

»Neruda ist schon sehr direkt, mhm?«, fragte Ruth, während er krampfhaft nach einem Thema suchte.

»Ähm, ja.«

»Ich habe ihn gern gelesen. Auf Spanisch allerdings, da ist er dann irgendwie … sinnlicher. Die mir fremde Sprache macht ihn zugänglicher.« Sie runzelte ganz leicht die Stirn. »Klingt das quatschig?«

»Gar nicht«, beeilte er sich zu sagen. »Auf Spanisch hätte ich allerdings kein Wort von dem verstanden, was er schreibt. Aber ich lese gern Thriller auf Englisch. Wenn sie in L.A. spielen, zum Beispiel. Größtmögliches Kontrastprogramm zu meinem Leben.«

Sie nickte leicht. »Kann ich verstehen.«

Nach zehn Minuten hatten sie ihre Gläser geleert. Ruth stand auf, räumte das Geschirr auf das Tablett und wollte es ins Haus tragen.

»Ich mach das schon.« Hanno stand auf. Er trat zu ihr. Seine Hände berührten ihre, als er ihr das Tablett abnahm. Sie stand einfach so da und sah ihn aufmerksam an.

»Alles wieder okay?«, fragte sie.

Er nickte stumm.

»Gute Nacht, Hanno.« Sie gab Neruda ein Zeichen, der sofort an ihrer Seite war. »Danke, dass ich hier sein kann.«

»Danke, dass du hier bist«, flüsterte er in die Stille, die blieb, nachdem sie um die Hausecke verschwunden war.

Kapitel 10

Ruth hatte Hanno angeflunkert.

Sie bekam keine Migräne, wenn sie Alkohol trank. Dass sie nichts trank, hatte andere Gründe.

Aber offensichtlich hatte sie es mit ihrem halben Glas Weißweinschorle gestern tatsächlich übertrieben, denn als sie heute früh aufwachte, war das Licht zu grell, und hinter ihrer Stirn hämmerte ein richtig fieser Schmerz.

Neruda bellte. Mühsam richtete Ruth sich auf. Wer rief denn da nach ihr?

»Mist, Mist, Mist!«, fluchte Ruth. Sie sprang aus dem Bett und trat Neruda auf den Schwanz, der empört jaulte. Jemand klopfte an die Tür, und dieser Jemand machte das ziemlich ausdauernd – gerade so, als würde er es schon ein paar Minuten versuchen. »Komme schon!«

Sie lief in die Küche und riss die Tür von der kleinen Veranda auf. Draußen stand Hanno.

»Guten Morgen.« Sein Blick ging von ihren wuscheligen Haaren über das übergroße Schlafshirt bis zu den nackten Füßen. »Habe ich dich geweckt?«

»Wie spät ist es denn?«, murmelte sie.

»Halb sieben.«

Und da weckst du mich?, hätte sie ihn fast angemault.

»Wir waren für Viertel nach sechs verabredet. Wusste nicht mehr, ob du's vielleicht vergessen hast, und du bist auch nicht ans Handy gegangen. Sorry, ich wollte dich nicht irgendwie …« Er verstummte und sah hinüber zum Schafstall.

Jetzt erinnerte sie sich. »Ach, okay. Ja, ich … komme gleich. Gib mir fünf Minuten.« Das war ihr jetzt ziemlich peinlich, dass sie verschlafen hatte.

»Nimm dir zehn. Ich mach derweil Frühstück für uns alle. Die Kinder schlafen noch, ich mag das, morgens ungestört zu frühstücken.«

»Das unterstütze ich«, murmelte sie.

»Du bist nicht so für Kinder, richtig?« Er musterte sie.

»Also, du magst deine bestimmt, aber …« Sie kam ins Stottern.

»Schon in Ordnung.« Hanno winkte ab. »Die eigenen sind okay, ich kenn trotzdem genug Kinder, mit denen ich nicht so viel anfangen kann. Gibt auch genug Erwachsene, die ich nicht leiden kann«, fügte er hinzu.

Sie mochte seine Aufrichtigkeit.

»Es liegt nicht an Noah und Leni. Ich bin das Problem.«

»Sag das nicht. Wo Menschen zusammenleben, gibt's manchmal Reibungen.« Er zögerte. Dann sagte er leise: »Saskia hat sie auch geliebt, aber mit allem, was die Mutterschaft mit sich brachte, kam sie nicht so gut klar. Darum verstehe ich dich. Frauen sollen immer Erfüllung im Häuslichen finden. Das ist ja Unsinn.«

Ruth räusperte sich verlegen. »Ich würde mich jetzt gern anziehen«, sagte sie.

»Äh, ja. Entschuldige meinen frühmorgendlichen Exkurs zu den Fesseln des Patriarchats.« Er grinste.

»Ich komme gleich.«

Bevor sie die Tür schließen konnte, schoss der Kater um die Hausecke, maunzte empört und war schneller in ihrer kleinen Wohnung verschwunden, als sie Nordseekrabbenwettpulen sagen konnte.

»Huch?«, machte Ruth.

»Schmeiß ihn raus, wenn er stört.« Hanno seufzte genervt. »Der bringt mich noch um den Verstand, ernsthaft. Solange ich seinen Napf fülle, alles prima, aber wehe, ich versuche, ihn zu streicheln. Der scheint richtig glücklich zu sein, dass du hier bist.«

»Hat ›der‹ auch 'nen Namen?«

»Kannst ihn ja Borges nennen.«

Sie machte sich rasch fertig, fütterte Neruda und ließ ihn in der Wohnung, weil sie nicht wusste, ob Hannos Hunde draußen waren. Borges – Namen, die fallen, bleiben liegen – hatte sich auf ihrem Bett eingerollt und schnurrte, als sie ihn hochhob und nach draußen trug. Ein hübscher Kater, fand Ruth, aber sie war nun mal wirklich kein Katzenmensch. Das musste auch Borges begreifen.

Hanno hatte auf der Bank gedeckt – ein Tablett mit zwei Müslischüsseln, zwei Bechern Kaffee und dazu einem Teller mit belegten Broten mit Salami und Käse. Beides vermutlich aus dem Hofladen.

Er saß schon auf seinem Platz und nahm gerade die Müslischale. Ruth wickelte sich in die lange Strickjacke. Früh am Morgen war es noch empfindlich kalt hier draußen.

»Was steht heute an?«, fragte sie und nahm zuerst den Kaffeebecher. Der erste Schluck belebte sie. Ach, tat das gut. Und wie schön das Licht so früh am Morgen war, so leicht milchig und zugleich golden. So ein bisschen roch es schon nach Herbst, dabei war doch Hochsommer, nur noch eine Woche bis zu den Ferien.

»Du kannst die Bestellung ausliefern und ab zehn den Laden öffnen. Ich geh zu den Schafen und bringe sie zum Melken. Dabei kannst du auch helfen.«

»Klingt gut«, sagte Ruth. »Wann machen wir Käse?«

Hanno lachte. »Direkt nach dem Melken, wenn alles gut geht.«

»Kann's gar nicht erwarten!«

»Gibt genug zu tun.« Er löffelte das Müsli, und Ruth tat es ihm nach. Sie hatten kaum aufgegessen, da kam Noah aus dem Haus, etwas verschlafen und ziemlich verwuschelt. Hanno kümmerte sich um die Kinder. Ruth ging schon mal in den Hofladen und machte sich dort mit allem vertraut.

Als Hanno zehn Minuten später dazukam und ihr zeigte, wo die Käsesorten lagerten, die sie dann gleich nach ihrer Liefertour in der Theke ausstellen konnte, war sie schon ganz in ihrem Element. »Meinst du, ich könnte noch ein, zwei Baguettes mitbringen? Vielleicht kommen heute ja ein paar Kunden, die können dann direkt Käse probieren.«

»Keine schlechte Idee. Aber nimm nur eins, meist kommen über den Tag nur zwei oder drei Kunden.« Er wirkte etwas bedröppelt. Ruth beschloss, dass sie Nela fragte, ob es im Ort vielleicht Restaurants oder Hotels gab, die sich über echten Norderneyer Schafskäse freuten. Das wäre doch originell, oder nicht?

Zuerst aber packte sie die Käsebestellungen zusammen. Hanno lieh ihr ein Hollandrad, und sie legte die Käsepakete in den Fahrradkorb. Dann radelten sie gemeinsam los. Hanno mit den Kindern, Hottel und Luise in Richtung Schule und Kindergarten, Ruth mit Neruda ein Stück weiter zu der Ferienwohnung. Sie wollte auf dem Rückweg noch einen Abstecher bei Nela machen; gestern hatte sie sich gar nicht richtig verabschiedet.

Sie genoss die kleine Radtour. Der Wind wehte ihr ins Gesicht, Neruda lief neben dem Fahrrad her und hatte auch viel Spaß. Gerade bog sie in die Südstraße ein und suchte nach der Hausnummer, als ihr Handy klingelte.

Sie sprang vom Rad und rief Neruda zu sich. Ohnehin sollte sie ihn mal an die Leine nehmen.

»Moin, Rumtreiberin.«

Ruth lachte. Sie war nicht sicher, ob sie die Stimme erkannte … »Alma?«, fragte sie nach.

»Na, wer denn sonst, der Kaiser von China wohl kaum. Wo steckst denn du? Ich warte mit dem Frühstückskuchen auf dich.«

»Aber ich bin doch gestern … ausgezogen?«

»Ach. Ja! Aber meinst du, deshalb darfst du woanders frühstücken?« Almas Stimme klang lauernd. »Du hast doch nicht woanders gefrühstückt?«

»Ehrlich gesagt schon ... Bei meinem neuen Chef. Er hat Schafe«, fügte Ruth hinzu, als würde das als Entschuldigung taugen.

»Na, dann kommst du aber gleich für ein zweites Frühstück, oder? Die benehmen sich heute alle komisch bei uns. Tini und Bine streiten. Nela und Simon sind auch so merkwürdig drauf, ich glaube, da ist was im Busch. Und über dich müssen wir ja gar nicht reden! Verschwindest einfach. Als wär's nicht schön bei uns.«

»Es liegt ja nicht an dir.« Ruth seufzte. Da sie ohnehin vorgehabt hatte, zum Geburtshaus zu fahren, konnte sie bei der Gelegenheit auch Alma Guten Tag sagen. Und ihr erklären, wie das mit ihr und den Babys war. Zumindest in groben Zügen.

Ruth lieferte den Käse ab. Die beiden Pärchen freuten sich sehr darüber, gaben auch etwas Trinkgeld für den Lieferservice und wirkten glücklich. Ruth überlegte, ob es dreist wäre, sie zu bitten, dass sie den Service weiterempfahlen.

»Unsere Freunde kommen heute Abend, sie wollen bestimmt auch Käse haben.«

»Sie können jederzeit vorbeikommen. Oder anrufen.« Ruth zögerte, doch dann gab sie ihre Handynummer raus – einfach, damit die Schäferei irgendwie erreichbar blieb.

Bei der Gelegenheit sah sie auch auf ihrem Handy mehrere Anrufe von einer unbekannten Nummer, die ihr außerdem eine SMS geschrieben hatte. *Moin, ich bin's. Hanno.*

Sie speicherte Hannos Nummer ab und fuhr weiter.

Auf dem Weg zum Geburtshaus kam sie an einer Bäckerei vorbei und kaufte zwei kleine Baguettes. Als sie ihr Rad vor dem Geburtshaus abstellte, hörte sie schon wieder ein Baby weinen. Herrje, hörte das denn nie auf?

Wie sich herausstellte, war es diesmal Jonte, der ausgesprochen schlechte Laune hatte. »Die Zähne«, sagte Nela entschuldigend. Als könnten Zähne für alles eine Erklärung bieten. Ruth beschloss, das nun auch als Universalentschuldigung zu benutzen, wenn ihr irgendwas nicht passte.

»Du siehst scheiße aus.«

»Es ist ein Albtraum. Simon ist heute früh um halb sieben Richtung Apotheke geflohen, und ich kann's ihm nicht verdenken.« Nela strich sich eine verschwitzte Strähne aus der Stirn. »Ernsthaft, wieso kommen Babys ohne Zähne auf die Welt?«

»Wer weiß? Vielleicht hat die Natur das klug eingerichtet, weil sie sonst im Mutterleib die Nabelschnur durchbeißen?«

Nela verzog das Gesicht. »Okay, gruselige Vorstellung. Dann lieber ohne. Hast du etwa frisches Baguette dabei?«, fragte sie und schnupperte. Sie standen immer noch in der Haustür, das merkte sie nun selbst und machte Platz, damit Ruth ins Haus konnte.

»Ja, aber das ist nicht für dich. Wir wollen für die Kunden kleine Probierteller zusammenstellen.«

Nela hob die Augenbrauen. »Wir«, echote sie.

»Hanno und ich, ja.«

»Dann hast du den Job angenommen.«

»Ja, natürlich. Er hat eine kleine Wohnung im Haus, die kann ich haben. Himmlisch, sage ich dir. Keine Babys weit und breit.«

Bevor Ruth wusste, wie ihr geschah, drehte Nela sich mit Jonte auf ihrer Hüfte von ihr weg und ging in die Küche. Ihre Schultern bebten. Sie setzte Jonte in den Hochstuhl und machte sich an der Kaffeemaschine zu schaffen.

»Alles okay, Nela?«, erkundigte sich Ruth.

»Nein, nichts ist okay!« Nela knallte die Spülmaschinenklappe so laut zu, dass Jonte zusammenzuckte und dann anfing zu weinen. Sofort war sie bei ihm. »Es tut mir leid«, murmelte sie, hob ihn aus dem Hochstuhl, strich über seinen Kopf und wiegte sich hin und her. Nur langsam beruhigte Jonte sich. Nela barg ihr Gesicht in seinem Haar, und deshalb bemerkte Ruth erst nach einigen Minuten, dass ihre Freundin weinte. Stumm stand sie auf, legte die Hand auf Nelas Oberarm und schob sich dann an ihr vorbei, um der Kaffeemaschine zwei Becher Milchkaffee zu entlocken.

Erst nachdem Nela und Jonte sich beruhigt hatten und die zwei Becher auf dem Tisch standen, ergriff Ruth das Wort. »Was ist passiert?«

»Ach, ich hab …« Nela seufzte. Sie wippte Jonte auf dem Schoß, der bereits wieder prächtige Laune hatte und sich streckte, um ihr den Kaffeelöffel zu mopsen. »Gestern war mir so elend. Die ganze Nacht eigentlich. Entweder Migräne oder … na ja, ich bin wieder schwanger.«

»Oh.« Ruth wusste nicht, ob Glückwünsche angebracht wären.

»Ja, oh. Dabei bin ich doch gerade erst wieder im Job. In der ersten Schwangerschaft ging's mir wochenlang so elend, allein der Gedanke, das noch mal mit Baby on top durchzumachen, während Simon sich ständig verkrümelt …« Sie musste unter Tränen lächeln. »Aber dann hab ich gedacht, man ey! Ich bin achtunddreißig, was für ein riesiges Geschenk wäre es, wenn wir noch ein zweites Kind bekommen könnten. Und wer bin ich denn, wegen so ein bisschen Kotzerei und Schlafmangel hier so rumzuheulen?«

»Na ja, du bist ein Mensch. Wochenlange Kotzerei und jahrelanger Schlafmangel machen doch jeden und jede fertig.«

»Stimmt auch wieder.«

»Hast du schon einen Test gemacht.«

Nela schüttelte stumm den Kopf.

»Na, dann los! Vielleicht ist es auch nur ein Darmbaby oder so was.«

»Darmbaby.« Nela prustete. »Was soll das denn sein?«

»Na, halt so ’ne Magengrippe oder so was. Oder du hast Migräne, dabei muss ich auch immer zuverlässig brechen.« Nur heute nicht, dachte sie kurz. Da hatte sie ihre morgendliche Kopfschmerzattacke direkt wieder vergessen. Oder lag es an der frischen, vom Salz angereicherten Luft und dem morgendlichen Kaffee mit Hanno?

»Also gut.« Nela seufzte. »Passt du kurz auf ihn auf?«

Schon hatte Ruth wieder Jonte auf dem Schoß. Er schaute zu ihr hoch. »Mama!«, rief er empört.

»Ja, ich bin nicht deine Mama.« Ruth stand auf und ging mit dem Baby auf dem Arm ins Wohnzimmer. Dort entdeckte sie eine Kiste mit Kinderspielzeug. Sie nahm eine kleine Holzrassel heraus. Ein Glöckchen klingelte in einem vergitterten Zylinder mit Regenbogensprossen. Niedlich. Jonte fand Gefallen daran. Sie ließ ihn ein wenig krabbeln und rollte für ihn die Rassel hin und her.

Weil sie von Nela nichts mehr hörte, ging sie zum Badezimmer und klopfte an die Tür.

»Alles okay bei dir?«

»Ich weiß nicht«, kam es kläglich aus dem Innern.

Als Ruth die Klinke herunterdrückte, war abgeschlossen.

Nela starrte auf den Test.

Negativ.

Oder nicht? Sie hob ihn hoch, drehte ihn ins Licht. Holte ihr Handy heraus und beleuchtete den dünnen Teststreifen mit der Handytaschenlampe.

Nichts. Nur ein dunkelroter Streifen.

Da müsste doch ein zweiter sein, dachte sie verwirrt. Zwei hieß schwanger.

Sie schluckte. Dann war sie wohl nicht schwanger … Erst hatte sie gedacht, ein negativer Test wäre doch gut. Sie hatte vor fünf

Minuten noch gejammert, wie schrecklich sie die Vorstellung fände, wenn sie jetzt wieder schwanger wäre.

Ruth rief nach ihr. Nela steckte den Test zurück in die Verpackung und warf ihn in den Badezimmermülleimer.

Was soll's, dachte sie. Dann war doch alles okay, oder? Ruth hatte recht, sie hatte sich den Magen verkorkst oder war vom Stress ein bisschen durchgedreht. Eins führte zum anderen, sofort hatte sie überall Symptome für eine Frühschwangerschaft gesehen.

Ach, aber sie merkte auch: Ein zweites Baby, das wäre schön gewesen. So schön.

Sie schloss die Badezimmertür auf. Ruth lehnte an der gegenüberliegenden Wand, die Hände hinter dem Rücken. Als sie Nelas Gesichtsausdruck sah, trat sie einfach zu ihr und legte ihr die Arme um die Schultern. »Es tut mir leid«, flüsterte sie.

»Danke.« Nela schniefte. »Wo ist Jonte?«

»Im Wohnzimmer. Er spielt mit der Rassel.«

»Wollen wir in Ruhe den Kaffee trinken, solange er beschäftigt ist?«

Ruth nickte. »Ich muss aber gleich los. Wollte nur kurz bei dir und Alma reinschauen.«

»Omama? Was stimmt nicht mit ihr?«

»Sie hat mich heute früh angerufen. War etwas angepikst, weil ich einfach ausgezogen bin. Recht hat sie! Ich hab auch gern bei ihr gewohnt. Es liegt ja nicht an ihr.«

»Ach herrje.« Noch ein Sorgenkind. Nela seufzte. Auch darum musste sie sich kümmern. Omama brauchte regelmäßig Gesellschaft. Bisher hatte sie sich das mit Tini ganz gut aufgeteilt. Oder Simon rübergeschickt, mit dem Omama total gerne *Traumschiff* guckte. Simon schaffte es immer, der Handlung zu folgen und mit Omama darüber zu plaudern, wie fesch der Kapitän heut wieder aussah.

»Und ich muss wie gesagt gleich wieder los. Hanno zeigt mir heute, wie er Käse macht.« Ruth strahlte wie ein Kind am Heiligabend. »Ach so, fast hätt ich's vergessen. Weißt du, ob es Restaurants oder Hotels gibt, die den Norderneyer Schafskäse brauchen? Fürs Frühstücksbüfett oder eine Käseplatte als Nachtisch?«

»Puh, keine Ahnung. Ich kann Finja fragen, sie hat ja ein Restaurant.«

»Wäre super, wenn du das machen kannst.«

»Klar, mach ich.« Bei Finja hatte sie sich ewig nicht gemeldet. Oder bei Thore und Björn, ihren anderen Neyer Freunden. Nela merkte, wie ihr schlechtes Gewissen sie kniff. Wieso schaffte sie es nicht mehr, sich um die Menschen in ihrem Leben zu kümmern, sobald sie etwas mehr zu tun hatte?

Ruth verabschiedete sich, und Nela ging zu Jonte, der es beim Krabbeln irgendwie geschafft hatte, sich unter dem Couchtisch zu verkeilen. Sie half ihm raus und drückte ihn ganz fest an sich. Mein Baby, dachte sie. Bald gar nicht mehr mein Baby … Sie schluckte. Ganz schön viele Gefühle stürzten da gerade auf sie ein, und durch den Schlafmangel und die Tatsache, dass sie nicht besonders fit war, wurden vor allem die negativen Gedanken gerade verstärkt.

Womit sie nicht gerechnet hatte: Dass Muttersein sie so nackt machte. Nicht nur, weil sie halt die ersten Wochen quasi die Hälfte der Zeit mit nackter Brust irgendwo gesessen und gestillt hatte. Das störte sie gar nicht. Es war ein weiblicher Körper, Herrgott! Sollte bitte niemand etwas sagen, weil sie ihr Kind in einem Restaurant stillte. Das hatte eben auch Hunger. Bei Nela sagte niemand etwas, wenn sie aß. Beim Baby war's dann plötzlich ein Problem? Außerdem hatte sie sich immer bemüht, möglichst dezent zu stillen – und das war ihr auch bisher immer gelungen.

Nein, sie meinte die andere Nacktheit. Die Verletzlichkeit, die Mutterschaft mit sich brachte. Dass jeder sie bewerten durfte in dem, was sie tat oder unterließ. Dass sowieso alle es besser wussten. Mit der Schwangerschaft hatte sie offenbar jedes Recht verloren, über ihren Körper zu bestimmen. Sushi? Bloß nicht! Dasselbe galt für Salami oder Rohmilchkäse. Wieso konnte sie nicht neun Monate mit Gouda und Mortadella als Brotbelag auskommen? Zu viel Zucker war gefährlich, dann wurde das Baby mopsig und ein Schwangerschaftsdiabetes drohte. Andererseits durfte sie natürlich für zwei essen, aber wehe, sie war nicht wenige Wochen nach der Geburt wieder so rank und schlank wie vorher …

Jonte wurde langsam müde und wollte vorher noch an der Brust trinken. Nela nahm ihn mit ins Schlafzimmer, damit sie ihn direkt ins Bett legen konnte, sobald er eingeschlafen war. Ihre düsteren Gedanken ließen sich aber nicht abstellen, und während er langsam in den Schlaf glitt, grübelte sie weiter.

War es denn wirklich so, dass andere ihr Vorgaben machten, wie sie zu sein hatte? Oder hatten sich in ihrem Kopf genaue Vorstellungen verfestigt, wie sie sein sollte? Simon jedenfalls hatte ihr von Anfang an das Gefühl gegeben, dass sie alles genau richtig machte. Das tat ihr gut. Es bestärkte sie auch immer dann, wenn sie unsicher war.

Sie nahm das Smartphone zur Hand und schrieb an Finja. Unter anderem leitete sie Ruths Frage weiter und schloss mit den Worten: *Wieso sagt einem niemand vorher, wie anstrengend Muttersein ist und wie sehr man ständig kämpft?*

Es dauerte nicht lange, bis Finja antwortete.

Weil man es nicht hören will. Selbst wenn ich's dir erzählt hätte. Du hättest verträumt deinen Bauch gestreichelt und wärst überzeugt gewesen, dass es bei euch ganz anders laufen wird. Elternschaft ist der anstrengendste Job auf der Welt, vor allem, wenn man dem Perfektionismus nachrennt. Den gibt's nicht. Du wirst nie alles perfekt hinkriegen. Nie.

Wie … beruhigend. Nela dachte an das Chaos in der Küche. Normalerweise hätte sie sich jetzt aufgerafft und gegen die Müdigkeit angekämpft, um wenigstens etwas Ordnung zu schaffen. Aber sie war die halbe Nacht wach gewesen, und ihr fielen auch die Augen zu. Sie legte sich zu Jonte aufs Bett und schlief ein.

Simon wusste nicht, was mit Nela los war. Seit sie vor wenigen Wochen wieder angefangen hatte zu arbeiten, war sie oft gereizt. Ließ ihn nicht ausreden, und sobald er andeutete, er könnte mal was für sich tun, wurde sie gleich wütend, weil sie ja auch nichts für sich tun konnte, wieso er denn unbedingt meinte, er hätte eine Pause verdient.

Okay, das war ungerecht. So hatte sie das nicht gesagt. Aber er spürte, wie die fehlenden Pausen an ihr zerrten. Wie sie vom Alltag müde war.

Darum fuhr er mittags mit dem Rad nach Hause. Er hatte vorher im Café Florian angerufen und einen Brunch für zwei zum Mitnehmen bestellt. Wäre doch gelacht, wenn er es nicht schaffte, Nela ein wenig aufzumuntern!

Als er wenig später mit den Behältern die Wohnung betrat, wunderte er sich über die Stille. Normalerweise war Jonte um diese Zeit wach, und Nela spielte mit ihm im Wohnzimmer oder in seinem Kinderzimmer. Der Buggy stand im Flur. Komisch … Simon stellte die Behälter auf dem krümeligen Küchentisch ab und machte sich auf die Suche.

Im Schlafzimmer saß Jonte auf dem Bett und sah seiner Mama beim Schlafen zu. Er freute sich, Simon zu sehen, und krähte vergnügt. Vermutlich war er gerade aufgewacht, denn normalerweise weckte er Nela sofort.

Müde sah sie aus. Simon nahm Jonte mit in die Küche. Während der Kleine im Hochstuhl saß und ein Croissant zerpflückte, räumte Simon die Küche auf. Es musste Nela echt mies gehen, wenn sie es nicht mal schaffte, ein bisschen Ordnung zu halten. Sonst war sie immer darauf bedacht, es ihnen schön zu machen …

Er hielt inne. Stand da mit dem Spüllappen in der Hand, bereit, die Krümel von der Arbeitsplatte mit der anderen Hand aufzufangen. Er merkte, dass dieses »bisschen Ordnung in der Küche machen« ihn auch schon seit fünfzehn Minuten beschäftigte, und das nicht unbedingt, weil er das so selten tat. Früher hatte er sich viel um den Haushalt gekümmert. Aber dann kam erst die Apotheke und kurz darauf Nela in sein Leben. Er hatte gar nicht gemerkt, wie viel sie ihm abnahm. Und dann ein Jahr später Jonte, auch da hatte er kaum gemerkt, wie viel Arbeit so ein Baby machte, weil Nela – nein, sie hatte nicht alles an sich gerissen. Sie hatte einfach gemacht, während er ein paar Minuten länger abgewartet hatte. Rasch war aus seiner Bequemlichkeit Gewohnheit geworden.

Das Leben mit Kind – ja, es war sauanstrengend. Hatte er sich nicht so vorgestellt. Und wenn ihm jemand gesagt hätte, wie sehr das Leben mit Kind ihn an seine Grenzen bringen könnte, er hätte es nicht hören wollen. Zumal Nela ja die Hauptlast trug. Er sollte jetzt nicht so tun, als würde er den Laden schmeißen.

»Hey.«

Er drehte sich um. Nela stand in der Küchentür, ein bisschen zerknautscht vom Schlafen, die Haare verwuschelt. Ihre Streifenbluse war zerknittert. Sie war barfuß und trug die tolle Caprijeans, die er an ihr so mochte.

»Hey. Du warst müde. Ich habe gedacht, ich hole uns ein Mittagessen. Na ja, eigentlich Brunch.« Er lächelte und schaute auf die Küchenuhr über der Tür. Halb eins fast. Nelas Blick folgte seinem.

»Mist. Ich hab fast zwei Stunden gepennt.«

»Dann war's wohl nötig.«

»Wie lange bist du schon hier?«

»'ne halbe Stunde oder so? Jonte und ich haben ein bisschen aufgeräumt.«

»Danke.« Sie setzte sich auf einen Küchenstuhl. Jonte streckte ihr seine croissantkrümeligen Hände entgegen.

»Möchtest du Kaffee?«

»Kaffee wäre super.« Sie fuhr sich mit einer Hand durchs Gesicht. »Danke, mein Schatz, ich möchte kein Croissant.«

»Du brauchst dich nicht bedanken«, sagte Simon leise, während er sich an der Kaffeemaschine zu schaffen machte.

»Hm?«

»Dass ich aufgeräumt und mich um Jonte gekümmert habe. Dafür musst du dich nicht bedanken.«

»Ach so, hm.«

Er stellte den Becher mit Milchkaffee vor sie auf den Tisch, beugte sich zu ihr hinunter und küsste sie. Nela legte die Arme um seinen Hals, und der Kuss geriet etwas leidenschaftlicher als gedacht. Atemlos lösten sie sich voneinander. »Ich bin für dich da«, flüsterte Simon.

Und dann setzte er sich zu Nela und Jonte und blickte auf den Tisch, auf dem er all die Köstlichkeiten ausgebreitet hatte. Es gab Brötchen, kleine Croissants, dunkles Brot, Frischkäse mit Schnittlauch, eine Käseplatte, ein Töpfchen mit Feigensenf, Chutney, Salami und Krabbencocktail. Das Rührei hatte er frisch selbst gemacht. Perfekt, dachte er. Wie so ein kleiner Urlaub vom Alltag.

»Musst du gar nicht in die Apotheke?«, fragte Nela. Sie nahm ein Brötchen und schnitt es auf.

»Die wird schon nicht einstürzen, wenn ich mal zwei Stunden mit meiner Familie verbringen möchte.«

Sie musterte ihn überrascht, als wäre das ja ganz was Neues. Doch dann lächelte sie und schüttelte den Kopf, als müsste sie über sich selbst schmunzeln.

»Wir sollten mehr reden«, fügte er hinzu. »Und nicht nur die Aufgaben hin und her schieben wie heiße Kartoffeln. Ich weiß, dass ich … ähm … gerne die Arbeit übersehe.«

»Du meinst die hier zu Hause?«

»Ja, genau.«

»Soll ich dich dann demnächst darauf aufmerksam machen?«

Simon überlegte. Auch nicht gut, dachte er. Wenn Nela was sagen musste, war sie meist schon genervt, weil sie es selbst nicht schaffte.

»Wir könnten uns einmal pro Woche hinsetzen und unsere Arbeitszeiten abgleichen«, schlug er vor. »Und dann morgens fünf Minuten besprechen, was gerade dringend erledigt werden muss.«

»Gute Idee«, sagte sie ruhig.

»Ich möchte, dass wir das schaffen. Gemeinsam.«

Nela nickte. Sie blickte auf, und ihre sturmgrauen Augen glänzten feucht. »Ich habe gestern gekotzt. Mir war so schlecht, und ich hatte schon Angst, dass ich schwanger bin.«

Simon starrte sie an. Das kam jetzt überraschend. Er musste echt überlegen, wann sie das letzte Mal etwas getan hatten, das zu einer Schwangerschaft hätte führen können …

»Unser Zweijähriges«, erinnerte sie ihn.

Ach, genau. Erst Abendessen im Poseidon, Tini und Bine hatten auf Jonte aufgepasst, und als Nela und er nach dem köstlichen Dreigängemenü nach Hause kamen, hatten sie das Baby nicht sofort abgeholt, sondern sich für ein Stündchen in die Wohnung geschlichen …

»Ich bin übrigens nicht schwanger«, sagte Nela. »Der Test war negativ. Aber danach war ich traurig, obwohl ich doch so fertig bin mit der Welt.« Sie nahm eine Scheibe Vollkornbrot und strich dick Frischkäse darauf. »Außerdem waren wir uns ja einig.«

»Mhm, ja.« Hätte sie das zweite Baby trotzdem gewollt?

»Ich habe mir überlegt, dass ich noch eine Hebamme für das Storchennest suche. Und das nicht, weil ich ein zweites Kind will.«

»Okay.« Simon räusperte sich. »Habe ich auch noch ein Wörtchen mitzureden?«

Nela grinste. »Klar. Entschuldige, ich erzähle gerade nur, was mir ziemlich unsortiert durch den Kopf geht. Ich bin müde.«

»Ich weiß«, sagte er, von einer großen Zärtlichkeit ergriffen. »Also gut, was steht heute noch an?«

Denn er wollte seinen Teil der Sorgearbeit tragen. Das hatte er jetzt begriffen. Er hoffte, diese Erkenntnis könnte er sich noch eine Weile bewahren.

»Ich glaube, du holst dir lieber was zu schreiben, die Liste ist ganz schön lang.«

Sie lachten. Und solange sie das noch schafften, dachte Simon, solange sie miteinander reden und lachen konnten, würde es ihnen schon gelingen, dass sie sich nicht gänzlich verloren.

Kapitel 11

An diesem Tag lernte Ruth, wie man Käse machte.

Als sie von ihrer Tour zurückkam, wartete Hanno schon auf sie. Ruth öffnete den Laden, dann folgte sie Hanno in die angrenzende Käserei. Erst mussten sie sich komplett umziehen und waschen. Dann zeigte Hanno ihr den Pasteur.

»Im Sommer mache ich fast täglich Käse, je nachdem, wie viel Milch die Schafe geben. Im Herbst wird das weniger, dann habe ich nur alle zwei bis drei Tage genug Milch. Heute machen wir Käse aus pasteurisierter Milch, keinen aus Rohmilch.«

Die Milch wurde zunächst von der Milchkühlung in den Pasteur gepumpt. Dort wurde sie für dreißig Minuten auf 63,5 Grad erhitzt und danach wieder abgekühlt. Währenddessen kümmerten sie sich um die Käse aus der Reifekammer und holten die Käselaibe vom Vortag aus der Salzlake. Ruth ließ sich von Hanno alles erklären und hätte am liebsten Notizen gemacht. Es war so spannend!

In der Käserei stellte Hanno unterschiedliche Käsesorten her. Es gab einen weißen Schafskäse, ähnlich einem Feta, der zu kleinen, runden Laiben gepresst wurde und mit Kräutern verfeinert werden konnte. Und es gab eine weitere Sorte, die mit getrockneten Tomaten bedeckt war. Ruth bekam direkt Hunger, während Hanno sie durch die einzelnen Räume führte. Neben dem Weichkäse gab es noch verschiedene Hartkäsesorten, auch die wurden teilweise mit Kräutern verfeinert. Sie lernte neben der Käseherstellung mit Lab heute ebenfalls, wie die Hartkäse während der Reifung regelmäßig abgebürstet werden mussten. Dann mussten die Frischkäselaibe aus der Salzlake geholt werden. Einige wurden direkt verpackt und kamen in die Kühlung, andere wurden in der Käsetheke vom Hofladen ausgelegt. Ein paar sahen nicht ganz so schön aus. Die schnitten sie in der Ladenküche in Würfel und füllten sie mit Chiliringen und mediterranen Kräutern in heiß ausgespülte Gläser, die anschließend mit Öl aufgefüllt wurden.

Zwischendurch kamen immer wieder Kunden. Alle freuten sich, dass der Laden offen war, und einige merkten an, sie seien ja schon häufiger mal hier gewesen, leider jedes Mal ohne Erfolg. »Ja, da war ich leider nicht da. Die Schafe …«, erzählte Ruth. Sie tat einfach so, als würde sie schon immer zur Schäferei gehören, und die Kunden akzeptierten sie und ließen sich gern von ihr beraten. »Wenn ich mal nicht da bin, können Sie auch einfach anrufen.« Im Hofladen lag ein Flyer aus, den Ruth an die Leute verteilte. Darauf war Hannos Handynummer vermerkt.

Ruth arbeitete vor sich hin. Mittags gab es einen kleinen Imbiss: Brot vom Vortag mit Käse, dazu Äpfelchen. Zwischendurch ging sie zu ihrer Wohnung und lief mit Neruda eine halbe Stunde durch die Dünen.

Erst als am frühen Nachmittag eine Mutter mit drei Kindern den Laden betrat, stieß Ruth an ihre Grenzen.

Hanno war gerade mit dem Rad losgefahren, um Leni von der Kita und Noah von der Schule zu holen. Die junge Frau, die nun den Laden betrat, trug die blonden Haare zu einem Messy Bun im Nacken zusammengefasst. Das jüngste Kind hatte sie im Tragetuch vor der Brust, die beiden älteren Kinder blieben auch dicht bei ihr. Ruth war nicht gut darin, das Alter von Kindern zu schätzen, aber die beiden Mädchen mit den flachsblonden Löckchen schätzte sie auf drei und fünf.

»Hallo. Haben Sie auch Wolle?«

»Wir haben Lammfelle.« Ruth zeigte auf das niedrige Regal in der Ecke. Tatsächlich hatte sie vorhin schon eins an einen älteren Herrn verkauft, der es für seinen Bürostuhl wollte. Er hatte ihr erklärt, als Pastor sitze er häufig am Schreibtisch und bereite die Predigt vor; oft wurde ihm dabei am unteren Rücken kalt.

»Nee, kein Fell.« Die junge Frau zog die mit winzigen Sommersprossen übersäte Nase kraus. »Wolle. Also – Strickwolle. Merino am liebsten. Haben Sie so was?«

»Leider nicht.« Ruth seufzte. »Wir haben Fleisch, Wurst, Käse, Felle – aber Wolle haben wir nicht.«

»Schade. Ich habe leider nicht daran gedacht, dass mir im Urlaub langweilig werden könnte. Und früher habe ich gern gestrickt.«

»Tut mir echt leid.« Ruth überlegte. Eigentlich müsste es doch eine Möglichkeit geben, oder? Zumindest längerfristig … auch die Ostfriesischen Milchschafe mussten ja jährlich geschoren werden. Was machte Hanno mit der Wolle? Ach ja, er verkaufte sie an eine Gärtnerei, hatte er erzählt.

Die junge Frau kaufte ein wenig Käse und eine Salami. Dabei plauderte sie weiter mit Ruth, und so erfuhr diese, dass ihr der Urlaub auf der Insel zwar gefiel, weil es viele Angebote für die Kinder gab. »Aber für mich habe ich noch nichts gefunden«, sagte sie bedauernd.

»Ach, schade! Gibt es keine Malkurse oder so? Yoga?«

»Gibt es sicher beides, ich interessiere mich allerdings weder für das eine noch für das andere. Ich mag Handarbeiten.«

»Okay, verständlich. Ich hab mal in Neuseeland auf einer Schaffarm gelebt. Da hab ich mir den Fuß gebrochen und musste wochenlang still sitzen. Der Farmer hat mir das Stricken beigebracht.«

Die beiden lächelten sich verstehend an. Dann streckte die junge Frau Ruth die Hand hin. »Ich bin übrigens Bea.«

»Ruth.« Ihr Händedruck war angenehm und fest.

»Wir sind den ganzen Sommer hier. Wenn du was über irgendwelche Handarbeitskurse hörst oder so eine Art Club – meinst du, du kannst mir dann Bescheid geben?«

»Klar.« Ruth ließ sich von Bea die Handynummer geben. Sie winkte ihr nach, als sie sich verabschiedete.

Nachdenklich stand sie mit dem Notizzettel in der Hand hinter der Käsetheke. Ihr kam gerade eine Idee, die sich einfach richtig großartig anfühlte. Das musste sie unbedingt Hanno erzählen, wenn er zurückkam!

»Du willst *was* machen?«

»Die Wolle der Schafe verarbeiten.« Ruth verdrehte die Augen. Sie saß auf der Küchenbank eingekeilt zwischen Leni und Noah, die offenbar beide fanden, dass sie nach vierundzwanzig Stunden zur Familie gehörte und deshalb auch damit leben musste, dass sie ihr ständig zeigen wollten, was sie gerade wieder gemalt oder gebastelt hatten. Leni hatte eine Kiste voll mit Glitzersteinchen zum Aufkleben, mit denen sie die Bilder verzierte, während Noah sehr eifrig und wichtig über sein Matheheft gebeugt saß und konzentriert Aufgaben löste.

»Guck mal, ein Schaf!« Leni hielt das Bild hoch. Ein schwarzes Kringelwusel mit Gesicht und sehr breitem, jokermäßig rotem Grinsen stand auf einer grünen Wiese.

»Sehr hübsch«, sagte Ruth abwesend.

»Die Wolle ist nicht gut.« Hanno runzelte die Stirn. Er stand am Herd und buk für alle Pfannkuchen. »Also, nicht so gut wie die von Merinoschafen beispielsweise.«

Das wusste Ruth. Schließlich gab es das Internet, und sobald ihr die Idee in den Kopf geschossen war, hatte sie selbstverständlich Ecosia angeworfen und nach Infos gesucht.

»Aber es ist möglich.«

»Ja, schon.« Er wendete geschickt einen Pfannkuchen.

»Du klingst nicht überzeugt.«

»Weil ich's für 'ne schlechte Idee halte. Zu viel Arbeit. Was willst du denn machen? Die Wolle waschen, kardieren, verspinnen?«

»Man könnte auch eine Spinnerei suchen«, schlug sie vor. »Und dann die Wolle selbst färben. Oder das übernimmt auch die Spinnerei.«

Er blickte sie an und zog die Augenbrauen hoch. »Du hast dir das schon alles überlegt, ja?«

Sie zuckte mit den Schultern. »Ich denke einfach ...«

»Nein«, schnitt er ihr das Wort ab. Er trat an den Tisch. Ein Pfannkuchen glitt auf Noahs Teller. »Noah, Leni, räumt den Tisch ab. Es gibt jetzt Essen.«

»Wo ist mein Pfannkuchen?«, jammerte Leni. Ruth begann, die Buntstifte einzusammeln, und half Leni, ihr Bild mit ein paar Magneten an die Kühlschranktür zu pinnen, während Noah die Mappe und das Mathebuch in seinen Ranzen stopfte, der neben der Eckbank stand.

Hanno servierte Leni einen eigenen Pfannkuchen und bereitete die nächsten beiden in den Pfannen auf dem Herd zu. Ruth lehnte sich neben dem Herd an die Küchenarbeitsfläche. Hanno hielt den Blick auf die Pfannen gerichtet und hatte die Stirn gerunzelt.

»Hey?«, fragte sie leise. »Habe ich was Falsches gesagt?«

»Nein, ach ...« Er verstummte. »Es ist nicht so leicht, weil ...«

Er stocherte mit dem Pfannenfreund in der Pfanne herum. Der fluffige Pfannkuchen zerbrach, Hanno fluchte.

»Macht nichts«, sagte sie. »Dann gibt's eben Kaiserschmarrn.«

Sie hätte ihn gern irgendwie getröstet. Aber das Gefühl, dass sie gerade die Schuld an seiner miesen Laune trug, weil sie vorgeschlagen hatte, dass sie das Sortiment erweitern könnten – das war größer als alles andere.

Dumm von ihr. Sie ließ sich allzu oft von ihrer Fantasie mitreißen. Sie sah hier eine kleine, gut funktionierende Schäferei, die mehr als genug Arbeit für zwei bot. Hanno riss sich ein Bein aus, damit der Hofladen ein breites Sortiment bot, die Käserei lief und er sich darüber hinaus ausreichend um Schafe und Kinder kümmerte. Sie aber platzte hier rein, sah mit einem Blick, wo noch Optimierungspotenzial war, und sagte das auch. Sie könnte sich wirklich in den Hintern beißen. Wieso war sie so?

»Warst du mal Unternehmensberaterin oder so?« Hanno sah sie schräg von der Seite an, während er den zweiten Pfannkuchen wendete. Bei dem gelang es perfekt.

»So was Ähnliches.«

»Dacht's mir.« Er starrte auf die Pfannen. »Lass es einfach, Ruth. Ich möchte, dass alles hier auf dem Hof so bleibt, wie es ist, okay? Die Schafe werden nächste Woche geschoren, und bisher habe ich die Wolle für 'nen Appel und 'n Ei verkauft. Manche Gärtner holen die sich gern, der Rest geht an eine Spinnerei, die damit halt irgendwas macht. Geht mich dann nichts mehr an.«

»Schade«, sagte sie leise. Aber das musste sie dann wohl akzeptieren.

Ihre Idee von einer Schäferei, die nicht nur Felle, Fleisch und Käse anbot, sondern auch Wolle in allen möglichen Stadien der Verarbeitung von der Faser bis zum fertigen Socken – die wurde hier nicht gewünscht.

Sie trieb ihn in den Wahnsinn. Und zwar nicht in den guten, angenehmen und aktivierenden Wahnsinn, wenn alles möglich erscheint und man sofort loslegen möchte.

Wolle verarbeiten – das war immer *Saskias* Idee gewesen. Aber es war bei der Idee geblieben. Sie hatte ständig irgendwelches Zeug angeschleppt, hier ein altes, klappriges Spinnrad, dort eine

Kardiermaschine, dann wieder einen Webrahmen, sie konnte einfach alles gebrauchen, und dann verstaubte es nur in dem Anbau neben dem Schafstall. »Im Winter haben wir dafür Zeit«, hatte sie immer versichert. Sie behielt ein paar Kilo Schafwolle und wollte diese dann ab November, wenn es nicht mehr viel zu tun gab, sortieren, waschen, kardieren und zu Wolle verspinnen. Die wollte sie anschließend färben und zu Jacken und Pullovern für sich und die Kinder verstricken. Aber Saskia dachte immer weiter, und sie hätte gern gehabt, dass aus dieser fixen Idee etwas ganz Großes wurde. In ihren weltumspannenden Träumen wurde sie sofort zu einer bekannten Spinnerin, Strickerin, Färberin, die auf dem kleinen Hof in null Komma nix ein richtig großes Business aufzog. Jeder ihrer Träume endete mit einer euphorischen Erwartung: »... und dann verdienen wir richtig viel Geld und können den Kindern alle Wünsche erfüllen.«

Hanno hatte sich mit diesen Träumereien schwergetan. Saskia hatte vieles angefangen, aber nie hatte sie diese Dinge auch zu Ende gebracht. Immer wieder war er über ein neues Hobby von ihr gestolpert, halb angefangen, dann die Lust verloren. Und jedes dieser Hobbys hatte sie angefangen, um damit Geld zu verdienen. Ihr Traum war ein sorgloses Leben. Dabei hatten sie nie irgendwelche Sorgen. Geld war genug zum Leben da – aber das reichte ihr nie. Sie war gehetzt. Kam nie zur Ruhe.

Und nun fing Ruth am zweiten Tag auch schon damit an. Sie sah, wo man etwas mehr machen konnte – und er blockte sofort ab. Er wollte nicht, dass sie »das Potenzial der Schäferei voll ausschöpfte«. Warum konnte niemand die Schäferei so belassen, wie sie war?

Er ließ den kaputten Pfannkuchen auf den eigenen Teller gleiten und stellte ihn beiseite. Noah hatte seinen schon fast aufgegessen, und Leni hatte auch mächtig Hunger. Ruth saß vor ihrem Teller und pickte nur darauf herum. Er hätte ihr gern erklärt, warum ihr Vorschlag grundsätzlich toll war – aber einfach nicht umsetzbar.

Die Wolle vom Ostfriesischen Milchschaf war zu grob, um daraus von Hand einfach mal Garn zu spinnen. So viel hatte er aus Saskias abendlichen Flüchen herausgehört. Und später hatte er nachgelesen. Ja, grundsätzlich konnte man die Wolle gut verspinnen, färben ging sogar noch besser, aber vor allem beim Spinnen brauchte es Erfahrung. Die brachte Saskia halt nicht mit, und sie hatte auch nicht genug Geduld, um das Spinnen zu erlernen.

Er müsste also Geld in die Hand nehmen und die Vliese in eine Spinnerei liefern. Dort könnte man die Wolle waschen, kardieren, spinnen, färben lassen. Aber dann hätte er einen Berg Wolle, die eben nicht der besten Qualität entsprach. Nicht so feine Merinowolle, auf die Strickerinnen so abfuhren. Ja, und dann? Was sollte er damit anfangen? Im Hofladen würde sich die Wolle sicher nicht im großen Maßstab verkaufen lassen. Also verkaufte er die jährliche Schur weiterhin an Gärtnereien und die Reste an die Spinnerei. Die Gärtner nutzten die Wolle als Winterschutzmatten für ihre empfindlichen Pflanzen.

Ruth wirkte merklich angefasst, nachdem er sie so barsch in die Schranken gewiesen hatte. Na gut, das konnte er jetzt auch nicht ändern. Mist, er hätte nicht gedacht, dass eine Frau auf dem Hof bei ihm sofort so viele widersprüchliche Gefühle weckte. Er wollte Ruth mögen, auch weil die Kinder sie mochten.

Aber sie versuchte wirklich, sich hier mehr in sein Leben einzumischen, als ihm guttat. Und das wollte er auf jeden Fall verhindern.

Kapitel 12

Freitag war Brunchtag.

Die Idee war von Simon gekommen. »Lass uns einfach jeden Freitag im Café Florian einen Brunch für uns bestellen. Ich hole ihn am Vormittag auf dem Weg aus der Apotheke ab, und dann haben wir eine Insel nur für uns kurz vorm Wochenende. Noch mal Kraft tanken für den Endspurt.«

Er kümmerte sich auch um die Umsetzung, und als Nela zwei Wochen später nach den morgendlichen Terminen nebenan im Storchennest die Wohnung betrat, nahm Simon ihr sofort Jonte ab. »Kaffee oder Orangensaft?«

»Kann ich beides haben?«

Sie sah, wie er sich bemühte. Und das war schön. Seit sie sich nicht mehr über ihn ärgerte, sondern alles, was ihr nicht passte, direkt ansprach, ging es ihnen besser. Es war Arbeit, genau. Beziehungsarbeit. Und in den vergangenen zwei Wochen waren sie recht gut darin gewesen.

»Soll ich Alma gleich einen Teller rüberbringen?«, schlug Simon vor.

»Ich mach schon.« Nela stellte ein paar Leckereien zusammen, von denen sie wusste, dass ihre Omama sie liebte; geräucherte Forelle, Rührei mit Kresse, das dunkle Bauernbrot und ein Croissant. Sie trug den Teller in der einen Hand, ein Glas Orangensaft in der anderen.

»Omama, bist du da?«

»Auf der Terrasse, min Deern!«

»Ich habe dir was von unserem Brunch mitgebracht.«

»Ach, das ist fein.« Alma freute sich. »Stell's in die Küche, du kannst euch Marmorkuchen mitnehmen.« Omama zog'ne Schnute. »Der ist diesmal aber ohne alles.«

»Ach, arme Omama. Ich backe dir morgen einen mit, okay?« Also mit Rumaroma. Den Rum im Tee konnten sie ihr nicht verbieten, aber beim Rum im Kuchen zog Nela inzwischen eine Grenze. Omama hatte ohnehin einen Geheimvorrat Eierlikör, und was ihr nicht genug nach Rum schmeckte, wurde eben großzügig mit Eierlikör übergossen.

Sie konnten froh sein, dass Omama immer noch fit war. Von der beginnenden Demenz mal abgesehen. Und da bildete Nela sich ein, dass es auch etwas besser geworden war. Auf jeden Fall hatte sich Omamas Zustand nicht verschlechtert, seit sie und Tini vor zwei Jahren auf die Insel zurückgekehrt waren. Das Mehrgenerationenhaus tat ihrer Großmutter gut, und sie vergötterte Jonte und wurde nicht müde zu erwähnen, dass sie sich über einen »ganzen Stall kleine Rodenbrocks« freuen würde, die mit ihr dann das *Traumschiff* guckten.

Zack war Nela schon wieder bei *diesem* Thema gelandet. Davon bekam sie ja augenblicklich Kopfschmerzen. Nachdem sie vor zwei Wochen mit Kotzerei flachgelegen hatte und fürchtete, sie sei schwanger, hatte sich am nächsten Tag die erste Periode nach der Geburt eingestellt. Wie unfair, dabei stillte sie fast noch voll!

Aber die Natur hatte offensichtlich wie Omama Alma noch was mit ihr vor. Anders war es nicht zu erklären, dass ihr Zyklus schon zurück war.

Nela fühlte sich allerdings überhaupt nicht bereit für ein zweites Kind. Da, sie hatte es gesagt. Kein zweites Kind. Jedenfalls nicht jetzt, und ob sie in zwei Jahren überhaupt noch schwanger werden konnte? Dann war Jonte schon größer, sie hätte wieder Kapazität für ein Baby, redete sie sich ein … nun ja. Dann wäre sie halt auch vierzig Jahre alt.

Es gab da eben mehr zu bedenken als nur, dass ein Geschwister für Jonte schön wäre. Oder dass sie sich dann erst als Familie komplett fühlten.

Abends brachte sie gerade Jonte ins Bett, als Simon mit seiner Aktentasche unterm Arm durchs Wohnzimmer ging. »Fährst du wieder in die Apotheke?«, fragte Nela. So wie in den letzten Wochen, weil er meinte, dort mehr Ruhe zu haben?

»Nee, für heute habe ich mir Arbeit mitgebracht.«

»Dann geh ich in die Badewanne.«

»Mach ruhig, ich höre ja, wenn Jonte sich meldet.«

So einfach. Absprachen, Verlässlichkeit. Fühlte sich gut an.

Kaum lag sie in den duftenden, wärmenden Schaumbergen, klingelte ihr Handy, das sie auf den Hocker neben die Wanne gelegt hatte. Es war Ruth.

»Dass du dich mal meldest! Rumtreiberin.« Seit gut zwei Wochen war Ruth nun schon in der Inselschäferei. Sie schrieb Nela jeden Abend, wie gut es ihr dort gefiel, wie glücklich sie war. Dass die Kinder gar nicht so schlimm waren und sie Hanno mochte.

Nela schrieb nicht zurück, dass Ruth Hanno in den letzten Tagen deutlich häufiger erwähnte, als man von einer Angestellten erwarten würde.

»Nela …« Ruth flüsterte. »Nela, was mach ich denn? Hanno ist weg.«

»Weg? Wie weg?«

»Er ist nach dem Abendessen verschwunden. Ich hab ihn angerufen, hab ihn überall auf dem Hof gesucht – nichts.«

»Ist er zu den Schafen gefahren?«

»Keine Ahnung.«

»Er wird schon wieder auftauchen.«

»Und was mache ich so lange mit den Kindern? Es ist Schlafenszeit. Ich habe sie vor dem Fernseher geparkt, sie gucken jetzt irgendwas mit Drachenreitern oder so. Aber sie müssen ja irgendwann auch ins Bett?«

Es war halb neun. Nela fand schon, dass das die Schlafenszeit für einen Siebenjährigen und eine Vierjährige überschritt, aber dafür konnte Ruth ja nichts. Zum Glück war morgen Samstag. Keine Schule für Noah.

»Was mach ich denn jetzt, Nela?«, flüsterte Ruth.

»Sind die Hunde auch weg?«

Kurz war es still. Dann sagte Ruth: »Ja. Aber was soll ich mit den Kindern machen?«

»Na, bring sie ins Bett.«

Ruth klang zunehmend verzweifelt. »Und wie mache ich das?«

»Also, mit größeren Kindern habe ich nicht so viel Erfahrung …«

»Aber mehr als ich!« Ruth schnaufte. »Puh. Okay. Ich schaffe das, oder?«

»Mach nach der nächsten Folge den Fernseher aus. Und dann frag die beiden, wie das abendliche Ritual geht. Wenn sie eins haben.«

»Ich glaub schon.« Ruth schwieg einen Moment. »Er kümmert sich toll um die beiden«, platzte es dann aus ihr heraus. »Ehrlich, ich beobachte ihn schon die ganze Zeit, sie haben so einen guten Draht zu ihm. Manchmal knallt's, aber ich glaube, sie gehen nie nach so'nem Streit ins Bett, ohne sich vorher wieder zu vertragen.«

»Das ist das Beste«, sagte Nela leise. »Sag ihnen, dass er bestimmt bald zurückkommt. Und so lange kümmerst du dich eben.«

»So einfach ist das?«

»Sie kennen dich. Mir fällt auf die Schnelle niemand ein, der übernehmen könnte.«

Ruth seufzte.

»Du schaffst das«, fügte Nela hinzu.

»Aber ich will das nicht schaffen müssen.«

»Versteh ich.« Aus dem Schlafzimmer hörte Nela, wie Jonte leise meckerte. »Du kannst sie kaum wach lassen, bis Hanno nach Hause kommt, oder? Wer weiß, wann das ist.«

»Okay, na gut.« Ruth seufzte wieder. Sie wollte noch etwas sagen, aber dann hörte Nela ein Stimmchen aus dem Hintergrund. Leni fragte, wann ihr Papa nach Hause komme.

»Bald«, versprach Ruth. »Ich bringe euch erst mal ins Bett.«

»Juhu!«, hörte Nela. Sie lächelte. Ruth wusste es vielleicht nicht, aber sie konnte gut mit Kindern.

»Du schaffst das. Ruf mich an, wenn sie schlafen.«

Das Telefonat mit Nela hatte sie nicht wirklich beruhigt. Aber Ruth beschloss, sich auf Nelas Rat zu verlassen. Sie würde Leni und Noah fragen, was zum abendlichen Bettgehritual gehörte.

»Okay, ihr Mäuse!« Sie betrat das Wohnzimmer, wo gerade der Abspann der Serie lief. Ruth schaltete den Fernseher aus – das hatte sie vorhin schon angekündigt, bevor sie Nela anrief. »Zeit fürs Bett!«

»Kommt Papa gar nicht?«, maulte Noah. Er rutschte vom Sessel und trottete mit hängenden Armen an Ruth vorbei Richtung Treppe.

»Dein Papa hat noch was zu tun. Bei den Schafen«, flunkerte Ruth. Sie hoffte, dass Hanno wirklich nur wegen eines Notfalls unterwegs war. Sie schaute verstohlen auf ihr Handy, während sie Noah nach oben folgte. Leni kreischte von unten, sie sei viel zu müde, um die Treppe hochzulaufen. Also drehte Ruth um und trug die Vierjährige nach oben.

Hier gab es drei kleine Schlafzimmer und ein Bad, in dem man sich den Kopf stieß, weil es in die Schräge gebaut war. Für die Kinder war es mit dem niedrigen Waschbecken und der Wanne aber perfekt.

»Zack, zack, Zähneputzen!«

»Bei Papa ziehen wir erst die Schlafis an!«, protestierte Noah.

»Okay, dann zack, zack, Schlafis anziehen!« Wer war sie denn, dass sie die Ordnung der Welt auf den Kopf stellte? Noah sauste in sein Zimmer, und Ruth begleitete Leni in ihr Zimmer und ließ sich alles zeigen. Die Kommode mit den Klamotten, aus der sich die Vierjährige frische Unterwäsche raussuchte. Der Schlafanzug lag auf dem Bett bereit.

Danach ging es zum Zähneputzen, und Ruth begann, ein wenig Spaß daran zu haben, wie die Kinder mit ihr umgingen. Sie putzten die Zähne, wuschen sich die Gesichter – das alles ging nicht gänzlich ohne Wasserspritzen vonstatten. Als sie dann endlich in den Betten lagen, wollte Leni noch was vorgelesen haben, und Ruth fragte Noah, ob er sich nicht auch dazukuscheln wollte. Kurz sah es so aus, als wäre er mit sieben doch viel zu alt dafür – aber dann nickte er, und sie zwängten sich zu dritt in Lenis Bett, das zum Glück eins vierzig breit war. Die Matratze lag auf einem Lattenrost direkt auf dem Boden, darüber war aus Latten eine Hauskonstruktion gezimmert, die mit einer Lichterkette umwunden war. Das sah total gemütlich aus, fand Ruth. Sie kuschelten sich also zu dritt ins Bett, und Ruth nahm von Leni das Buch entgegen, das die Kleine aus dem Regal gezogen hatte.

Ruth lachte. »*Die wunderbare Weihnachtsreise?* Das soll es sein?«

Leni strahlte. »Ja, bitte!«

Auch Noah schien mit der Auswahl zufrieden zu sein. Also schlug Ruth das Buch auf und las die Geschichte von Anja, die sich mithilfe von sprechenden Tieren auf die Suche nach dem Weihnachtsmann machte, um ihm beim Verteilen der Geschenke zu helfen. Ruth hatte nicht bedacht, dass so ein Bilderbuch auch ganz schön viel Text haben konnte, und deshalb dauerte es fast zwanzig Minuten, bis sie das Buch zuklappte. »Und nun gute Nacht, ihr zwei.«

»Bleibst du noch bei mir? Bitte! Allein kann ich gar nicht einschlafen!« So herzzerreißend bat Leni sie darum, dass Ruth schließlich zustimmte. Sie begleitete Noah in sein Bett, der ganz lieb fragte, ob er noch ein Hörspiel hören dürfe. Beim Papa dürfe er das auch immer. Also stimmte Ruth zu und wartete, bis er eine Hörfigur ausgewählt und auf die Box gestellt hatte. Dann ging sie wieder zu Leni und schaltete das Einhornnachtlicht ein. Anschließend schlüpfte sie zu ihr unter die dünne Bettdecke. Das kleine Mädchen kuschelte sich an sie und schloss die Augen. Auweia. Da war wohl jemand wirklich müde.

Bald verrieten ihr die leisen schnorchelnden Atemzüge, dass Leni eingeschlafen war. Auch aus Noahs Zimmer war nicht mehr viel zu hören außer dem lauten Töröö von Benjamin Blümchen.

Ruth zog das Handy aus der Gesäßtasche ihrer Jeans und schrieb an Nela.

Das war einfach! Alle schlafen. Was mache ich jetzt?

Normalerweise auch einschlafen! ;-), schrieb Nela zurück.

Ruth lächelte. Sie blieb noch ein paar Minuten liegen. Es erstaunte sie, wie zufrieden es sie machte, für die Kinder da zu sein. Auch wenn die Situation alles andere als erfreulich war.

Sie öffnete die Nachrichten-App und schrieb an Hanno. *Wo steckst du? Leni und Noah schlafen, aber ich wüsste schon gern, ob bei dir alles okay ist? Dann halte ich hier die Stellung.*

Sie legte das Handy auf ihre Brust und schloss die Augen. Holy moly, der Tag war ganz schön anstrengend gewesen. Die ganze Woche, ach was – alle Tage seit ihrer Rückkehr nach Deutschland. Dabei hatte sie es doch ganz anders geplant. Ursprünglich hatte sie ein paar Wochen mal gar nichts tun wollen, bevor sie überlegte, wie es beruflich weitergehen könnte.

Aber dann fiel ihr die Schäferei zu. Und mit ihr zwei kleine Kinder und deren Vater, dem sie sich verbundener fühlte, als man bei Chef und Mitarbeiterin meinen sollte …

Ihr Handy piepste. Hanno schrieb: *Tschuldige, bin bei den Schafen. Danke, dass du dich um die Kinder kümmerst! Komme vermutlich erst spät …*

Mit den Schafen alles okay?

Er antwortete nicht.

Na, dann eben nicht, dachte Ruth. Sie merkte, dass sie schläfrig wurde, aber bevor sie aufstehen konnte, war sie auch schon eingeschlafen.

Mit den Schafen war alles okay.

Mit ihm allerdings … nicht so.

Ruth war nicht das Problem. Sie war die ideale Hilfe für ihn, sie hörte zu, setzte die einzelnen Arbeitsschritte um – in der Käserei war das gerade in der aktuellen Hochphase eine echte Erleichterung. Er konnte sie auch mal eine Stunde mit dem Käse allein machen lassen, ohne dass daraus ein wirtschaftlicher Totalschaden wurde. Sie sah die Arbeit und machte sie auch. Ihn würde es nicht wundern, wenn sie zum Ende des Sommers die Käserei ganz allein schmiss. Weil sie sich für alles rings um die Schafe interessierte, ein bisschen Vorwissen mitbrachte und bei allem, wo sie nicht weiterwusste, ihn fragte, statt irgendwas zu machen. Einfach machen war bei der Käseherstellung nämlich selten die richtige Vorgehensweise.

Jedenfalls war er mit ihr als Mitarbeiterin sehr zufrieden. In der Hinsicht war sie ein Glücksgriff.

Aber das andere.

Dass sie Potenzial sah. Dass sie meinte, er müsse mehr aus dem Hof machen. Er müsse doch auch ans Geldverdienen denken. Mit der Wolle was machen. Bisher verkaufte er die Wolle für fünfzig Cent das Kilo. Mit Ruths Idee müsste er erst mal einige Tausend Euro in die Hand nehmen. Und wofür? Wer sollte denn die ganze Wolle dann kaufen, von der sie träumte?

Das Schlimmste aber war, dass ihre Träume ihn an Saskia erinnerten. Daran, wie sie Luftschlösser gebaut hatte. Bis heute wusste er nicht, ob das auch eine ihrer Strategien war, um aus dem Alltag zu fliehen. Sich eine andere, schönere Zukunft auszumalen, in der sie mehr Geld hatten. Aber mehr Geld, was hätten sie damit denn anfangen können? Mehr als arbeiten konnten sie nicht, und für zwei gab's so schon genug zu tun.

Deshalb war er vorhin nach dem Abendessen etwas überstürzt zu den Schafen geradelt. Die Hunde lagen nun im Schatten des kleinen Karrens, den er auf der Weide aufgestellt hatte. Sein Fahrrad lehnte an dem Karren, die Schafe ließen sich von ihm nicht stören. Er redete sich ein, dass er unbedingt noch nach Dörte schauen musste. Dörte hatte dieses Jahr zwei Lämmer, und er meinte, dass sie eine Entzündung am Euter hatte. Nur 'ne Ausrede, das wusste er.

Er brauchte einfach mal Ruhe. Eine Stunde Zeit, in der er nicht über die Schäferei, die Kinder oder all die kleinen organisatorischen Dinge nachgrübeln wollte, die täglich anfielen. Ursprünglich hatte er vor, nach einer Stunde zurückzufahren und die Kinder ins Bett zu bringen. Aber dann war aus der Ausrede mit Dörtes Euter eine tatsächliche Erkrankung geworden, und während er das Schaf einfing und behandelte, war es spät geworden. Zu spät! Als Ruth ihm schrieb, dass sie die Kinder ins Bett gebracht hatte, war er einerseits erleichtert, andererseits kniff ihn sofort wieder das schlechte Gewissen, das ihn selten verließ, seit er mit den Kindern allein war.

Ruth sollte das nicht für ihn übernehmen müssen. Dafür hatte er sie nicht eingestellt.

Aber sie machte einfach. Obwohl sie ihm ja zwischendurch mehr als einmal deutlich gezeigt hatte, dass sie mit Kindern nicht viel anfangen konnte. Er erinnerte sich noch gut, wie sie beim ersten Gespräch geseufzt hatte, als er von den Kindern erzählte.

Andere Frauen hatten damit kein Problem, dass es Kinder gab. Aber für Ruth waren Kinder eben störend. Hatte er akzeptiert. Sie musste Noah und Leni ja nicht mögen.

Inzwischen allerdings … Es war kompliziert. Er war nicht auf der Suche nach einer Frau in seinem Leben. Und trotzdem hatte auf einmal Ruth auf dem Hof gestanden, mit Neruda neben sich, bestimmt auch mit einem eigenen Rucksack aus Vergangenheit, das merkte er ganz deutlich, wenn sie sich nicht beobachtet fühlte. Er wüsste gern mehr über sie, wollte aber nicht zu neugierig sein oder ihr das Gefühl geben, sie müsste sich ihm öffnen, so wie er sich am ersten Abend ihr geöffnet hatte. Als hätte er darauf gewartet, dass endlich jemand seine Geschichte hören wollte.

Inzwischen wurde es dunkel. Hanno pfiff nach Hottel und Luise, schob das Fahrrad bis zur Straße und vergewisserte sich, dass das Gatter fest verschlossen war. Das war sein Albtraum, dass die Schafe nachts ausbüxten. Er schwang sich aufs Rad und wollte gerade losfahren, als er am anderen Ende der Straße einen Bekannten entdeckte.

Thore ging mit seinem kleinen Sohn Fiete in der Trage vor der Brust spazieren. Seine Hand ruhte auf dem Kopf des Zwergs, der offensichtlich Probleme beim Einschlafen hatte. War nicht das erste Mal, dass er Thore abends hier traf.

Hanno sprang vom Rad. »Moin«, grüßte er. Thore stammte wie er von der Insel und war nach einigen Wanderjahren, die ihn an die schönsten Strände der Welt geführt hatten, wieder auf die Insel zurückgekehrt. Einst Weltklassesurfer, hatte er nun Erfüllung in seiner Arbeit als Surflehrer und in dem Leben mit seiner kleinen Familie gefunden.

»Moin.« Thore flüsterte fast. Er legte beschwörend den Zeigefinger auf die Lippen. Leise, leise! Fiete war ein echt schlechter Schläfer.

»Alles gut bei euch?« Hanno schob das Rad neben Thore her, während sie langsam wieder Richtung Dorf spazierten.

»So weit. Und bei dir? Hab gehört, du hast Unterstützung gefunden.«

»Ja, Nela hatte 'ne gute Idee. Bin echt dankbar.«

Thore lächelte. Nela und er waren früher beste Freunde gewesen. Inzwischen einte sie vor allem, dass sie ihre Kinder auf der Insel großzogen. Und Thores Freundin Sirja gab in Nelas Geburtshaus Yogakurse.

»Gut für die Kinder.« Thore nickte.

Hanno blieb stehen. »Wie meinst du das?«

»Dass eine Frau im Haus ist.«

»Das hat euch doch die letzten zwei Jahre auch nicht gestört, dass ich allein war.«

Thore schwieg betroffen.

Hanno musste erst mal durchatmen. Denn im Grunde, wenn er ganz ehrlich war, hatte Thore nur ausgesprochen, was er selbst allzu oft dachte. Wie gut es wäre, wenn wieder eine Frau im Haus wäre. Eine Mutter. Diesmal eine, die blieb. Die nicht selbst dann abwesend war, wenn sie mit ihnen am Abendbrottisch saß.

»Sorry. Ich fürchte, ich mag Ruth mehr, als gut ist für mich. Das alles entwickelt eine Dynamik … Weiß noch nicht, ob ich bereit dafür bin.«

»Wenigstens sprichst du über deine Gefühle.«

Wie konnte er nicht? Auch das hatte Ruth mit ihm gemacht. Dass er auf einmal eben aussprach, was er dachte. Nur ihr gegenüber natürlich nicht. Das käme zu komisch, wenn er nach gut zwei Wochen zu ihr ginge und ihr erklärte, wie schön das mit ihr auf dem Hof wäre und ob sie sich vorstellen könnte, sein Leben dauerhaft mit ihm zu teilen. So richtig.

Es könnte ja auch sein, dass er sich in den letzten beiden Jahren in seinen Verlustschmerz eingegraben hatte und deshalb auf die erste Frau, die seine Wege kreuzte, all seine Bedürftigkeit projizierte. Und das hatte Ruth nicht verdient.

»Na, ich muss wieder los.« Hanno stieg aufs Rad. Er pfiff nach den Hunden. Thore funkelte ihn wütend an, weil Fiete sich in der Trage regte. Hanno hob entschuldigend die Hand, dann radelte er Richtung Schäferei. Luise und Hottel trabten hinter ihm her.

Machte er sich was vor? Oder waren das echt Gefühle für Ruth? Und falls Letzteres stimmte – was fing er damit an? Ging es ihr ähnlich?

Vielleicht sollten sie das wie erwachsene Menschen regeln – und darüber reden. Ja, ganz bestimmt. Er musste gerade auf seinem Hollandrad lachen, als er von einem halben Dutzend Rentnern überholt wurde, die auf dem Rückweg von der Weißen Düne ihre Unterstützung der E-Bikes hochgeregelt hatten und nur ganz langsam treten mussten. Sie musterten ihn fragend, sagten aber nichts, außer gelegentlich »Moin, moin« zu murmeln. Quatschköppe. Hier oben sagte man »Moin«, das zweite Moin war so überflüssig wie Sanddornspritz im Surfclub am Hafen.

Er bog in den Wirtschaftsweg zur Schäferei ab. Sanft stieg der Weg an, dann überquerte er die letzte Düne und blickte auf die Schäferei hinab. Im Haus brannte Licht, ebenso im Schuppen. Neruda lag vor dem Hofladen und setzte sich auf, als er Hanno und seine Hütehunde bemerkte. Er bellte einmal kurz.

Ruth tauchte an der Schuppentür auf. In der Hand hielt sie zwei Kardenbürsten, mit denen die Schaflocken nach dem Waschen und Säubern kardiert wurden, um sie auf das Spinnen vorzubereiten.

»Hi!«, rief sie ihm entgegen. »Stell dir vor, ich bin bei Leni eingeschlafen. Und als ich aufgewacht bin, hatte ich eine Idee …«

Hanno biss die Zähne zusammen. »Nein, nein, nein«, murmelte er. »Lass die Sachen in Ruhe!«, rief er dann über den Hof.

Ruth sah ihn an. Dann verschwand sie wortlos im Schuppen.

Hanno fluchte. Er sprang vom Rad, warf es in den Staub und lief zur Schuppentür. Die grüne Farbe blätterte ab, er hatte sie schon letzten Winter streichen wollen. Als er die Tür erreichte, stöhnte er auf.

Ruth hatte alle Kisten aufgerissen, die er vor über zwei Jahren fein säuberlich verpackt und unter das Regal geschoben hatte. Jede dieser Kisten hatte er beschriftet, damit er sie nicht irgendwann versehentlich öffnete, denn für ihn waren sie wie die Büchse der Pandora.

Gerade schob sie die Kiste unter das Regal zurück, von der er wusste, dass darin das in seine Einzelteile zerlegte Spinnrad ruhte. Er hatte es in Saskias letztem Winter für sie gekauft. Aus Erlenholz gefertigt und walnussfarben gebeizt, mit acht Spulen. Auf einigen waren sogar noch die ersten Spinnversuche, abwechselnd dicke und dünne Abschnitte eines Fadens, den sie zuvor dunkelrot gefärbt hatte. Wenn sie damit fertig war, hatte sie immer gesagt, wollte sie daraus einen Pullunder für Leni stricken, die damals gerade knapp zwei Jahre alt war.

Nach Saskias Weggang und ihrem Tod hatte er nie mehr einen Gedanken an diese Sachen verschwendet. Und nun stand Ruth zwischen all den offenen Kartons, hier ein unbearbeitetes Vlies, dort ein paar Stränge Wolle, die Saskia gekauft hatte, damit sie schon mal mit dem Stricken anfangen konnte, während sie mit dem Spinnen nicht vorankam.

Hanno machte zwei Schritte in den Schuppen rein. Er sah sich um. Wollte etwas sagen. Irgendwas, um diesen Schmerz, die Erinnerungen, seine Gefühle in Schach zu halten.

»Raus hier«, knurrte er. »Verschwinde.«

Ruth rührte sich nicht.

»Geh mir aus den Augen. Ich will dich nicht mehr sehen.«

Sie gab sich einen Ruck. Ging zur Tür. Blieb stehen, sah noch mal zu ihm. Hanno beugte sich über den Karton mit dem Spinnrad. Er stopfte die Spindeln zurück in den Leinenbeutel, in dem sie verwahrt wurden. Jede seiner Bewegungen war voller Wut, Verzweiflung, er murmelte vor sich hin. Bis er auf einmal Ruths Hand auf seiner Schulter spürte.

»Es tut mir leid«, sagte sie leise. »Ich wollte dich nicht verletzen.«

Mehr nicht. Und verließ den Schuppen. Dann war es auf dem Hof still. Er hörte irgendwann nur noch den eigenen schweren Atem, weil er vornübergebeugt vor den Kartons stand, in denen er glaubte, es steckte noch ein Stück der Vergangenheit darin, ein Stück von Saskia. Kleine Fetzen seiner Liebe, denn die war trotz aller Probleme, aller Sorgen und dem Kummer, den sie ihm bereitet hatte, immer da gewesen. Bis zuletzt.

Vermutlich würde die immer bleiben – egal, was passierte. Denn Saskia und er hatten zwei Kinder. Noah und Leni würden ihn immer an das erinnern, was nicht mehr möglich war. Er sollte langsam beginnen, dieses neue Leben zu erfassen, statt sich weiter an die Erinnerungen zu klammern.

Aber nicht jetzt. Nicht weil Ruth meinte, sie könnte in seinen Sachen wühlen. Er hatte ihr erklärt, dass er kein Interesse daran hatte, seine Schäferei »breiter aufzustellen«. Was war das überhaupt für eine Formulierung? So redeten nur irgendwelche Unternehmer, die expandieren wollten, mehr Geld, mehr Gewinn am liebsten, immer nur her damit. Dabei vergaßen sie, was wirklich zählte im Leben. Verbindung. Kontakt. Die Menschen. Die Tiere.

Hanno trat an die Schuppentür. Nela überquerte den Hof und pfiff nach Neruda, der sofort aufsprang und ihr folgte. Sie umrundete das Haus. Er stellte sich vor, wie sie in die Wohnung ging, wie sie sich umschaute. Vielleicht auch nicht wusste, ob er sie fortgeschickt hatte, weil er gerade ein paar Minuten Ruhe brauchte, oder ob sie für immer verschwinden sollte.

Er zögerte. Ich brauche Ruth, dachte er. Und zwar nicht nur, weil sie mit anpackte und sich schnell eingefunden hatte. Sie kümmerte sich. Um seine Kinder, aber irgendwie auch um ihn. Sein Seelenfrieden war deutlich spürbarer, seit sie bei ihnen wohnte. Er fand Ruhe.

Aber das war auch wieder so ein Ding – durfte er ihr aufbürden, dass sie für ihn sorgte? Dass sie ihm half, wieder etwas heiler zu werden? So hatte er es bei Saskia versucht. Er hatte sich immer bemüht, ihr Brücken zu bauen, damit sie zurück in die Familie fand. Aber das hatte sie nie gewollt.

Und nun stand er außerhalb – oder nein, er stand für sich, hatte sich auch von den Kindern entfernt. Das sah er nun. Ruth legte all das offen, wovor er bisher die Augen verschlossen hatte. Es war etwas anderes, ob er für die Kinder da war oder ob er *da* war und sie mit ihrer Trauer annahm. Denn die war auch nach zwei Jahren ohne Mutter immer noch präsent. Bei ihm genauso – sonst wäre er nicht so ausgerastet, als er Ruth dabei ertappte, wie sie in Saskias Sachen wühlte.

Kapitel 13

Ruth saß auf ihrer kleinen Terrasse im Dunkeln. Sie hatte sich bei ihrer letzten Einkaufstour im Dorf, bei der sie ihre Vorräte aufgefüllt hatte, auch eine Flasche Limo gekauft. Sie wünschte jetzt fast, dass keine Limo drin wäre, sondern Wein. Damit sie den ganz schnell trinken und ein bisschen beduselt ins Bett fallen konnte.

Sie wollte gar nicht mit Hanno streiten. Und ja, vermutlich war's nicht okay gewesen, in seinen Sachen zu wühlen. Aber sie hatte irgendwas *tun* müssen, denn wenn sie untätig blieb, dann, fürchtete sie, würde ihr etwas passieren.

Sie würde sich verlieben.

In Hanno.

Und das durfte auf gar keinen Fall passieren.

Sie hörte Schritte, dazu das Trappeln von Hundepfoten auf dem weichen Gras. Zuerst bog Hottel um die Ecke und blieb stehen. Neruda hob nur den Kopf, als wollte er sagen: *Hey, komm, wir kennen uns schon lang genug und sind jetzt Rudel.*

Dann kam Hanno um die Ecke. Luise dicht neben ihm. Er blieb stehen. »Störe ich?«, fragte er.

Ruth räusperte sich. »Nein, nein. Ich hab leider nur eine Limo.«

»Ich nehm auch Wasser. Oder Kaffee.« Hanno seufzte. Ruth wies einladend auf den zweiten Liegestuhl und stand auf. In der Küche setzte sie Kaffee auf und brachte Hanno ein Glas Wasser.

»Ich muss mich entschuldigen.«

Sie hob die Augenbrauen.

Er sah sie von der Seite an und schmunzelte ein wenig. »Nein, ich *will* mich auch entschuldigen. War nicht okay, wie ich dich angefahren habe.«

»War ja auch nicht okay, dass ich im Schuppen alles durchwühlt habe.« Sie zuckte mit den Schultern und nahm einen Schluck Limo.

»Na ja. Alles wieder okay?«

Sie nickte. Dabei war *gar nichts* okay. Ihr Herz klopfte so laut, das musste er doch hören? Wäre es nicht das Einfachste, wenn sie sich zu ihm hinüberbeugte und ihn küsste? Die Liegestühle standen so dicht nebeneinander, dass sich die Armlehnen fast berührten. Und sie müsste nur ihre Finger ein bisschen bewegen, dann könnte sie die feinen Härchen auf seinem Unterarm streicheln …

»Der Kaffee.« Sie sprang auf und lief in die Küche. Während sie Sahne und Zucker, zwei Becher und die Kaffeekanne auf dem kleinen Tablett mit Zitronenzweigmuster platzierte, versuchte sie, ihre Gedanken zu sortieren. Was wollte sie?

Auf gar keinen Fall was mit Hanno anfangen. Mit Hanno zusammen sein, das bedeutet auch, die Ersatzmutti für zwei Kinder spielen zu müssen.

»War mit den Kindern alles okay?«, fragte Hanno, als sie wieder auf die Terrasse trat.

Ruth verteilte stumm die Kaffeebecher und gab reichlich Zucker und Sahne in ihren. Sie würde heute Nacht kaum schlafen, aber jetzt musste sie ihre Sinne beisammenhalten, sonst konnte sie für nichts garantieren. Gefühle waren unberechenbar, und *diese* Gefühle rasten gerade wie ein Güterzug auf sie zu und drohten, sie komplett niederzuwalzen.

»Sie sind ins Bett gegangen, ja. Ich habe ihnen vorgelesen, dann bin ich bei Leni geblieben, bis sie eingeschlafen ist. Noah durfte noch ein Hörspiel hören.«

»Seid ihr gut klargekommen?«

Sie warf ihm einen finsteren Blick zu. »Eigentlich nicht«, erwiderte sie scharf. »Sie haben mehrmals nach dir gefragt. Das hat sie ganz schön verwirrt, dass du nicht da warst. Ich war darüber auch sauer«, fügte sie hinzu.

Hanno senkte den Kopf. »Ja, war scheiße von mir.«

»Und wieso hast du das gemacht?« Sie wollte nicht vorwurfsvoll klingen. Sie versuchte ja, alle Seiten zu sehen. Die Kinder mit ihrem Bedürfnis nach Stabilität. Hanno, der nach dem Abendessen offensichtlich so dringend eine Pause brauchte, dass er ohne Erklärung verschwand. Na, und dann hatte sie auch noch ihre eigenen Wünsche und Vorstellungen, aber die hatte sie angesichts des Kummers der Kinder einfach hintangestellt.

»Ich musste einfach weg. Du hattest auf einmal diese Pläne, wie man die Schäferei noch besser machen kann, und darüber grüble ich seit zwei Wochen nach.«

»Bist du zu einem Ergebnis gekommen?« Ruth hielt die Luft an.

»Nein. Also: Ich möchte das nicht.«

»Kein Problem.« Sie hatte sich schon so was gedacht. Vermutlich hatte er schon mal etwas in der Richtung versucht.

Als sie vorhin im Schuppen stand und all die schönen Dinge sah, hatte sie gemerkt, wie ihr Herz aufging. Sie konnte stundenlang in der Käserei stehen, mit der Käseharfe den Bruch schneiden, diesen anschließend in die Formen füllen, verfeinern, pressen, in Salzlake einlegen – kein Problem. Das alles waren Arbeitsschritte, die ihr sehr viel Freude bereiteten. Genauso die Stunden im Hofladen. Seit Ruth da war, schafften sie es gemeinsam, den Laden regelmäßig für ein paar Stunden offen zu halten, und das sprach sich unter den Urlaubern herum. Sie stand gern hinter der Käsetheke, ließ die Kundinnen vom Käse naschen und beriet sie. Oder verkaufte Lammfelle, Salamis und Fleisch aus der Tiefkühltruhe. Das alles waren Aufgaben, die sie gern erfüllte.

Aber dann … die Wolle. Die leicht fettig war, wenn sie die Finger hineingrub, weil sie noch komplett ungewaschen war. Dann die Fasern, die jemand – Hanno etwa? – bereits gewaschen, gereinigt und kardiert hatte. Es gab eine ganze Kiste voll mit Spindeln, mit denen man von Hand spinnen konnte. Manche lagen erstaunlich schwer in der Hand. Ruth würde zu gern lernen, wie man mit der Handspindel Garn spann. Dafür gab es sicher Tausende Videos bei YouTube. Auch einen Webrahmen entdeckte sie, dazu das Spinnrad mit der roten Wolle. All das … Es entzündete bei ihr einen Funken. Sie wollte sofort ins Dorf radeln und nach Stricknadeln suchen. Oder gab es die irgendwo auf dem Hof auch noch?

»Ich arbeite unfassbar gern mit den Händen«, sagte Ruth. »Also, in der Käserei und so. Aber Wolle … Ach. Ich liebe Wolle.«

»Hast du gedacht, du kannst hier mehr mit Wolle machen?«

»Nee, gar nicht mal. Und wenn du das nicht willst – mach nur, verkauf die Wolle an die Gärtnereien, kein Ding. Ich war wohl einfach wie elektrisiert, als ich die ganzen Sachen entdeckt habe.«

»Sie gehörten meiner Frau. Saskia.«

Ruth atmete langsam aus. Saskia. Er gab ihr einen Namen. Das war gut, oder? Sie merkte, wie er die Vergangenheit wie eine Wand vor sich hertrug, die ihn von der Außenwelt abschnitt. Vielleicht war diese Wand nun etwas brüchig geworden.

»Die Mama von Leni und Noah.«

»Ja, genau.« Er nickte und beugte sich vor, die Hände um den Kaffeebecher gelegt. »Sie hatte immer so viele Pläne. Darum kam ich damit nicht klar, als du auf einmal deine Ideen geäußert hast. Ich möchte einfach die Schafe haben. Käse machen. Die Lämmer zum Schlachten bringen, Wurst und Fleisch verkaufen. Es ist ein einfaches Leben, und ich werde sicher niemals reich damit. Aber es ist *mein* Leben, und ich will daran nichts ändern. Das wurde schon zu oft versucht.«

»Okay«, sagte sie leise. »Das verstehe ich.«

»Vielleicht muss ich auch noch mehr heilen und bin deshalb aus diesem Wettrennen um ein ›höher, schneller, weiter, mehr‹ ausgestiegen«, fuhr er fort. Sie musterte ihn. Das hier, merkte sie, war wichtig. Es kratzte nicht nur an der Oberfläche seines Lebens, sondern gewährte ihr Einblick in all das, was darunter verborgen lag.

Jeder Mensch war ein Eisberg, nur die Spitze war für andere sichtbar.

»Ich bin auch mal ausgestiegen«, sagte sie. »Aus dem Wettrennen.«

Er legte den Kopf schräg. »Du.«

Sie lachte. »Klingt komisch, oder? Aber du hattest mit deiner Vermutung recht, ich könnte mal was in Richtung Unternehmensberatung gemacht haben. Bevor ich auf Weltreise ging, war ich Wirtschaftsjuristin.«

Hanno lachte überrascht auf.

»Ja, das ist eine angemessene Reaktion, geb's zu.« Sie musste selbst grinsen.

»Wieso dann die Weltreise?«

»Vielleicht habe ich genug davon gesehen, wie große Unternehmen sich durch irgendwelche Tricks bereichern. Und es hat mich irgendwann nur noch angeödet. Ich war eine dieser typischen Juristinnen. Blonde Strähnchen im kinnlangen Bob, Perlenstecker, Hosenanzüge, abends zum Spinningkurs und jedes zweite Wochenende auf'nem Städtetrip, wenn ich mich nicht gerade kaputt geschuftet habe. Ich wollte Partnerin in der Kanzlei werden, irgendwann.«

»Du wirst ziemlich gut verdient haben.«

Auch darüber konnte sie rückblickend lachen. »Ja, könnte man meinen. Tatsächlich habe ich es mit vollen Händen ausgegeben, und als ich kündigte, fiel ich ziemlich unsanft. Meine Ersparnisse haben nicht lang gereicht. Aus dem geplanten Jahr Sabbatical wurden sechs Monate unmotiviertes Herumhocken. Danach habe ich eingesehen, dass ich irgendwas *tun* musste. Nur eben nichts Juristisches mehr.«

Sie verstummte.

»Darum die Weltreise?«

»Ich wollte was völlig anderes sehen. Und hoffte, dass sich mir dadurch eben ein neuer Weg eröffnet. Einfach mein Auskommen haben. Nur eben nicht mehr mit Designerschuhen und Luxusurlaub.«

»Und? Hat es was geändert?«

»Es hat *alles* geändert«, gab sie zu. »Ich habe gesehen, was ich kann. Was ich brauche. Dass ich mich nicht nur auf mich verlassen muss, sondern auch mal um Hilfe bitten kann. Dass ich nicht alles können muss.«

»Aber das ist ja der Punkt.« Er atmete tief durch. »Ich muss das mit der Wolle nicht können. Oder wollen.«

Ruth nickte. Vermutlich hatte sie sich zu sehr darauf versteift, weil sie sich in ruhigen Minuten gern vorstellte, wie sie länger hierblieb. Ihren Lebensmittelpunkt nach Norderney verlegte. Für immer blieb.

Denn wenn sie für immer blieb, müsste sie auch was mit ihrem Leben anfangen. Dass sie dann weiterhin hier wohnte, das ging vielleicht. Und in der Hofkäserei arbeitete. Aber sie sehnte sich nach etwas, das sie selbst erschaffen konnte. Darum war sie ja auf die Idee gekommen. Sie verstand aber, wenn Hanno dieser Schritt zu weit ging, weil er zu viel Einsatz von ihm verlangte. Und offenbar trat sie ihm auch in emotionaler Hinsicht mit der Idee zu nahe.

Zwei Tage später saß sie bei Nela in der Küche auf der Eckbank. Jonte matschte Blaubeeren, Nela trank Kaffee und bot ihr auch einen an. Sie verzichtete, denn sie fühlte sich seit Tagen elend, da war kein Platz für Kaffee.

»Hast du ’nen Kater?«

»Emotional allenfalls.«

»Der ist dafür aber kapital«, bemerkte Nela.

Ruth konnte nicht mal widersprechen.

Sie hatte sich die letzten beiden Nächte um die Ohren geschlagen. Allein. Hatte gegrübelt, was sie nun tun sollte. Ihr hübsches Idyll da draußen in der Schäferei hatte jedenfalls Risse bekommen.

»Willst du darüber reden? Oder weiter vor dich hin grummeln?«

Ruth seufzte.

»Okay, und schwer seufzen.«

»Ich fühle mich so … blöd.«

Nela nickte wissend. »Verstehe.«

»Ja, wirklich? Ich nämlich nicht. Wieso kann ich nicht mit dem zufrieden sein, was ich habe? Warum bin ich zwei Jahre durch die Welt gereist, statt mich irgendwo mal niederzulassen und mich um die wichtigen Dinge im Leben zu kümmern?«

»Du meinst Immobilienbesitz, Altersvorsorge und Hagebuttenmarmelade?«

Darüber konnte Ruth lachen. »Du weißt, dass ich wahrscheinlich bis ans Ende meines Lebens zur Miete leben werde. Altersvorsorge ist auch eher was für Leute, die sich die letzten zwanzig Jahre zu Tode langweilen wollen. Hagebuttenmarmelade allerdings, die würde ich nehmen.«

»Ich zeige dir im Herbst, wo du die schönsten Hagebutten findest.« Nela reichte Jonte einen Babykeks, den er mit einem Grinsen an sich nahm und drauf herumlutschte.

Die Aussicht darauf, im Herbst noch auf Norderney zu leben, war gar nicht so abschreckend. Im Gegenteil. »Wo werde ich dann leben?«, überlegte Ruth laut.

»Nicht in der Schäferei? Ich dachte …«

»Ja, dies das Ananas, Schäferei. Ich dachte das auch, aber jetzt habe ich mich irgendwie so halb mit Hanno gestritten, weil ich laut darüber nachdachte, dass ich ja die Wolle seiner Schafe weiterverarbeiten könnte. Und er ging da ganz schön in die Luft. Er hat sich entschuldigt, und ich verstehe, dass es ihn nervt, wenn da eine kommt und in den Sachen seiner toten Frau wühlt. Aber … Mann, ey! Es würde so gut passen! Stattdessen vertickt er die Wolle von der Schafschur jetzt wieder an 'ne Gärtnerei.«

»Na, du könntest ihm die Wolle ja auch abkaufen. Und dann eben dein Ding damit aufziehen, wenn du willst.«

Ruth lachte ungläubig. »Könnte ich. Aber …«

Ja, wieso eigentlich »aber …«?

»Ich habe eh kein Geld.« Und wenn sie's hätte, könnte sie damit nicht umgehen. Das hatte sie in der Vergangenheit ja bewiesen.

»Ist nur so ein Gedanke. Ich habe auch gedacht, ich hätte das mit dem Geburtshaus nicht drauf. Und ich musste einiges mehr beachten.« Nela stand auf und holte einen Lappen, mit dem sie erst das Kind und dann den Tisch reinigte. »Überleg's dir. Kleiner Tipp: Die alte Mühle am Ortseingang steht seit Wochen leer. Weiß natürlich nicht, ob schon jemand den Finger drauf hat, aber da könnte man sicher was machen.«

»Was denn?«

Nela zuckte mit den Schultern. »Einen Hofladen, der 'ne Ecke mit Wolle hat? Du meinst doch, dass da draußen zu selten Kunden vorbeikommen. Vielleicht macht Hanno mit, ihr könntet eine geschäftliche Partnerschaft schließen.«

Geschäftliche Partnerschaft … So wie Nela das betonte, schien sie zu meinen, *wenn's privat schon nicht klappt* …

Aber auch darüber hatte sie in den vergangenen Nächten gegrübelt. Und tagsüber auch, während sie in der Käserei stand und mit der Käseharfe den Bruch schnitt. Während sie Käsepakete für Kunden zusammenstellte. Ständig kreisten ihre Gedanken um Hanno und seine Kinder. Ihr war klar, wenn sie diesen Gefühlen, die sie auf ihn projizierte, nachgeben wollte, müsste sie bereit sein, Hanno mit allem zu lieben, was er war.

Also auch mit den beiden Kindern.

Sie mochte Noah und Leni. Aber eher so auf die »friedliche Koexistenz«-Art. War nicht so schlimm wie befürchtet, dass sie ihnen tagsüber häufig begegnete. Aber das war's dann auch schon.

»Wo finde ich denn diese alte Mühle?«, erkundigte sich Ruth. »Also nicht, dass es eine ernsthafte Option wäre, aber …«

»Schon klar.« Nela zwinkerte ihr zu. Sie erklärte ihr den Weg. Zum Abschied umarmten sie sich.

»Sorry, dass ich so kompliziert bin«, flüsterte Ruth.

»Quatsch. Du warst damals für mich da, und ich bin's jetzt für dich. So einfach ist das.«

Damals … vor drei Jahren. Als Nela so kurz vor der Hochzeit vor dem Nichts stand. Ruth hatte ihr geholfen, ihre Sachen aus der gemeinsamen Wohnung mit dem Ex zu holen. Für ein paar Wochen war Nela zu ihr ins Gästezimmer gezogen, das eh die meiste Zeit nur Rumpelkammer und Bügelzimmer gewesen war. Dann hatte Ruth ihr eigenes Leben auf den Kopf gestellt, Nela war ins Schwesternwohnheim übergesiedelt, und Ruth hatte sich mit Thorunn und Jake zusammengetan, weil sie nicht länger allein leben wollte. Nicht länger *konnte,* denn damals hatte sie sich nächtelang völlig verängstigt und wach durch die Fernsehkanäle gezappt. Erst im Zusammenleben wurde das besser.

Das Leben hatte sich auch für sie damals in ein *Davor* und *Danach* geteilt.

Sie hatte eigentlich nur aus Höflichkeit nach der alten Mühle gefragt, ohne Nelas Vorschlag ernsthaft in Erwägung zu ziehen. Aber nun spazierte sie in die Richtung, die Nela ihr beschrieben hatte. Unweit der Dauerparkplätze am Dorfrand stand tatsächlich eine baufällige Bockwindmühle, die anklagend die tristen Windflügel in den Himmel reckte. Das Gebäude sah riesig aus!

Nee, da hatte Nela sich vertan, das wäre definitiv nichts für einen kleinen Hofladen. Also, obwohl … Man könnte in dem linken Anbau einen Hofladen unterbringen, unter dem Reetdach machte sich ein kleines Schaufenster mit Schaffellen etc. sicher gut. Der rechte Anbau war größer, und davor erstreckte sich eine alte Terrasse … Ruth träumte ein wenig vor sich hin. Da könnte man ein Café einrichten, und wenn dann noch Platz wäre …

»Moin! Bringen Sie die Farbe?«

Ein groß gewachsener Mann winkte Ruth zu. Er stand im Eingang der Mühle direkt unter den Windflügeln. Ein braun gebrannter, blonder Surfertyp mit blauen Augen. Ruth trat näher.

»Moin, leider nicht. Ich dachte, die Mühle sei eventuell zu vermieten?«

»Ja, ist sie auch. Mist.« Er stemmte die Hände in die Hüften und prustete. »Ich brauche meine Farben. Dringend. Sie sollten heute kommen.«

»Kann ich mir die Mühle mal anschauen?«

»Klar. Ich bin übrigens Will.«

»Ruth.«

»Komm rein, Ruth. Ich bin nur der Hüter dieser Hütte, bis sich jemand findet, der sich auf dieses Groschengrab einlässt.« Er lachte.

Sie betrat hinter ihm den großen Vorraum, von dem mehrere Türen zu weiteren hellen Räumen führten. Eine Treppe ging nach oben, wo sie weitere Zimmer vermutete. Will ging voran in den größten Raum. Als Ruth ihren Rundgang durchs Erdgeschoss beendete, blieb sie in der Tür stehen. Überall lehnten Leinwände an den hellen Fachwerkwänden. Er stand vor einer Leinwand und vermischte Acrylfarben mit einem Spatel auf einer Palette.

»Du bist Künstler.«

»Jep.« Er würdigte sie keines Blicks, sondern konzentrierte sich auf das Bild vor ihm. Sie stellte sich schräg hinter ihn und versuchte, in dem Gewirr aus Linien ein Motiv zu erkennen. Vergeblich.

»Interessant«, kommentierte sie.

Er drehte sich halb zu ihr um. Sein Mundwinkel zuckte. »Wenn Leute mir das sagen, finden sie's meist scheiße«, meinte er.

Ruth grinste. »Ich versuche nur, etwas zu erkennen.«

Er legte den Kopf schief. »Ich sehe da sehr viel«, meinte er.

»Vielleicht muss ich einfach intensiver gucken?«

Sie mochte seine Art. Er wirkte gänzlich mit sich selbst zufrieden. Mit seiner Kunst. Die musste keiner verstehen, sie genügte ihm, wenn er sie erschaffen durfte. Bewundernswert, wie wenig er sich von einer Zuschauerin aus der Ruhe bringen ließ.

»Gefällt es dir?«

»Das Bild?«

Wieder zupfte das Lächeln an seinem Mundwinkel. »Die Mühle.«

»Die … ja. Leider.«

»Wieso leider?« Während er sprach, malte er weiter. »Ist doch gut. Man müsste ein bisschen was machen, aber dann wär's super. Als Hotel zum Beispiel. Die Leute stehen auf so was, da kann man gutes Geld mit machen.«

»Ich steh aber nicht auf Hotels.«

»Was schwebt dir dann vor? Willst du selbst hier einziehen?« Wieder ein prüfender Blick über die Schulter. Er taxierte Ruths zerfetzte Arbeitsjeans, ihre schweren Stiefel und das ausgebleichte T-Shirt.

»Ich würde gern was mit Wolle machen.«

»Mit Wolle.« Er lachte. »Filzen oder was?«

»Alles.« Sie redete jetzt, ohne darüber nachzudenken. »Filzen, weben, spinnen, stricken, häkeln …«

»Oh, eine Mädchenvolkshochschule.«

»Wenn du Volkshochschule als Beleidigung meinst, tut mir leid. Den Schuh ziehe ich mir nicht an.«

Er wurde ernst und ließ die Hände sinken. »Sorry. Konnte nicht widerstehen.«

Wenigstens entschuldigte er sich. Trotzdem war Ruth leicht angefressen. Was erlaubte er sich, bitte schön? Nur weil es um Handarbeiten ging, musste er ja nicht sofort ihre Pläne abwerten.

»Wär's besser, wenn es auch Malkurse gibt?«

Er wischte die Finger an einem Lappen ab, mit dem er das offenbar schon häufiger gemacht hatte. »Nee. Hab mich doch schon entschuldigt.«

»Männer können auch handarbeiten«, erklärte sie ihm. »Nicht nur mit Farben rumschmieren. Mir hat ein Mann das Stricken beigebracht, und der hatte richtig was drauf.«

Will hob abwehrend die Hände. »Okay, okay, ich habe verstanden! Du hast ja recht. Man kann mit Fasern wunderschöne Dinge machen.«

»Eben.«

»Wie wär's, wenn du mir bei 'ner Limo in der Sonne mehr erzählst?«

So viel mehr wusste sie gar nicht, aber Ruth nickte. Sie mochte Will, auch wenn der Maler offenbar irgendwelche rückständigen Meinungen reproduzierte, dass Handarbeiten etwas Geschlechtsspezifisches seien. »Voll gerne.«

Vor allem sein Lächeln hatte es ihr angetan. Davon würde sie gern mehr sehen …

Kapitel 14

»Schon wieder Nachtdienst?« Nela starrte verzweifelt auf Simons Wochenplan. »In letzter Zeit hast du aber echt oft Bereitschaft.« Sie konnte sich nicht erinnern, dass das früher auch schon so gewesen war.

»Tut mir leid, Nela. Passt es nicht?«

»Ich habe diese Woche auch in zwei Nächten Bereitschaft.« Sie zeigte ihm ihren Plan. Seit sie versuchten, ihre Arbeitszeiten besser aufeinander abzustimmen, merkte sie erst, wie oft sie kollidierten.

»Na ja, du kannst immerhin hier im warmen Bettchen schlafen. Ich muss mich auf die schmale Pritsche in der Apotheke quetschen und werde bestimmt dreimal mitten in der Nacht für Kopfschmerztabletten und Erkältungsbalsam rausgeklingelt.« Simon klang verärgert. »So oft passiert das bei dir nicht, oder?«

»Nein, stimmt schon.« Allerdings: Wenn sie rausgeklingelt wurde, war sie meist mit einer Geburt befasst, die sie dann bis zum Morgen wach hielt. Und während Simon immerhin zwischen den Notdienstverkäufen weiterschlafen konnte, musste sie zusehen, wie sie am nächsten Tag ihren Schlaf nachholte. Mit einem zunehmend aktiven Baby, das neuerdings anfing, sich an Möbeln entlangzuhangeln oder in Rekordzeit die Treppe hochzukrabbeln.

»Blöd, dass sich das überschneidet. Kriegst du's hin?«, fragte Simon mitfühlend. Er rieb ihr den Rücken.

»Ja, irgendwie schon.« Zur Not musste sie Tini rausklingeln. Nicht gerade ihre bevorzugte Vorgehensweise. »Wann kriegst du eine neue Apothekerin?«

»Bald, hoffe ich.«

»Das hoffe ich auch.« Nela seufzte. Es musste ja gar nicht zum Schlimmsten kommen, dachte sie. Aber es war Vollmondwoche. In den Vollmondnächten kamen die Babys besonders gern auf die Welt, das wusste sie schon. Hatte sie immer für einen Mythos gehalten, aber sie war selbst so ein Vollmondbaby.

»Nächste Woche wird's ruhiger. Da übernehme ich mehr Nächte, damit du ausschlafen kannst.«

»Danke.« Ich sollte mich nicht dafür bedanken müssen, dass er seinen Anteil übernimmt, dachte Nela. Aber sie fügte nichts hinzu, sondern kümmerte sich wieder um ihre Arbeit. Die blieb ja liegen, wenn sie sich mit Ärgern aufhielt.

Sie wollte vor dem Abendessen noch mal kurz ins Storchennest. Im Kursraum gab Sirja gerade einen Kurs Schwangerenyoga, während Fiete zwischen den Kugelbäuchen herumlief und jede Schwangere anstrahlte. Sirja beendete die Stunde. Im allgemeinen Aufbruch kam sie zu Nela. »Geht's dir gut?«, erkundigte sie sich.

»Ja, alles fein. Simon hat heute Nachtdienst drüben in der Apotheke. Ich hoffe, die Nacht bleibt ruhig.«

»Ach, du hast auch Bereitschaft, hm. Ja, drücke dir die Daumen. Zur Not rufst du mich an, okay? Ich komme dann rüber und übernehme Jonte.«

»Das ist lieb von dir.«

»Fiete schläft eh lieber bei Thore.« Sirja lachte. »Die beiden. Zwischen die passt echt kein Blatt. Und weil Fiete am liebsten quer im Bett liegt, weiche ich dann ins Kinderzimmer aus.«

»Beneidenswert. Verrätst du mir dein Geheimnis?«

»Ehrlich gesagt weiß ich nicht, wie ich das geschafft habe. Thore war einfach von Anfang an bei allem dabei und hat seinen Teil der Arbeit eingefordert. Er ist im besten Sinne ein gleichberechtigter Vater. Außerdem liebt Fiete das Surfen. Nicht mehr lange und er wird selbst auf dem Brett stehen.«

Sirja und Nela besprachen noch kurz ein paar Änderungen im Kursplan für die kommenden drei Monate, damit Nela die Webseite vom Storchennest entsprechend aktualisieren konnte. Als sie zurück in die Wohnung kam, wartete Simon schon ungeduldig auf sie. Er musste pünktlich um halb sieben in der Apotheke sein.

»Sollen wir dir das Abendessen später vorbeibringen?«, schlug Nela vor.

»Nicht nötig, ich brauche nix.«

Bevor Nela noch etwas sagen konnte, hörte sie ein Poltern aus dem Wohnzimmer, gefolgt von Jontes Aufheulen. Sie winkte Simon und ging zum Baby. Es hatte beim Hochziehen am Sofa ein Buch erwischt und war mit ihm zu Boden gegangen. Nela tröstete es, ärgerte sich insgeheim über die angestoßene Buchecke – wer hatte überhaupt das Buch aufs Sofa gelegt? – und ging mit Baby auf dem Arm in die Küche, um für sie beide einen Schnittchenteller zu machen.

»Wir machen es uns heute gemütlich, ne?«

Und hoffentlich kam heute Nacht kein Baby. Morgen war genauso gut zum Gebären, fand Nela.

Es war spät geworden. Trotzdem saß Ruth weiterhin mit Will auf der zweiten Terrasse hinter der Mühle. Inzwischen hatten sie die dritte Limo geleert, er hatte irgendwann Pizza bestellt, und während sie Pizza Vegetale aßen, redeten sie über alles Mögliche. So erfuhr sie einiges über Will.

Er stammte aus England und war vor vier Jahren auf Norderney gestrandet. Zuerst hatte er in der Gastro gejobbt, das war ihm aber schnell langweilig geworden. Vor einem Jahr hatte er dann den Job als »Mühlensitter« übernommen, wie er es nannte. Die Mühle sollte bewohnt sein, solange sie auf den neuen Pächter wartete. Außerdem hatte er endlich genug Platz für seine Bilder. »Ich brauche große Leinwände«, erzählte er.

»Was machst du, wenn ein Pächter einzieht?«

Er zuckte mit den Schultern, zog ein Päckchen Zigaretten aus der Hosentasche und zündete sich eine an. Als er Ruth das Päckchen hinhielt, nahm sie sich eine. Sie rauchte schon lange nicht mehr, aber heute war es der perfekte Abschluss für einen tollen Nachmittag. »Ihn fragen, ob er meine Bilder ausstellt.«

Ruth dachte nach. »Darüber ließe sich reden.«

Will sah sie aufmerksam an. »Dann bist du interessiert?«

Sie zog an der Zigarette. »Interessiert schon. Leider nicht solvent.« So ein großes Gebäude auf Norderney, das pachtete man nicht für ein paar Euro. Das wäre eine große Investition. Zu groß, dachte Ruth.

»Hast du Leute, die dich unterstützen könnten?«

»Keine Ahnung. Ich kenne hier niemanden.«

»Mhm«, machte Will. »Das ließe sich ändern. Wärst du auf Handarbeiten beschränkt?«

»Was anderes kann ich nicht«, gab sie zu bedenken. »Na ja, ich bin Juristin, aber Rechtsberatung wird wohl auch keiner wollen.«

Will verschluckte sich fast an der Limo. »Scheidungsberatung, wenn die Leute im Urlaub merken, dass sie nicht miteinander glücklich sind.«

»Sehr witzig.« Sie grübelte. Will hatte recht. Die Mühle war zu groß für sie allein. Sie müsste mehr Leute ins Boot holen. Für Hanno vielleicht der Hofladen. Dann im anderen Flügel ein Café? Und die Räume könnte sie stundenweise vermieten …

Vor ihrem inneren Auge entstand eine Begegnungsstätte. Kurse, Café, ein Lädchen, Menschen, die hier zusammenkamen und gemeinsam etwas machten.

»Du möchtest nicht zufällig Kunstklassen geben?«

»Für Urlauberinnen, meinst du?«

Er zog die Stirn kraus, schüttelte dann den Kopf. »Kann ich mir gerade nicht vorstellen, sorry.«

»Auch nicht, wenn du dich sonst um nichts kümmern müsstest? Ich würde das organisieren.«

Das brachte ihn zum Nachdenken. Aber Ruth hatte keine Geduld mit ihm. Sie sprang auf und wollte noch mal in alle Räume gucken. »Mit wem muss ich sprechen, wenn ich die Mühle pachten will?«, fragte sie.

»Äh, ein Herr Rodenstock oder so. Ich hab die Telefonnummer irgendwo notiert. Er guckt alle paar Wochen vorbei, ob noch alles steht.«

»Rodenbrock?« Ruth horchte auf.

»Könnte sein. Wieso?«

Nelas Partner Simon hieß Rodenbrock mit Nachnamen. Gehörte ihm die Mühle? Schwer vorstellbar. Aber so häufig war der Name nicht, vielleicht Verwandtschaft.

Wenn Nela ein gutes Wort für sie einlegte, bekam sie vielleicht sogar einen vergünstigten Mietzins? Ruth hatte schon ihr Smartphone in der Hand und wollte ihre Freundin fragen, aber dann tauchte Will in der Tür auf.

»Wenn du hier so ein Esoterikzentrum mit Vulvamalerei und Tarotsessions aufmachst, bin ich weg.«

Sie starrte ihn an.

»So was mag ich nicht. Esoterik, Homöopathie, nein danke. Brauch ich nicht.«

»Davon habe ich gar nicht geredet.«

»Ach so.« Er kratzte sich am Kopf. »Sondern?«

»Also, bisher ist es nur eine Idee. Aber ohne Hokuspokus. Dafür bin ich einfach gar nicht der Typ.«

Sie durchstreifte die Räume, ließ sich vom Licht inspirieren. Ja, das wäre alles vorstellbar. Tische in der Mitte, darauf Materialien für verschiedene Kurse. Sie konnte stricken, spinnen, weben, das hatte sie alles gelernt. Wolle färben. Wie wäre es, wenn sie Kurse anbieten würde, in denen sie den Teilnehmenden beibrachte, wie sie Hannos schwer verkäufliche Milchschafwolle erst kardieren, dann färben und anschließend zu Garn verspinnen können? Das wären im Grunde schon drei Kurse, die aufeinander aufbauten, man könnte jederzeit einsteigen und hätte im Idealfall nach mehreren Einheiten genug Wissen gesammelt, um das Hobby als Urlaubssouvenir mit nach Hause zu nehmen …

»Handarbeiten …« Will war immer noch nicht überzeugt, doch Ruth ließ sich nicht beirren. Sie kannte das schon – alles Häusliche wurde gern abgewertet, denn es wurde mit Weiblichkeit gleichgesetzt, weil vor allem Frauen daheim wirkten. Sei's Kochen, Handarbeiten oder die Betreuung von Kindern.

»Lass mich nur machen.«

»Okay! Willst du sofort anfangen oder erst mal 'ne Nacht drüber schlafen?«

Ruth beschloss, dass Letzteres sehr verlockend klang. Draußen wurde es bereits dunkel. »Komm, Neruda.« Sie winkte Will zum Abschied. Auf dem Weg zur Schäferei lief Neruda dicht neben ihr. Ruth ließ die Hand durch sein Fell gleiten. Sie dachte nach. Über Schafe, über Menschen, über das Schicksal, das ihr offenbar eine Gelegenheit bot, um die sie es gar nicht gebeten hatte. Als sie die letzte Anhöhe erreichte, blieb sie stehen. Der Weg schwang sich sanft zwischen den Dünen zur Schäferei. Im Haus brannte Licht, in der Käserei ebenso. Sie hörte das Klappern von Plastikeimern und Milchkannen. Die Kinder spielten im Hof mit dem dicken Kater, der sich genüsslich im Staub wälzte und sich von ihnen den Bauch streicheln ließ. Hottel und Luise lagen neben der Bank.

»Müssen die Kinder nicht ins Bett.« Ruth konnte sich den Kommentar nicht verkneifen, als Hanno in der Tür zur Käserei auftauchte.

»Müssen schon. Wollen nicht, solange du nicht zurück bist.« Er zuckte mit den Schultern. »Leni wollte von dir ins Bett gebracht werden.«

»Von mir?«, fragte Ruth erstaunt.

Leni kam näher, der Kater strich ihr um die Beine und beäugte Hanno aus seinen grünen Augen.

»Weiß schon, dass du mir misstraust«, murmelte er verdrießlich.

Ruth lachte. »Was ist das mit dir und dem Kater?«

»Fürs Futter bin ich gut genug. Ansonsten leben wir in Koexistenz. Nicht immer friedlich.«

»Hat er noch einen anderen Namen außer Borges?«

Hanno war überrascht. »Er ist ein Streuner. Wenn er noch einen hat, dann nicht von mir.«

»Vielleicht solltest du das ändern.«

»Bringst du mich ins Bett, Ruth? Du machst das so toll!«

Ruth ging in die Hocke, damit sie mit Leni auf Augenhöhe war. »Aber das ist doch der Job deines Papas.«

»Du machst das viel schöner als er!« Leni war fest entschlossen. Sie schob trotzig die Unterlippe vor, und ihre Augen glänzten verdächtig.

Ruth seufzte. »Also gut. Aber nur als Ausnahme, ja?«

Leni juchzte. »Hast du gehört, Noah? Sie bringt uns ins Bett!«

Ruth wollte protestieren, doch fiel ihr kein valides Argument ein, weshalb sie das eine Kind ins Bett bringen sollte und das andere nicht. Außerdem wirkte Noah auf eine muffelige Fürs-ins-Bett-bringen-bin-ich-zu-alt-aber-na-gut-Art glücklich, dass sie merkte, wie ihr Widerstand dahinschmolz.

So bin ich auch gewesen. Bloß nicht zeigen, dass mir die Zuneigung einer erwachsenen Person guttut.

»Na kommt. Aber jetzt zack, zack, Zähneputzen und Schlafi anziehen! Ich bringe nur Neruda in meine Wohnung.«

Hanno meldete sich zu Wort. »Lass ihn doch draußen.«

»Meinst du?«

Er zuckte mit den Schultern. »Er ist Teil des Rudels, oder?«

Dabei sah er sie so an, als wollte er ihr signalisieren, dass das auch auf *sie* zutraf.

Leni und Noah hüpften fröhlich voran, putzten eifrig die Zähne und ließen sie bereitwillig von Ruth nachputzen. Beim Umziehen und Pipimachen wollte Noah keine Hilfe, das respektierte Ruth natürlich. Leni aber brauchte ein bisschen mehr Zuwendung. Sie wollte gekuschelt werden, und nach kurzem Zögern legte Ruth den Arm um die Kleine und drückte sie kurz an sich.

»Das ist schön«, murmelte Leni. Ruth streichelte den Rücken der Vierjährigen.

»Jetzt aber ab ins Bett!«

Noah stand in der Tür zu seinem Zimmer. »Darf ich auch zuhören, wenn du vorliest?«, fragte er schüchtern.

»Na klar. Alle Mann ab in Lenis Bett! Wer sucht das Buch aus?« Sie einigten sich schließlich darauf, dass Leni und Noah jeweils ein Bilderbuch aussuchen durften. Leni wollte *Seepferdchen sind ausverkauft* hören, eine zauberhafte Geschichte über ein Kind, das immer neue Tiere aus der Zoohandlung heimbrachte, während sein Vater im Homeoffice arbeitete und nicht mitbekam, wie ein Elefant, ein Seehund, ein Papagei und viele andere Tiere Einzug in die Familie hielten. Noah wählte ein Sachbuch über Dinosaurier aus, und bei der Lektüre hätten sie fast die Zeit vergessen, wenn er nicht ständig gegähnt hätte.

»Jetzt müssen wir aber schlafen«, sagte Ruth irgendwann. Leni war, den Kopf an Ruths Schulter gelehnt, bereits eingeschlafen.

Noah nickte. Er stand auf und nahm sein Dinobuch mit. An der Tür blieb er stehen. »Bleibst du jetzt länger?«

»Das weiß ich nicht«, gab Ruth ehrlich zu. Sie wusste, es brachte nichts, einen Siebenjährigen anzulügen, und im Moment wusste sie wirklich nicht, wohin das Leben sie als Nächstes wehen würde.

»Wir mögen dich nämlich. Wir alle.« Er zögerte. »Auch Papa.«

Ruth lächelte. »Geh schlafen«, sagte sie. Leni bewegte sich neben ihr im Schlaf und vergrub ihr kleines Gesicht an Ruths Hals. Sie versuchte, sich unter dem Mädchen hervorzuwinden, aber Leni lag halb auf ihr. Also blieb sie noch ein wenig liegen und dachte nach.

Wir alle. Auch Papa.

Was war das denn für eine Welt, in der ein Siebenjähriger für seinen Vater sprach und Kuppelversuche unternahm?

Eine Welt, in der zwei kleine Kinder eine Mutter haben wollen.

Aber dafür war sie nicht die Richtige. Würde sie niemals sein.

Jonte wollte nicht schlafen. Das war erst mal nicht so ungewöhnlich, denn immer wieder gab es bei ihm Phasen, in denen das, was er tagsüber lernte, so spannend war, dass er Schlaf für überbewertet hielt.

Nur hatte Nela heute wenig Geduld dafür, dass er lieber in Rekordgeschwindigkeit von der Küche ins Wohnzimmer krabbelte, sich am Sofa hochzog und dann hin und her trippelte. Bis sie selbst ins Wohnzimmer kam, ihr Baby sich mit einem Grinsen zu ihr umdrehte und zwei freie Schritte auf sie zumachte, bevor es auf den Windelpopo plumpste.

»Hey! Du hast es aber eilig!«

Gerade mal zehn Monate alt, und schon wollte er laufen? Nela hob Jonte hoch und warf ihn ein bisschen in die Luft, bis er juchzte. Dann beschloss sie, ihn in die Trage zu packen. Vielleicht schlief er bei einem Spaziergang besser ein.

Sie hatte noch Reste vom Abendessen in der Küche stehen und schrieb Simon. *Hast du Hunger? Ich bringe dir was vorbei!*

Zur Apotheke waren es zu Fuß nur acht Minuten. Sollte eine ihrer Frauen sich melden, weil sie Wehen bekam, wäre Nela schnell zur Stelle. Sie packte die Pizzastücke in einen Tupperbehälter und Jonte in die Trage. Er schaute sie aus großen Augen an, als wollte er sagen: Kannst du vergessen, Mama. Ich schlafe bestimmt nicht ein!

Interessanterweise kippte sein Kopf auf halbem Weg schon immer wieder nach vorn und ruhte auf ihrer Brust. Als sie die Apotheke erreichte, schlief er tief und fest.

Nela drückte auf die Nachtglocke. Sie wunderte sich, dass schon alles dunkel war in der Apotheke. Na, vermutlich war Simon früh ins Bett gegangen.

Er öffnete nicht. Nela runzelte die Stirn, klingelte noch einmal. Dann holte sie das Smartphone aus der Gesäßtasche und rief ihn an. Er meldete sich nach dem zweiten Klingeln. »Hey, was ist los?«

»Das sollte ich lieber dich fragen.« Sie versuchte, nicht zu vorwurfsvoll zu klingen. »Ist die Nachtglocke kaputt? Du machst gar nicht auf.«

Kurz war es in der Leitung still. Dann fragte Simon langsam: »Wo bist du?«

»Ich stehe vor deiner Apotheke, alles dunkel, und du reagierst nicht auf mein Klingeln. Ich habe dir die Reste vom Abendessen gebracht.«

»Nela.«

Mehr sagte er nicht. Und da dämmerte es ihr. Es verschlug ihr für einen kurzen Moment die Sprache. »Du bist nicht hier.«

»Nein«, sagte er und klang ziemlich kläglich.

»Sondern?« Irgendwie schaffte sie es, ruhig zu bleiben.

»Ich stehe gerade in der Pizzeria und warte auf meine Pizza.«

»Aber du darfst während deiner Nachtdienste die Apotheke nicht verlassen …«

»Ich habe keinen Nachtdienst«, unterbrach er sie. »Ich wollte einfach … also … eine ruhige Nacht.«

»Eine ruhige Nacht«, echote sie.

»Ja. Auf der Pritsche im Aufenthaltsraum. Ohne dass Jonte mich tritt oder ich ständig aufwache, weil du ihn stillst.«

Nela wusste nicht, was sie darauf antworten sollte. Und das musste sie gar nicht, oder? Sie stellte die Tupperdose neben die Apothekentür und machte sich auf den Rückweg. Sie hatte Simon weggedrückt, denn sie wollte nicht eine Silbe mehr mit ihm wechseln. Keine Entschuldigungen hören, wieso der Alltag mit Baby für *ihn* so anstrengend war, dass er lieber in der Apotheke schlief und sie anlog, statt sie zu entlasten. Sie war maßlos enttäuscht.

Auf dem Rückweg zum Haus rief sie Greta an und bat sie, für diese Nacht als Back-up für die Bereitschaft auszuhelfen. »Ich bin nicht zu Hause.«

»Oje, hoffentlich ist nichts Schlimmes passiert.« Greta klang besorgt.

Nein, nein, alles prima. Mein Partner hat sich nur gerade als rückgratloser Waschlappen erwiesen, dem die eigene Nachtruhe wichtiger ist als das Familienleben.

Sie lief heim, und weil sie ahnte, dass Simon gleich wieder nach Hause kam, warf sie ein paar Sachen für Jonte und sich in einen Rucksack. Sie versuchte, Ruth zu erreichen, aber die ging nicht ans Telefon. Egal. Sie konnte nicht zu Hause bleiben, denn wenn sie gleich Simon gegenüberstand, musste sie ihn anschreien, und das wollte sie nicht. Erst wollte sie sich beruhigen und ein wenig nachdenken.

Das Absurde war ja: Sie verstand ihn. Beneidete ihn sogar, dass er sich da ein Refugium erschaffen hatte, in das er sich zurückzog, wenn es ihm zu viel wurde. Bewunderte ihn dafür, dass er so gut auf sich achtete. Aber das geschah auf ihren Schultern und ohne klare Absprache mit ihr. Vielleicht hätte sie sogar Verständnis aufgebracht.

Aber so? Hinter ihrem Rücken? Während sie dachte, er müsse sich die Nacht um die Ohren schlagen? Nein. Das ging gar nicht!

Kapitel 15

Ruth war tatsächlich noch mal bei Leni eingenickt, und als sie nach einer halben Stunde aufwachte, fühlte sie sich etwas überfahren. Sie hörte Hanno in der Küche rumoren. Als sie nach unten kam, lagen alle drei Hunde irgendwo im Weg und beobachteten ihn.

»Schlafen alle?«

»Ja.« Bei Noah hatte sie noch mal kurz reingeschaut, er war mit dem Dinobuch auf der Brust eingepennt. Sie hatte ihm das Buch unter den Händen weggezogen und das Nachtlicht statt des Deckenlichts eingeschaltet. »Ich geh auch ins Bett.« Sie gähnte hinter vorgehaltener Hand.

»Okay.« Er wirkte etwas verloren, so allein in der Küche. Aber war nicht ihr Job, ihn glücklich zu machen. Reichte schon, dass sie für seine Kinder Verantwortung übernahm.

Sie gab Neruda ein Zeichen, der sofort aufsprang und seine Schnauze in ihre Hand legte. »Gute Nacht.«

Auf dem Weg zu ihrer Wohnung blieb sie stehen. Absolut sternenklar spannte sich der Nachthimmel über ihr auf. Sie atmete tief durch. Der Wind strich kühlend über ihre nackten Glieder, und Ruth umarmte sich. So fühlt sich Glück an, dachte sie überrascht.

Als sie das Haus umrundete, hörte sie auf einmal eine Stimme. »Nicht erschrecken.«

Es war Nela, die mit ihrem Baby vor der Tür stand.

»Was machst du denn hier?«

Nela zuckte hilflos mit den Schultern. »Ich laufe vor dem Patriarchat weg?«

»Was hat es angestellt, das böse Patriarchat?«

Da musste Nela lachen.

»Komm rein. Bleibt ihr länger?«

Ruth zeigte auf Nelas Rucksack, den sie an den Hauseingang gelehnt hatte. Nela atmete durch; ihre Schultern sackten nach unten. »Erst mal nur eine Nacht, wenn's okay ist.«

Ruth wollte fluchen und meckern, denn sie war doch aus Almas Wohnung ausgezogen, damit sie nicht länger mit Babys konfrontiert wurde, und es dauerte keine zwei Wochen, bis sie zwei kleine Kinder abends ins Bett brachte und über Nacht darüber hinaus in ihrer winzigen Wohnung ein Baby mit seiner Mutter beherbergen musste. Aber so war sie eben, hilfsbereit. Sie konnte bei Nela unmöglich Nein sagen, die hatte sie nämlich genauso unkompliziert aufgenommen, als sie nicht wusste, wohin.

»Ihr könnt das Bett haben. Neruda und ich schlafen auf der Couch.«

Wieder eine Couchnacht in ihrer eigenen Wohnung. Diesmal fühlte es sich aber richtiger an als vor einigen Wochen in München.

»Tut mir leid, ich weiß, wie viel das von dir verlangt. Ich würde zu Alma oder Tini gehen, aber da findet er mich.«

»Und das soll er nicht?«

Als Antwort brummte Nelas Handy, das sie ignorierte. Sie folgte Ruth in die Wohnung und schaute sich um. »Schön hier«, meinte sie.

»Nicht mein Stil. Das hat Saskia so eingerichtet. Die Frau von Hanno.«

Nela nickte. Sie wirkte in sich gekehrt. Ruth zeigte ihr die Schlafecke hinter dem Paravent. Nela öffnete die Trage. Sie legte Jonte auf dem Bett ab, wo er zum Glück weiterschlief. Ruth atmete auf. Babygeschrei nach so einem Tag, das wäre zu viel gewesen.

Sie merkte: Sie konnte nicht bleiben.

»Hast du schon gegessen? Sonst hole ich dir was von nebenan.« Bevor Nela antworten konnte, war Ruth schon halb aus der Tür. »Bin gleich wieder da. Neruda, bleib!«

Sie zog die Tür hinter sich zu und musste erst mal atmen. Tief ein und aus. Inzwischen war es vollkommen finster, und auf dem Weg zum anderen Hauseingang stolperte sie über einen Begrenzungsstein und fluchte.

»Ruth?« Hanno tauchte in der Haustür auf. »Alles okay bei dir?«

»Nein. Gar nichts ist okay.« Sie wusste nicht, ob sie lieber lachen oder weinen sollte. Sie gickste. Offenbar schien ein Schluckauf der süße Punkt zwischen beidem zu sein. »Ich hasse Babys«, stieß sie hervor. »In München bekommen meine Mitbewohner eins, darum bin ich hierhergekommen, Nela *hat* schon eins, ich höre in Omama Almas Wohnung ständig die Babys aus dem Storchennest kreischen, und jetzt muss Nela sich vor Simon verstecken, weil sie sich gestritten haben. Komm schon! Ich will doch nur keine Babys um mich haben, wo ist das Problem?!«

Hanno verbiss sich ein Lachen. Er verschränkte die Arme vor der Brust. »Keine Babys? Meine Kinder sind etwas größer.«

»Gott, ja. Deine Kinder sind in Ordnung.« Das überraschte sie selbst, und sie schüttelte den Kopf, verwirrt über dieses Gedankenchaos. »Nela bleibt über Nacht. Ich halte das nicht aus, mit ihr und dem Baby in der kleinen Wohnung. Ob ich im Dorf noch ein Hotelzimmer kriege?«

»Warum?«, fragte Hanno. »Du kannst doch bei uns bleiben.«

»Hier?«

Er zuckte mit den Schultern. »Platz genug haben wir. Ich kann aufs Sofa ausweichen, dann nimmst du das Bett.«

»Kommt nicht infrage. Das Sofa reicht mir.«

»Deine Entscheidung. Hier schlafen nachts die meisten.«

Die meisten? Er denn nicht?

»Warum kannst du nicht schlafen?«, fragte sie.

»So dies und das.« Er wirkte bedrückt. »Ich mache mir viele Gedanken.«

»Wollen wir uns heute Nacht gemeinsam Gedanken machen?«, schlug sie vor.

Er grinste. »Das klingt auf jeden Fall besser, als wenn ich mir allein die Nacht um die Ohren schlage.«

Er kochte Tee, während Ruth noch mal in ihre Wohnung huschte und Nela mitteilte, dass sie über Nacht bei ihm unterkam. Hottel und Luise reagierten verwirrt, als sie wenige Minuten später mit einem Leinenbeutel und Neruda zurückkam. Aber Neruda war tatsächlich inzwischen als Teil des Rudels akzeptiert, und als Ruth ihm im Wohnzimmer an der Stelle, die Hanno ihm zuwies, eine karierte Decke ausbreitete, legte er sich direkt drauf und schloss mit einem glücklichen Schnaufen die Augen. Dieser Hund hatte die Ruhe weg. Ein bisschen wie seine Besitzerin, die auf jede Veränderung mit rascher Anpassung reagierte.

Während der Tee zog, holte Hanno für Ruth Bettzeug. Oben auf dem Schrank lagen noch Decken und Kissen, staubdicht verpackt. Er brachte auch Bettbezüge und ein Laken nach unten.

»Warte, ich mach das.« Sie nahm ihm alles ab und bezog Kissen und Bettdecke. Hanno ging wieder in die Küche. Er nahm den Teefilter aus der Kanne, stellte sie mit zwei Bechern auf das Tablett und befüllte Schälchen mit salzigen Pistazien, Minikeksen und Brotchips. Ruth saß schon auf der Couch, als er das Tablett ins Wohnzimmer trug.

»Hm, das riecht lecker.«

»Thymiantee. Und noch ein paar andere Kräuter.«

»War der nicht gut genug für den Käse?«

»Erwischt.« Er setzte sich zu ihr und wärmte seine Hände am

Teebecher. Die Fenster standen weit offen, sie hörten einen Fasan schreien, in den Beeten vor dem Haus raschelte es. Sonst blieb alles ruhig.

»Und worüber genau machst du dir Gedanken?«, nahm Ruth den Gesprächsfaden wieder auf.

Mist. Nicht nur organisiert und entspannt, sie wusste auch noch, worüber sie vor einer Viertelstunde gesprochen hatten. Jetzt war's Hanno fast ein wenig unangenehm, und für einen winzigen Moment überlegte er, ob er sich in eine Notlüge retten könnte. Sie hätte sicher Verständnis, wenn er was von »unsere wirtschaftliche Lage, die Wollpreise« oder Ähnliches murmeln würde.

»Über uns.«

Er runzelte die Stirn, und Ruth, deren Herz gerade einen kleinen Satz machen wollte, fühlte sich im nächsten Moment schon wieder mies, denn etwas daran, wie er sie anschaute, versetzte ihr … ja, einen Stich.

»Wie du hier mit meinen Kindern und mir zusammenlebst.«

»Was stört dich daran?«, fragte sie, weil er nicht weitersprach.

»Oh, nichts *stört* mich daran. Im Gegenteil.«

Dann verstand sie nicht, weshalb er so in sich gekehrt war. Aber wenn sie eins gelernt hatte auf ihren Reisen, dann war es wohl, dass Menschen ihr Unbehagen nicht immer klar benennen konnten. Dass es aber immer berechtigt war, das Unbehagen zu verspüren. Ihm nachzuspüren. Doch nur im eigenen Tempo.

»Mache ich zu viel? Hätte ich Leni und Noah nicht ins Bett bringen sollen?«

»Doch, das ist schon okay. Ich denke nur …« Hanno seufzte. »Als ich dich eingestellt habe, hab ich wohl nicht mit *dir* gerechnet.«

»Oh.«

Sollte das ein Kompliment sein oder …?

»Und die Kinder …«

Er sprach nicht weiter. Sie zog die Knie an, umarmte sie, legte den Kopf auf die Knie und sah ihn fragend von der Seite an.

»Es ist nicht die Mutter, die ihnen fehlt. Aber man merkt, dass sie eine zweite erwachsene Bezugsperson suchen. Wenn es dir zu viel wird, sag es mir früh genug, okay?«

»Es wird mir nicht zu viel«, sagte Ruth und überraschte sich damit selbst. Sie mochte die beiden Kröten, obwohl sie sich von Anfang an vorgenommen hatte, sie überhaupt nicht zu mögen.

»Sag Bescheid. Erst wollen sie von dir ins Bett gebracht werden, und ehe du dich versiehst, musst du mit ihnen Weihnachtskekse backen.«

»Das würde ja bedeuten, dass ich bis Weihnachten bleibe.«

Sie griff nach ihrem Teebecher und wärmte sich die Hände. Innerlich zitterte sie ein wenig, so wie es ihr immer dann passierte, wenn sie besonders aufgeregt war. Sie sah ihn wieder von der Seite an, aber Hanno war gerade in Gedanken ganz weit weg, das merkte sie. Und sie war darüber enttäuscht. Wollte sie gar nicht.

»Ich habe heute die Mühle besichtigt. Sie steht leer, und ich habe eine Idee, was man daraus machen könnte«, platzte es aus ihr heraus.

Hanno richtete den Blick auf sie. »Klingt spannend. Erzähl!«

»Eine Begegnungsstätte. So eine Art … Atelier, Kurshaus, wie auch immer man es nennen will. Dort kommen die Menschen zusammen, können Kunst machen oder sich in verschiedenen Handarbeitstechniken ausprobieren. Vielleicht auch Sportkurse machen. Es wäre auch Platz für ein Lädchen und ein Café.«

»Wow. Das klingt …«

»Nicht gut?«

»Ambitioniert, wollte ich sagen. Was möchtest du in dem Laden anbieten? Wer soll das Café führen? Was für Kurse schweben dir vor?«

Ruth lachte. »Das weiß ich alles nicht so genau. Mir fehlt es auch am Geld, und ich habe keine Ahnung, ob ich mir die Pacht überhaupt leisten kann. Oder ob Interesse an Kursen bestehen würde.« Sie erzählte ihm von der Kundin, die an Ruths erstem Tag gefragt hatte, ob sie auch Wolle führen würden.

»Ach, deshalb hattest du die Idee.«

Sie merkte, wie er sich entspannte.

»Was hast du denn gedacht?«

Hanno überlegte. »Na, wegen Saskia. Weil sie das hier auch so gern wollte.«

»Aber davon wusste ich gar nichts.«

»Hast du das Spinnrad und die anderen Sachen nicht vorher gefunden?«

Ruth schüttelte den Kopf. Herrje, hatte er ernsthaft gedacht, sie wollte sich hier in das Nest setzen und alle Fäden aufnehmen, die seine Frau damals hatte fallen lassen?

»Oh. Entschuldige.« Er sah betreten drein.

»Schon okay.« Nichts war okay. Er hatte sie so angeschrien, als sie Saskias Sachen gefunden hatte. Ruth hätte das gern angesprochen. Aber er kam ihr zuvor.

»Tut mir leid, dass ich dich so angeschrien habe. Wegen Saskias Spinnrad. Ich vermute … na ja. Ich habe wohl noch nicht genug um sie getrauert. Und dann kommst du, und ich habe einfach so viele widerstreitende Gefühle …«

Wow. Ein Mann, der über seine Gefühle sprach. Der wenigstens versuchte, sein Verhalten zu erklären.

»Jedenfalls – keine Ahnung, ob das jetzt noch relevant ist. Aber vielleicht fangen wir noch mal von vorne an?«

»Du meinst …«

»Hey, ich bin Hanno, verwitweter Papa von zwei wunderbaren Kindern. Ich hab ziemlich viele Fehler und den Tod meiner Frau leider überhaupt nicht verarbeitet, weshalb ich vor zwei Wochen ausgerastet bin, nachdem ich dich beim Durchwühlen ihrer Sachen ertappt habe. Und das tut mir leid.«

Ruth wartete einen Moment. Sie dachte über seine Worte nach, die eine Tür öffneten – ganz weit. Tief in ihr drin. Sie räusperte sich. »Hey, Hanno, ich bin Ruth. Ich glaube, ich bin ziemlich verkorkst. Für mich hat einfach ewig nur die Karriere gezählt. Kinder wollte ich nie. Auch nicht eine längere Beziehung.« Sie stockte. »Für mich war alles vorübergehend. Ich möchte jetzt vielleicht mal ankommen.«

Hanno lächelte. Sie spürte, wie seine Hand nach ihrer tastete, und er drückte sie. »Hey, Ruth.«

»Hey.« Sie lächelte. Dann beugte sie sich vor. Hanno kam ihr etwas entgegen, und ihr Herz hämmerte so heftig in der Brust, dass sie dachte, es müsste die Rippen sprengen. »Ich werde dich jetzt küssen, Ruth. Keine Ahnung, ob das eine gute Idee ist.«

»Versuch's doch mal«, flüsterte sie.

Seine Lippen legten sich auf ihre. Sie rückte näher zu ihm, umfasste sein Gesicht, während er sie in seine Arme zog. Sie sanken aufs Sofa, Ruth lag auf Hanno, während sie sich küssten, und sie dachte noch: »Was tun wir hier? Wie ist das denn passiert?«, bevor sie einfach gar nichts mehr dachte und den Augenblick genoss.

Er hatte es so richtig verbockt. Mit Anlauf und Ansage quasi, denn schon als er die Vorbereitungen für seine kleine Flucht traf, hatte er befürchtet, Nela könnte ihm auf die Schliche kommen.

Dass sie keine zwei Stunden später vor der Apotheke stand und ihn *in flagranti* beim Italiener drei Straßen weiter erwischte, weil er eben nicht in der Apotheke war, hatte ihn dann doch überrascht. Er hatte gedacht, Nela sei früh ins Bett gegangen. Sie hatte schließlich mehrmals betont, dass sie diese Nacht Bereitschaft hatte und fürchtete, eine ihrer Frauen könnte bald gebären.

Okay, er musste sich also eingestehen, dass er sie im Stich gelassen hatte. Sie hatte ihn gebraucht. Sie war müde. Er auch, aber auf ihm lastete seit der Geburt von Jonte auch nicht die Hauptlast der Kinderbetreuung. Er versuchte, sich so gut wie möglich einzubringen. Aber da Nela das Baby stillte, waren seine Möglichkeiten begrenzt. Und er verstand auch ihren Einwand, dass sie sich nicht ständig wie ein Hochleistungsmilchvieh zum Abpumpen der Milch an eine elektrische Milchpumpe hängen wollte. Oder dass es eben auf den ersten Blick leichter war, wenn sie Jonte in den Schlaf trug, denn falls er doch Hunger bekam, könnte sie ihn rasch stillen. Es hatte sich so eingeschliffen, und er war zu bequem gewesen, in den letzten Wochen etwas daran zu ändern.

Und nun saß er hier. Allein in der kleinen Küche, während Nelas Mailbox, die er mit unerschütterlichem Optimismus alle fünf Minuten anrief, ihm erzählte, sie sei im Moment nicht erreichbar. Na schön. Aber wo steckte sie? Das hätte er gern gewusst.

Zu spät fiel ihm ein, dass er eine ihrer Freundinnen fragen könnte, ob sie bei ihr untergekommen sei. Aber er hatte weder Ruths Handynummer noch die von ihren Kolleginnen oder Sirja. Ob Tini etwas wusste? Er ging rüber, doch Nelas Schwester stand nur in der Wohnungstür, ließ ihn nicht rein und erklärte ihm, Bine und sie seien gerade sehr beschäftigt, weil sie gleich noch ein Live machen würden. Influencersprache für ein Video, das live gestreamt wurde. Aha, na gut. Bestimmt hatten sie kein quengeliges Baby bei sich.

Blieb nur Omama Alma, und die schlief bestimmt schon.

Er kehrte in die leere Wohnung zurück, die sich direkt kalt und dunkel anfühlte, so ohne seine Lieblingsmenschen. Simon versuchte es noch mal bei Nela. Als die Mailbox dieses Mal ansprang, nahm er all seinen Mut zusammen. »Hey, ich bin's. Also, hast du bestimmt gesehen, weil ich ja heute Abend ungefähr hundertmal angerufen habe. Es tut mir leid, Nela. Ich habe mich wie ein egoistischer Schnösel benommen. Und dass du verschwunden bist, habe ich bestimmt verdient. Ich würde es gerne erklären.« Er machte eine Pause, dachte nach. »Nee, kann ich nicht. Es war falsch, und wenn du nicht mit mir sprechen willst, habe ich das wohl verdient. Also, wenn du was brauchst, wenn du reden willst. Ich bin hier.«

Er legte auf. Entmutigt von ihrem Schweigen. Andererseits: Sie würde sich nicht ewig vor ihm verstecken können, denn spätestens morgen früh müsste sie sich wieder um ihre Frauen kümmern. Er müsste also nur abwarten.

Aber das fühlte sich falsch an.

Simon sah sich in der Küche um. Im Spülbecken noch das Geschirr, das nicht in die Spülmaschine gepasst hatte. Ein Topf auf dem Herd. Krümel und Blaubeermatsch auf dem Tisch. Sie hatte alles stehen und liegen lassen, weil sie ihn überraschen wollte. Und vermutlich hätte sie nach dem kurzen Besuch in der Apotheke Jonte ins Bett gebracht – wie jeden Abend. Und danach die Küche aufgeräumt – wie jeden Abend. Weil morgens dafür keine Zeit war, weil sie es gern ordentlich hatte – nun, oder weil er sich nicht kümmerte. Denn natürlich sah er jeden Abend die Küche. Oder dass überall Krümel lagen. Und allzu oft schob er die Arbeit in Gedanken von sich weg, denn er hatte ja auch in der Apotheke so viel zu tun.

Simon begann, die Spülmaschine aus- und einzuräumen. Er schrubbte den Topf mit eingebackenen Pastinakenbreiresten, wischte den Tisch und alle Oberflächen ab, holte den Besen und kroch halb unter den Tisch. Obwohl er vor zwei Stunden noch gedacht hatte, er sei froh, wenn er mit Pizza aus dem Karton in seinem Büro saß und auf dem Tablet die Folge einer Serie schaute, tat ihm dieses bisschen Hausarbeit gut. Es erdete ihn. Weil er schon dabei war, leerte er alle Mülleimer, räumte im Wohnzimmer die Spielsachen auf, sortierte die Pappbilderbücher, schüttelte sogar die Sofakissen auf und machte Ordnung auf seinem kleinen Schreibtisch im Kabuff. Er suchte überall die Dreckwäsche zusammen, und weil es für mehrere Maschinen reichte, stellte er direkt eine an, hörte ja niemand, nebenan im Storchennest war keiner.

Ihm war klar, dass auch das schlechte Gewissen ihn antrieb. Und dass er sich nicht damit freikaufen konnte, wenn er einmal komplett die Wohnung durchputzte. Nela hatte recht, sie mussten mehr miteinander reden. Die Aufgaben gerechter verteilen. Er hatte sich darauf ausgeruht, dass sie sich kümmerte. Dass sie Unordnung noch schlechter aushielt als er, dass sie es gern schön hatte und nachts nicht über Bauklötze stolpern wollte, wenn sie das quengelige Zahnungsbaby herumtrug.

Was ohnehin in den meisten Fällen ihr Job war, klar. Auch das hatte sich eingeschlichen.

Vermutlich musste er auf die harte Tour lernen, dass er sie enttäuscht hatte und dass sein Vorgehen nicht okay war. Aber wie lange würde sie wegbleiben? Würde sie morgen zurückkommen, als wäre nichts gewesen? Schwer vorstellbar. Doch das Gegenteil ebenso – dass sie länger wegblieb.

Da hatte er das Leben mit Nela als Selbstverständlichkeit angenommen und gar nicht gemerkt, wie sie durch diese Annahme zu einem Hintergrundrauschen verkommen war. Er liebte sie, doch hatte er vergessen, für seine Liebe einzustehen.

Das musste sich unbedingt ändern.

Kapitel 16

»Guten Morgen, du kleiner Wirbelwutsch!«

Jonte lachte. Er kugelte sich förmlich vor Lachen, einmal hin und einmal her auf der breiten Matratze. Nela lag neben ihm und lächelte ihn verliebt an. Damit hatte sie nicht gerechnet, als sie schwanger wurde. Wie so ein kleines Wesen sich in ihr Herz schlich und sie es vom ersten Moment an so bedingungslos liebte.

Sie hangelte nach ihrem Smartphone auf dem Nachtkästchen und schaltete es ein. Sofort ging ein Gebimmel und Gebrumme los, unzählige Nachrichten, Mailboxbenachrichtigungen, verpasste Anrufe. Alle von Simon.

Sie hörte seine Mailboxnachricht ab, legte das Handy beiseite und wollte über seine Worte nachdenken, bevor sie reagierte.

Die Nacht war ruhig gewesen. Greta hatte sich ebenfalls schon gemeldet – keine Frau in den Wehen. Sie hatte sich ganz umsonst gesorgt. Jonte hatte sogar durchgeschlafen, und Nela fühlte sich erfrischt von sieben Stunden ungestörtem Schlaf. Sie stand auf und riss die Fenster auf, um die kühle Morgenluft einzulassen. Mitte Juli, aber in den Senken sammelte sich bereits ein Hauch von Morgennebel, und das Licht gemahnte an den baldigen Altweiber. Als hätte der Sommer nicht gerade erst begonnen.

»Na komm, kleiner Wutsch. Wollen wir mal schauen, ob Ruth was zu essen für uns hat.«

Das schlechte Gewissen meldete sich bei Nela. Sie glaubte, sie habe Ruth vertrieben, als sie gestern Abend vor der Tür stand; auf jeden Fall war Ruth verschwunden und nur kurz wieder aufgetaucht, um ihr Kopfkissen und ein paar Sachen zu holen. Sie hatte

Nela alles gezeigt, auch, wo sie frische Bettwäsche fand, und dann konnte sie gar nicht schnell genug das Feld räumen.

Was ist das mit Ruth und den Babys? Sie scheint ja geradezu panische Angst vor Kontakt mit Babys zu haben …

Für Nela unverständlich. Aber sie musste das auch gar nicht verstehen, oder? Und sie musste zugeben, dass sie Ruths Bemerkungen darüber, dass sie mit Babys einfach *nicht konnte,* immer abgetan hatte. Babys waren anstrengend, und von außen betrachtet waren sie das auf eine beängstigende Art und Weise, weil sie so viel forderten und sich meist nur durch empörtes Schreien ausdrückten, wenn ihnen etwas nicht passte. Man konnte nur raten, was dem Säugling gerade fehlte, und verflixt, konnte man oft danebenliegen! Ruth hatte aber auch nie ein Geheimnis daraus gemacht, dass sie keine eigenen Kinder wollte. Niemals.

Nela schaute in den Kühlschrank. Sie fand neben Lammsalami und Käse auch eine Packung Toast – wer bewahrte denn Toastbrot im Kühlschrank auf? – und ein Glas Brombeermarmelade. Sie schmierte gerade Toast für Jonte, der in der Zwischenzeit die Bücher aus dem Raumteiler entdeckt hatte und ausräumte, als Ruth mit Neruda hereinkam.

»Neruda, geh auf deinen Platz.« Sofort legte sich der wuschelige Mischling auf die Decke neben der Tür. Nela umarmte Ruth zur Begrüßung.

»Hey, wie geht's dir? War das Sofa nebenan gemütlich?«

»Ähm, ja. Das ging für 'ne Nacht.«

Ruth kramte im Küchenschrank nach der Trockenfuttertüte von Neruda.

»Können wir noch eine Nacht bleiben?«

»Ist Simon noch nicht zu Kreuze gekrochen?«

Nela lachte. »Ja, schon! Aber ich weiß einfach nicht, wie ich ihm gegenübertreten soll. Ich brauche Zeit.«

»Klar, wieso nicht?« Ruth zuckte mit den Schultern.

»Ich kann aber genauso gut aufs Sofa gehen. Oder ich schaue, ob ich im Ort ein Hotelzimmer kriege.«

»Nela.« Ruth stellte Neruda seinen Napf hin, und auf ihr Zeichen sprang er auf und fing an zu fressen. »Wer ist hier das Inselkind? Quartier während der Hauptsaison? Nur für eine Nacht?«

»Hast ja recht«, murmelte Nela. »Ich habe nur ein schlechtes Gewissen, wenn ich dich vertreibe. Erst hast du dich neben dem Storchennest nicht wohlgefühlt, und jetzt sind wir auch noch hier …«

»Vergiss es. Ich schlafe nebenan auf dem Sofa, und du nimmst dir die Zeit, die du brauchst.« Ruth schaute auf ihr Handy. »Du, ich muss los. Schafe melken und dann den Laden aufmachen.«

»Ist gut. Soll ich für heute Abend was kochen?«

»Für uns alle?«

Nela nickte unsicher.

»Ich frag Hanno, ob er was geplant hat. Ach so, und hast du Kontakt zu Simons Onkel? Ihm gehört die Mühle, und ich würde gern wissen, wie viele Nieren ich verkaufen muss, wenn ich sie pachten möchte.«

»Die Mühle? Oh, was hast du vor?«

Ruth lächelte geheimnisvoll. »Einen wunderbaren Ort erschaffen, an dem Menschen zusammenkommen und gemeinsam etwas lernen und erschaffen können.«

»Klingt hinreißend! Darf ich auch kommen?«

»Immer! Im Moment suche ich noch Komplizinnen. Meinst du, deine Freundin mit den Babyyogakursen könnte auch welche ohne Babys bei mir anbieten?«

»Frag sie! Ich schick dir ihre Kontaktdaten.«

Das klang wirklich aufregend, und Nela versprach, auch die Kontaktdaten vom alten Rodenbrock zu schicken. Ruth winkte, dann war sie schon wieder weg.

Rums, die Tür fiel hinter Ruth und Neruda ins Schloss. Sie lief ums Haus herum, Nela hörte sie rufen. Jonte schmiss die Bücher aus den oberen Fächern, die er im Stehen gerade so erreichte, auf den Boden, und dazu grinste er, als hätte er gerade das Geheimnis der Schwerkraft entdeckt.

»Komm, kleiner Newton. Es gibt Frühstück.«

Etwas ließ Nela nicht los. Und es dauerte, bis es ihr einfiel.

Wie Ruth den Namen ihres Chefs aussprach. Hanno. Ganz weich und fast ein wenig verträumt. Anders als noch vor ein paar Tagen.

»Sieh an«, murmelte Nela. »Darum stört's dich nicht, wenn du drüben schlafen musst.« Sie musste grinsen. Und dann seufzte sie, lächelte, wuschelte Jonte durchs Haar, den sie von den Büchern holte und auf ihren Schoß setzte. Während sie Kaffee trank und an einer Scheibe Brot knabberte, dachte sie darüber nach, wann Simon und ihr diese Leichtigkeit verloren gegangen war. Dieses Verliebte. War das nur der Alltag mit Kind, Alltag allgemein?

War das denn wirklich so schlimm, wenn sie im Alltag ein bisschen aus dem Blick verloren, was sie fürs große Glück brauchten? War es wirklich so entscheidend?

Nach dem Frühstück machte sie sich mit Jonte in der Trage und dem Rucksack auf dem Rücken auf den Weg ins Dorf. Im Storchennest nach dem Rechten schauen, ihre Vorsorgetermine wahrnehmen. Solche Dinge. Klappte auch ganz gut, sich das erfolgreich einzureden. Vielleicht hoffte sie insgeheim doch, sie würde Simon über den Weg laufen. Ewig konnte sie sich ja eh nicht verstecken.

In der Wohnung musste sie nur ein paar frische Sachen für Jonte und sich holen. Na ja, vielleicht auch eine Maschine Wäsche einschalten, wenn sie schon mal da war.

»Was ist denn hier passiert?«, murmelte Nela, als sie die Wohnung betrat. Sie wirkte so … unbewohnt.

Die Küche aufgeräumt, alle Oberflächen blitzsauber. Der Fußboden gefegt. Im Wohnzimmer war das Spielzeug weggeräumt, die Bücher sortiert, im kleinen Badezimmer drehte eine Maschine Wäsche ihre Runden. Nela schlich auf Zehenspitzen durch die Räume. »Simon? Bist du da?«

Keine Antwort. Klar, er musste ja in der Apotheke stehen. Trotzdem hätte es sie nicht gewundert, wenn er in der Küche mit Schürze vorm Bauch und einem Blech frisch gebackener Chocolat Chips Cookies auf sie gewartet hätte.

Uff. Sie setzte sich im Wohnzimmer auf den Hocker. Jonte wollte aus der Trage, und sie ließ ihn. Die Ordnung schien auch den Kleinen zu verwirren, denn als Erstes kippte er die Kiste mit den Bauklötzen auf den Teppich und sah sie herausfordernd an. Besser, Mama?, schien er zu fragen.

Nela gluckste. »Du machst das super, kleiner Wirbelwutsch«, flüsterte sie ihm zu.

Weil Jonte beschäftigt war, ging Nela nach oben. Die Betten waren aufgeschüttelt, auch im Kinderzimmer herrschte Ordnung. Sie packte für Jonte Windeln und Wechselsachen für zwei weitere Tage in den Rucksack und ging ins Schlafzimmer weiter. Dort lag auf ihrem Kopfkissen ein Brief.

Das war der Punkt, an dem sie sich erst sammeln musste.

»Mann, Simon! Wieso nicht schon früher so?«

Sie nahm den Brief, stopfte ihn zu ihrer Wäsche in den Rucksack und ging wieder nach unten. In zehn Minuten kam ihre erste Schwangere zum Vorsorgetermin. Sie wollte schauen, ob Greta und Edith da waren, um mit ihnen ihren Terminplan abzugleichen.

Edith saß in der kleinen Küche und hielt sich an einem Kaffeebecher fest. Sie sah ziemlich verstört aus. Auf dem Tisch stand ein riesiger Obstkorb mit einer blauen Schleife am Henkel. Ein Geschenk von einer Familie, die sie betreut hatten? Oft zeigten sie so ihre Dankbarkeit, wenn die Wochenbettbetreuung nach so vielen intensiven Wochen und Monaten endete.

Nela legte die Hand auf Ediths Schulter. »Alles okay?«, fragte sie mitfühlend.

»Ja, alles fein.« Edith schniefte und wischte sich mit dem Handrücken über die Augen. Sie hatte geweint. Aber solange sie nicht selbst mit der Sprache herausrücken wollte, ließ Nela sie in Ruhe. Sie nahm sich auch einen Kaffee und setzte sich auf den freien Stuhl.

»Wo wohnst du jetzt? Greta hat's mir erzählt.«

»Keine Ahnung. Also, letzte Nacht war ich draußen in der Inselschäferei. Danach?« Nela zuckte mit den Schultern.

»Dein Simon legt sich jedenfalls ganz schön ins Zeug.« Edith zeigte auf den Obstkorb.

»Der kommt von ihm?« Nela pflückte die Karte aus dem Korb und las sie. *Für die besten Hebammen der Insel. Guten Hunger! Simon Rodenbrock*

»Mannomann«, murmelte Nela. Sie merkte, wie sich in ihr alles sträubte, den Obstkorb anzunehmen. Andererseits wäre es schade um die vielen Vitamine. Sie begann, den Korb auszuräumen. »Den hau ich ihm gleich um die Ohren.«

»Sei gnädig mit ihm. Nicht jeder Mann versucht, aus seinen Fehlern zu lernen.« Geräuschvoll putzte sich Edith die Nase.

Greta wirbelte herein. Sie war voller Energie und guter Laune. »Guten Morgen, ihr schönsten Hebammen! Oh, lecker!« Sie schnappte sich eine Birne und biss hinein. »Mann, das habe ich gebraucht. Was liegt an?«

»Nelas Freund verteilt Obst, und mein Freund hat mich abserviert.«

»Ach nein, Edith!« Nela war sofort zur Stelle und umarmte sie. »Es tut mir so leid. Was für ein gemeiner Stinkmorchel. Muss ich ihm irgendwas auf den Hals hetzen?«

Greta spuckte den Bissen Birne aus. Sie verzog angewidert das Gesicht. »Dein Freund schickt uns das? Dann will ich es nicht.«

»Doch, iss schon die Birne. Die ist super, es war ein ungeschickter Versuch von ihm, mich milde zu stimmen. Wie auch der Großputz, den er offenbar heute Nacht in unserer Wohnung veranstaltet hat. Ach so, und einen Brief hat er mir auch geschrieben. Aber ernsthaft? Den will ich gar nicht lesen.«

Nela wollte noch etwas hinzufügen, doch durch die offenen Türen vom Geburtshaus und ihrer Wohnung hörte sie Jonte. Er hatte gemerkt, dass sie verschwunden war, und rief nach ihr. Sie holte den Kleinen rüber, und dann setzten sich die drei Frauen mit einem Obstteller in das Geburtszimmer und glichen ihre Pläne ab.

»Wie lange willst du ihm böse sein?«, fragte Greta.

»Na, keine Ahnung. Eigentlich bis er sich entschuldigt, aber das tut er gerade schon reumütig auf allen Kanälen.« Das ärgerte sie besonders. Vermutlich ging Simon davon aus, dass sie sich schon versöhnen würden, schließlich hatte er alles dafür getan, oder?

»Ist halt schon 'ne Nummer, dass er einfach in der Apotheke pennt, weil es ihm zu Hause zu stressig ist. Und das, während du Bereitschaft hast.«

»Wir müssen einfach Lösungen finden.« Nela seufzte. Was sie ja vor allem merkte: Nichts war selbstverständlich. Sie konnten noch so oft einander bestätigen, dass sie es bestimmt hinbekommen würden, zwei zeitraubende Selbstständigkeiten und ein Baby dazu. Aber wenn sie mit der Realität des Alltags konfrontiert wurden, stießen sie an ihre Grenzen. Vor allem: an Nelas Grenzen.

Das war nichts, das sie allein auflösen konnte. Aber sie wusste nicht, ob Simon verstand, dass es mit einem Großputz und einem Obstkorb nicht getan war.

Für die kommende Nacht verabredeten sie, dass Nela noch mal in der Schäferei schlief. Anschließend würde sie zurück ins Haus ziehen und ihre Bereitschaft wie vereinbart absolvieren.

Sie hatte eine Nacht gewonnen.

Hoffentlich reichte das.

Auf dem Weg zur Apotheke rief sie Simons Onkel Christian an, dem gefühlt die halbe Insel gehörte. Christian Rodenbrock mochte Omama Alma, weshalb er auch Simons Partnerwahl sehr begrüßt hatte – auch wenn er selbst bei Alma nicht hatte landen können. Nela erkundigte sich, ob er aktuell schon jemanden für die Mühle habe.

»Tatsächlich noch nicht«, bemerkte er. »Bald verschenke ich sie. Dieser Künstler, der da haust, macht auf mich nicht den Eindruck, als läge ihm viel daran, die Räume instand zu halten.«

»Bevor du sie verschenkst – meine Freundin Ruth wäre interessiert. Aber weniger für einen großen, teuren Gastrobetrieb oder ein Hotel, sondern eher als Freizeitzentrum.«

»Das klingt nach brotloser Kunst. Da kann ich auch den Maler drin lassen.«

»Sie würde sich gern mal mit dir treffen.«

»Hmhm.« Christian Rodenbrock kaute darauf herum wie auf seinem täglichen Frühstück im Café Martin. »Was ist eigentlich bei euch zu Hause los?«

»Was soll denn los sein?«

»Ach, ich traf heute früh Simon. Er hatte einen Obstkorb auf dem Gepäckträger und wirkte gänzlich betrübt und erschöpft. Setzt ihm das Familienleben so zu? Du musst dem Jungen auch mal Freiräume lassen, Nela. Dass Männer heutzutage alles können sollen, das ist doch auch nicht so gewollt. Er hat schon einen anstrengenden Job *und* bringt sich im Familienleben ein, und zwar auf sehr engagierte Art und Weise. Du musst auch an ihn denken.«

Es hätte nicht viel gefehlt und Nela hätte Simons Onkel mal kurz erklärt, dass sie im 21. Jahrhundert lebten und nicht mehr in den Fünfzigern, als er offenbar jung gewesen war, sonst würde er nicht so antiquierte Ansichten vertreten. Aber sie ließ es. Sie wollte es sich mit ihm nicht verscherzen, denn eigentlich mochte sie Simons Onkel.

»Ich geb Ruth Bescheid«, sagte sie, und damit war das Thema für sie beendet. Sie schickte Ruth eine Nachricht mit Christian Rodenbrocks Kontaktdaten und betrat kurz darauf die Apotheke.

»Moin, Nela.« Die PTA Petra, die schon früher, als die Apotheke noch Nelas Vater gehörte, hinter dem Verkaufstresen gestanden hatte, lächelte sie aufmunternd an. »Oh, und da ist ja auch der kleinste Westhues! Wie groß er schon ist!«

»Ist Simon da?«

»Der Chef ist in seinem Büro. Soll ich dir den kleinen Mann mal abnehmen?« Dabei sah Petra sie an, als wüsste sie ganz genau, dass bei dem jungen Paar gerade dicke Luft herrschte.

»Das wäre super. Schau mal, Jonte. Das ist Petra. Die hat bestimmt irgendwas Knisterndes zum Spielen für dich.« Nela hob Jonte aus der Trage. Sie stellte den Rucksack hinter den Verkaufstresen und legte die Trage darauf. Dann betrat sie den schmalen Flur, von dem auch der Pausenraum abging. Als sie an der Tür zum Büro klopfte, musste sie daran denken, wie sie vor zwei Jahren hier das erste Mal Simon begegnet war, nachdem sie bei einer Geburt assistiert hatte; sie hatte ihn für den Familienvater gehalten, der zu den drei Kindern, der werdenden Mutter und einem kurz darauf geborenen kräftigen Mädchen gehörte. Der Rest war, wie man so schön sagte, Geschichte.

»Simon?«

Er blickte auf. Ein Lächeln erhellte sein Gesicht, und er sprang auf. »Nela!« Mit drei Schritten war er bei ihr. Wollte sie in den Arm nehmen, bremste sich dann aber, weil er ihren ernsten Gesichtsausdruck bemerkte. »Warst du schon zu Hause?«, wollte er wissen.

»Ja, war ich tatsächlich.« Sie atmete tief durch.

»Und?«, fragte er lauernd. Ein Lächeln zupfte an seinem Mundwinkel. *Habe ich nicht fein aufgeräumt, liebes Weib? Nimmst du mich jetzt zurück, nachdem ich mich so unmöglich benommen habe? Hab schließlich geputzt!*

»Ach, Simon.«

Sein Lächeln fiel in sich zusammen. »Nicht gut?«

»Doooch«, sagte sie gedehnt. »Schon.«

»Du wirkst trotzdem nicht glücklich.«

Sie blickte ihn unverwandt an. Und konnte dabei zusehen, wie er begriff, dass es nicht half, wenn er nur dann seinen Anteil der Care-Arbeit übernahm, wenn sie nicht mehr konnte. Oder ihn das schlechte Gewissen plagte, weil sie ihn dabei ertappt hatte, wie er sich dem Familienleben entzog.

Simon ließ den Kopf hängen. »Und nun?«

Nela trat zu ihm. Sie drückte seine Hand. »Nun wissen wir, dass wir noch mehr reden müssen. Wir versuchen ja schon, uns die Arbeit aufzuteilen. Aber na ja, wenn du einfach Ausreden erfindest, um allein zu sein, ist das ja auch ein Zeichen dafür, dass irgendwas nicht stimmt.«

»Du meinst, dass mit mir was nicht stimmt.«

Er wirkte deutlich zerknirschter, als Nela erwartet hätte. »Pass auf. Heute Nacht schlafe ich noch drüben in der Inselschäferei. Dort ist Platz für Jonte und mich. Und zukünftig werden wir unsere Nachtdienste aufeinander abstimmen. Ich schlafe bei meiner Rufbereitschaft häufiger mal im Geburtshaus. Jonte und du bekommt die Nächte auch ohne mich hin.«

»Bisher hatte ich oft das Gefühl, du traust mir das nicht zu.«

Darauf kaute sie herum. »Könnte sein«, sagte sie schließlich. »Manchmal beruhigt er sich bei mir schneller.«

»Weil du häufiger da bist.«

»Und schau, das können wir ja ändern. Wenn du willst. Wenn du nicht willst …« Sie zögerte. Die Konsequenz wäre, dass sie tatsächlich alle Nächte übernahm und Jonte nur abgab, wenn sie zu einer Geburt musste. Das würde dann für alle Beteiligten Stress bedeuten. »Es sind nicht nur die Nächte«, fügte sie hinzu.

»Verstehe.«

»Morgen Abend komme ich nach Hause, da können wir reden. Okay?«

»Okay. Bist du mir noch böse?«

»Ein bisschen vielleicht.«

»Hab ich verdient.« Er lächelte reumütig. Nela stellte sich auf die Zehenspitzen und gab ihm einen Kuss auf den Mund.

»Freu dich einfach auf den Versöhnungssex.« Sie zwinkerte ihm noch einmal zu, dann ging sie zurück zu Petra und Jonte, der inzwischen völlig begeistert auf dem Arm der PTA saß und mit einer eingepackten Einwegspritze raschelte. Da er die partout nicht hergeben wollte, durfte er sie behalten und war für den Rest des Weges zurück ins Storchennest ganz selig.

Jonte zufriedenzustellen war manchmal so einfach. Wieso war das bei Erwachsenen nur um ein Vielfaches komplizierter?

Kapitel 17

Hanno pfiff nach Hottel und Luise, die sofort angetrabt kamen. Er stieg aufs Rad, die Hunde liefen nebenher. Die Schafe mussten auf eine neue Weide getrieben werden, und danach stand das tägliche Melken an. Die Käserei wartete und nächste Woche die jährliche Schur.

Die Arbeit wurde ja nicht weniger. Heute aber ging sie ihm etwas leichter von der Hand, denn wenn er in den wolkenverhangenen Himmel blickte, musste er trotz allem lächeln. Er *musste!* Heute früh hatte Ruth sich mit einem Kuss von ihm verabschiedet, der für ihn wie ein Versprechen schmeckte. »Bis heute Abend«, hatte sie gesagt, und dann war sie weg, als hätt's sie nie gegeben. Er hatte am Fenster gestanden und ihr nachgeblickt. Hatte versucht, seine Gedanken und Gefühle zu ordnen. Noah und Leni saßen noch am Küchentisch und löffelten ihr Müsli mit Quark und Himbeeren.

Ruth hätte die Kinder auch mitnehmen können, fiel ihm in dem Moment auf. Sobald es aber um die Kinder ging, war sie seltsam unbeteiligt. Als hätte sie Berührungsangst. Oder interessierte sich einfach nicht für sie.

Er pfiff nach Hottel, der mal wieder zu weit vorauslief. Musste Ruth sich denn um *seine* Kinder kümmern? Irgendwie war er davon ausgegangen, dass sie daran Interesse haben könnte – weil sie eine Frau war? So ein Quatsch. Saskia hatte sich interessiert, aber sie war an den Anforderungen der Mutterschaft fast kaputtgegangen. Trotzdem hätte er sich von einer neuen Partnerin mehr gewünscht. Mehr Zugewandtheit.

Vielleicht kam das ja noch. Er hoffte es jedenfalls, denn Ruth gab ihm das Gefühl, dass sie sich für ihn interessierte. Für sein Leben, seine Arbeit und alles drum herum.

Ja, und für das Spinnrad, die Kardentrommel, für Saskias Kram! Für die Schafwolle!

Aber darüber hatten sie gesprochen. Er hatte ihr deutlich gemacht, dass er kein Interesse daran hatte, wenn sie in der Schäferei mit solchen Sachen anfing. Abgesehen davon, dass kein Platz dafür war – was sollten sie denn noch alles machen? Klar, er könnte jetzt lamentieren, wie schwer es für ihn war, über die Runden zu kommen. Er könnte aber auch mit dem einfachen Leben zufrieden sein, das er mit seinen Kindern führte. Ruth erweckte nicht den Eindruck, als würde sie etwas vermissen.

Und wieso machte er sich schon zu so einem frühen Zeitpunkt so viele Gedanken? Bei Saskia hatte er auch von Anfang an gewusst, dass sie *die eine* war, die er nicht mehr gehen lassen wollte. Da sah er nun, was er davon hatte; er liebte die Menschen, die er liebte, mit einer Absolutheit vom ersten Augenblick an, die ihnen kaum Licht und Raum ließ. Das wollte er bei Ruth anders machen. Klüger anstellen.

Er erreichte die Weide. Die Hunde spitzten die Ohren, denn sie wussten, jetzt kam Arbeit auf sie zu. In der kommenden Viertelstunde war Hanno mit seinen Gedanken und der Konzentration ganz bei seinen Tieren. Er vergaß die Grübeleien und atmete auf.

Das hier war sein Leben – und daran würde er niemals etwas ändern.

Ihr Herz sang, ihre Füße tanzten. Zum ersten Mal seit Ewigkeiten fühlte Ruth eine Leichtigkeit, die sogar Neruda ansteckte, der neben ihr hüpfte, als wäre er wieder ein Welpe. Sie hätte nie gedacht, dass die Liebe sie wie der Blitz traf. Und hatte sie auch gar nicht. Wie ein Sommergewitter war sie zärtlich grollend aufgezogen, bis dann mit einem Schlag klar war – Hanno und sie, das war mehr.

Sie hatte jede Sekunde der vergangenen Nacht genossen. Es war lange her, seit sie in einer Partnerschaft gelebt hatte. Vor ihrer Weltreise. Als Anwältin hatte sich gelegentlich etwas eher Unverbindliches ergeben, meist eben nur eine Art Freundschaft zwischen den Nachtschichten mit gewissen Vorzügen. Auch das war für sie okay gewesen, damals. Jetzt schwer vorstellbar.

Seit ihrer Ankunft auf der Insel lebte sie in einem ganz anderen Tempo. Langsamer. Genießerisch. Und so waren auch die Stunden mit Hanno. Dabei ging es nicht explizit um Sex, sondern vor allem um Nähe.

Darum lief sie heute mit einem seligen Dauergrinsen durch die Welt. Und als Nela ihr die Telefonnummer von Simons Onkel schickte, wählte sie diese direkt. Sie wollte nun Nägel mit Köpfen machen. Auf einmal war es mehr als nur eine fixe Idee. Sie könnte auf der Insel bleiben. Für immer. Hier etwas Neues erschaffen. Für die Menschen. Nicht nur für die Insulaner oder die Urlaubsgäste – für alle Menschen.

Herr Rodenbrock klang sehr freundlich, und sie verabredeten sich für die Mittagsstunde in der Mühle. Ruth tänzelte zurück zur Inselschäferei. Sie kam gerade rechtzeitig, als Hanno die Schafe in den Stall trieb. Weil sie beide gar nicht damit gerechnet hatten, sich nach ihrem Morgenspaziergang zu sehen, blieben sie einen winzigen Moment stehen und lächelten einander über den Hof hinweg zu. Ein verschwörerisches Lächeln, das versprach: heute Abend, wir zwei.

Sie betrat den kleinen Hofladen. Kurz vor neun, höchste Zeit. Sie band sich die dunkelblaue Schürze um, trug die löwenzahngelben Plastikkisten mit dem Käse aus dem Kühlraum in den Laden und räumte die Theke ein. Vor dem Lädchen hielten die ersten Kunden, ein Trupp muntere Rentner, die auf dem Weg zum Ostende der Insel auf das neue Schild aufmerksam geworden waren, das Hanno voller Hoffnung am Wochenende aufgestellt hatte. Nachdem sie ein paar Wochen lang versucht hatten, eine möglichst stressfreie Routine zu entwickeln, hielten sie den Laden vorerst jeden Vormittag von neun bis zwölf offen, wenn Hanno ohnehin auf dem Hof arbeitete, die Kinder in der Schule und der Kita waren und Ruth den Laden schmeißen konnte.

»Moin!« Sie strahlte die fünf älteren Herren an, die sich neugierig umsahen.

»Moin, moin.« Fast wäre Ruth zusammengezuckt, aber sie hatte sich im Griff. Moin, moin, das sagten auch nur die Urlauber, kein Neyer war so schwatzhaft! »Gibt's bei Ihnen noch was anderes als Käse?«

»Na, Lammsalami und Fleisch natürlich.« Ruth zeigte das Sortiment. Einer der Männer interessierte sich für ein Lammfell, das er »meiner lieben Ute« mitbringen wollte. Nach einer Viertelstunde hatte jeder was Schönes gefunden, und sie zogen froh gestimmt ab. Ruth schloss zufrieden die Kasse. Hanno kam über den Hof. Er brachte die frische Milch in die Käserei. Sie folgte ihm.

»Na du.«

»Hey.« Sie lächelte. »Geht gut los, seit das Schild da oben steht.«

»Ja, hab's gemerkt. Super. Nächste Woche werden die Schafe geschoren, da müsste ich sonst wieder einen Tag zumachen. Bist du dann zur Stelle?«

»Na klar!« Ruth zögerte. Sie wollte nicht schon wieder mit der Wolle anfangen, vor allem nicht, bevor sie mit Herrn Rodenbrock gesprochen hatte. Doch dann gab sie sich einen Ruck. Sie wollte Hanno von Anfang an beteiligen. Ihr neues Leben war in vielerlei Hinsicht aufregend, und sie wünschte sich, dass er sich mit ihr freute. Für sie. »Ich muss nachher noch mal ins Dorf. Ich schaue mir die alte Mühle an.«

Er grinste. »Wenn's nach mir geht, musst du das nicht machen …«

»Nee. Ich will aber was draus machen. Einen Laden. Ein Café. Seminarräume.«

Hanno wurde ernst. »Das hast du gestern Abend schon erzählt. Ich dachte, es wäre ein Scherz. Nicht?«

»Nein.« Sie musterte ihn überrascht. »Ich habe da schon drüber nachgedacht.«

»Soso.« Hanno kaute auf ihren Worten herum.

»Nicht gut?«

»Na ja, ich dachte … du arbeitest doch hier? In meinem Laden?«

»Dein Laden könnte ja mit dorthinziehen. Da ist auch mehr los als hier draußen.«

Hanno runzelte die Stirn. »Gefällt dir also nicht mehr hier.«

»Doch!« Ruth war mit zwei Schritten bei ihm. Sie legte ihm die Arme um den Hals und blickte ihm tief in die Augen. »Ich liebe es hier. Bei dir. Aber ich fänd's schön, wenn der Hofladen etwas größer woanders wäre. Dann könnten wir auch weitere Produkte aufnehmen. Honig. Sanddornsirup. Marmeladen. Lauter Dinge, die es noch auf der Insel gibt. Und es wäre ein kleiner Schritt, dass wir nicht ständig verfügbar wären.«

»Für die Schafe *muss* ich aber immer verfügbar sein.« Sanft machte er sich von ihr los. »Wie stellst du dir das vor? Wovon willst du das bezahlen? Rodenbrock wird dir die Mühle kaum schenken, und davon hast du noch nichts weiter bezahlt. Du bist hier seit drei Wochen, und bevor du überhaupt alle Abläufe kennst, hast du Pläne. Wie so ein Unternehmensberater, der sich in kürzester Zeit ein Urteil bildet.«

Er hielt inne. Ruth starrte ihn an. »Ich dachte …«, sagte sie leise. »Wir … verstehen uns doch?«

»Was kommt als Nächstes? Bittest du mich um Saskias Sachen für deine Kurse? Bitte, kannst du alles haben. Aber du vergisst, worum es hier geht, Ruth. Es geht um die *Menschen*. Nicht darum, ständig nach Höherem zu streben. Ich verstehe so langsam, warum dein Job dir irgendwann nicht mehr genug war. Wieso du dir selbst nie genug warst.« Er schüttelte den Kopf. »So wird das nichts.«

»Wie bitte?« Sie starrte ihn weiter an, sprachlos von so viel … ja, von so viel Sturheit, so einer Dickköpfigkeit! Sie spürte, wie ihr Herz gegen die Brust hämmerte. Plötzlich wusste sie wieder, weshalb Beziehungen sie meist nach kurzer Zeit schon anödeten. Weil sie sich verbiegen sollte, jawohl! Sie wollte sich etwas aufbauen. Nach vorne blicken. Vielleicht auch Hanno eine Chance bieten. Und was machte er? Versteckte sich dahinter, dass er täglich hundert Käselaibe mit Salzlauge bürsten musste, dass er zu beschäftigt war, um sich ihre Vision auch nur anzuhören!

Bevor sie Luft holen und ihm ihr ganzes Unverständnis ins Gesicht sagen konnte – und sie fürchtete, das wäre auch direkt das Ende ihrer gemeinsamen Zeit gewesen –, hörte sie das Türglöckchen im Laden bimmeln. »Ich muss da hin«, sagte sie.

»Ja, geh da hin.« Er wandte sich ab, riss die Tür zum Käsekeller auf und stapfte die Holzstiege hinunter, als wollte er mit seinen Stiefeln jede einzelne Stufe kaputt hauen.

Ruth kehrte in den Laden zurück. Vor ihr stand die junge Mutter, die sie schon vor drei Wochen hier besucht hatte. Sie erinnerte sich an ihren Namen. Bea.

»Hi!«, rief Bea erfreut. »Sag mir bitte, dass du noch diesen köstlichen Thymiankäse dahast.«

»Na klar ist der noch da.«

»Dann nehme ich davon zwei. Den mochte sogar meine Älteste, Jana.« Sie gab dem Kleinkind in der Trage einen Kuss auf die Löckchen. Ruth lächelte nachsichtig.

»Wo sind die anderen Kinder?«

»Mit ihrem Vater im Kinderspielparadies. Ich brauchte einfach mal Zeit für mich.«

»Verstehe ich gut.«

»Ja, echt? Versteht fast niemand. Alle sagen mir nur, ich hätte mich doch für die Kinder entschieden, wie kann ich dann genervt von ihnen sein?«

»Weil Kinder anstrengend sind?«, fragte Ruth vorsichtig.

»Du sagst es. Wie viele hast du?«

»Gar keine.«

Einen Moment schwiegen beide.

»Das tut mir leid«, sagte Bea. Sie wirkte ehrlich betroffen.

»Oh nein, das ist schon in Ordnung!«, beeilte Ruth sich zu sagen. »Ich wollte nie welche.«

»Ach so! Puh, ich dachte schon … Das Thema ist einfach ein einziges Minenfeld. Man will ja nicht zu neugierig sein, aber andererseits sind die Kinder ja etwas, das zumindest meine Lebenswirklichkeit sehr beeinflusst.« Bea schaute sich um. »Du hast immer noch keine Wolle?«

Ruth lachte. »Die kommt erst nächste Woche von den Schafen. Und dafür hat mein Chef auch schon einen Abnehmer. Aber ich überlege, ob ich etwas in der Richtung bald woanders anbieten könnte.«

»Wolle zum Kaufen?« Beas Gesicht leuchtete auf. »Entschuldige, so langsam fürchte ich, mir fällt die Decke auf den Kopf, ich brauche einfach wieder was für *mich*.«

»Wolle zum Kaufen wohl nicht so schnell.«

Warum eigentlich nicht? Sie hatte immerhin beste Kontakte nach Südamerika, zu Ana und all den anderen Frauen der Kooperative …

»Schade.«

»Na, mal sehen.« Versprechen wollte sie noch nichts. Außerdem würden all ihre Pläne nicht von heute auf morgen umsetzbar sein. Hanno hatte mit einem Punkt recht – wie wollte sie das alles bezahlen?

Klar hatte sie während ihrer beiden Jahre unterwegs die meiste Zeit gearbeitet. Aber das waren eben nie so hochdotierte Jobs gewesen wie ihr Arbeitsplatz als Wirtschaftsanwältin. Hätte sie damals mal gewusst, mit wie wenig sie auskäme! Sie hätte jetzt ein ansehnliches Startkapital. Sicher, die vielen Wochenendtrips, hübschen Schuhe und Klamotten, das war ein *schönes* Luxusleben gewesen. Sie wollte auch die vielen Erlebnisse jener Jahre nicht missen. Aber seit sie die Welt von einer anderen Seite gesehen hatte – hart arbeitend, nicht als Urlauberin –, hatte sich auch der Schwerpunkt dafür verschoben, was sie mit ihrem eigenen Leben anfangen wollte.

Norderney hatte ihr überraschend die Chance dazu geboten.

»Wollen wir unsere Nummern tauschen? Wenn ich was habe, melde ich mich. Du hast ja erzählt, du bist den ganzen Sommer hier.«

»Ja, verrückte Sache. Der letzte Sommer, bevor die Älteste in die Schule kommt, und da hatten wir überlegt, wie schön es wäre, lange an einem Ort zu leben. Mein Mann kann aus dem Homeoffice arbeiten, und wir dachten, eine Nordseeinsel wäre doch schön. Jetzt fällt mir die Decke auf den Kopf, und ich möchte echt schreien.«

»Okay, ich lasse mir was einfallen.« Ruth notierte ihre Handynummer auf einem Zettel. Sie quatschten noch ein wenig. So erfuhr sie unter anderem, dass Beas Familie aus Süddeutschland kam – sie war gar nicht weit weg von jenem Dorf aufgewachsen, aus dem auch Ruth stammte. Gleich verstärkte sich das Band zwischen den beiden, als ob es einen Unterschied machte, dass sie früher in derselben Kreisstadt im Spielwarengeschäft vor der Auslage mit Flummis gestanden hatten.

Bea kaufte zum Thymiankäse noch eine Lammsalami und einen Hartkäse, bevor sie zum Abschied winkte. »Vielleicht mal auf 'nen Kaffee im Dorf?«, fragte sie, und Ruth stimmte zu, obwohl dann vermutlich wieder die drei Kinder um Bea herumwuseln würden und ein Gespräch unmöglich machten.

Hanno kam wieder aus dem Keller hochgestapft. Er brummelte vor sich hin, und Ruth fragte ihn nicht, ob alles okay sei, denn das war es ja offensichtlich nicht, sonst würde er nicht brummeln. Sie versorgte die Kunden, er versorgte den Käse. Als sie mittags den Laden abschloss, alles wegräumte, fegte und wischte, war er schon im Haus verschwunden. Ruth pfiff nach Neruda und lief Richtung Dorf, ohne noch mal nach ihm zu schauen.

Wenn er seine miese Laune vor sich hertragen wollte, war das sein gutes Recht. Aber sie fühlte sich nicht dafür verantwortlich, ihm in seiner Gefühlslage zu helfen.

Sie hatte gedacht, die gestrige Nacht könnte der Beginn von etwas Wundervollem sein. Und musste nun feststellen, wie grundverschieden sie waren.

Nun ja, in einem Punkt waren sie einander ähnlich: Beide waren nicht bereit, auch nur einen Millimeter von dem jeweiligen Standpunkt abzurücken. Er hielt ihre Idee für Quatsch. Sie war Feuer und Flamme.

»Das kann ja heiter werden«, murmelte Ruth. Und sie schmunzelte über sich selbst. Ja, sie entwickelte Gefühle für Hanno, aber sie würde sich niemals komplett aufgeben, nur damit er zufrieden war.

Vom ersten Moment an war sie verzaubert von der Atmosphäre. Ruth schritt die einzelnen Räume ab, die im Sonnenlicht einen ganz besonderen Zauber verbreiteten. Staubfunken tanzten durch die Luft, das dunkle Holz der Fußböden erzählte von den vielen Füßen, die vor ihr darüber gegangen waren. Christian Rodenbrock folgte ihr langsam, das Tok-tok seines Spazierstocks wie ein Takt ihres neuen Lebens. Er hatte ihr zur Begrüßung die Hand gereicht und sich erfreut gezeigt, weil sie einen so festen Händedruck hatte. »Das nenne ich mal zupackend.« Er berichtete ihr, er habe selbst lange Jahre ein Bauunternehmen geleitet, ihm würden inzwischen einige Häuser auf Norderney gehören. »Zur Mühle kam ich wie die Jungfrau zum Kinde«, gab er freimütig zu. »Ich wollte nebenan bauen, der Vorbesitzer wollte das Grundstück aber nur mit der Mühle zusammen veräußern. Sie sehen ja, hier müsste einiges gemacht werden. Fenster, Elektrik, neue Wandfarbe. Da könnte man schon was draus machen.«

»Nun ja, aber ich vermute, es wäre nicht meine Aufgabe, die Elektrik und die Fenster auszutauschen?« Ruth ließ sich von ihm nicht einschüchtern.

Christian Rodenbrock lachte rau. »Da haben Sie wohl recht. Zum Glück kein Denkmalschutz, mit den Farben können Sie sich austoben. Würde Sie allerdings bitten, falls wir uns einig werden, dass Sie die Holzfußböden so belassen.«

»Die müssten nicht neu versiegelt werden?«

Christian Rodenbrock räusperte sich. »Wüsste nicht, wann das zuletzt gemacht wurde.«

»Das können Sie sicher in Erfahrung bringen.« Sie kamen zu dem Raum, in dem gestern noch Wills Atelier gewesen war. Ruth runzelte die Stirn. »Nanu?«, fragte sie.

Der Raum war wie leer gefegt. Nein, er war tatsächlich im wahrsten Wortsinn leer gefegt, denn keine einzige Leinwand stand an den Wänden, alle Farben, Tuben, Pinselgläser waren verschwunden. Nur ein winziger Farbspritzer auf dem Holzfußboden erinnerte daran, dass hier gestern Abend noch jemand gemalt hatte.

»Stört Sie etwas, Frau Amberg?« Christian Rodenbrock schob sich neben sie. Er sah sich um und nickte zufrieden.

»Nein, ich war nur kurz verwirrt. Gestern war hier doch noch der Künstler? Will soundso?«

»Ja, der. Ich habe ihn natürlich gebeten, ein wenig Ordnung zu machen, nachdem Sie mich angerufen haben. Wie ich sehe, ist er meiner Aufforderung nachgekommen. Was halten Sie von den Räumlichkeiten?«

Sie sind perfekt, seufzte Ruth, aber nur in Gedanken, denn sie stellte sich in den Raum, ging in die Hocke und strich über den weißen Farbklecks. »Mh«, machte sie. »Sieht schon ziemlich verwohnt aus.«

Zu gern hätte sie direkt die Vertragsverhandlungen begonnen. Sie hoffte, dass Christian Rodenbrock von Nela nicht vorgewarnt worden war, dass sie eine gnadenlose Verhandlerin war. Das hatte sie als Anwältin gelernt. Immer auch so tun, als wäre das angestrebte Verhandlungsziel gar nicht so bedeutsam, durchaus mal den Anschein erwecken, als könnte sie jederzeit aufstehen und gehen, weil da draußen noch ein Dutzend ähnliche Angebote warteten.

»Ja, ich weiß, was Sie meinen. Aber auf Norderney kann man sich die Mieter aussuchen.« Sie blickte ihn von unten herauf mit hochgezogenen Brauen an. Warum hatte er das nicht bisher getan? Doch auch darauf hatte Christian Rodenbrock eine schlagfertige Antwort parat. »Es gab einen Kaufinteressenten. Die Verhandlungen sind vor Kurzem gescheitert.«

»Ah ja.« Was ihn nicht daran hindern sollte, das Objekt meistbietend zu verpachten, wenn es tatsächlich so wertvoll war. Aber es war vor allem groß, verwinkelt, für keine der Nutzungsmöglichkeiten, die einem vermutlich auf der Insel sofort in den Sinn kamen, ideal. Weder ein kleines Hotel noch eine Pension ließe sich ohne große Umbauarbeiten realisieren. Für ein Restaurant war es zu groß, für einen Laden viel zu groß. Nein, Ruths Pläne passten perfekt zu diesem Objekt. Sie musste nur Christian Rodenbrock davon überzeugen, dass die Mühle genutzt für ihn von größerem Wert wäre als mit längerem Leerstand.

»Ich bin auf jeden Fall interessiert«, meinte sie. »Müsste allerdings mit meiner Bank reden. Einen Businessplan schreiben. Na, Sie wissen schon.« Sie machte eine Handbewegung, als wollte sie sagen: *Dieser ganze Behördenkram eben, auf den niemand Lust hat, aber muss ja, ne?*

»Verstehe. Wie viel Bedenkzeit brauchen Sie?« Christian Rodenbrock stützte sich auf den Gehstock.

»Zwei bis drei Wochen?«

Sie musste nicht nachdenken. Sie wollte diese Mühle haben. Für sich. Für die Menschen. Als Ort der Begegnung.

»Na, dann zeige ich Ihnen mal noch die winzige Wohnung unterm Dach. Derzeit von dem Maler bewohnt. Aber der geht auch, wenn Sie es ihm sagen, zumal er bisher mietfrei hier wohnen durfte.«

»Sehr gerne.«

Wo steckte Will überhaupt? Weder im Atelier noch in der kleinen Zweizimmerwohnung, die sie sich allein anschaute, weil Christian Rodenbrock die steile Holztreppe nicht hochkam. Und die Wohnung war leer. Keine persönlichen Gegenstände im Bad oder im Schlafzimmer, alle Ablageflächen leer. Als hätte es ihn nie gegeben. Ein Geist?

Wenn, war er ein guter Geist gewesen, denn durch ihn hatte sie begriffen, was für ein Kleinod sich ihr bot.

Kapitel 18

Als sie sich bereit erklärt hatte, das Abendessen für Hanno, Ruth, die Kinder und sich zu kochen, hatte Nela lieber verschwiegen, dass sie keine besonders begabte Köchin war. Vor allem, wenn sie mit einem leidlich gefüllten Kühlschrank konfrontiert wurde, stand sie ratlos davor. Kochen müsste man können, dachte sie. Es gab verschiedene Käsesorten, das Gemüsefach war gut gefüllt, sie fand auch Lammhackfleisch und in einem Schrank mit Apothekerauszug alles, was zu einem gut bestückten Vorrat gehörte. Es gab Kräuter und Gewürze, alles wohlgeordnet. Und trotzdem stand sie davor und grübelte.

Wie gut, dass sie morgen wieder zu Hause war, da konnte sie vor ihrem eigenen Kühlschrank ratlos stehen. Jonte hingegen hatte die Zeit seines Lebens. Aus dem Wohnzimmer hörte sie ihn juchzen. Noah und Leni waren schon zu Hause. Hanno hatte die beiden mit einem »Ist das okay, wenn sie bei dir bleiben?« ins Haus geschoben und war wieder Richtung Schafstall oder Käserei verschwunden. Ruth hatte mittags ihren Termin mit Onkel Christian gehabt und sich noch nicht zurückgemeldet. Na bravo. Entweder sie hatte sich irgendwo verkrochen, um ihre Wunden zu lecken, weil nichts so lief, wie sie sich das vorstellte, oder sie hatte die Mühle vor lauter Begeisterung schon bis auf die Grundmauern abgerissen und mit der Renovierung begonnen.

Halb fünf. Sie kannte die Essenszeiten für Noah und Leni nicht, doch dem Geräuschpegel aus dem Wohnzimmer nach zu urteilen aßen sie bestimmt bald. Oder bekamen sie nach der

Heimkehr noch einen Snack? Jonte würde bestimmt spätestens um fünf heulen, weil er wieder Schmacht bekam.

Nela schnippelte Äpfel und halbierte Trauben, als Ruth die Küche betrat.

»Rumtreiberin!« Sie umarmten sich zur Begrüßung. »Ich dachte schon, Onkel Christian hat dich gleich dabehalten.«

»Ein zäher Verhandler ist er, puh!« Ruth holte eine Karaffe mit Zitronenlimonade aus der Kühlschranktür und schenkte sich ein Glas ein. »Wenn ich Geld hätte, wären wir uns längst einig geworden.«

»Hast du nicht?«

»Jedenfalls nicht, dass ich heute die Mühle hätte pachten können, ohne vorher eine Bank aufzusuchen. Und wie man sich dafür nackt machen muss, na ja.« Ruth blies die Backen auf. »Darauf habe ich so gut wie gar keine Lust.«

»Hier, bringst du das den Kindern? Ich überlege derweil, was ich kochen könnte.«

»Ach, das ist leicht. Nudeln mit Tomatensoße geht immer.«

Zum Glück war Ruth besser im Kochen als darin, mit Kindern heile Welt zu spielen. Sie übernahm gerne, während Nela im Wohnzimmer Streit schlichten und Tränen trocknen musste, weil nicht genug Träubchen da waren. Während sie Möhrensticks und Gurkenscheiben auf einen zweiten Teller schnippelte, erzählte Ruth. Sie schloss mit den Worten: »Es ist ein Traum. Leider zu teuer. Und 'ne Bank wird mir auch nix auf den blauen Dunst geben. Für die bin ich doch 'ne Rumtreiberin.«

»Für mich bist du das nicht.«

»Na, ich weiß nicht.« Ruth schob Nela eine Schüssel mit Zwiebeln und Knoblauch zu. Sie stellte eine zweite mit Tomaten daneben. »Würfeln, bitte.«

Nela machte sich an die Arbeit. Neruda lag neben dem Küchentisch. Durch die angelehnte Tür hörten sie die Kinder spielen und ein Hörspiel dudeln. Nela stand an der Arbeitsfläche neben der Küchenspüle, vor sich das Fenster. Wenn sie raussah, konnte sie den ganzen Hof überblicken.

»Und willst du's wagen?«, fragte sie.

Ruth nahm ihr die Schüssel mit den gehackten Zwiebeln und dem Knoblauch weg, die durch eine Zucchini und zwei kleine rote Paprika ersetzt wurden. »Die auch«, sagte sie nur.

»Das beantwortet meine Frage nicht.«

Draußen stiefelte Hanno über den Hof. Er hatte ein albernes Käppi über den Wuschelkopf gestülpt, an den gelben Gummistiefeln klebte Schafsmist, und die Hunde folgten ihm wie zwei Schatten.

Ruth neben ihr hielt in der Bewegung inne. Sie beobachteten schweigend diesen groß gewachsenen, ernsthaften Mann, der ganz in sein Tun vertieft war. Nela spürte in Ruths Schweigen eine ganz neue, friedliche Stimmung. Sie sah ihre Freundin von der Seite an, wollte sie schon damit aufziehen, dass sie ihren Chef ja anguckte, als ob da was laufen würde … Und ließ es bleiben, weil es sie nichts anging, ob da was lief – Ruth würde es ihr schon erzählen, oder? Das war eine Sache zwischen Ruth und Hanno.

»Alles gar nicht so einfach«, sagte Ruth leise. »Wie war das mit dir, als du hergekommen bist? Hast du schnell Wurzeln geschlagen?«

»Meine waren ja nur gekappt, weil ich so lange nicht hier war. Die haben sich schnell wieder neben dem Strandhafer in den Sand gebohrt.«

»Hm«, machte Ruth. »München hat meine auch gekappt, aber ob ich neben Strandhafer und Queller gedeihen kann …« Sie gab Öl in den Topf, Zwiebeln und Knoblauch dazu. Schon bald zog ein köstlicher Duft durch die Küche. Nela schnitt das Gemüse, das Ruth in den Topf warf, sobald die Zwiebeln glasig waren. Sie ließ alles kräftig anrösten. Währenddessen rieb Nela den leckersten Schafskäse, den sie je probiert hatte.

»Mann, wieso habe ich den nie zu Hause?«

»Gibt's im Hofladen.« Ruth grinste. »Kann dir gern gleich einen halben Laib holen, wenn du dafür deinen Erstgeborenen bei mir lässt.«

»Bin fast versucht.«

Ruth lachte. »Ich nicht.«

Sie wurden beide schlagartig ernst. »Darf ich dich was fragen?«

»Nur zu.«

»Das mit dir und den Kindern. Vor allem den Babys. Was ist das? Warum ... Ich will dich nicht nerven, entschuldige, aber ...«

»Du meinst, es ist auffällig, dass ich nichts mit ihnen anfangen kann? Und das gar nicht erst versuche?«

»Ja, genau.«

»Ich habe mich früh gegen Kinder entschieden«, sagte Ruth leise. Sie rührte in der Pfanne, fügte Tomatenmark und die klein geschnittenen Tomaten hinzu und legte den Deckel drauf, nachdem sie alles vermischt hatte. »Ich habe sie gesehen. Meine Kommilitoninnen. Wie sie sich abends hübsch machten. Wie sie sich auf Partys freuten, weil sie hofften, dort jemanden kennenzulernen. Wie sie darauf brannten, den Besten des Jahrgangs herauszufischen, so ein richtiges Jura-As. Sie kleideten sich vom ersten Semester an wie Juristinnen. Perlenstecker, Blüschen, Pumps mit kleinem Absatz. Den Schönfelder trugen sie in einem passenden Täschchen mit sich herum. So waren nicht alle. Aber diejenigen, die so herumliefen, haben sich erstaunlich oft mit einem Kommilitonen zusammengetan. Sie zogen im zweiten Studienjahr zusammen. Im dritten hinkten sie etwas hinterher, weil sie ihnen den Haushalt schmissen. Er machte früher Examen, promovierte, während sie noch für die Prüfungen lernte. Wenn er in den Job einstieg, steckte sie noch im Referendariat, und meist trug sie dann schon bald so einen Klunkerring wie eine Trophäe. Seht nur, ich habe mich aufgeopfert und werde dafür nun belohnt. Manche haben es nie in den Job geschafft, das erste Kind kam ihnen dazwischen.«

»Puh«, machte Nela. »Das ist aber eine ziemlich negative Sicht. Ich meine – das haben sie doch nicht mit voller Absicht so gemacht?«

»Bestimmt nicht.« Ruth lächelte nachsichtig. »Aber so viele talentierte Frauen verlassen sich lieber darauf, dass sie einen Mann fürs Leben finden, der sie versorgt. Mit dem sie Kinder bekommen. Für mich war das immer befremdlich. Ich wollte Juristin sein.«

»Das hast du auch geschafft.«

»Knapp, aber ja.«

»Vermisst du den Job manchmal?«

Darüber schien Ruth nachzudenken. Sie nahm den Deckel von der Pfanne und rührte darin herum. »Gute Frage. Manchmal schon. Ich vermisse, dass ich mit meinen Ideen etwas bewirken konnte. Was ich nicht vermisse, sind die moralischen Verwerfungen, denen man zwangsläufig begegnet.«

»Du hättest vielleicht noch die Seiten wechseln können? Richterin, Staatsanwältin.«

»Ach, dafür war ich irgendwann zu abgeklärt. Zu alt. Ich wollte nicht noch mal neu anfangen müssen. Außerdem war es okay, das Kapitel hinter mir zu lassen.«

»Und nun …«

Ruth lachte. »Nun brauche ich einen Goldesel! Wenn ich etwas Startkapital hätte, könnte ich direkt anfangen. Herr Rodenbrock müsste noch einige Renovierungen vornehmen, das habe ich ihm direkt gesagt, und er war einverstanden. Den Rest bekomme ich hin, wenn ich ein paar Mitstreiterinnen finde. Vielleicht mache ich es wie Ana mit ihrer Färberei und gründe eine

Kooperative. Jede kann sich einkaufen und wird Teil einer Genossenschaft. Mal schauen.«

Einen Goldesel … Darüber dachte Nela nach, während sie den Tisch deckte, erneut Tränen bei Leni trocknete und Jonte unter dem Wohnzimmertisch hervorsuchte, wo er sich mit dem Schälchen Weintrauben hin verzogen hatte. Sie schickte Leni und Noah zum Händewaschen und trug Jonte in die Küche.

Im selben Moment betrat Hanno den Flur. Er sah sie überrascht an, schien sich dann aber zu erinnern, dass sie vorübergehend nebenan wohnte. »Das riecht köstlich«, meinte er. »Hast du gekocht?«

»Nein, ich war das!«, rief Ruth aus der Küche. »Nela hat mir nur die Kinder vom Hals gehalten.« Sie tauchte in der Küchentür auf. Wieder war da dieses Strahlen, zugleich etwas Übermütiges …

Ich frage nicht. Sie sollen es mir erzählen, wenn sie so weit sind.

Aber Nela lächelte. Schien ganz so, als wollte da noch jemand mehr als eine Wurzel neben den Strandhafer in den Norderneyer Dünensand bohren.

Obwohl Ruths Pläne wie eine unheilvolle Wolke über der Schäferei hingen, gab es einen anderen Teil ihres Lebens, in dem sie beide vortrefflich ausblenden konnten, dass sie Pläne hatte.

Sie wachte neben ihm auf. Und sie lächelte, als er ebenfalls die Augen aufschlug, sich zu ihr drehte und nach ihrer Hand suchte. »Guten Morgen«, flüsterte er. »Müssen wir schon aufstehen?«

Ein bisschen Zeit hatten sie noch, aber aus einem bisschen wurde schnell ein Zuviel, das sie im Bett vertrödelten, und dann musste Hanno eilig aufspringen. Die Kinder schliefen noch. Erster Ferientag, was für ein Segen. Die Schafe mussten allerdings versorgt werden, ein Frühstück wollte er herrichten. Sie zogen sich hastig an und besprachen den Tag.

»Was machen Leni und Noah heute?«

»Leni geht in die Kita, Noah ist bei den Ferienspielen angemeldet. Die fangen erst um neun an, ich bringe ihn hin, wenn ich Leni zur Kita fahre.«

Ruth schlüpfte in ihre Jeans und ein Langarmshirt, das sah da draußen nach einem eher kühlen, verregneten Inseltag aus. Vermutlich würden heute weniger Kundinnen kommen, und das brächte sie wieder auf ihre Idee mit einem Hofladen in der Mühle, aber sie sprach es nicht noch mal an.

»Hilfst du mir später beim Käse?«, rief Hanno noch aus dem Flur.

»Natürlich«, murmelte sie.

Sie wollte gerade aus dem Schlafzimmer treten, als sie nackte Füße auf dem Holzfußboden hörte. Leni kam verschlafen aus dem Kinderzimmer gewankt. »Was machst du denn hier so früh?«, murmelte sie.

Ruth antwortete nicht. Es gab keine vernünftige Erklärung dafür, oder?

Noah kam ebenfalls aus seinem Zimmer. »Na, sie pennt bei Papa«, klärte er seine kleine Schwester auf. Leni guckte Ruth an und runzelte die Stirn. Verflixt! Sie hatte nicht geplant, es den Kindern schon so bald zu erzählen, und was noch viel wichtiger war: Hanno sollte mit ihnen reden, es waren seine Kinder!

Kurz bekam sie ernsthaft Panik, sie fürchtete neugierige Fragen, Ablehnung, alle möglichen Reaktionen schossen ihr als Möglichkeiten durch den Kopf.

Leni zuckte nur mit den Schultern. »Okay«, sagte sie und schlurfte ins Bad.

Ruth atmete auf. Noah ließ sich aber nicht so schnell abspeisen. Als Siebenjähriger hatte er vielleicht schon eine Ahnung davon, dass Erwachsene, die in einem Bett schliefen, das nicht nur deshalb taten, weil es für beide bequemer war als das Sofa im

Wohnzimmer. Er verschränkte die Arme vor der Brust. »Du bist jetzt aber nicht unsere Mama!« Herausfordernd reckte er das Kinn.

»Keine Angst.« Das zumindest konnte Ruth ihm ohne schlechtes Gewissen versprechen. Denn als Mama war sie gänzlich ungeeignet.

Hanno tauchte am unteren Ende der Treppe auf. Er blickte Ruth an, und sie ging zu ihm. »Hat Noah dich genervt?«

»Er wollte nur nicht, dass ich seine Mama werde. Aber ich konnte ihn beruhigen.«

»Konntest du das, so.« Er wandte sich von ihr ab und riss die Kühlschranktür auf. Die Kaffeemaschine blubberte, auf dem Herd stand ein Topf mit Porridge, das kochte und Blasen warf. Ruth schob sich behutsam an Hanno vorbei und zog den Topf von der Herdplatte. Er knallte Toastbrot, Käse, Wurst, Gemüse auf die Arbeitsplatte, ein Brett folgte ebenso laut. Sie drehte sich überrascht zu ihm um. Seine Kiefermuskeln zuckten.

»Hanno? Alles okay?«, fragte sie.

»Ja, schon gut.« Er riss die Toastpackung auf, warf die Scheiben aufs Brett, riss die Besteckschublade auf. »Alles prima, Hauptsache, du musst nicht – bewahre! – hier als Mutter dienen.«

»Das habe ich doch gar nicht ges…«

»Bloß nicht um die Kinder kümmern!«, unterbrach er sie. Seine Bewegungen waren fahrig, eine Scheibe Toast zerkrümelte unter seinen Fingern. »Darum geht's dir, richtig? Du machst deinen Job, fertig, aus. Das mit uns, das ist nur – ja, was? Freundschaft mit Vorzügen?«

Uff. Sie merkte, wie sich ihr guter alter Widerspruchsgeist meldete, und wenn er nicht Hanno wäre, wenn sie ihn nicht in den vergangenen Wochen liebgewonnen hätte und wüsste, dass er so einige seelische Narben noch mit sich herumschleppte, sie hätte wohl kaum die Ruhe bewahren können. »Hanno … Könntest du mal kurz durchatmen? Mich angucken? Wollen wir darüber reden oder willst du mich nur anranzen?«

Er hielt in der Bewegung inne. Seine Schultern, die er unwillkürlich hochgezogen hatte, sackten nach unten. Stumm legte er das Messer neben das Brett. Seine Finger fegten das Massaker aus Toastkrümeln und Butter zusammen.

»Entschuldige«, murmelte er. »Dass Noah dich nicht als …« Er verstummte, brachte es nicht über sich, »als Mama« zu sagen. Ruth trat zu ihm. Sie legte von hinten die Arme um seinen Oberkörper und schmiegte die Wange an seinen Rücken.

»Ich weiß«, flüsterte sie. »Du glaubst, sie vergessen sie.«

»Nicht mal. Aber ich habe Angst, dass *ich* sie vergesse. Dass ich dieselben Fehler noch mal mache.« Er atmete unter ihrem Ohr, und sie spürte seinen inneren Kampf. »Ich wusste nicht, dass es so schwierig ist. Nach vorne blicken. Eine neue Partnerschaft beginnen, nachdem sie … nicht mehr da ist.«

»Aber hier sind wir«, sagte sie. Ließ ihm Zeit, denn ihre Unsicherheit über den Platz, den sie in diesem Haus einnehmen würde – oder auch nicht –, war vermutlich nichts im Vergleich zu den inneren Kämpfen, die Hanno gerade mit sich ausfocht. Er war nicht nur für sein eigenes Glück verantwortlich. Oder glaubte, dass er das nicht sein dürfe. Dass er auch dafür verantwortlich war, ob Noah und Leni mit seinen sich verändernden Lebensumständen einverstanden waren. Dabei vergaß er sich selbst. Und hatte doch nur Angst davor, dass er eine Partnerin noch mal unglücklich machte.

Schritte auf der Treppe, und Ruth löste sich behutsam von Hanno. Sie streichelte seine Schulter. *Später,* sagte ihre Hand. *Wir reden darüber.*

Noah polterte in die Küche. Sein T-Shirt hing halb aus der Hose, auf der ein Tomatensoßenfleck prangte. Hanno schickte ihn noch mal nach oben.

»Setz dich hin und trink einen Kaffee«, schlug Ruth ihm vor. Sie kümmerte sich um das Buttertoastmassaker, belegte für beide Kinder zwei Scheiben mit Wurst und Käse, dazu Möhrensticks und Weintrauben, und als Hanno noch mal aufstand und aus der Vorratsschublade zwei Schokoladenriegel holte, legte sie auch die dazu. Sie befüllte die Trinkflaschen – pinkes Einhorn für Leni, Dschungelabenteuer für Noah – und packte alles in die Rucksäcke. Dann war Noah wieder da, diesmal mit einer sauberen Hose, aber einem frischen Zahnpastafleck auf dem T-Shirt. Leni hatte sich noch gar nicht angezogen, sie hüpfte im Schlafanzug in der Küche herum und wollte unbedingt von Hanno umgezogen werden.

Ruth atmete erst auf, als Hanno mit den Kindern zwanzig Minuten später aus dem Haus war. Der Tisch war vollgekrümelt, die Anrichte ein kleines Chaos, in der Spüle stapelte sich Geschirr. Irgendwie war der Kater ins Haus gelangt und setzte sich auf die Bank. Er blinzelte, als wollte er sagen: *Was denn? Ich wohne hier!*

Sie ignorierte das Chaos und den Kater, setzte sich auf den Küchenstuhl und biss in ihr Brötchen. Sie hatte noch etwas Zeit, bis ihr Arbeitstag begann.

Zeit, die sie nutzte, um in einer Handy-App Notizen zu machen. Niemand würde das eine Auflistung der ersten Schritte nennen, die sie unternehmen müsste, um ihr Begegnungszentrum in der Mühle Realität werden zu lassen. Nela wusste vielleicht ein paar andere Frauen, die Ruth ansprechen konnte, ob sie auch Kurse leiten wollten. Für sich selbst notierte sie *Spinnen, Weben, Stricken, Färben* auf der Liste. Was die einzelnen Kurse dann beinhalten würden, konnte sie immer noch später festlegen.

Gab es noch ein Zurück für sie?

Nein. Sie würde das durchziehen. Zumindest, bis sich ihr irgendein unüberwindliches Hindernis in den Weg stellte. Aber das, fand Ruth, musste auch erst mal jemand erfinden.

Die zündende Idee kam ihr am nächsten Morgen, noch etwas verschlafen im Bett liegend, während Jonte neben ihr noch schlief. Das war selten genug, normalerweise weckte er sie. Nela lag wach da, hörte auf dem Hof die ersten Geräusche – eine Tür schlug zu, Hanno rief die Hunde zu sich, dann das Blöken der Schafe, die über Nacht hinter dem Stall eingepfercht geblieben waren, das Trappeln der vielen winzigen Hufe, als die Schafe über den Hof liefen. Sie schloss die Augen. Einen Goldesel brauchte Ruth … Startkapital … So wie sie vor zwei Jahren für ihr Geburtshaus. Damals hatte sie sich gewünscht, das Geld möge doch auf Bäumen wachsen, und das hatte es dann tatsächlich getan. Simon hatte die Umschläge in die Obstbäume hinter Nelas Elternhaus gehängt. Letztlich hatte sie das Geld nicht gebraucht, und sie hatten einmütig beschlossen, es gut zu verwahren, bis eine andere Frau eine Anschubfinanzierung brauchte.

Wenn der Moment nicht jetzt gekommen war – wann dann? Nela vertraute Ruth. Sie wusste, was ihre Freundin anpackte, gelang ihr auch. Die Pläne waren noch etwas unausgegoren, sie sprach von einer Genossenschaft, von Beteiligung anderer Kursanbieter. Sie war überzeugt, dass daraus etwas Tolles werden konnte. Ein Ort, der Norderney bereicherte.

Nela wäre am liebsten sofort aufgesprungen, um das Geld zu holen, aber nun wurde Jonte wach. Sie vertagte also dieses Thema. Zumal sie erst noch mit Simon darüber sprechen musste. Es war streng genommen sein Geld, und sie wollte nicht einfach darüber verfügen, ohne das vorher mit ihm geklärt zu haben.

Sie schrieb ihm eine Nachricht. *Wollen wir uns heute Mittag zum Essen treffen? Ich habe eine Idee für das Geld in den Bäumen!*

Seine Antwort folgte prompt. *Hat es was mit deiner Freundin Ruth und der alten Mühle von Onkel Christian zu tun? Kann's kaum erwarten, dass du mehr erzählst! Um 12 zu Hause? Ich koche! XXX, Simon*

Zugegeben – dumm war er nicht. Hatte er doch direkt die richtigen Schlüsse gezogen. Nela lächelte, denn seine Nachricht sprühte nur so vor Energie.

Ihr Handy piepste noch mal.

Ich hoffe, ihr habt gut geschlafen! Ohne euch ist es grässlich hier.

Sie schrieben ein wenig hin und her, Nela schickte ihm ein Foto von Jonte, der im Bett saß und zufrieden grinste. Vermutlich hatte er gerade die Windel vollgedrückt. Irgendwas war ja immer. Nela legte das Handy weg. Sie wickelte Jonte, zog ihn für den Tag an, machte ihnen Frühstück. Als sie ihre Sachen packte, kam Ruth herein. Sie umarmten sich zum Abschied.

»Danke, dass ich hier sein durfte«, sagte Nela.

»Danke, dass ich dir helfen konnte. Du hast dasselbe ja für mich getan.«

»Immer.«

Sie lächelten einander an, und als Nela kurz darauf den Dünenweg entlanglief, lächelte sie immer noch. Wie gut es tat, Freundinnen wie Ruth zu haben. Kolleginnen wie Edith und Greta. Sie achteten aufeinander, und das war eine Gemeinschaft im bestmöglichen Sinne.

Insgeheim freute sie sich schon auf den Moment, wenn sie Ruth das Geld in die Hand drückte. *Hier, erfüll dir deinen Traum. Und wenn du das Geld nicht mehr brauchst, gibst du es mir zurück, damit ich es der nächsten Frau geben kann, die etwas erreichen will. Wir unterstützen einander, Schwester. Immer.*

Kapitel 19

Simon war sofort einverstanden, als Nela ihm beim Mittagessen von Ruths Idee erzählte. Nicht nur das, er war Feuer und Flamme. »Klar kriegt sie das Geld! Soll ich Onkel Christian mal ein bisschen Dampf unterm Hintern machen, dass er die Renovierung anstößt?«

»Würde es was helfen?« Nela war so begeistert von Ruths Idee, ihr war im Grunde jedes Mittel recht, um ihre Freundin zu unterstützen.

»Klar. Er ist halt ein alter Hagestolz, der meint, die Welt sei nur dann geordnet, wenn Frauen sich nicht im Geschäftlichen umtun. Und wenn, bitte nur mit Unterstützung von Männern.«

»Du liebe Güte«, murmelte Nela. Fast wäre ihr bei so viel Reaktionismus der Appetit vergangen. Sie stocherte in den mit Hirse gefüllten Paprika herum.

»Schmeckt es nicht?«, erkundigte sich Simon besorgt. »Ich habe das Rezept extra rausgesucht, weil du Hirse magst. Zu wenig Feta?«

»Nein, alles bestens. Ich dachte nur an Onkel Christians antiquierte Haltung.«

»Na, lass ihn. Wir können ihn ja austricksen. Möchtest du noch Salat?«

Nela nickte. Sie musste sich die Bemerkung verkneifen, wie lecker es schmeckte, denn dann wäre Simon beleidigt gewesen, weil er garantiert das Erstaunen herausgehört hätte. Simon kochte wirklich lecker! Er machte es nur zu selten. Er schob ihr die Salatschüssel über den Tisch. Etwas linkisch, denn heute saß Jonte auf seinem Schoß und nicht neben ihr. Simon und sein Sohn hatten fröhlich Wiedersehen gefeiert, als Nela vorhin mit dem Baby auf der Hüfte durch die Küchentür kam – mit kleinen Juchzern auf Simons Seite und einem gebrabbelten »bababa!« auf Jontes Seite. Simon hatte sogleich beschlossen, das ginge ja wohl als erstes »Papa!« durch, und hatte es sich nicht nehmen lassen, Jonte auf den Arm zu nehmen und einhändig am Herd zu hantieren.

Warum nicht gleich so?, hätte Nela ihn am liebsten gefragt. Er sollte sich doch einbringen wollen, es war auch seine Familie. Aber sie ahnte, warum Simon noch viel mehr mit seiner neuen Rolle als Vater kämpfte als sie mit ihrer als Mutter. Und das war keine billige Entschuldigung, sondern Fakt: Er war einfach davon ausgegangen, dass das Häusliche ihre Domäne sein würde.

Und sie doch auch! Neun Monate hatte sie versucht, das Häusliche neben der Babypflege hauptsächlich allein zu regeln, und wenn sie mal erwähnte, dass Simon »im Haushalt half«, hatten ihre Freundinnen sie beglückwünscht. Nur Sirja nicht. Sirja hatte dann die Augenbrauen hochgezogen und leicht spöttisch angemerkt: »Ach so, er *hilft* dir. Es ist genauso sehr sein Haushalt wie deiner. Sein Kind wie deins.«

Wie machten Sirja und Thore das? Nela wollte sie fragen. Sie musste sie ohnehin noch ansprechen, weil Ruth für ihr kleines Retreat eine Yogalehrerin suchte und Nela ihr versprochen hatte, den Kontakt zu vermitteln.

»Wie geht es dir?«, fragte Simon. Holte sie ganz sanft aus ihren Gedanken heraus. »Besser?«

»Weiß nicht«, gab sie ehrlich zu. »Wie können wir unser Zusammenleben so gestalten, dass nicht einer von uns irgendwann auf dem Zahnfleisch geht und der andere Ausflüchte sucht, um nachts nicht daheim zu sein?«

»Darüber habe ich nachgedacht.« Er fütterte Jonte mit der Hirse, und der Kleine klatschte begeistert in die Hände. Schmeckte wohl. »Du arbeitest aktuell dreißig Stunden plus Rufbereitschaft, richtig?«

»Fünfundzwanzig Stunden plus Bereitschaft.«

»Okay.«

Zum Glück hatten sie als Team selten mehr als fünf oder sechs Geburten im Monat zu betreuen, und sie teilte sich die Nächte mit Rufbereitschaft fair mit Greta und Edith. Wobei fair eben hieß, dass Greta und Edith noch eine Nacht zusätzlich pro Monat übernahmen.

»Ich habe mir überlegt, dass ich meine Arbeitszeit anpasse, solange Jonte noch so klein ist. Wir sind uns ja einig, dass er erst nächsten Sommer in die Kita kommt.«

»Anpassen? Wie stellst du dir das vor?« Nela verkrampfte sich.

»Dass ich weniger arbeite. Zumindest weniger in der Apotheke. Es gibt darüber hinaus genug zu tun, das ich abends machen könnte, wenn er schläft. Und dann bin ich täglich eben für vier bis sechs Stunden drüben und den Rest der Zeit hier. Bei euch. Du könntest deine Termine vormittags oder nachmittags besser ohne Jonte auf dem Schoß absolvieren. Ich merke ja, dass er nicht mehr so friedlich ist oder viel schläft wie zu Anfang.«

»Das würdest du tun.« Sie merkte, wie sie sich entspannte. Sie wusste auch gar nicht, womit sie gerechnet hatte. Dass er ihr erklärte, sie müsse sich nur besser organisieren, dann bekomme sie das schon hin? Oder dass er meinte, er habe das Haus ja auch in einer Nacht komplett geputzt, da müsse sie sich eben mehr anstrengen?

Das hier jedenfalls war eine überraschende Wendung.

»Ich müsste eine weitere Apothekerin einstellen. Das hatte ich sowieso geplant, habe es aber immer wieder vor mir hergeschoben, weil ich dachte, es geht doch auch so und ist zu teuer. Ich kann mich selbst hinter den Tresen stellen. Nee, es geht eben nicht. Du bist erschöpft. Ich will dich nicht damit allein lassen. Wir wollten das hier. Gemeinsam.«

»Und wie stellst du dir die Umsetzung vor?«

»Ich richte meinen Arbeitsplan nach deinem aus. In der Apotheke kann ich dann den Plan nach meinen Möglichkeiten stricken. Aktuell habe ich ja eine Apothekerin. Ines arbeitet lieber morgens als nachmittags, sie hat ein zwölfjähriges Kind. Oder ist der schon vierzehn? Als ich ihn letztes Mal gesehen habe, reichte er mir schon fast bis an die Schulter. Also, du kannst morgens die Vorsorgen machen, ich gehe ab mittags in die Apotheke. Abends bringe ich mir Arbeit mit, es gibt im Büro immer genug zu tun. Und wir müssen uns auch bei der abendlichen Einschlafbegleitung abwechseln. Also richtig abwechseln. Damit du auch mal 'ne Pause hast.«

Nela schluckte. Sie wusste nicht, was sie sagen sollte. Es war im Grunde so, wie sie es sich immer gewünscht hätte. Und wie es sich in der Realität nicht hatte umsetzen lassen, weil ja doch bei Simon oder ihr immer wieder etwas dazwischenkam.

»Du meinst, wir schaffen das?«

»Na, das müssen wir. Ich will glücklich bleiben. Das mit dir, das ist doch nicht für ein paar Monate oder Jahre. Das mit uns, das soll für immer sein.«

Jonte grinste und ließ die unteren Schneidezähne aufblitzen. Er matschte in der Hirse auf Simons Teller herum und war zunehmend begeistert vom quatschigen Gefühl an den Händen, die er sich abwechselnd in den Mund steckte und dann genüsslich »mhmmm!« machte. Nela umfasste ihren Kaffeebecher und musste schnell einen Schluck nehmen. So deutlich hatte Simon selten über seine Gefühle gesprochen.

»Was denkst du? Schaffen wir das? Wir haben es ja schon versucht, und dann habe ich mich davongestohlen. Könnte es also verstehen, wenn du mich zum Teufel jagst. Verdient habe ich es.« Er versuchte ein halbes Lächeln, das seine Grübchen in den Wangen aufblitzen ließ. Nela seufzte. Sie hätte so viel zu sagen, aber alles fühlte sich so an, als wollte sie nachtreten.

Lag gar nicht in ihrer Absicht.

Also versuchte sie es diplomatisch. »Ich glaube«, sagte sie langsam, »es wird dauern. Wir sind beide mit der klassischen Rollenverteilung aufgewachsen, wo der Mann der Haupternährer ist und die Frau allerhöchstens was dazuverdient.« Wobei ihre Mutter Trudi mit den Ferienwohnungen schon ordentlich was erwirtschaftet hatte. Da musste sie sich hinter ihrem Mann Hinnerk nicht verstecken. Nela war es ein Rätsel, wie ihre Mutter das geschafft hatte. Zusätzlich musste sie sich ja zum Ende hin auch um Omama Almas Rumkuchensucht kümmern und ihre beiden Töchter betüddeln. Nela hatte Respekt vor dieser Leistung, seit sie den Spagat zwischen Arbeit und Care-Arbeit versuchte. »Und das heißt auch, dass wir *beide* allzu rasch in alte Muster zurückfallen. Du lehnst dich entspannt zurück, weil's ja läuft – und ich *sorge* dafür, dass es läuft, weil mir das immer suggeriert wurde. Care-Arbeit ist Frauensache. Muss sie aber nicht sein. Care-Arbeit geht alle an.«

»Wir überlegen uns was. Wir müssen gnädig mit uns sein.«

»Solange wir einander nicht anlügen, um 'ne Nacht lang ruhig zu schlafen …«, murmelte Nela.

»Das wirst du mir jetzt ewig aufs Butterbrot schmieren, oder?«

Sie lachte. Inzwischen *konnte* sie sogar darüber lachen, denn sie hatte sich vorgestellt, wie sie selbst es gemacht hätte, wenn sich ihr diese Gelegenheit geboten hätte. Wahrscheinlich hätte sie sie genutzt.

»Wie Thore und ich das mit der gleichberechtigten Partnerschaft hinbekommen? Witzig, dass du fragst. Gar nicht bekommen wir das hin.« Sirja verzog das Gesicht. »Jedenfalls nicht, wenn wir nicht regelmäßig miteinander reden.«

»Das haben wir versucht. Also Wochenpläne. Was dazu geführt hat, dass Simon nicht existierende Nachtdienste darin vermerkt hat.«

»Und du bist ihm draufgekommen. Autsch.« Sirja beugte sich zu Fiete hinunter, der mit Jonte auf dem Boden saß und konzentriert versuchte, einen Turm aus Bauklötzen zu bauen. Sie saßen in dem kleineren Kursraum vom Storchennest, den Nela auch gern nutzte, wenn sie Vorsorgen machte und das Geburtszimmer besetzt war. Die hellrosa Wände, der dunkle Holzfußboden und die cremefarbenen Massivholzmöbel schufen eine heimelige Atmosphäre. Oft wurden auf den Matten auch die Babykurse abgehalten oder Sirjas Yogastunden. Sie hatten sich mit einem Becher Tee und einer Kiste Spielzeug hierher verzogen. Bis zu Sirjas nächstem Kurs hatten sie eine halbe Stunde Pause. Die beiden Jungen spielten einträchtig nebeneinander, wie es typisch war für ein Baby und ein Kleinkind.

»Und nun bist du zurück bei ihm, aber ihr wollt alles ganz anders machen?«

Nela nickte. Ihr wurde etwas beklommen zumute, denn Sirja machte auf sie nicht den Eindruck, als wäre sie gerade gut auf Thore zu sprechen. Thore war Nelas ältester Freund, und als Surflehrer hatte er vor allem im Sommer viel zu tun. Im Winter hingegen hatte er viel Freizeit. Bald war August. Kein Wunder, dass Sirja nach der Hälfte des Sommers auf dem Zahnfleisch ging.

»Weißt du, es ist schön und gut, wenn Partner gleichberechtigt die Sorgearbeit aufteilen«, sagte Sirja leise. »Aber eins wirst du *nie* aus den Köpfen kriegen. Weder aus deinem noch aus dem von Simon oder – bewahre! – der Gesellschaft.«

»Und das wäre?«

»Kein Penis, keine Medaille.«

Nela prustete in ihren Tee. »Den Spruch kannte ich noch nicht.«

»Aber jede Frau weiß sofort Bescheid. Es ist egal, wie viel du machst. Sobald er nur einen Finger rührt, wird er auf einen Sockel gestellt. Vor allem von seiner Mutter.« Sirja runzelte die Stirn.

»Oje.« Nela kannte Thores Mutter von früher. Bisher hatte sie gedacht, Femke sei auch eine eher moderne Mutter.

»Ist sie auch«, erklärte Sirja, als Nela nachfragte. »Aber trotzdem hebt sie sowohl Thore als auch ihren Mann Paul für jeden Handschlag auf einen Sockel. Das wäre ja nicht selbstverständlich. Paul saugt bei ihnen Staub, ›obwohl er Vollzeit arbeitet‹, weißt du? Da kriege ich ein Hörnchen, wenn ich so was höre. Sie arbeitet auch dreißig Stunden pro Woche in der Parfümerie. Und macht zu Hause den Rest. Und Paul kriegt den Orden? Wofür? Weil er ein Mann ist? Und bei Thore versucht sie auch ständig, mir zu erzählen, wie dankbar ich sein könnte, weil er so viel macht. Thore hört sich das an, und obwohl wir uns einig sind, wie wir die Dinge regeln wollen, versucht er jetzt, seinen Anteil kleiner zu diskutieren. Menno!«

»Da hilft wohl nur – mehr arbeiten als er. Damit du ein gutes Argument hast, weshalb er zu Hause bleibt. Ohne Medaille.«

»Würde ich ja gern, aber zumindest im Sommer ist es schwer. Nächstes Jahr wird's leichter, dann geht Fiete in die Kita.«

»Dann habe ich was für dich.« Nela erzählte ihr von Ruths Plänen. Sirja war sofort Feuer und Flamme.

»Das klingt großartig! Bitte, ich will unbedingt mitmachen! Ich hab so viele Kursideen, aber im Geburtshaus ist der Personenkreis ja eher eingeschränkt.«

»Dann ruf sie an. Und wenn dir noch jemand einfällt, kannst du ihr das gern sagen. Ich glaube, je breiter das Kursangebot zu Anfang ist, umso besser.«

Nela war zufrieden mit dem, was sie erreicht hatte. Am liebsten wollte sie Ruth persönlich davon erzählen – und ihr das Geld geben. *Hast du Zeit?*, schrieb sie ihr.

Aber Ruth, die sonst immer auf jeden Pieps und jedes Brummen ihres kleinen Weltverbindungskästchens reagierte, meldete sich nicht. Es war, als hätte die Insel sie verschluckt und wieder ausgespuckt. Nur wusste niemand, wo sie steckte.

Kapitel 20

Am Meer stehen.

Atmen.

Die Schultern ganz bewusst nach unten sinken lassen, weil sie die unwillkürlich immer wieder hochzog. Tränen von den Wangen wischen. Der Wind biss kalt in ihren Augenwinkeln, das Salz sammelte sich dort wie kleine Krusten.

Bloß nicht weinen.

Neruda verbellte die Möwen. Ruth lief langsam zur Wasserkante. Sie streifte ihre Sneaker von den Füßen, stopfte die Socken hinein und krempelte die Hosenbeine der Jeans hoch. Simple Handbewegungen, die sie durchführte, ohne nachzudenken. Als würde sie jeden Morgen allein ans Meer gehen, um ihren Frust und ihre Verzweiflung in die Wellen zu tragen. Und weiter atmen.

Gar nicht so leicht, wenn man vor Müdigkeit fror. Wenn man die ganze Nacht wach auf der Terrasse gesessen und gegrübelt hatte. Die Kälte war immer mehr in ihre Knochen gezogen. Feucht und kühl waren die Abende auf Norderney, diese Sommernacht sogar besonders frisch. Als es anfing zu regnen, flüchtete sie in ihre Wohnung, die sie wieder für sich hatte. Neruda schlief irgendwann zu ihren Füßen ein, aber sie saß auf dem Sessel und grübelte.

Warum konnte sie nicht schlafen? Wieso musste sie alles zerdenken? Und weshalb konnte Hanno ihr nicht zugestehen, dass sie weiterhin für sich entscheiden und nicht von seinen Überlegungen getrieben werden wollte?

Es hatte so schön angefangen. Wie im Märchen. Sie waren einander begegnet und hatten sich verliebt. Sie arbeiteten tagsüber Hand in Hand, und nachts fanden sie zu wenig Schlaf. Aus den guten, richtigen Gründen aber. Weil die Sehnsucht nach der Nähe des anderen die Müdigkeit vertrieb und sie auch tagsüber wacher war als in all den Monaten davor. Ruth aber hatte zwei Fehler begangen, das begriff sie nun.

Sie hatte in seinen Sachen gewühlt. In dem Anbau, wo er die Sachen seiner verstorbenen Frau Saskia verwahrte. Okay, das sah sie ein. Die Trauer war noch relativ frisch, und sie respektierte das. Es tat ihr leid, sie hatte sich entschuldigt. Sie war eben nicht Saskia, sondern Ruth.

So weit verständlich.

Aber nun waren sie erst wenige Tage zusammen, alles war so frisch und neu für sie. Und Ruth wusste gar nicht, wohin das führen sollte. Sie ging sogar noch weiter und würde sagen: Die Tatsache, dass Hanno nicht allein war, sondern zwei Kinder hatte – kleine Kinder, die noch über ein Jahrzehnt mit ihm zusammenleben würden –, jagte ihr große Angst ein. Kinder und sie, das passte nicht. Und das nicht nur, weil sie sich so früh gegen Kinder entschieden hatte, sondern auch, weil sie Raum und Zeit für sich brauchte. Aber da waren die beiden … Kröten, so nannte sie Noah und Leni in Gedanken gern. Und sie mochte Noah und Leni. Er redete manchmal so viel komisches, verrücktes Zeug, dass sie nicht wusste, ob er ein kleiner Münchhausen war oder nur eine blühende Fantasie hatte. Leni hingegen war sehr in sich gekehrt und suchte auch Ruths Nähe, weil sie ein großes Kuschelbedürfnis hatte. Beide waren kleine Persönlichkeiten mit Vorlieben. So hatte Ruth nie über Kinder nachgedacht. Eine neue Perspektive eröffnete sich ihr.

Sie lief langsam aufs Wasser zu. Die Wellen waren an diesem Strandabschnitt gerade ganz sanft. Kühl und zärtlich strichen sie über Ruths Zehen. Sie ging so weit hinein, bis das Wasser ihr halb bis zu den Waden reichte. Neruda rannte bellend an der

Wasserkante auf und ab. So ausgelassen hatte sie ihn selten erlebt. Er liebte das Meer so sehr wie sie.

Wir könnten hier heimisch werden. Ich eröffne das Kurszentrum in der alten Mühle, suche mir eine neue Bleibe … Wieder musste sie tief durchatmen, gegen den Schmerz, der ihr fast das Herz zerriss. Nachdem sie in München keinen Platz für sich gefunden hatte, neben dem Storchennest keine Ruhe fand und in der Inselschäferei kurz geglaubt hatte, dies sei nun ihr Platz für die kommenden Wochen, musste sie schon wieder umdenken. Sich neu orientieren.

Es hatte ganz harmlos begonnen. Damit, dass sie die Kinder ins Bett brachte, weil Hanno nicht da war. Sie hatte sich um ihn gesorgt, dabei war er nur bei den Schafen. Konnte ja vorkommen, und vermutlich hätte ihn dieses Problem ohne sie vor unüberwindliche Schwierigkeiten gestellt. Dass Noah und Leni am nächsten Abend auch von Ruth ins Bett gebracht werden wollten – okay. Weil das gut klappte, hatte sie sich nicht daran gestört. Es fühlte sich etwas merkwürdig an, sie war nicht als Kindermädchen eingestellt worden, bewahre!

Gestern Abend dann kam wieder von Leni und Noah die Bitte, Ruth möge sie ins Bett bringen. Da hatte Ruth sich geweigert. Sie hatte Hanno angesehen und gesagt: »Ich möchte das nicht.«

Er hatte sie angestarrt, als wäre ihr in diesem Moment ein zweiter Kopf gewachsen. Oder als hätte sie eine hässliche Seite an sich offenbart, die ihn so sehr abstieß, dass er sich keinen Moment länger mit ihr in einem Raum aufhalten wollte. Ohne sie aus den Augen zu lassen, nahm er Leni auf den Arm und legte Noah die freie Hand auf die Schulter. »Heute bringe ich euch ins Bett. Wir lesen eine Geschichte extra«, hatte er versucht, die Situation zu retten. Leni jammerte ein wenig, aber schließlich fügten sich die Kinder. Ruth räumte die Küche und das Wohnzimmer auf, während Hanno oben die Kinder bettfertig machte und ihnen vorlas. Als er nach unten kam, saß Ruth auf dem Sofa.

Hanno seufzte. Er setzte sich auf den Sessel, stützte die Ellbogen auf die Knie und sah sie von der Seite an.

»Was ist?«, fragte sie, denn irgendwas war ja, sonst würde er sie nicht so angucken.

»Ich dachte, das mit uns …« Er verstummte. »Ich dachte, du und ich, das könnte was Ernstes werden. Ich mag dich, Ruth. Wirklich.«

»Aber …?« Sie setzte sich gerade hin und zog die Sofadecke über ihre Knie. Neruda merkte, dass irgendwas nicht stimmte zwischen den Menschen, sprang auf und schaute zwischen Ruth und Hanno hin und her.

»Aber du lehnst meine Kinder ab. Das kann ich nicht hinnehmen.«

Sprachlos starrte sie ihn an.

»Sie mögen dich so gern, und du hast nichts Besseres zu tun, als sie von dir zu stoßen. Keine Ahnung, ob du Gründe dafür hast. Aber es ist schon auffällig, wie wenig Interesse du an ihnen zeigst.«

Es verschlug ihr vollends die Sprache. Aber zum Glück musste sie auch gar nichts sagen, denn Hanno sprach weiter.

»Weißt du … sie haben echt eine Menge durchgemacht, so ohne Mutter. Sie fehlt ihnen, wird sie immer tun. Und ich erwarte gar nicht, dass du ihnen Saskia ersetzt. Das kann niemand.«

Ruth schloss für einen Moment die Augen. *Halt den Mund,* hätte sie ihn am liebsten angefaucht. *Hör auf damit. Du bist selbst noch so sehr in deiner Trauer gefangen, du siehst gar nicht, wie sehr du ihnen und mir damit unrecht tust. Lass mir doch mein eigenes Tempo mit ihnen. Ich brauchte eine Pause davon, sie allabendlich ins Bett zu bringen, und sofort ziehst du unsere Beziehung in Zweifel? Meinen Umgang mit ihnen? Wer ist hier eigentlich kaputt?*

Aber sie hielt den Mund. Spürte wohl: Er war weit davon entfernt, wieder heil zu sein. Dass er mit ihr darüber redete, war ein Anfang. Auch wenn sie dabei nicht gut wegkam.

»Aber du könntest wenigstens versuchen, dich einzubringen. Sie bauen dir gerade Brücken. Weil sie dich als Teil ihrer Familie annehmen wollen. Und du? Lässt sie abblitzen. Weil du keine Lust hast.«

»Es ging nicht um keine Lust«, widersprach sie heftig. Jetzt reichte es aber mal. Sie musste sich nicht alles von ihm anhören.

»Ach, nicht? Worum denn dann?«

»Hanno … du musst dich mal entscheiden.«

Er schüttelte den Kopf, weil er ihre Worte nicht verstand. Oder wenn er sie verstand, einen falschen Sinn in sie legte. »Was denn, zwischen dir und den Kindern?«

»Himmel, nein. Niemals. Ob ich deine tote Frau ersetzen soll oder nicht. Erst werde ich niedergemacht, weil ich in dem Schuppen ihre alten Sachen finde. Damit einen wunden Punkt berühre. Okay, verstehe ich. Sind ihre Sachen. Kapiert. Andererseits soll ich aber schon die Ersatzmama spielen, am besten ab Tag eins. Dabei wissen wir nicht, ob das, was wir füreinander sind, auch nur fünf Meter weit reicht. Oder ob wir uns schon nächste Woche so verkrachen, dass ich weggehe. Ich wünsche mir das nicht, aber du trägst einiges mit dir rum, und ich bin auch nicht so komplett ohne Schäden durch die ersten knapp vier Lebensjahrzehnte gerutscht.«

»Warum streitet ihr?«

Ruth und Hanno blickten auf. Sie hatten gar nicht gemerkt, dass Noah die Treppe runtergekommen war und nun in seinem Drachenretter-Schlafi in der Wohnzimmertür stand.

»Hey, Großer. Haben wir dich geweckt?« Über die Schulter warf Hanno einen Blick in Ruths Richtung, der bestimmt das Zeug hatte zu töten.

»Ich hab noch Durst.«

»Na komm, wir holen dir ein Glas Wasser.«

Die beiden verschwanden in Richtung Küche. Ruth zog die

Knie an und umarmte ihre Beine. Auf einmal fühlte sie sich unendlich müde von dieser endlosen Diskussion, die sich gerade für sie und Hanno auftat. Es ging um Grundsätzliches, ja. Und das war sicher wichtig. Zerstörte zugleich aber diese Leichtigkeit, die sie zu Beginn einer Beziehung so sehr liebte.

Hanno begleitete Noah wieder nach oben. Als er zehn Minuten später zurückkam, schloss er die Wohnzimmertür hinter sich. Ruth fröstelte.

»So«, sagte er, »da wären wir.«

»Da wären wir.« Sie schluckte. Gehen oder bleiben? Diese Frage drängte sich ihr tatsächlich auf. Sie hatte sogar schon übers Gehen gesprochen, als wäre es für sie eine ernsthafte Option.

»Ich merke, dass es dir zu viel wird. Ist das so?«

Ruth schwieg lange. Ihre Antwort war wichtig. »Es ist sehr viel«, sagte sie vorsichtig, »aber …«

»Okay. Dann müssen wir nicht weiterreden.«

Sie blickte hoch. Hanno stand auf, räumte sein Glas weg und machte sich bereit, ins Bett zu gehen.

»Was stimmt denn nicht mit dir?«, wollte sie wissen.

»Was mit mir nicht stimmt? Das fragst du mich ernsthaft? Du lebst und arbeitest seit Wochen auf meinem Hof. Du kennst mein Leben. Wir verlieben uns ineinander. Zumindest will ich glauben, dass für dich auch Gefühle mit reinspielen, denn wenn das nicht so wäre …«

Ruth stand langsam auf. Auch sie musste jetzt gegen das aufwallende Gefühl ankämpfen, das sich in ihr breitmachte. Sie wollte einfach nicht glauben, was er sagte. Wie er das sagte, vor allem.

»Wenn das nicht so wäre …? Sprich ruhig weiter.« Sie verschränkte die Arme vor der Brust. Wappnete sich für seinen Angriff.

Der nicht kam. Hanno zuckte mit den Schultern. »Dann suche ich wohl 'ne andere Aushilfe. Mehr wollte ich gar nicht sagen.«

»Weil ich nicht in Begeisterungsstürme ausbreche, dass du eben Familie hast, setzt du mich vor die Tür?«

»Das hast du jetzt da reininterpretiert. Aber – ja.«

»Weil ich dir zu unbequem werde.«

»Ruth …«

»Nein, Hanno. Lass mich bitte ausreden, okay? Ich mag dich so sehr, und ich gebe mir Mühe. Mit den Kindern auch. Du siehst es vielleicht nicht, aber ja, ich mache das alles für euch. Ich strenge mich richtig an. Du siehst nur die Momente, wo ich versuche, mich zu schützen, und erklärst mir, das ginge so nicht. Und da ist die Tür, denn wie soll das funktionieren, wenn ich dich nicht so annehme, wie du bist, mit deinen Kindern? Aber wie soll es dann *auch* funktionieren, wenn du *mich* nicht so annimmst, wie ich bin? Mit all meinen Fehlern und Schwächen. Damit, dass ich um die Zuneigung zu deinen Kindern kämpfen muss, tief in mir drin. Ich will das hier. Alles. Aber es braucht doch Zeit? Bisher habe ich immer gesagt: Kinder? Nicht mit mir. Klar, das Schicksal überlegt sich dann: Wäre doch mal toll, mich in eine Situation zu bringen, in der ich damit konfrontiert werde.«

Atemlos hielt sie inne.

Hanno öffnete den Mund, als wollte er etwas sagen. Ruth wollte nur nichts mehr hören. Es war egal, was er zu sagen hatte. Sie gab Neruda ein Zeichen, ging an Hanno vorbei aus dem Wohnzimmer und zog die Haustür leise hinter sich ins Schloss.

Sie wollte sich irgendwo verkriechen. Aber eben nicht in ihrer kleinen Wohnung. Sie fürchtete, Hanno könnte sie dort aufsuchen. Manchmal machte man so irrationale Dinge. Außerdem hatte er sie, wenn auch nur in einem Nebensatz, rausgeworfen, und sie war fest entschlossen, seine Kündigung ernst zu nehmen. Er wollte sie nicht mehr hier haben? Dann ging sie eben.

Ihre Sachen waren schnell gepackt. Es hatte eben Vorteile, die letzten beiden Jahre unterwegs gewesen zu sein – man hat schnell alles zusammengepackt und kann direkt weiterziehen. Keine Viertelstunde später lief sie mit Neruda an der Schleppleine, Trekkingrucksack auf dem Rücken und Reisetasche über der Schulter ein letztes Mal quer über den Hof. Sie warf den Schlüssel für die Wohnung in den Briefkasten und schaute nicht zurück.

Nur: Wohin? Ins Storchennest zog sie nichts, und sie wusste auch nicht, ob Nela noch wach war oder bei einer Geburt. Darum lenkte sie ihre Schritte erst mal Richtung alte Mühle. Noch war sie sich mit Christian Rodenbrock nicht einig, es war also nicht *ihre* Mühle. Aber der Ort zog sie an. Nicht nur, weil sie dort ihre Zukunft sah.

Zum Glück brannte noch Licht, und als sie an ein Sprossenfenster trat und klopfte, blickte Will von der Leinwand auf, die vor ihm auf der Staffelei stand. Er erkannte sie, und ein Lächeln glitt über sein Gesicht. Er deutete zur Tür und öffnete ihr.

»Das nenne ich eine Überraschung.« Sein Blick erfasste ihr Gepäck und Neruda, der sich brav neben sie setzte. »Bleibt ihr länger?«

»Wenn du Platz für uns hast?«

Und so zog Ruth in die Mühle zu Will. Sie hielten gemeinsam das Haus warm, während sie wartete, dass Simons Onkel sich dafür entschied, dauerhaft an sie zu vermieten.

Will hatte nur ein Bett, aber das sei kein Problem, meinte er. »Ich schlaf auf dem Fußboden, hab noch 'ne Isoluftmatratze irgendwo hier.«

Irgendwo hier, damit meinte er die kleine Wohnung unterm Dach mit altem Badezimmer und einem noch älteren Herd, auf den man nach dem Kochen wieder den Deckel legte. Ruth lachte, und sie staunte. Aber das Staunen verging ihr, als er auftischte, denn nach dem langen Weg hatte sie Hunger, und er hatte übers Malen wieder mal das Essen vergessen, obwohl alles vorbereitet war. Selbst gemachte Gnocchi mit Salbeibutter und Parmesan. Er trug Ruth auf, vor dem Herd auf das Kochwasser aufzupassen, während er am alten Tisch stand und die kleinen Gnocchi über eine Gabel rollte.

Sie hatte selten so was Gutes gegessen.

Und als er eine Flasche Wein öffnete und sie ihm erklärte, sie trinke keinen Alkohol, kommentierte er das auf die ihr vertraut ungläubige Art. »Wieso denn nicht?« Er war beinahe entsetzt.

»Weil ich nicht will?«

»Ach. Bist du krank?«

»Nein …?« Sie musste schmunzeln, wusste sie doch, was als Nächstes kam.

»Schwanger!«

»Nein!«

»Dann verstehe ich es nicht.«

Natürlich verstand er es nicht, aber das erwartete sie auch nicht von ihm. Niemand verstand es.

Außer Hanno.

Still, Köpfchen, schalt sie sich selbst. Sie wollte nicht Hanno mit anderen Menschen vergleichen, schon gar nicht mit anderen Männern, die immerhin so galant waren, ihr das Bett zu überlassen und im Nebenraum auf dem Fußboden zu schlafen.

In dieser ersten Nacht in der Mühle schlief Ruth denkbar schlecht. Immer wieder ging sie in Gedanken ihr Gespräch mit Hanno durch. Wo war der Streit gekippt? An welchem Punkt konnten sie beide nicht mehr zurück? Sie wusste es nicht. Was sie wusste: Das war vorbei.

Die Schafe vermisste sie auch schon. Hottel und Luise ebenfalls, und irgendwie auch die Kinder. Aber wenn Hanno ein Politikum daraus machen wollte, weil sie sich nicht nahtlos als Ersatzmutter einfügte, dann konnte sie eben nicht dabei sein.

Am Morgen stand sie früh auf. Will schnarchte nebenan. Sie

nahm Neruda mit nach draußen und machte sich auf den Weg ans Meer. Vielleicht hatte das ja ein paar Antworten für sie.

Und hier stand sie nun, die Füße im Wasser, allein mit ihren Gedanken. Das Meer verhielt sich neutral. Es kühlte ihre Füße, es sandte ein eisiges Schauern bis in ihren Schädel, und sie schloss die Augen.

Was zählt im Leben?

Herz zählt.

Aber was, wenn *ihr* Herz nicht zählte?

Dann gab es nur eine Person, die auf Ruths Herz hörte. Und das war sie selbst. Vieles war ja denkbar gewesen mit Hanno. Möglich. Aber eben nicht, dass sie ab Tag drei alles aufgab, was sie vorher ausgezeichnet hatte. Das schaffte bei ihr keine noch so große Verliebtheit.

Sie hatte sich entschieden. Und das Herz wurde ihr ein wenig leichter, als sie zurück zum Strand ging und Neruda zu sich rief. Sie würde sich nun mit voller Kraft ihrem neuen Projekt widmen. Das Kurshaus in der Mühle. Ein Ort für alle Menschen, der jede und jeden willkommen hieß. Im Kopf hatte sie schon eine genaue Aufteilung der Räumlichkeiten vorgenommen. Jetzt brauchte es nur noch das Ja von Christian Rodenbrock und ein bisschen Glück, damit sie diesen Traum finanzieren konnte.

Als sie zur Mühle zurückkam, stand die Eingangstür weit offen, und aus dem Atelier, das Will wieder mit Leinwänden, Farbtuben und Pinselgläsern vollgestellt hatte, hörte sie seinen wohlklingenden Bariton, wie er sich an modernen Popliedern versuchte. Ruth befahl Neruda, sich neben die Tür zu legen, und ging hinein.

»Da ist ja meine Muse!« Will streifte einen Pinsel am Tuch ab, legte Palette und Pinsel hin, warf sich den buntscheckigen Lappen über die Schulter und kam auf sie zu. Bevor Ruth wusste, wie ihr geschah, schlang er die Arme um ihre Taille und küsste sie auf die Wange. Seine Barthaare kitzelten ein wenig, aber das war nicht der Hauptgrund, weshalb sie sich behutsam von ihm löste und einen halben Schritt nach hinten machte.

»Was ist denn mit dir los?«

Sind denn jetzt alle Männer verrückt geworden? Der eine ist ungeduldig mit mir und lässt mich gehen, der andere kann's gar nicht erwarten, dass ich zu ihm komme, und küsst mich?

Ein schöner Kuss, übrigens. Hätte er sie damit nicht so überrumpelt, hätte sie ihn genossen. Sie berührte ihre Lippen mit den Fingern.

»Ich dachte …« Will geriet ins Stottern. »Na ja, du bist gestern hier aufgetaucht, hast Schutz gesucht und warst dann heute früh erst verschwunden, jetzt bist du hier …« Er verstummte. »Nicht gut?«

»Ja, nein. Weiß nicht!« Sie schnaufte. »Ernsthaft, was ist das mit euch Männern, dass eine Frau nicht einfach zu euch kommen kann, wenn sie ihre Ruhe will? Immer interpretiert ihr sofort etwas hinein, das da nicht ist.«

»Sorry.« Er senkte betreten den Blick.

»Alles gut.« Sie wollte sich ja nicht aufregen. »Du hast deine Malsachen wieder rausgeholt?«

Er grinste verlegen. »Gestern habe ich sie lieber … beiseitegeräumt. Dass Herr Rodenbrock nicht denkt, ich verwohne hier alles. Möchte ja noch lange hier bleiben.«

»Ich überlege, die Mühle zu mieten.«

»Ja, hast du erwähnt.«

»Möchtest du dann auch bleiben? Kurse geben?«

Er zuckte mit den Schultern. »Wäre jetzt nicht meine bevorzugte Variante. Ich arbeite gern für mich.«

»Kannst es dir überlegen. Oder du machst eine Vernissage in den Kursräumen. Bietest deine Bilder zum Kauf an.«

Er sagte nichts, nahm den Pinsel wieder auf und wischte ihn am Lappen ab.

»Ich muss jetzt los. Dinge regeln.« Es fiel Ruth schwer, ihn allein zu lassen. Bei ihm war es … anders. Sie standen im Atelier, und sie überlegte, wie sich wohl der Sessel aus der Wohnung an einem der Fenster machen würde. Dort könnte sie sitzen und häkeln … oder spinnen! Sie seufzte. Bald, dachte sie. Aber erst wartete noch eine ganze Menge Arbeit auf sie.

»Dann regle du deine Dinge. Mittagessen gibt's um zwölf.« Er grinste, und sie wusste einen Moment nicht, ob er das ernst meinte oder nicht. Sie stellte sich auf die Zehenspitzen und wuschelte ihm durch die Haare.

»Ich bin pünktlich«, versprach sie.

Vielleicht war das mit Will ja keine so schlechte Idee.

In jeder Hinsicht.

Kapitel 21

»Was ist das?«

»Wonach sieht es denn aus?«

Ruth verdrehte die Augen. »Nach Geld?«

»Genau.« Nela setzte sich ihr gegenüber an den Küchentisch und umfasste mit beiden Händen ihren Kaffeebecher.

»Viel Geld.« Ruth fächerte die Hunderter auf, die in dem Umschlag steckten, den Nela ihr stumm zugeschoben hatte. Es war ein ganz schön dicker Packen. »Was soll ich damit?«

»Das ist dein Startkapital. Ein Darlehen.«

»Aber wieso …«

Nela erzählte es ihr. Von ihrem Traum, ein Geburtshaus zu eröffnen, vom Geld, das auf Bäumen wuchs. »Ich brauchte es nicht, und da haben wir es beiseitegelegt. Falls eine Frau noch mal etwas wagen möchte und dafür ein Startkapital braucht.«

»Und … ich kann damit machen, was ich will?«

»Das, was du bisher erzählt hast, hat mich überzeugt.« Nela lächelte zufrieden. Ruth sprang auf. Sie umarmte Nela.

»Danke«, flüsterte sie. »Herrje, jetzt muss ich fast heulen. Das ist so … Du ermöglichst mir damit, meinen Traum zu verfolgen, weißt du das?«

»Das weiß ich. Und so ist's auch gedacht. Wenn du das Geld irgendwann nicht mehr brauchst, kannst du es uns zurückzahlen. Bis dahin kannst du damit deinen Traum verwirklichen.«

»Uff.« Ruth wischte sich ein Tränchen aus dem Augenwinkel. »Hoffentlich will Simons Onkel die alte Mühle auch wirklich verpachten.«

»Will er. Dafür habe ich schon gesorgt.« Nela kicherte. »Du glaubst ja nicht, wie gern so ein alter Kerl hilft, wenn ihn die Richtige fragt.«

»Und die bist du?«

»Ach Quatsch! Aber Omama Alma. Die beiden verstehen sich gut, und sie hat ihm gestern bei einem Stück Baisertorte mal auf den Kuchenzahn gefühlt. Er hat sich geziert, aber letztlich meinte er, an ihm sollen deine Pläne nicht scheitern. Ruf ihn an! Ich bin sicher, ihr werdet euch einig.«

»Wow. Danke. Womit habe ich das verdient?« Ruth hätte Nela am liebsten noch mal umarmt, doch sie musste sich erst mal gründlich schnäuzen. Nela beobachtete sie.

»Du wirkst ganz schön angefasst«, sagte ihre Freundin leise. »Alles okay mit dir und dem Schäfer?«

»Ach, nix ist okay mit Hanno und mir.« Ruth seufzte. Sie erzählte. Und zuckte mit den Schultern. »So ist das. Meine *Kinderfeindlichkeit*«, sie malte Gänsefüßchen in die Luft, »hat ihn gestört. Dabei war ich nur nicht bereit, ihm von heute auf morgen auch noch die komplette Care-Arbeit abzunehmen.« Da fiel ihr etwas auf. »Wo steckt denn dein kleiner Mini-Me?«

»Jonte? Macht mit Simon die Medikamentenausfahrt.« Nela erzählte von der Aussprache mit Simon. »Keine Ahnung, ob das auf Dauer klappt. Oder wie es klappt, wenn sich wieder irgendwelche alten Mechanismen einschleichen. Aber für den Moment genieße ich es, auch mal beide Hände frei zu haben, wenn ich mit dir einen Kaffee trinke.«

»Das begrüße ich sehr.«

Nela zog die Nase kraus. »Komisch fühlt sich das an. Aber irgendwie genieße ich es auch. Muss mich wohl erst wieder daran gewöhnen, dass es mich auch einzeln gibt. Aber so kann ich vormittags besser meine Arbeit machen. Ach ja, willst du gleich mit Sirja reden? Sie gibt gerade den Kurs für Rückbildungsyoga.«

»Das wäre super.«

Sie tranken ihren Kaffee aus und gingen dann nach nebenan ins Storchennest. Aus der Erdgeschosswohnung auf der anderen Hausseite schallte wieder mal Roland Kaiser, und Ruth nahm sich vor, nach dem Gespräch mit Sirja auch bei Omama Alma vorbeizuschauen – nicht nur, um sich zu bedanken. Einfach ein wenig bei ihr sitzen und Ostfriesentee trinken.

Sirja war eine energiegeladene junge Frau mit blondem Pferdeschwanz, die immer in Bewegung war. Selbst wenn sie direkt vor einem stand, wippte sie hin und her. Aber sie wurden sich schnell einig – sie konnte Kurse in Yoga und Pilates anbieten, beide mehrmals die Woche, je nachdem, wie groß die Nachfrage war. In der Hauptsaison ergab sich bestimmt mehr, im Winter dann entsprechend etwas weniger. Ruth versprach, Sirja zu berücksichtigen.

Dann besuchte sie Omama Alma, die mit ihr Baisertorte naschte und sich Ruths Ideen anhörte.

»Macht auch was für die alten Leute!«, meinte Alma. »Ich kriege ja nicht mehr alles mit, aber die Alten werden oft vergessen.«

»Versprochen. Es wird Handarbeitskurse geben. Käme dir das entgegen?«

Alma schnaubte. »Wenn wir lernen, wie wir Rumfläschchentäschchen klöppeln, na vielleicht.«

Ruth lachte. »Kann ich nicht versprechen.«

Sie musste daran denken, was Nela ihr zu Beginn über Alma erzählt hatte – über die fortschreitende Demenz. Davon merkte sie recht wenig, wenn sie ehrlich war, und sie fragte sich, woran das lag. Sie wollte Nela irgendwann noch mal darauf ansprechen. Auf sie machte Omama Alma einen aufgeräumten, interessierten und wachen Eindruck.

Als Nächstes traf sie sich mit Christian Rodenbrock, und da passierte genau das, was Nela ihr prophezeit hatte. Sie einigten sich rasch auf die Details, und er händigte Ruth direkt den dicken

Schlüsselbund zur alten Mühle aus. »Fangen Sie ruhig schon an. Ich vermute, Sie können es kaum abwarten.«

Da vermutete er richtig. Ruth tänzelte zurück zur Mühle, kam kurz nach zwölf dort an und bekam von Will einen großen Salat und Brot serviert. »Ich fürchte, ich muss aufs Festland.«

»Warum?«

Will sah sie erschrocken an, und Ruth lachte. »Ich brauche einen Baumarkt. Oder hat Norderney einen, von dem ich nichts weiß?«

Den gab es nicht. Und weil sie nicht mehrere Tage damit vertun wollte, immer wieder auf dem Festland Dinge nachzukaufen, die sie brauchte, verbrachte Ruth den Rest des Tages damit, Listen zu schreiben, was sie benötigte. Für eine erste Renovierung, für die Kursräume. Es war eine erschreckend lange Liste. Und dabei hatte sie noch keinen Gedanken an den kleinen Laden und das Café verschwendet!

Der Laden … Die ursprünglichen Pläne konnte sie vermutlich begraben, denn für Ruth sah es nicht so aus, als würde Hanno sich da mit seinen Produkten aus der Schäferei einbringen. Schade, dachte sie. Und schob dann dieses Thema ganz weit von sich, als könnte sie so verhindern, dass sie zu viel darüber grübelte, was sie falsch gemacht hatte.

Will kam ihr trotzdem drauf.

»Du wirkst in dich gekehrt.«

Sie saßen in dem alten dunkelgrünen Pritschenwagen mit Beulen und Rostflecken, mit dem Will gelegentlich aufs Festland fuhr, und warteten, dass sie an Bord der Fähre rollen konnten. Ruth kurbelte das Fenster auf der Beifahrerseite herunter und beobachtete die Möwen, die über einem der Kutter kreisten, der von einem Ausflug zu den Seehundbänken zurückkam.

»Bin ich auch.«

Sie hätte jetzt Bock auf 'ne Zigarette. Und das nicht nur, weil

Will ungeniert neben ihr eine nach der nächsten rauchte, seit sie im Auto saßen. Seine Finger trommelten auf dem Schaltknüppel, bis sie ihm die Kippe aus der Hand nahm und selbst daran zog. Sein Seitenblick war überrascht, aber nicht verärgert.

»Magst erzählen?«

»Bin nur gerade einerseits total glücklich. Das hier.« Sie gestikulierte mit der Zigarette. »Dass ich das echt mache. Auf eigenen Füßen stehen, etwas mache, von dem ich vor einem Monat noch nicht mal *geträumt* habe. Andererseits …« Andererseits zahlte sie einen Preis dafür.

Bevor Will nachfragen konnte, piepste ihr Handy. Eine Mail von Ana, die am anderen Ende der Welt spätnachts noch eine Preisliste für ihre handgefärbten Garne zusammengestellt hatte. Ruth überflog die Liste. Sie beinhaltete neben den verschiedenen Wollqualitäten, Mischgarnen und den Kammzügen auch eine Farbkarte mit den unterschiedlichen Färbungen. *Falls du sie vergessen hast,* stand dabei. Ruth grinste. Als hätte sie diese wunderschönen Farben vergessen können! Sie scrollte durch die Fotos und fühlte eine große Wehmut. Ihre Zeit in Uruguay zählte rückblickend zur besten der vergangenen zwei Jahre.

Als ob er spüren würde, wie es ihr ging, legte Neruda seinen Kopf auf ihr Knie. Ruth schob ihn sanft weg und kraulte ihn zwischen den Ohren. »Na, immerhin habe ich dich«, meinte sie zum Hund.

»Und mich«, bemerkte Will.

Ruth drückte die Kippe im Aschenbecher aus. Endlich konnten sie an Bord der Fähre rollen. Sie sah aus dem Fenster und blinzelte die Tränen weg.

Sie sollte doch rundum glücklich sein. Sie war nicht allein und erfüllte sich einen Traum.

Warum fühlte sie sich trotzdem so … verloren?

Der Boden unter seinen Füßen war weggerissen worden, oder zumindest war das so, als müsste er über ein vom Sturm hin und her geworfenes Schiffsdeck marschieren, hin und her geworfen von den Wellen, die am Schiffsrumpf nagten. Und zugleich zerrten zwei Klabautermänner an ihm, einer links, einer rechts.

»Wir sind Klabautermänner und wollen dich in die Tiefe ziehen!«, krähte der größere von den beiden, und der kleinere wiederholte die Worte.

»Hilfe, Hilfe!«, rief Hanno gespielt entsetzt und ließ sich auf das rettende Ufer – in diesem Fall das Sofa – fallen.

»Hier hilft dir niemand, Menschling.« Noah hatte einen Piratensäbel in der Hand und eine schwarze Klappe vor dem rechten Auge. Leni hatte sich einen Piratenhut aufgesetzt, und beide hatten – weiß der Geier, woher – rot-weiß geringelte T-Shirts angezogen.

»Was verlangt ihr von mir?«

»Mindestens dein Gold!«

Sie einigten sich nach zähen Verhandlungen auf Dinonuggets und einen Kartoffelpüreevulkan mit viel Bratensoße und Erbsen dazu. Hanno stemmte sich ächzend vom Sofa hoch.

»Dürfen wir Serie gucken, wenn du kochst?«, bettelte Leni.

»Na gut.« Die Kinder waren den ganzen Tag mit ihm draußen gewesen. Samstag, was sollte er sonst mit ihnen machen? Da waren die Kita und die Ferienbetreuung geschlossen, aber die Arbeit bei den Schafen ruhte keinen Tag. Also hatten Noah und Leni ihm geholfen, so weit zwei Kinder überhaupt helfen konnten.

Den Laden hatte er wieder geschlossen, das Schild oben an der Straße abmontiert. Er hatte überlegt, ob er Ersatz für Ruth suchen sollte. Aber wozu? Vorher war es ja auch ohne sie gegangen. Außerdem hatte sich ein Restaurantbesitzer bei ihm gemeldet. Sönke führte das Poseidon in der Maybachstraße, gehobene Gastro, Hanno kannte das Restaurant. Sönke bestellte bei ihm »echten Norderneyer Schafskäse«, zwei verschiedene Sorten. Sie vereinbarten eine wöchentliche Lieferung; zusätzlich bei Bedarf noch Frischkäse und Lammsalami, je nachdem, wie die Wochenkarte aussah. Hanno wusste, auch diesen Auftrag hatte er Ruth zu verdanken, denn Sönkes Frau Finja war früher mit Ruths Freundin Nela, der Inselhebamme, zur Schule gegangen. Erstaunlich, wie Ruth in kürzester Zeit so viele Bänder auf der Insel hatte knüpfen können. Ihm war das nie gelungen, und Saskia hatte es erst gar nicht versucht.

Saskia.

Hanno stand in der Küche und schälte Kartoffeln, während von nebenan die Titelmelodie von Noahs und Lenis Lieblingsserie herüberschallte. Er warf die Kartoffeln in das Spülbecken, wurde wütend über den dumpfen Knall, ließ die Hände sinken und atmete durch. Musste irgendwie durchhalten, so ein Tag mit zwei Kindern und achtzig Schafen war lang, und morgen das Ganze noch mal von vorne. Nicht zum ersten Mal wünschte er, dass er um Hilfe bitten könnte oder wenigstens sagen könnte, dass es ohne Hilfe nicht ging. Es gab ja seine Eltern, und regelmäßig bot seine Mutter an, sie könnten wochenweise auf die Insel kommen, in Ruths Wohnung wäre doch Platz genug, sie würde sich um den Haushalt und die Kinder kümmern, sein Vater könnte bei den Schafen anpacken, das würde ihm sicher Spaß machen und das Rentnerdasein ein wenig auflockern.

Und jedes Mal lehnte er ab.

Ruths Wohnung.

So weit war's also schon, dass es nicht mehr Saskias Rückzugsort war. Wieder hatte die Gegenwart ihr etwas weggenommen, und so würde es immer weitergehen, bis irgendwann gar nichts mehr von ihr blieb außer die verblassten Erinnerungen seiner Kinder.

Hanno knallte mit Topfdeckeln, rumste die Küchenschubladen zu und knallte die Schubladen vom Tiefkühler raus und rein, ließ seine Wut an den Dingen aus. Darüber, dass er Saskia langsam vergaß. Dass es immer noch wehtun musste. Dass er Ruth hatte gehen lassen. Warum hatte er sie fortgeschickt? Warum sie nicht zurückgehalten? Gestern Abend, die Kinder schliefen schon, war er noch mal über den Hof gegangen und hatte in dem Schuppen zwischen den Kisten gestanden, in denen er damals Saskias Sachen verpackt hatte. Eine Trommelkarde, da hatte er nicht gewusst, wofür die gut war, bis Saskia es ihm erklärte. Ein Spinnrad, aha, sagte er, und sie hatte ihn gefragt, was er wohl meine, ob das eine Ziege sei oder ein Bock, und er hatte sie verständnislos angeschaut. Aber er war überzeugt, Ruth wusste das alles. Sie war geschickt in all diesen Dingen, er hatte es schon daran erkannt, wie sie die Spulen in der Hand hielt oder diesen Rest ungesponnene Wolle, wie hieß die noch mal? Kammzug, genau. Die bekam man, wenn man die Rohwolle erst säuberte, dann wusch und anschließend über die Kardiermaschine zog, bis die Fasern in einer Richtung waren. Dann ließen sie sich leichter verspinnen. Das *wusste* er nicht, er hatte es sich in den letzten Nächten mühsam angelesen, weil er verdammt noch mal nicht hatte schlafen können. Und mit diesen Themen fühlte er sich beiden näher, er konnte verstehen, was Saskia für eine kurze Zeit zum Spinnen gezogen hatte und warum Ruth ihm so von ihrer Zeit in Australien und später in Uruguay vorschwärmte, wo sie erst stricken lernte und später mit Garnen, Wolle, Fasern und Farben arbeitete. Und wo sie auch spinnen, weben und so vieles mehr lernte …

»Meine Hände beschäftigen, das war's. Das hat mich glücklich gemacht.« Dabei waren ihre Hände über seinen Körper getanzt, und sie hatte gelacht, glucksend und so zufrieden mit sich und ihrem Leben; er hatte ihr Glück gespürt und es in seinem eigenen Körper gespiegelt empfunden. Ja, verflixt.

Glücklich war er mit ihr gewesen. Und hatte alles weggeworfen. Warum? Weil sie die Kinder mal nicht ins Bett brachte?

Nein. Seine Angst war größer gewesen. Er hatte gefürchtet,

wenn sie sich nicht von Anfang an als Superersatzmama für Noah und Leni entpuppte, würde sie irgendwann, wenn er unrettbar verliebt war, wenn seine Kinder sie als neue Frau an seiner Seite angenommen hatten, merken, dass sie das nicht wollte. Dass sie für Familie nicht geschaffen war. So wie Saskia.

Aber sie ist nicht wie Saskia.

Diese kleine Stimme hielt sich hartnäckig. Leider glaubte Hanno ihr nicht. Und hatte sich bestätigt gefühlt, als Ruth ihm erklärte, sie werfe jetzt nicht alles in die Waagschale und rutsche auf den leeren Platz in der Familie.

Sie wollte ihren eigenen Platz. Nicht den, der die Lücke riss seit zwei Jahren. Und er war blind gewesen, er hatte ihr den Rücken zugedreht. Dann geh, hatte er gesagt. Wenn du *den* Platz nicht willst, dann eben keinen.

Wie ungerecht er zu ihr war – das erkannte er erst danach. Als sie schon weg war und auf keinen seiner Kontaktversuche reagierte. Vermutlich hatte sie seine Nummer blockiert, und das war ihr gutes Recht. Er hatte sie verletzt. Ob es einen Weg zurück gab? Einen, wo sie beide wieder zueinanderfanden?

Hanno wusste es nicht. Er würde wohl noch einige Nächte darüber nachdenken. Erst mal aber gab es Kartoffelbreivulkane für drei, mit viel Bratensoße aus der Tüte und Erbsen rundherum. Und natürlich Dinonuggets. Noah, Leni und er würden mit den Dinos spielen, dass sie Vulkanforscherdinos waren, die in die Bratensoßelava tauchten und an den Erbsenwiesen knabberten. Spiel nicht mit dem Essen? Die Regel galt bei ihm nicht, wenn das Essen zum Spielen einlud. Wie gemein wäre das?

Danach durften Leni und Noah eine Badekugel aussuchen, gemeinsam baden, und anschließend las Hanno ihnen zwei Geschichten vor. Oder drei. Bis sie an ihn gekuschelt einschliefen.

Das war auch eine schöne Art, den Samstagabend zu verbringen. Vielleicht sogar die schönste.

Kapitel 22

»Kennst du eine Marie Dollinger?«

»Hm, sagt mir jetzt nichts.«

Nela war zum ersten Mal in der Alten Mühle, und sie staunte, wie viel Ruth offenbar in den vergangenen Tagen schon geschafft hatte. In jedem Raum standen Farbeimer, und während sie oben in der Küche der kleinen Wohnung saßen, machte Will unten schon weiter, klebte die Fenster ab und mischte Farben an. Er hatte das Regiment übernommen, mit Farben kannte er sich ja gewissermaßen aus, auch wenn er sie eher auf Leinwände pinselte und nicht mit großen Rollen auf die Wände brachte.

»Sie hat sich bei mir gemeldet.« Ruth hatte ihr Tablet mit der Tastatur zwischen Brötchenkrümel und Kaffeebecher gestellt, runzelte die Stirn und tippte hier, scrollte dort. Sie versuchte das Unmögliche – bis zu den Herbstferien sollte hier alles fertig sein, damit sie anfangen konnte. »Sie hat eine kleine Töpferei in Esens und möchte gern auf die Insel ziehen. Dafür braucht sie ein Atelier. Sie würde sich finanziell einbringen, kann Töpferkurse geben und eventuell den Gemeinschaftsladen auch stundenweise führen.«

»Was ist das mit dem Gemeinschaftsladen?« Nela fegte ein paar Krümel zusammen. Neruda, der bisher zu Ruths Füßen gelegen hatte, sprang auf und sah sie erwartungsvoll an. Wie enttäuscht sein Blick war, als Nela die Krümel auf den Teller rieseln ließ!

»Ich habe mir das so überlegt, dass alle, die Teil der Mühle werden, sich in eine Genossenschaft einbringen. Da muss ich natürlich viel bedenken, mit dem Vermieter reden, ob wir den Mietvertrag umschreiben können, damit er nicht auf mich läuft, sondern auf diese Genossenschaft. Jede und jeder, die sich hier einbringen, erwerben Anteile. Sie können die Ergebnisse ihrer eigenen Arbeit zusätzlich im Laden anbieten, ihre Kurse auf eigene Rechnung und so weiter.«

»Aber wieso als Genossenschaft?«, wollte Nela wissen.

»Damit es für alle die Sicherheit gibt, dass es weitergeht. Falls ich nicht weitermachen will, gebe ich meine Anteile zurück, und das war's. Aber falls ich nicht weitermachen will und erst jemanden suchen muss, der oder die vollumfänglich die Verantwortung übernimmt, wird's schwierig.«

Das leuchtete Nela ein. Sie wusste ja, was es bedeutete, die volle Verantwortung zu übernehmen. Das Geburtshaus lief auf ihren Namen. Es war untrennbar mit ihr verbunden, und es würde einigen Aufwand bedeuten, wenn sie sich daraus zurückzog.

Na, hoffentlich erst in dreißig Jahren oder so, dachte sie.

»Willst du denn schon wieder weg?«

»Ja, was weiß ich? Keine Ahnung, ehrlich gesagt.« Ruths Finger flogen über die Tastatur. Sie war konzentriert und entspannt zugleich, ein Zustand, den Nela insgeheim bewunderte. Sie glaubte nicht, dass Ruth dieses Projekt *irgendwann* aufgeben würde. Dazu war sie viel zu glücklich damit, es Schritt für Schritt umzusetzen.

»Oh, und eine Imkerin fragt, ob sie im Garten zwei oder drei ihrer Beuten aufstellen darf und wir ihren Honig und ihre Kerzen verkaufen.« Ruth runzelte die Stirn. »Letzteres sofort, aber bei den Bienen bin ich unsicher.«

»Frag bei der Gemeinde nach. Die werden dir Auskunft erteilen können.«

»Gute Idee.« Ruth machte in ihrem Terminkalender, der offen neben dem Tablet lag, eine entsprechende Notiz. Dann klappte sie ihn entschieden zu. »Möchtest du noch einen Kaffee?«

»Gerne.« Nela streckte sich. Heute war Jonte besonders früh aufgestanden, und als Simon um acht auch langsam mal aus den Federn kroch, hatte sie das Gefühl, der halbe Tag sei schon rum. Die Abwechslung, den ganzen Vormittag Ruth beim Streichen zu helfen, hatte sie im ersten Moment dann doch ermüdet. Aber hier war sie wach und munter und voller Vorfreude darauf, morgen ihre Arme nicht heben zu können. Nun ja, sie hatte ein paar Nächte frei, da würde sie dann mal kein Baby auffangen müssen.

Aber eine Frage bewegte sie, seit Ruth in die Mühle gezogen war.

»Wie ist es mit Will?«, erkundigte sie sich.

»Das klappt gut.« Ruth stand an der kleinen Siebträgermaschine und klopfte den Trester aus. »Wir mögen uns.«

Mehr sagte sie nicht. Nela war klug und rücksichtsvoll genug, nicht nachzubohren. Es war Ruths Sache, was sie mit wem machte. Dass sie mit Hanno für kurze Zeit etwas laufen gehabt hatte, wusste Nela. Dass sie sich überworfen hatten, auch. Aber Ruth sprach nicht gern darüber. Oder eben dann, wenn sie das wollte.

Und der Moment war noch nicht gekommen.

Will kam die Treppe hoch, als die beiden Frauen mit dem zweiten Kaffee beisammensaßen. »Unten ist alles bereit, wir können loslegen.«

Er ging wieder runter, und Nela sah Ruth fragend an. »Bleibt er?«, wollte sie wissen.

»Wenn die Mühle fertig ist? Frag mich was Leichteres. Ich hoffe es, aber ich sag's mal so: In die Genossenschaft einkaufen kann er sich nicht, und Kurse geben will er auch nicht. Wenn Platz ist, klar. Aber die Nachfrage ist jetzt schon so enorm …« Es hatte sich weit über Norderney hinaus herumgesprochen, dass in der Mühle ein Kurszentrum entstand. Seitdem wurde Ruth mit Anfragen überschwemmt. Sie beantwortete jede einzelne, und Nela vermutete, dass ihre Freundin auch deshalb in anderen Belangen derzeit eher wortkarg war, weil sie schlicht keine Zeit hatte für romantische Verwicklungen. Das Projekt absorbierte sie vollkommen.

Sie gingen nach unten. Will zeigte ihnen die Farbeimer, die er den verschiedenen Räumen zugeordnet hatte. Er händigte Farbrollen und Pinsel aus, als würde ihm hier schon alles gehören. Ruth salutierte spaßeshalber vor ihm, und das fand Nela so witzig, dass sie sich schnell wegdrehen musste. Die beiden waren definitiv auf einer Wellenlänge, das stand für sie fest.

Den ganzen Vormittag und bis weit in den Nachmittag werkelten sie und schafften es tatsächlich, die Räume zu streichen, die Will sich vorgenommen hatte. Das lag vor allem an ihm, denn er legte ein erstaunliches Tempo vor, von dem Nela geglaubt hatte, das würde er keine halbe Stunde durchhalten. Im größten und hellsten Raum, der bisher Wills Atelier gewesen war und von dem einige weitere Räume abzweigten, stand ein Radio und dudelte vor sich hin. Die Stimmung war bestens, und als Nela nach einigen Stunden ihre Farbrolle aus der Hand legte, merkte sie erst, wie sehr sie sich von Wills Tempo, der Musik und der Stimmung hatte mitreißen lassen. Ihre Hände zitterten. Sie musste sich erst mal hinsetzen. Will verteilte für alle Cola in eisgekühlten Glasflaschen, und noch nie hatte ihr eine Cola so gut geschmeckt wie heute.

»Morgen mehr?«, fragte Ruth.

»Ich bin raus, morgen habe ich vormittags Jonte und nachmittags Termine im Geburtshaus.«

Will zuckte mit den Schultern. »Klar machen wir morgen weiter. In einer Woche erkennst du das alles hier nicht wieder. Wann kommen die Fenster?«

»Weiß ich leider nicht. Herr Rodenbrock meint, bestellt sind sie, aber momentan dauert alles etwas länger.«

»Macht nichts. Wir behalten die Farben ja. Wenn sie die Fenster eingebaut haben, können wir ringsum neu streichen.«

Pragmatische Lösungen lagen ihm gut.

»Was macht ihr mit dem Laden?«, wollte Nela wissen.

Ruth und Will wechselten schweigend einen Blick. »Ich wollte ja eher so eine Art Hofladen draus machen«, sagte Ruth vorsichtig. »Mit Produkten aus der Inselschäferei.«

»Besser, wenn du dich breit aufstellst«, warf Will ein.

»Ja, darauf wird es hinauslaufen.« Ruth seufzte.

»Also kein Schafskäse? Gar nicht?«

»Nein, vermutlich nicht.«

»Du wirst auch so genug haben.« Will legte den Arm um ihre Schultern und drückte sie kurz an sich. Ruth machte sich behutsam von ihm los – so diskret, dass er nicht merkte, wie wenig sie gerade in den Arm genommen werden wollte. Nela hatte es aber beobachtet und zog ihre eigenen Schlüsse.

»Also, tschüss.« Sie winkte und verließ die Mühle. Simon würde sich freuen, wenn sie ihm erzählte, dass das Gebäude aus dem Dornröschenschlaf aufwachte.

Die folgenden Wochen verbrachte Ruth mit den Vorbereitungen. Sie hatte nach längerem Nachdenken für ihr Kurszentrum den Namen festgelegt, der bei Will erst mal auf heftige Gegenwehr traf: Möwennest.

»Hier gibt es schon genug Möwen, die alles vollscheißen und den Leuten die Fischbrötchen aus den Händen reißen«, grollte er. Ruth lachte darüber nur. Sie war in Eile, denn das Ende der Sommerferien rückte näher, der September stand vor der Tür. Zwischen den Ferien war zwar immer noch Nebensaison auf der Insel, aber sie baute darauf, dass viele allein reisende Frauen oder kinderlose Paare dann auf die Insel kamen. Und die hatten natürlich viel Zeit und hoffentlich auch ein wenig Langeweile.

Für den Anfang hatte sie fast alle Kursräume vergeben. Sirja bekam abwechselnd mit einer anderen Yogalehrerin, die außerdem Muskelentspannung nach Jacobson anbot, den großen Raum im Erdgeschoss. Das Atelier zum Garten würde zukünftig die Keramikerin beherbergen; draußen im Schuppen konnte sie auch ihren Brennofen aufstellen, sobald dorthin der Stromanschluss verlegt war. Eine Korbflechterin hatte sich Ruth vorgestellt und bekam das Atelier neben der Keramikerin. Marie und Juna verstanden sich auf Anhieb so gut, dass sie sich sogar eine gemeinsame Wohnung auf der Insel suchten.

Das Café musste Ruth erst mal vertagen. Sie hätte gern von Anfang an auch allen Besuchern ein paar kulinarische Leckerbissen geboten, aber auf die Schnelle fand sich keine Pächterin, und sie hätte auch die Renovierung dort so schnell durchpeitschen müssen, dass es den Betrieb in den anderen Räumlichkeiten vermutlich behindert hätte. Der Umbau sollte über den Winter stattfinden, und ab dem Frühling dann konnten dort Kuchen, Quiches, Torten und Kaffeespezialitäten angeboten werden.

Blieben noch ihre eigenen Träume – und Wills Pläne.

Einen Kursraum hielt sie für wechselnde Angebote frei. Ein Raum sollte für Kunstkurse hergerichtet werden, und der letzte war für ihre eigenen Kurse.

Kurz vor der Eröffnung, an einem Freitag Ende August, fuhr sie noch einmal mit Will und seinem Pritschenwagen aufs Festland. Sie hatten beim Zollamt in Emden eine größere Lieferung stehen.

Es war die Wolle aus Uruguay.

Ruth musste lange in dem Flur vor der alten, verschrammten Holztür warten, bevor sie den Raum betreten durfte, in dem die Zollbeamten die Ware abfertigten. Mit hochrotem Kopf schleppte der junge bärtige Mann die ersten drei Kartons aus dem Nebenraum und bat Ruth, sie zu öffnen, damit er sich ein Bild vom Inhalt machen konnte.

Ihre Hände zitterten vor Aufregung. Endlich! Ana hatte ihr geschrieben, sie habe die schönste Wolle für Ruth ausgesucht, wunderschöne Färbungen und einige Kammzüge. Sie klappte den ersten Karton auf, und ihr entfuhr unwillkürlich ein glückliches »Ohhh«.

»Was genau ist das?« Der Zollbeamte befingerte die zu Strängen gewickelte Wolle. Ein leicht säuerlicher Geruch stieg von dem Karton auf. Ruth wusste, das kam von dem Säurebad, das die Wollstränge zur Fixierung nahmen, bevor die Farbe ausgespült wurde.

»Handstrickwolle in Strängen.« Sie holte aus einer Mappe die erforderlichen Unterlagen, damit der Beamte die Verzollung fertigmachen konnte. Während sie wartete, streichelte sie andächtig die einzelnen Stränge. Sofort wusste sie, was sie als Erstes aus einem der Stränge häkeln wollte – eine Mütze! Oder Stulpen stricken, die sie dann im Yogaunterricht von Sirja tragen konnte? Es eröffneten sich ihr mit diesen drei Kartons Wolle schon so viele Möglichkeiten, dass ihr fast ein wenig schwindelig wurde.

»So, wollen Sie über die Rampe raus? Ich hoffe, Sie haben ein großes Auto dabei.«

»Habe ich wohl. Warum?«

»Na, hinten stehen noch fünf Kisten, die zu der Lieferung gehören.«

»Wo soll das denn alles hin?«, fragte Will gelinde entsetzt, als er kurz darauf den Pritschenwagen rückwärts an die Laderampe fuhr, an der normalerweise große Lkw hielten. Ruth schleppte die Kartons von der Rampe zur Ladefläche, und Will verstaute sie.

»In den Laden«, erklärte sie lapidar. Wenn Hanno nicht wollte, musste sie eben selbst die Regale irgendwie bestücken, und sei's nur für den Anfang. Ihre Kurse fürs Handspinnen, Stricken und Weben sollten ja nicht am fehlenden Material scheitern! Die Kursteilnehmerinnen konnten sich die Garne im Laden aussuchen und bekamen einen kleinen Kursrabatt auf die Wolle. So der Plan.

»Der ist damit halb voll«, murrte Will.

»Das soll er mal lieber sein«, erwiderte sie spitz. So viele Körbe und getöpfertes Geschirr würden sie zu Beginn von Marie und Juna nicht haben. Die Imkerin, die angefragt hatte, ob ihre Beuten in den Garten durften, brauchte nur ein kleines Regal.

Es war immer noch reichlich Platz in dem kleinen Laden. Für eine Käsetheke. Im Lagerraum für einen Kühlschrank oder eine Kühltruhe. Ein niedriges Regal für die Lammfelle. Wenn Hanno nur nicht so stur wäre.

Vielleicht war er das auch gar nicht und hatte in der Zwischenzeit versucht, sie zu erreichen. Ruth allerdings hatte in den vergangenen Wochen so viel gerackert, und sie hatte wenig Lust gehabt, sich von ihm ablenken zu lassen. Für Gefühle war da vorübergehend kein Platz gewesen.

Jetzt aber. Sie bekam wieder Luft und merkte, dass er ihr fehlte. Sie hätte ihm abends gern erzählt, was sie tagsüber geschafft hatte. Denn sie war stolz auf das, was sie erreichte.

Sie stiegen wieder ein, alle Kartons waren verstaut. Will gab Gas; er wollte die nächste Fähre erreichen. Das wurde knapp, und Ruth rechnete eher mit der danach, die neunzig Minuten später fuhr. Sie hatte einen Kaffee und ein leckeres Plunderteilchen am Hafen von Norden fest eingeplant.

Will aber kannte keine Pause. Er gab nie Ruhe, musste immer in Bewegung sein. Was in den letzten Wochen auf der einen Seite ein Segen gewesen war, denn er hatte Ruth auch dann angetrieben, wenn sie glaubte, sie sei zu müde. Aber eben auch ein Fluch, denn sie war zu oft über ihre Grenzen gegangen, und das merkte sie jetzt.

»Shit.« Will hieb an jeder roten Ampel auf das Lenkrad und fluchte. Er zündete sich eine Zigarette an, drückte sie aber nach drei Zügen im Aschenbecher aus, weil er wusste, dass Ruth ungern im blauen Dunst stand, wenn sie nicht mitrauchte. Und in den letzten Wochen hatte es nur zwei Ausnahmen gegeben – eine davon, als sie das erste Mal zusammen aufs Festland gefahren waren.

»Geht's dir gut?«, fragte er. Seine Bewegungen waren fahrig, und er hatte schon wieder das Tabakpäckchen in der Hand, während sein rechter Fuß mit dem Gas spielte. Seine Stimme war so gelangweilt, als würde ihn die Antwort gar nicht interessieren.

»Ich bin froh, wenn wir gleich ein bisschen Pause haben, bevor es auf die Fähre geht.«

Sein Seitenblick war verständnislos.

»Wir schaffen nicht alles, was wir uns vorgenommen haben. Weißt du schon?«

Ruth verdrehte die Augen. »Du kannst gern mit der ersten Fähre fahren, wenn wir sie erwischen. Für den Bulli ist da eh kein Platz mehr drauf.« Sie hielt ihm das Handy hin. Für die von ihm anvisierte Fahrt waren alle Stellplätze bereits reserviert.

Er fluchte, rauchte, drückte aufs Gas.

»Und das ist okay für dich? Wenn ich allein vorfahre? Kommst du mit dem Pritschenwagen klar?«

Ruth lachte. »Klar komme ich zurecht.« Sie erinnerte sich an die Zeit in Neuseeland, als sie mit einem klapprigen Jeep über die Weiden gekurvt war. Das hier war nix im Vergleich dazu.

»Na gut.«

Fünf Minuten vor Abfahrt erreichten sie den Fährhafen. Will fuhr so weit vor wie möglich, sprang aus dem Bulli, winkte Ruth noch mal zu, und dann war er weg. Sie lehnte sich zurück und schloss die Augen. Neunzig Minuten nur für sich. Also, nicht ganz, sie müsste vorher noch einen Kaffee und ein Plunderteilchen organisieren. Und beim Gedanken an die schöne Wolle auf der Ladefläche wurde sie ganz kribbelig. So kribbelig, dass sie sich hinunterbeugte und in ihrem Rucksack wühlte. »Ha!«, rief sie. Zum Glück hatte sie vorgesorgt und ihr Mäppchen mit den Nadeln eingepackt. Stricken oder häkeln? Sie entschied sich fürs Stricken und kletterte auf die Ladefläche. In einem der drei offenen Kartons fand sie eine wunderschöne bunte Färbung, rot, gelb, grün, wie ein Regenbogen, der sich zwischen den Grundtönen erstreckte. Sie drückte den Wollstrang an die Brust. Arco Iris stand auf dem Etikett – Regenbogen. Wie hoffnungsvoll und fröhlich die Wolle war. Sie war gerade einfach nur froh.

Als sie mit einem Becher Kaffee und einem Franzbrötchen vom Kiosk am Terminal zurückkam, stieg sie auf der Fahrerseite ein und fuhr zum Wartebereich für die Fahrzeuge vor.

Jemand klopfte an ihr Fenster auf der Beifahrerseite. Ruth sah hoch und blickte in Hannos Gesicht.

Ausgerechnet.

Sie versuchte, ihr heftig klopfendes Herz zu beruhigen – nur nicht ausflippen jetzt! –, und bedeutete ihm, zu ihr einzusteigen.

»Hey.« Er machte die Beifahrertür auf, blieb aber draußen stehen. »Hab ich richtig gesehen, dass du das bist.«

»Hast du wohl.« Ruth hangelte nach der Bäckertüte mit ihrem Franzbrötchen, das mit der Wolle und der Nadelmappe auf dem Beifahrersitz lag. »Auch auf dem Weg zurück zur Insel?«

»Ja, ich hatte ein paar Dinge zu erledigen.« Er steckte beide Hände in die Hosentaschen.

»Kannst gern bei mir sitzen, wenn's dir im Salon zu mondän ist.« Sie lachte, biss von ihrem Franzbrötchen ab und verdrehte entzückt die Augen, denn die teigige Süße, der Zimt, das Buttrige, all das war einfach nur köstlich.

»Weiß nicht.« Er zeigte auf den überquellenden Aschenbecher. »Wusste gar nicht, dass du rauchst.«

»Ach, das ist von Will.«

Sie biss sich auf die Lippe. Mist, jetzt dachte er bestimmt, dass sie von seinem Bett direkt in das eines anderen Mannes gehüpft war. Wieso war das mit den Gefühlen nur so kompliziert?

»Wie geht es den Kindern?«, fragte sie, bevor Hannos Schweigen zu unangenehm wurde. »Hast du sie nicht mitgenommen aufs Festland?«

»Nee, die sind wieder in der Betreuung. Ja, brauchst mich gar nicht so anzusehen. Einmal Rabenvater, immer Rabenvater.«

»Ich weiß nicht, was du in meinem Blick gesehen hast«, sagte sie vorsichtig. »Außerdem habe ich mal eine Doku über Raben gesehen, und da hieß es, sie seien aufopferungsvolle Eltern.«

Wieder schwiegen beide. Ruth versuchte, den Aschenbecher zuzuschieben, denn der Gestank nach kalten Kippen hing wirklich hartnäckig in der Fahrerkabine, und seit Hanno sie danach gefragt hatte, noch viel mehr.

»Aufopferungsvoll, na ja. Ich versuche halt, dass keiner auf der Strecke bleibt.«

»Du bist gut genug.«

Er runzelte die Stirn, als müsste er überlegen, ob das von ihr eine Beleidigung war. »Na ja, wenn du meinst.«

Da er immer noch neben dem Pritschenwagen stand und keine Anstalten machte, zu ihr einzusteigen, zeigte Ruth nach vorne. »Ich denke, ich muss jetzt los.« Die ersten Fahrzeuge rollten bereits an Bord der Fähre.

»Ja, klar. Mach's gut. Vielleicht sieht man sich mal.«

Du meine Güte, dachte Ruth, sobald er die Tür hinter sich geschlossen hatte und zu der Warteschlange lief, die ebenfalls an Bord der Fähre wollte. So viele Floskeln auf einmal.

Sie starrte auf das Wollknäuel in ihrem Schoß. Einzelne Krümel vom Franzbrötchen lagen nun darauf. Sie seufzte, legte das Knäuel beiseite und ließ den Pritschenwagen langsam auf die Fähre rollen. Jetzt war sie da, die Müdigkeit. Weder der Zucker vom Franzbrötchen noch das Koffein vom Kaffee halfen ihr dagegen. Und Hanno? Wieso hatte er sich denn bemerkbar gemacht, wenn er nur ein paar Floskeln loswerden und Phrasen dreschen wollte? Sie hatte versucht, lieb zu ihm zu sein, hatte nicht drauf herumreiten wollen, wie er sich ihr gegenüber verhalten hatte. Kein Wort der Entschuldigung von ihm, und sie hätte nicht gewusst, was sie hätte sagen sollen, um den Streit, nach dem sie auseinandergegangen waren, vergessen zu machen.

Hatte sie ihm wirklich gesagt, als Vater sei er gut genug? Oh Mann! Kein Wunder, dass er nicht mehr mit ihr reden wollte, sie war keinen Deut besser als er.

Hanno ließ sich auf eine blau gemusterte Polsterbank plumpsen und beobachtete belustigt, wie die anderen Fahrgäste versuchten, ihre Bollerwagen, Fahrräder und Koffer bei den Gepäckregalen sicher zu verstauen und danach in Sichtweite ihres eigenen Gepäcks einen Sitzplatz zu ergattern. Er hatte diese Probleme nicht.

Der Tag auf dem Festland war der erste seit Monaten gewesen, und er hatte gedacht, diese kleine Luftveränderung würde ihm guttun. Inzwischen musste er die Mutterschafe nicht mehr täglich melken, die Arbeit in der Käserei ging auch zurück. Langsam ging es auf den Herbst zu. Nach den Ferien wurde es noch ruhiger.

Heute aber hatte er ein Schild vor den Laden gehängt: »Bin morgen wieder da!«, hatte sich aufs Rad geschwungen und war zum Hafen geradelt. Einfach mal was anderes sehen. Das hatte gut geklappt, bis er zurück am Fährhafen den dunkelgrünen Pritschenwagen entdeckte und beobachtete, wie erst ein Kerl ausstieg und zur nächsten Fähre joggte – und dann auf der Beifahrerseite Ruth auftauchte und sich am Kiosk Kaffee und eine Bäckertüte holte.

Er überlegte, ob er sie ansprechen sollte. Ganz unverbindlich, ohne ihr zu nahe zu treten. Einfach Hallo sagen, weil sie ja schon mal Kollegen gewesen waren. Da wäre es komisch, wenn er sie beobachtete und ignorierte, oder?

Und dann war alles schiefgelaufen. Das lockere Plaudern mit ihr offenbarte so viele Fettnäpfchen und Verletzlichkeiten auf beiden Seiten, dass er lieber nicht bei ihr einstieg, sondern für die Überfahrt den Salon wählte. Er bestellte bei einer Kellnerin Kaffee, obwohl er wusste, wie scheußlich der auf der Fähre schmeckte.

Der Kaffee kam und übertraf sogar noch seine Befürchtungen in Bezug auf Bitterkeit. Hanno blickte aus dem Fenster. Die Fähre legte ab, und langsam zog die Kaimauer am Fenster vorbei. Hinaus aufs offene Meer, das sich geschützt von den Inseln an diesem Spätsommernachmittag blank und ruhig erstreckte.

Irgendwo im Bauch der Fähre saß Ruth jetzt mit ihrem Franzbrötchen und dem Kaffee. Und er saß hier mit dieser fiesen Plörre, weil er es nicht über sich gebracht hatte, vorhin das Richtige zu sagen.

Tut mir leid, dass ich so ein Schaf war.

War doch gar nicht so schwer, oder?

Ich hätte dir nicht die Verantwortung für meine Familie aufdrücken dürfen.

Das hatte er immerhin inzwischen kapiert. Daheim lief es im Moment etwas besser. Er hatte immer noch zu viel Arbeit, und die Kinder begleiteten ihn oft. Noah interessierte sich für die Schafe, und Leni liebte die Lämmchen. Trotzdem wünschte er sich oft, er müsste sie nicht überall mit hinschleppen, wo seine Arbeit wartete. Darum hatte er auf Ruth gehofft. Sie hatte ihn überall entlastet. Ihr die Kinder zusätzlich aufdrücken, das war dann eben eine Grenze, die er nicht hätte niedertrampeln dürfen, weil er sich eine kurzfristige Entlastung erhoffte.

Ich würde gern noch mal von vorne anfangen. Kann dir leider nicht versprechen, dass es ohne meinen ganzen Ballast geht, den schleppe ich eben mit mir rum.

An den freien Abenden, wenn das Essen im Herd schmurgelte und die Kinder etwas länger Medienzeit bekamen, hatte er im

Schuppen aufgeräumt. Einige Sachen von Saskia hatte er weggeschmissen. Wozu brauchte er uralte Zeitungen mit Artikeln über irgendwelches Kunsthandwerk? Die Bücher über ihre verschiedenen Hobbys hatte er großteils über Kleinanzeigen verschenkt. Ein paar Dinge waren aber noch da. Der kleine Tischwebrahmen. Das Spinnrad. Ein Bock, wie er inzwischen wusste. Der Spinnflügel befand sich über dem Rad und nicht links daneben. Spulen fürs Spinnrad, eine Kiste mit Zubehör. Er brauchte die Dinge auch nicht.

Kannst du die brauchen? Sie haben Saskia gehört, aber du kannst sie gern haben.

In einer Kiste hatte er eine Handspindel gefunden. An die erinnerte er sich. Saskia hatte mit ihr das Spinnen gelernt. Es war sogar noch etwas von der gelben Wolle aufgewickelt, mit der sie angefangen hatte. Die Spindel war wunderschön, das kirschrote Holz war perfekt poliert und mit einer dünnen Lackschicht überzogen. Wenn er die Spindel auf die flache Hand legte, spürte er, wie ausbalanciert sie war, obwohl er keine Ahnung über das genaue Vorgehen beim Spinnen hatte.

Von der letzten Schafschur hatte er einen kleinen Sack Wolle behalten. Ein Kilo, das klang nicht nach viel, war aber 'ne ganze Menge. Er hatte sich im Internet schlaugemacht, wie man die Wollfasern selbst aufbereiten konnte – erst den groben Dreck rauszupfen, dann waschen, trocknen und kardieren. Danach wäre die Wolle bereit zum Färben, Spinnen, Weben, Stricken, Häkeln.

Du wolltest doch was aus der Wolle meiner Ostfrieslandschafe machen. Kannst du mir zeigen, wie das geht? Ich habe es immerhin bis zum Kardieren geschafft, bin jetzt aber unsicher, wie's weitergeht.

Es war nämlich gar nicht so kompliziert, wie er sich das immer gedacht hatte. Es gab Spinnereien, denen man die Rohwolle lieferte und die dann alle Arbeitsschritte bis zur fertigen Wolle durchführten. Er hatte sogar ein Angebot von einer Spinnerei in

Süddeutschland eingeholt und sich über die Preise gewundert. Nein, natürlich war das nichts, das sich einfach so aus dem laufenden Betrieb finanzieren ließ, er müsste zusätzlich investieren. Aber Ruth hatte ihn auf eine Idee gebracht, und er ärgerte sich jetzt, dass er aufgrund seiner verdrängten Trauer all ihre Ideen sofort abgebügelt hatte. Die neue Einsamkeit, nachdem sie gegangen war, hatte ihm ziemlich viel Raum und Stille geboten. Und diese Zeit hatte er zum Nachdenken genutzt.

Zum Beispiel darüber, wie viel Schweigen da war. Auch zwischen seinen Kindern und ihm darüber, was mit Saskia passiert war. Sie war nicht mehr da – das war die Version für Leni. Noah konnte mit dem »sie ist gestorben« schon etwas mehr anfangen, doch es hatte ihn von Anfang an überfordert, weshalb Hanno irgendwann gar nicht mehr über Saskia sprach. Und Noah tat es auch immer seltener. Sie hatten ihren Tod verdrängt, und nun schlug ihnen das Leben dieses Schweigen mal gehörig um die Ohren. Man konnte das machen, ja. Denn jeder ging mit dem Verlust anders um. Aber gerade die Zeit mit Ruth hatte sie aufgerüttelt. Die Kinder, weil eine weitere erwachsene Bezugsperson ihnen guttat. Sie mussten sich nicht allein auf ihren Papa verlassen, sondern durften sich, wenn er nicht so funktionierte, wie sie es brauchten, vertrauensvoll an jemand anders wenden. Als er abends länger bei den Schafen bleiben musste zum Beispiel. Er wüsste nicht, wie er so eine Situation jetzt lösen würde. Die Kinder mitnehmen? Wahrscheinlich. Allein lassen wollte er sie auf keinen Fall.

An einem dieser Abende, an denen er so viel gegrübelt hatte, nahm er schließlich das Handy und gab eine Nummer ein, die sich in den letzten knapp vierzig Jahren nie geändert hatte. Die Stimme seiner Mutter klang überrascht, als er sich meldete. »Ist lange her, Junge. Warte. Willst du mit deinem Vater auch sprechen? Dann schalte ich auf Lautsprecher.«

Er wartete, bis seine Mutter seinen Vater herangerufen hatte, der vermutlich gerade am Computer saß – wie so viele Abende spielte er dort Onlineschach mit Menschen auf der ganzen Welt –, und der Lautsprecher eingeschaltet war. Hanno räusperte sich verlegen. »Ist wirklich lange her.«

»Wie geht es dir? Und den Kindern?« Seine Mutter fragte, und da sprudelte alles aus ihm heraus. Die Schäferei lief gut, den Kindern ging es so weit okay, aber sie vermissten die Familie. Und er vermisste seine Eltern auch.

Sein Vater räusperte sich. Er war nie ein Mann großer, emotionaler Worte gewesen, seine Stimme klang jetzt belegt. »Du brauchst nur was zu sagen. Wir haben Zeit und können gern mal auf die Insel kommen. Wenn du magst.«

»Da würden wir drei uns sehr freuen.«

Sie verabredeten, dass seine Eltern am ersten Septemberwochenende kommen würden. Erst mal ganz kurz, zwei Tage, eine Nacht, damit Noah und Leni ein paar Stunden mit ihnen verbringen konnten. Hanno dachte daran, wie seine Mutter ihm vor zwei Jahren angeboten hatte, sie könnten ihren Lebensmittelpunkt auch auf die Insel verlegen. »Du weißt, wir haben die Zeit.« Sie war Frührentnerin, sein Vater war pensionierter Lehrer.

Hanno hatte auf die einzige Weise geantwortet, die ihm zu dem Zeitpunkt möglich war – mit beredtem Schweigen. Sicher hätte die Anwesenheit seiner Eltern viele seiner Probleme nicht gelöst, aber sie hätte manches erleichtert.

Die Lücke aber, die nach Saskias Tod da war – die immer da sein würde, so viel begriff er inzwischen –, hatte er nicht sofort mit der Anwesenheit seiner Eltern stopfen wollen. Zu spät begriff er, dass das eine mit dem anderen herzlich wenig zu tun hatte. Egal, wer in der kleinen Einliegerwohnung lebte – Saskia würde deshalb nicht verschwinden. Das passierte nur, wenn er nicht mehr über sie redete.

»Es ist schön, dass du dich gemeldet hast«, sagte seine Mutter zum Abschied. »Wir freuen uns auch sehr auf euch.«

Das. Mehr nicht. Keine Vorwürfe, keine verständnislosen Fragen, kein: »Wir kommen nicht, immerhin hat es dich zwei Jahre lang auch nicht interessiert, was wir machen.« Sie liebten ihn bedingungslos.

Hanno steckte sein Handy ein. Er starrte aus dem Fenster. Dass alles vor seinen Augen verschwamm, musste am Regen liegen, nicht daran, dass sie feucht wurden.

Strahlender Sonnenschein begrüßte Ruth auf der Insel. Sie fuhr langsam von der Fähre, der Pritschenwagen rumpelte über die Rampe. Knapp eine Stunde ganz mit sich allein hinter dem Lenkrad, nichts zu tun außer nachdenken, Kaffee schlürfen und ein paar Reihen an dem Schal stricken. Sie bekam das glückselige Grinsen nicht aus dem Gesicht, denn Stricken hatte eine beruhigende Wirkung auf sie. Wie alles, was sie mit den Händen machte.

Sie lenkte den Bulli nach links Richtung Inseldorf. Dabei passierte sie auch Hanno, der sein Fahrrad aufschloss und sich just in dem Moment aufrichtete. Sie winkte ihm, und er hob ebenfalls zaghaft die Hand.

Vorhin auf der Fähre hatte sie seine Telefonnummer entblockt. Und kurz hatte sie darüber nachgedacht, ob sie ihm etwas schreiben sollte. Nur fiel ihr nichts Angemessenes ein, darum ließ sie es.

Sie erreichte die Mühle und parkte den Bulli rückwärts direkt vor dem Laden. Als sie ausstieg, wunderte sie sich. Unter dem Vordach des Ladens stapelten sich Kartons. Daneben lehnten Leinwände, und eine abgewetzte Reisetasche stand auch dort.

»Was ist denn hier los?«, wollte sie von Marie wissen, die gerade mit Juna zusammen aus ihrem Kombi schwere Klötze Ton auslud. »Sind das deine Sachen?«

»Nee, die gehören Will. Er ist schon die ganze Zeit oben und wühlt in der Wohnung. Sein neues Atelier hat er ausgeräumt.«

Ruth runzelte die Stirn. Sie waren sich doch einig gewesen, dass Will blieb und seine Bilder in den Kursräumen aufgehängt wurden, während er weiter vor sich hin werkelte … Was hatte sich denn daran geändert, seit sie sich vor knapp drei Stunden am Hafen in Norden getrennt hatten?

Neruda lag oben am Treppenabsatz, die Schnauze auf den Pfoten, die Augen groß. Er blickte in die Wohnung, aus der ein Wühlen und Kramen zu hören war.

»Will?«, rief sie in die Wohnung hinein und blieb vor der Tür stehen. Irgendwie hatte sie das Gefühl, dass sie nicht bei ihm in den Räumen sein sollte, die sie immerhin für ein paar Wochen geteilt hatten.

»Ruth.« Er tauchte im Flur auf und trug einen Karton, den er vor ihr abstellte. »Du bist schon zurück.«

»Ja, und ich hab draußen deine Sachen gesehen.«

Er kratzte sich hinterm Ohr. »Ja, das. Ich ziehe aus.«

»Hast du was anderes gefunden?«

»Noch nicht.« Er ging zurück in die Wohnung, und diesmal folgte sie ihm durch die Räume, wo er in alle Schränke schaute und letzte Dinge herausnahm.

»Und wo willst du dann hin?«

Sie verschränkte die Arme, mochte nicht glauben, dass er jetzt einfach verschwinden wollte.

»Na, irgendwo findet sich schon was. War bisher immer so.« Er seufzte, zog das Tabakpäckchen aus der Gesäßtasche und drehte eine Zigarette, die er Ruth stumm hinhielt. Sie nahm die Zigarette und trat auf den winzigen Balkon am Wohnzimmer. Will folgte ihr.

»Warum ist das hier nichts für dich?«, fragte sie. Es interessierte sie wirklich. Was stimmte nicht mit der alten Mühle, seit er nicht mehr Hüter war, sondern ein Künstler unter vielen? Der Talentierteste blieb er ja, fand sie.

»Wo soll ich anfangen?«

»Egal.« Sie lächelte aufmunternd. Zwar ahnte sie, dass nichts, was sie sagte, seine Meinung würde ändern können. Versuchen wollte sie es trotzdem.

»Ich lebe gern allein. Habe gern meine Ruhe, male ungestört, am liebsten den ganzen Tag, die halbe Nacht.«

Das hatte sie wohl gemerkt. Wenn er ihr nicht half, war er oft wie vom Erdboden verschluckt, und jedes Mal, wenn sie ihn suchte, fand sie ihn im Atelier, wo er Farben mischte, auf einer Obstkiste saß und rauchte oder einfach aus dem Fenster sah. Er war gern mit seiner Kunst allein, doch nie hatte er so einsam gewirkt wie jetzt mit ihr auf dem Balkon.

»Hab gedacht, du wärst eine, die das versteht. Die damit gut leben kann. Aber dann hattest du Pläne mit der Mühle.« Er hob die Hand, spürte wohl, wie sich bei ihr Widerspruch regte. »Nichts daran ist falsch. Dein ideales Leben sieht eben anders aus als meins. Ich möchte wochenlang niemanden sehen. Darum war ich als Hüter der Mühle echt lange glücklich. Habe ja gewusst, irgendwann ist das vorbei, dann ziehe ich weiter. Das ist okay.«

»Aber wieso hast du dich in den letzten Wochen so reingehängt? Ich dachte …«

Er zog an seiner Zigarette und aschte in den Blumentopfuntersetzer, der vor allem ihm in den letzten Wochen als Aschenbecher gedient hatte. »Na, weil ich nicht trübsinnig im Atelier hocken und die Luft mit meiner schlechten Laune verpesten wollte.« Er hob erneut die Hand, und für einen Moment glaubte Ruth, er wollte sie auf ihre Wange legen. »Du machst hier etwas, das dir wichtig ist. Und ich *sehe,* dass es was Gutes ist. Aber nicht für mich. Ich werde hier unglücklich, und dafür ist mir das Leben zu kurz.«

Er drückte seine Zigarette aus. Ruth fröstelte plötzlich, umarmte sich und versuchte, das Gesagte zu verstehen. Er gab ein Leben auf, das ihm eine gewisse Sicherheit bot – weil er lieber allein war. Sie sollte sich nicht zurückgewiesen fühlen, und sicher würde sie in ein paar Tagen auch klarer sehen. Aber im Moment fühlte sich das ganz schön mies an.

»Alles okay?«, fragte er behutsam.

»Ja, schon.«

Er schaute auf die Uhr. »Ich versuche, die letzte Fähre zu erwischen. Habe jetzt alles gepackt und helfe dir noch, die Wollkartons in den Laden zu schleppen.«

»Deine Bilder …?«, fragte sie. »Die von Norderney.«

»Was ist mit denen?«

»Nimmst du alle mit?«

»Ein paar könnten bleiben.«

Sie nickte. Das würde ihr sehr gefallen.

Kapitel 23

Nur noch eine Woche bis zur Eröffnung, und Ruth atmete durch. Sie stand in ihrem kleinen Laden, dachte darüber nach, dass alles fertig war, die Räume füllten sich mit Leben, und sie hatte getan, was ihr möglich war.

Sie hatte an diesem Nachmittag nichts vor. Abends war sie bei Nela und Simon zum Essen eingeladen, Simon wolle irgendwas kochen, meinte Nela. Bis dahin hatte sie noch drei Stunden Zeit und konnte sich gar nicht entscheiden, was sie tun sollte. Neruda legte die Schnauze in ihre Hand, als wollte er sie daran erinnern, dass es ihn ja auch noch gab.

Sie ging neben ihm in die Hocke. »Hast ja recht, alter Zausel.« Sie zupfte ihm die Haare aus den Augen. War mal wieder Zeit für den Hundefriseur, damit er nicht komplett zuwucherte. Sie würde vermutlich selbst zur Schere greifen müssen, denn auf Norderney gab es keinen Hundefriseur, und dafür extra aufs Festland fahren? Ach, nein. Manches war durch ihr Leben auf der Insel komplizierter geworden, allerdings nur auf den ersten Blick. Nach einigem Nachdenken ergab sich immer eine Lösung, ohne dass sie den umständlicheren Weg wählen musste.

Inzwischen besaß sie ein gebrauchtes Hollandrad, und sie holte es nun aus dem Schuppen und nahm Neruda an die Leine. Er kannte das schon und freute sich, dass er mal wieder so richtig rennen konnte. Einmal zur Weißen Düne, an den Hundestrand dort und zurück. Im Rucksack hatte sie Wasser, einen faltbaren Hundenapf und einen Müsliriegel für sich.

Der September war fast rum, und sie wickelte sich den Regenbogenschal um den Hals. Sie radelte Richtung Osten, vorbei an der Abzweigung zur Inselschäferei, die sie zum Lächeln brachte. Irgendwann, dachte sie, biege ich da noch mal ab, und wir reden miteinander.

Heute aber wollte sie für Neruda sorgen, der hatte in den letzten Wochen wirklich wenig Auslauf gehabt, und allzu oft hatte sie ihn vernachlässigen müssen. Er drehte auch gern mit Juna seine Runden, die ein großes Herz für Tiere und kein Problem damit hatte, wenn er halbe Tage in ihrer Korbmacherwerkstatt lag, während sie arbeitete.

Erst als sie eine Stunde später in einem Strandkorb vom Restaurant an der Weißen Düne saß, Neruda sein Wasser schlabberte und sie eine Apfelschorle bestellte, fiel ihr wieder ein, wie sie vor knapp drei Monaten – war wirklich erst so wenig Zeit verstrichen? – das erste Mal Noah über den Weg gelaufen war. Der Kellner war derselbe, und sie fragte ihn, ob Noah immer noch herkomme.

Der kratzte sich am Kopf. »Nee, jetzt, wo Sie's sagen … schon länger nicht.«

Sie wusste nicht, ob sie das beruhigend fand. Aber gut möglich, dass sich für Familie Poppinga alles ein wenig beruhigt hatte. Dass es ihnen besser ging. Ruth wünschte es Hanno, Noah und Leni sehr.

Schon wieder kreisten ihre Gedanken um die Schäferei, weshalb sie auf dem Rückweg, nachdem sie an einer Wiese vorbeigefahren war, auf der die Schafe grasten, an der Abzweigung zur Inselschäferei abbog und dem gewundenen Weg folgte. Sie hatte Hunger auf würzigen, frischen Schafskäse, und den gab's eben nur bei Hanno.

War natürlich nur 'ne Ausrede, und das merkte sie spätestens, als sie kurz darauf den Hof erreichte und ihr Fahrrad abstellte. Neruda war ganz unruhig und kribbelig, er wollte sofort losstürmen und nach Hottel und Luise suchen. Ruth trat an die Ladentür, doch das Schild dahinter war auf »geschlossen« gedreht, und als sie die Augen beschattete und durch die Tür blickte, war im Innern alles dunkel, die Käsetheke leer geräumt. Schade. Ein Schild im Schaufenster verkündete die Öffnungszeiten – vormittags von neun bis zwölf, dazu drei Nachmittage in der Woche.

»Hallo!«

Ruth fuhr herum. Hinter ihr stand eine ältere Frau, groß gewachsen und hager. Eine Schürze mit roten Äpfelchen über der Stoffhose und ein senffarbener Rollkragenpullover wirkten etwas merkwürdig an ihr.

»Hallo. Der Laden hat wohl nicht offen?«

»Nein.«

»Schade.« Ruth kam langsam näher. »Sind Sie die Neue?«

Ihr Gegenüber runzelte die Stirn. »Die neue was?«

»Aushilfe.«

Die Frau lachte. »Bewahre, nein. Ich bin die Mutter vom Besitzer.«

Auweia, da hatte Ruth ja in ein Wespennest gestochen. Denn Hannos Mutter war nicht dumm und wollte direkt wissen: »Was heißt denn ›die Neue‹? Wer war ›die Alte‹?«

»Ach, entschuldigen Sie.« Ruth wollte sich auch nicht hinter einer Lüge verstecken. »›Die Alte‹ bin dann wohl ich. Im Sommer habe ich ein paar Wochen hier ausgeholfen.«

»Ach, Sie sind das.« Sofort verschwand der freundlich-interessierte Gesichtsausdruck von Hannos Mutter. »Sie haben die Familie überstürzt im Stich gelassen?«

»Hat er das so erzählt?«, stotterte Ruth.

»Nein, hat er nicht.« Hannos Mutter stemmte beide Hände in die Hüften. »Aber ich hab ein bisschen was zusammengereimt aus dem, was er nicht erzählt, und dem, was die Kinder mir mitgeteilt haben.« Sie blickte zum Haus, als müsste sie sich davon überzeugen, dass niemand sie beobachtete. »Vor allem Leni hat's schwergenommen.«

»Entschuldigen Sie, Frau Poppinga …«

»Nee. Gibt's nichts zu entschuldigen.« Hannos Mutter ließ die Hände sinken. »Mein Sohn ist ein Vollpfosten, entschuldigen Sie meine deutlichen Worte. Vermutlich muss ich Ihnen sogar dankbar sein. Zwei Jahre lang hat er nichts von sich hören lassen. Jederzeit hätten wir herkommen und ihn unterstützen können. Wollte er nicht. Sein Schweigen war so beängstigend nach der Sache mit …« Sie verstummte.

»Ich weiß von Saskia«, sagte Ruth behutsam.

»Na, wenigstens. Dann hat er sich Ihnen gegenüber also auch geöffnet.«

»Ja. Und dann habe ich einen Fehler gemacht.« Ruth ließ den Kopf hängen.

»In dem Fall gehören bestimmt zwei dazu. Wollen Sie nicht reinkommen und mit uns 'nen Kakao trinken? Die Kinder würden sich wohl freuen.«

»Ich möchte Sie aber nicht bei irgendetwas stören.«

Frau Poppinga musterte sie nachdenklich. »Nee, stören würden Sie nicht.«

»Aber Sie wissen nicht, was Hanno davon hält, wenn ich hier bin.«

Bevor Frau Poppinga etwas antworten konnte, stürmten die Kinder aus dem Haus direkt auf Ruth zu. Leni war schneller als ihr Bruder und warf sich gegen Ruths Beine, sodass sie nach hinten stolperte und mit dem Popo in einer schlammigen Pfütze landete. Noah blieb über ihr stehen und rümpfte die Nase. »Du sitzt in Schafkacke«, bemerkte er.

Recht hatte er, denn die Pfütze kaschierte geschickt, dass die Mutterschafe gern mitten auf den Hof kackten. Ruth, die sich im

Sturz hatte abstützen wollen, hob die Hand, an der etwas Undefinierbares, Braunes klebte.

»Schafkacke!« Leni umarmte sie noch mal stürmisch, und es dauerte, bis Ruth sich von Lenis Begeisterung erholt hatte und mithilfe von Frau Poppinga aufgestanden war.

»Kommen Sie erst mal mit rein. Irgendwo habe ich noch 'ne gemütliche Hose, die ich Ihnen leihen kann.«

»Danke.« Damit war ihr die Entscheidung abgenommen, und selbst wenn sie gewollt hätte, die Kinder hätten sie nicht mehr weggelassen. Ruth fügte sich. Sie säuberte sich notdürftig und zog Frau Poppingas Joggingbuxe an, die sehr flauschig und angenehm wärmend war. Dann setzten sie sich ins Wohnzimmer. Sie wurde Hannos Vater vorgestellt, der hinter seiner Schachzeitschrift vor sich hin brummelte und sich irgendwann schwerfällig erhob und verschwand. Blieben Noah, Leni und Hannos Mutter, und die Kinder klebten rechts und links an Ruth, während sie sich die Hände an einem Becher Tee wärmte und die süßen Ingwerkekse knabberte, die Oma Poppinga hervorzauberte.

»Tja, der Hanno kommt heute sicher wieder spät. Die Schafe. Wir sind ja jetzt gelegentlich hier und helfen aus.«

»Ruth war im Sommer hier. Sie hat auch geholfen, aber dann war sie weg und Papa so traurig«, vermeldete Noah.

»Ja, Noah. Jetzt sei mal still.«

»Ich war auch traurig«, sagte Ruth unvermittelt an Noah gewandt. Sie fand nämlich im Gegensatz zu Oma Poppinga, dass Kinder ein Recht auf eine aufrichtige Antwort hatten. Kindgerecht, schon klar. Aber sie konnte ihm das ruhig sagen, dass es nicht ihre Absicht war zu gehen, oder?

»Aber wieso bist du weg? Magst du uns nicht?« Noah sah aus, als würde er gleich losweinen. Ruth schluckte. Sie tat das Einzige, was ihr in diesem Moment richtig und passend erschien. Sie legte den Arm um seine schmalen Schultern und drückte ihn an sich.

»Ich mag euch total gern«, sagte sie. »Dich und Leni und … deinen Papa.« Sie sah Oma Poppinga dabei nicht an, sondern legte auch um Leni den Arm und drückte beide Kinder an sich, die sich noch mehr an sie rankuschelten und irgendwie zufrieden seufzten, wie nur Kinder das konnten.

»Kommst du dann zurück?«, wollte Leni wissen.

Hannos Mutter stand leise auf und verließ das Wohnzimmer. Ruth hörte sie in der Küche klappern und atmete durch. Hannos Mutter hatte ein gutes Gespür dafür, wann sie nicht unbedingt mit gespitzten Ohren danebensitzen sollte.

»Hört mal, ihr zwei … Ich weiß ja nicht, was euer Papa erzählt hat.«

Zwei Augenpaare richteten sich auf sie. Sofort geriet Ruth ins Stottern. Da war sie jetzt aber in etwas hineingestolpert, und das nur, weil sie Hunger auf guten Schafskäse bekommen hatte! Außerdem warteten Nela und Simon bestimmt auf sie, und irgendwie verspürte sie nur noch den Wunsch, schleunigst zu verschwinden.

Bangemachen gilt nicht.

Also gut.

»Gar nichts hat er erzählt«, sagte Noah ernst.

»Papa erzählt nie was«, bekräftigte Leni.

»Okay … Also, ich habe hier ja gearbeitet. Und euer Papa und ich waren uns nicht einig, welche Aufgaben ich erfüllen soll und welche nicht. Darum haben wir dann gesagt, dass wir künftig lieber wieder getrennte Wege gehen.« Uff, ging doch. Hoffte sie.

»Aber ihr habt euch ja sogar geküsst! Wie wenn ihr euch lieb habt!« Lenis Stimme zitterte. »Wie wenn du ’ne Mama für uns wirst.«

Ach herrje. Jetzt geriet Ruth doch ins Schwimmen. »Na ja, weißt du. Manchmal mögen sich Erwachsene sehr, aber es reicht nicht, dass sie dann länger zusammen sein wollen. Dafür kann’s tausend Gründe geben.«

»Waren wir der Grund?«, wollte Noah wissen.

»Nein.«

»Wieso hast du das dann gesagt? Als ihr euch gestritten habt.«

»Ich habe doch nicht …« Doch, hatte sie. Ruth erinnerte sich wieder. Noah war die Treppe heruntergekommen, weil er noch Durst hatte, und mitten in die Diskussion mit Hanno hineingeplatzt, und sie hatte sich schon damals gefragt, wie viel er mitbekommen hatte. Anscheinend genug, dass er am nächsten Tag, als sie verschwunden war, die richtigen Schlüsse zog.

Oder auch nicht.

»Weißt du, Noah …« Sie wählte ihre Worte mit Bedacht. »Ich habe das bisher noch nicht gemacht. Mit Kindern zusammengelebt. Ich habe keine eigenen Kinder und fand's immer schwer vorstellbar, dass sie zu *meinem* Leben gehören könnten. Und darum … manchmal sind auch Erwachsene von einer Situation überfordert. Das war bei mir so vor ein paar Wochen. Und dein Papa war auch unglücklich damit, wie das lief. Da haben wir dann lieber schnell … eine andere Lösung gesucht, bevor wir uns zu sehr aneinander gewöhnen, du, Leni, ich und dein Papa.«

»Aber wir vermissen dich.« Leni kuschelte sich noch ein bisschen mehr an Ruth.

»Ach, Leni.« *Ich vermisse euch auch.*

Das dachte sie nur, aber sie hoffte, die Kinder spürten auch so, wie viel sie ihr bedeuteten.

»Kommst du irgendwann zurück?«, fragte Noah.

Das weiß ich nicht.

Es kam auch auf Hanno an, und bei ihrer letzten Begegnung neulich hatte er auf sie nicht den Eindruck erweckt, als würde er den Kontakt gerne wieder intensivieren. Egal, in welche Richtung das dann ginge. Sie hatte es aber heute zur Inselschäferei gezogen, und das war eben auch eine Antwort auf die Frage, die sie sich bisher nicht zu stellen getraut hatte.

Hanno und ich – wird das noch was?

Oder wollte sie nun, da sie die alte Mühle übernommen hatte, all ihre Konzentration und Energie auf ihre neue berufliche Perspektive legen?

»Ich weiß es nicht, Noah.«

Er dachte über ihre Antwort nach.

Ruth nahm den Schal ab, den sie immer noch um den Hals trug. So langsam wurde es ihr darunter ziemlich warm. Sie wickelte ihn behutsam dreimal um Lenis Hals. »Hier, der ist für dich. Damit dir immer schön warm ist. Auch wenn ich nicht da bin, um dich ins Bett zu bringen.« Bevor Noah schmollen konnte, weil sie für ihn nichts hatte, fügte sie rasch hinzu: »Wenn du das nächste Mal an der Mühle vorbeikommst, sag bitte Hallo, ja? Du kannst dir auch Wolle für einen Schal aussuchen.«

»Okay.« Er nickte tapfer.

»Welche Farbe magst du denn?«

»Auch so einen wie Leni hat.«

»Okay. Dann stricke ich dir genauso einen.« Und passende Mützen für beide, beschloss sie.

Oma Poppinga kam wieder rein. »Zeit fürs Abendessen.« Sie sah Ruth fragend an. »Möchten Sie bleiben?« Vermutlich ihre Art, sie darauf aufmerksam zu machen, dass eine Begegnung mit Hanno unvermeidlich war, wenn sie länger blieb. Ruth stand auf.

»Ich bin schon bei Freunden zum Abendessen eingeladen«, sagte sie und war froh, nicht mal lügen zu müssen. »Ein anderes Mal vielleicht.«

Noah und Leni brachten sie zur Tür, und Ruth ging in die Hocke, um die beiden zum Abschied zu umarmen. Neruda drängte sich dazwischen, und sie verwies ihn auf seinen Platz. Er gehorchte sofort, hatte die Rangordnung im Rudel verinnerlicht. Als Ruth draußen aufs Rad stieg, kam Oma Poppinga aus der Küche. Sie stand hinter den Kindern, und alle drei winkten zum Abschied.

Ruth hatte das unbestimmte Gefühl, dass sie nicht zum letzten Mal hier sein würde. Spätestens wenn sie Noahs Schal fertig hatte, kam sie zurück.

Seit seine Eltern häufiger auf der Insel waren, saß er oft bei den Schafen und hörte ihnen zu. Mehr nicht. Mit den Schafen und seinen Hunden allein sein – das genügte ihm vollauf.

Hanno hatte Luise neben sich, während Hottel ein Stück entfernt stand und auf die Herde aufpasste, obwohl es da für ihn gerade nicht viel zu tun gab; alle Mutterschafe grasten friedlich, die Lämmer hüpften fröhlich herum. Seit Wochen genoss Hanno das hier: Bei seinen Schafen sein. Zeit dafür haben. Einfach untätig sein, sich nicht ständig gehetzt fühlen von den vielen Aufgaben, die noch auf ihn warteten. Vor allem: nicht ständig daran denken müssen, wann er wo welches Kind abholen musste. Insofern waren die Zeiten, wenn seine Eltern auf der Insel waren, eine Erleichterung. Noah und Leni hatten nach anfänglichem Fremdeln schnell Zugang zu ihren Großeltern gefunden. Noah lernte von seinem Opa Schach, während Hannos Mutter mit Leni stundenlang in der Küche werkelte und die leckersten Gerichte zauberte. Gelegentlich durfte Hanno auch wieder an den Herd, und er musste grinsen, als seine Mutter seinen Shepherd's Pie mit Lammhackfleisch probiert hatte und erstaunt ausrief, wie lecker das sei, als hätte sie gedacht, bei Hanno gebe es nur Brot und Nudeln mit Tomatensoße.

Erst im Spiegel seiner Eltern erkannte er, wie viel er schaffte. Und dass es in Ordnung war, die Stunden bei den Schafen für sich zu nutzen. Nichts zu tun außer … nun ja.

Er blickte auf seinen Schoß. Wollweiß lagen die kardierten Fasern auf einem Tuch. Die Spindel, die er aus Saskias Sachen gezogen hatte, war eine ganz einfache Kreuzspindel aus Birkenholz. Er hatte sich viele Videos im Internet angeschaut, darüber, wie man Wolle wusch, sortierte, kardierte und verspann. Inzwischen hatte er ein bisschen was auf der Spindel, und es tat ihm gut, seine Hände zu beschäftigen. Die Wolle seiner Schafe, die er bisher mehr oder weniger stiefmütterlich behandelt hatte, erschloss sich ihm nun auf eine ganz andere Weise. Er *begriff*, was Ruth gemeint hatte, als sie sagte, Wolle sei ein ganz besonderer Werkstoff. Seine Ostfrieslandschafe waren keine Merinos. Würden sie niemals sein. Die Wolle war rauer, aber: sie wärmte schon, wenn man mit ihr arbeitete. Er genoss das sehr.

Inzwischen war es Zeit, nach Hause zu gehen. Er pfiff nach Hottel und Luise, schaute noch mal nach den Schafen und machte sich zu Fuß auf den Heimweg. Er freute sich auf die Zeit mit seinen Kindern und seinen Eltern. Heute war seine Mutter mit dem Kochen dran.

Als er fast schon die Abzweigung erreicht hatte, die zu seinem Hof führte, sah er eine Radfahrerin, die mit einem braunen Wuschelhund neben sich aus dem Feldweg kam. Sie schaute flüchtig nach links, dann trat sie in die Pedale und radelte Richtung Inseldorf davon. Sie hatte ihn nicht bemerkt, und Hanno atmete auf.

Was hatte sie auf seinem Hof zu suchen gehabt? Nun ja, vermutlich würde er es schon bald erfahren, wie er seine Kinder kannte.

Er sollte recht behalten.

»Ruth war hier! Mit Neruda!«, begrüßte ihn Noah, kaum dass er das Haus betreten hatte.

Leni hielt ihm etwas unter die Nase. »Hat sie für mich gestrickt!«, rief sie begeistert.

»Sie macht mir auch einen aus derselben Wolle«, sagte Noah stolz.

Seine Mutter tauchte in der Küchentür auf. Hanno blickte sie über die Köpfe seiner Kinder hinweg an. Sie nickte ganz leicht, und das konnte viel heißen. *Wir reden später darüber. Ich mag sie.*

So viele Gedanken in einem Blick.

»Es gibt gleich Essen. Wasch dir die Hände.«

Na, und da war er wieder der Sechsjährige, den sie wegen jeder Kleinigkeit ermahnen musste. Fast hätte er gelacht, wären nicht Noah und Leni losgeflitzt, um sich ebenfalls die Hände zu waschen.

Als sie am Tisch saßen, sprach niemand mehr über Ruth und Neruda. Erst später, die Kinder schliefen schon und Hanno kam ins Wohnzimmer, wo sein Vater das Schachbrett aufbaute, weil sie abends gelegentlich eine Partie spielten, da sagte seine Mutter: »Du solltest sie auch mal besuchen. Sie hat mir erzählt, sie wollte Käse. Und von ihrem Kurszentrum hat sie erzählt.«

»Ja, das. Ich wollte es mir schon ansehen.«

»Sie eröffnet in einer Woche.«

Schau an, so viel hatte Ruth also mit seiner Mutter geredet. Sein Vater enthielt sich eines Kommentars, obwohl seine Mutter meinte: »Sag doch auch mal was, Dierk.«

»Was soll ich schon sagen, Ute? Die beiden sind erwachsen, da müssen wir uns nicht reinhängen. Es geht uns nix an.«

Bravo, Papa, dachte Hanno.

»Ich sag's nur. Was er draus macht, ist seine Sache.«

»Klingst nicht so, als wär's seine Sache«, brummelte Dierk Poppinga. »Für mich wirkt's eher so, als müsste er sich beeilen. Du bist am Zug, Hanno.«

Hanno vertiefte sich in das Schachspiel. Sein Vater bot ihm ein feines Damengambit, aber darauf würde er nicht reinfallen.

»Ich werde schon tun, was nötig ist«, sagte er und hoffte, das Thema sei damit vom Tisch.

Zumindest seine Mutter hielt den Mund, bis sie um kurz nach neun laut seufzte und ihr Strickzeug in das Körbchen legte, das seit Neuestem auf Hannos Sofa stand. Er hatte sich schon mal, wenn niemand hinschaute, das Strickwerk angesehen. Gerade machte sie Stulpen, weil ihre Handgelenke besonders im Herbst und Winter durch die Arthrose schmerzten.

»Ich geh ins Bett.«

»Komm gleich.«

Hanno sah schon länger ein Matt in drei Zügen, das sein Vater erstaunlicherweise bisher nicht konsequent umgesetzt hatte. Erst nachdem seine Mutter sich verabschiedet hatte und über den Hof zur Wohnung gegangen war, lehnte sich Dierk Poppinga zurück und verschränkte die Hände hinter dem Kopf. »Matt in drei Zügen«, meinte er.

»Ich weiß«, sagte Hanno.

»Bist mit deinen Gedanken auch nicht bei der Sache.«

»Könnte sein.«

»Deine Freundin?«

Kurz wollte Hanno ärgerlich werden. Sie ist nicht meine Freundin, hätte er einwenden können, ließ es dann aber bleiben, weil es auch zu kompliziert wäre, das für seinen Vater auseinanderzudröseln. Er machte daher »mhm«, und das schien als Antwort zu genügen.

»Will sie nicht oder willst du nicht?«

»Ich weiß nicht, ob sie will.«

»Und du?«

Hanno zuckte mit den Schultern.

Er vermisste Ruth. Jeden Tag. Vor allem, wenn er mit den Schafen arbeitete oder in der Käserei, immer wieder ertappte er sich bei diesem Gedanken. *Das würde ich Ruth gern erzählen. Wenn ich ihr das zeige! Ob Ruth weiß, warum Schafe einst vom Menschen gezähmt wurden? Sie ist so klug, das weiß sie bestimmt.*

»Willst du einen Rat von einem alten Mann hören?«

»Ich denke schon.«

»Warte nicht zu lange, bis ihr das rausfindet. So, und nun mache ich ein Ende mit diesem Elend hier.« Sein Vater nickte zufrieden, zog den Turm vor und setzte Hanno wie zu erwarten in drei Zügen matt. Er war losgeworden, was er auf dem Herzen hatte.

Auch Hannos Vater ging nach nebenan, und Hanno räumte die Schachfiguren zurück in die Holzschatulle und stellte beides auf den Couchtisch. Dann nahm er noch mal das Gestrick seiner Mutter zur Hand.

Einen Schal hatte Ruth gestrickt und ihn Leni geschenkt. Und sie würde einen weiteren für Noah stricken, das hatte sie versprochen.

Hanno traf eine Entscheidung.

Kapitel 24

»Darüber reden willst du nicht, oder?«, wollte Nela wissen.

»Nee. Wirklich nicht.«

Sie saßen allein im Wohnzimmer. Simon hatte sich vorgedrängelt, als es darum ging, wer Jonte ins Bett brachte. Deshalb saßen die beiden Freundinnen nun mit vollen Bäuchen und Gläsern mit Limo in den Händen auf dem Sofa und hatten die Füße unter eine Decke gesteckt. Durch das offene Fenster wehte ein kühler Abendwind.

»Ist gut. Dann lass uns über was anderes reden.«

Sie schwiegen eine Weile.

»Na gut, ich will doch drüber reden.« Ruth seufzte. »Ich weiß halt nicht, ob ich mir was einrede oder ob es wirklich klüger wäre, wenn ich Hanno vergesse. Ich war heute da. Er nicht. Die Kinder haben sich so gefreut, mich zu sehen. Ich habe mich gefreut, sie zu sehen. Und habe seine Eltern kennengelernt, die mich auch nicht angeguckt haben, als wäre ich ein Monster oder so.«

»Natürlich haben sie das nicht, du bist nämlich kein Monster.«

Ruth stibitzte ein Stückchen Apfel von dem Naschteller, den Nela auf den Kaffeetisch gestellt hatte. »Na ja, aber schon … die Neue? Wäre ich? Eventuell.«

»Willst du wissen, was ich denke?«

»Ja, bitte!«

Sie wusste es nämlich längst nicht mehr.

»Wenn ich dich beobachte, merke ich, dass du … na ja, dein Wesen nicht gänzlich verleugnen kannst. Du bist immer unterwegs gewesen. Seit ich dich kenne. Ob das nun das Erasmus-Jahr war, die Jobs während der Semesterferien in irgendwelchen Weltstädten, die zahllosen Kurztrips während deiner Zeit als Anwältin … Du hast noch nie irgendwo Wurzeln geschlagen.«

Und dann kam sie nach Norderney und machte genau das, was für sie nicht typisch war. Was sie vielleicht auch nur ein Jahr durchhalten würde. Oder zwei. Weil sie immer vor dem Leben an einem festen Ort zurückgewichen war. Ruth verstand.

»Aber wenn ich doch gerade ankomme?«, überlegte sie laut.

»Das könnte sein, du. Ob das so ist, wirst nur du beantworten können.«

Und das war das Fiese, denn Ruth wusste wirklich nicht, ob sie nun angekommen war oder sich nur einredete, sie sei angekommen, weil da jemand war, den sie sehr mochte. Der ihr nicht aus dem Kopf ging, obwohl sie sich nur einmal gesehen hatten in den letzten Wochen. Dabei sollte man doch meinen, so eine Insel sei klein genug, dass man sich ständig über den Weg lief.

Vermutlich ging es ihm wie ihr, er hatte mehr als genug mit seinen Schafen zu tun.

»Ich weiß nicht, ob ich angekommen bin.«

»Das macht nichts.« Nela klang beinahe fröhlich. »Das Schöne im Leben ist, dass man nie ankommen muss. Wichtig ist, dass es so, wie es ist, gerade passt. Und dass man immer die Möglichkeit hat, etwas zu ändern, wenn man das möchte.«

»Weise Worte. Entnehme ich dem, dass bei dir Veränderungen ins Haus stehen?«

»Nee, auf keinen Fall.« Nela grinste. »Ich war, glaube ich, noch nie in meinem Leben so sehr bei mir.«

Bewundernswert, dachte Ruth, als sie sich auf den Heimweg machte. Ganz bei sich sein können und genügend Freiraum besitzen, den sie für sich nutzen konnte. Das wäre die Idealvorstellung ihrer Zukunft.

Und jedes Mal, wenn sie gedanklich diesen Punkt erreichte, wenn sie versuchte, sich das Leben mit Hanno vorzustellen, waren sofort seine Kinder präsent. Sie schoben sich ins Bild. Und Ruth merkte, wie sie selbst in diesem Bild verblasste, bis sie komplett verschwand.

Sie wusste: Es lag nicht an Noah und Leni, dass sie sich ein Leben mit Kindern nicht vorstellen konnte. Im Grunde auch nicht an Hanno, der ihr eben viel zu schnell die Verantwortung für seine Kinder übertragen hatte, weil er selbst komplett überlastet war. Und zu guter Letzt trug auch sie keine Schuld daran, wie viele schlechte Gefühle sich daraus ergaben. Sie war mit einer Überzeugung durchs Leben gegangen, die sich von der Realität hatte einholen lassen. Und da stand sie nun, mit dem Herzen voller Zuneigung für diesen Mann und seine Kinder. Sie hatte ihre Wurzeln in die Insel gesteckt, und sie hielten. Das überraschte sie am meisten.

Und wenn ich doch wieder reisen will?

Auch dafür würde sich eine Lösung finden. Hoffentlich. Diesen Herbst jedenfalls war dafür keine Zeit! Sie musste das Kurszentrum doch eröffnen, und so viele tolle Frauen, die sich mit ihr in den letzten Wochen engagiert hatten, damit dieser Traum wahr wurde, hatten sich reingehängt. Da würde sie jetzt nicht ein letztes Mal in die Runde winken, war schön mit euch, und weg war sie.

Nee. So viel Verantwortungsbewusstsein hatte sie schon, dass sie nicht kurz vor Eröffnung aufgab. Wieso sollte sie? Dieses Projekt war ein bisschen wie ihr Baby. Falls sie je ein Baby haben sollte in ihrem Leben, dann so eins. Oder ein Hundewelpe, aber mit Neruda war sie bereits ausgelastet. Kein zweiter Hund.

Sie musste den Kopf schütteln über so viele Gedanken, die durcheinanderpurzelten. Sie assoziierte wild vor sich hin, und einmal blieb sie stehen, weil ihr eine wunderschöne Idee für eine

Adventsaktion in der alten Mühle gekommen war. Sie plante ja doch langfristig.

Und da war es schon. Dieses wunderschöne Gebäude mit den vier stillgelegten Windmühlenflügeln, von denen sich zwei in den blauen Abendhimmel reckten. In einigen Räumen brannte noch Licht. Ruth blieb auf dem Parkplatz stehen. Sie blickte zum Laden. Die Fenster würde sie nur im Winter abends beleuchten, vielleicht auch nur mit einem oder zwei LED-Spots. Sie konnte durch die großen Fenster in die Eingangshalle schauen, in der sich gerade Marie und Juna über die Tafel beugten, die Ruth angeschafft hatte. Darauf wollten sie tagesaktuell vermerken, wenn noch Kursplätze frei waren oder was sie für besondere Angebote hatten.

Ruth steuerte die Tür an.

»Hey.«

Sie fuhr herum. Am anderen Ende des Parkplatzes stand Hanno, an sein Fahrrad gelehnt und mit einem Beutel über dem Lenker.

»Hey.« Sie trat zu ihm.

Er grinste verlegen. »Störe ich?«

»Nie«, sagte sie, und das entsprach der Wahrheit.

»Du warst heute bei uns.«

»Ja.« Auweia. Sie wappnete sich für eine Brandrede, die sinngemäß ungefähr so ging, dass sie sich gefälligst von seinem Hof, seinen Kindern und allem, was sein Leben betraf, fernhalten sollte, nachdem sie ihm doch deutlich gemacht hatte, dass sie nicht zu seinen Bedingungen Teil seines Lebens sein konnte.

»Leni liebt deinen Schal.«

Ruth lächelte. »Das freut mich.«

»Du strickst Noah auch einen, hat er erzählt.«

»Wenn das für dich okay ist?«

Er musterte sie überrascht. »Wieso sollte das für mich nicht okay sein.«

»Ich weiß nicht … War nur so ein Gedanke.«

Hanno seufzte. Er blickte zur Mühle. »Können wir reden? Also über mehr als über Schals und so?«

»Klar.« Sie durchquerten den Eingangsbereich, Marie und Juna grüßten, dann war Ruth mit Hanno schon die Treppe hochgelaufen. Sie betraten die kleine Wohnung, der man immer noch ein wenig anmerkte, dass Will hier einige Monate gelebt hatte. Ruth würde die Wohnung irgendwann noch mal renovieren. Christian Rodenbrock hatte ihr ein neues Bad versprochen, sobald alle anderen Renovierungen abgeschlossen waren.

Sie setzten sich im Wohnzimmer auf das alte, durchgesessene Sofa. Hanno grinste, als er den Korb sah, der auf der Sofalehne stand. »So einen hat meine Mutter auch mitgebracht. Sie strickt viel.«

»Das klingt schön.«

»Na ja, und ich habe das hier in den letzten Wochen gemacht.« Er zog etwas aus dem Beutel und drückte es Ruth in die Hand.

»Was ist das?«

»Die Wolle meiner Schafe.«

Sie befühlte die Wolle. Deutlich kratziger als Merino.

»Ich habe mich ein bisschen schlaugemacht. Also im Internet. Wollte dich nicht fragen, weil ich das allein schaffen wollte. Ich habe sie gereinigt, gewaschen, danach habe ich sie gezupft und kardiert. Sieht doch gut aus, oder?«

Das tat es wirklich.

»Und dann …« Er holte die Spindel aus dem Beutel. Der Faden war ungefähr doppelt so dick wie Sockenwolle und erstaunlich gleichmäßig, dafür, dass er noch nie gesponnen hatte.

»Wow«, sagte sie. Sein Können beeindruckte sie. Seine Hingabe zu diesem Projekt. »Das sieht gut aus.«

»Teilweise hat der Faden noch zu viel Drall, da muss ich einfach viel mehr üben.«

»Ja, aber das geht schon, und nach dem abschließenden Verzwirnen und Waschen merkst du davon nicht mehr so viel.«

Eine Frage drängte sich ihr auf, aber sie wartete lieber, ob er von allein darauf zu sprechen kam.

»Du hattest recht«, sagte er leise, »dass man aus der Wolle was machen könnte. Und ich bin so ausgeflippt, weil … Das war immer Saskias Projekt. Ich dachte, wenn ich dir das überlasse, nehme ich es ihr weg, und das wollte ich nicht. Zugleich waren die Kinder so sehr von dir begeistert, ich war verliebt, alles hätte perfekt gepasst. Und dann hast du mir gesagt, so gehe das nicht. Darum … Ich war echt ein Schaf.«

Ruth musste sich ein Grinsen verkneifen. Sie legte die Hand auf seine, die immer noch die Spindel hielt. »Darf ich mir das mal ansehen?« Sie durfte. »Das ist wunderschöne Wolle«, bemerkte sie. »Und du hast das ganz allein gemacht?«

»Ja. Gibt ja nichts, was man nicht mit Internetvideos lernen kann. Ans Färben habe ich mich noch nicht rangetraut. Aber ich wollte wissen, wie die Wolle ist. Und sie ist toll. Ich habe auch viel darüber nachgelesen. Wie wichtig die Wolle in den vergangenen Jahrtausenden war, seit Menschen Schafe domestiziert haben.«

»Damit bist du tiefer ins Thema eingestiegen als ich«, neckte sie ihn.

Hanno zuckte mit den Schultern. »Es ist unheimlich interessant. Die Eigenschaften von Wolle – kühlend *und* wärmend. Dass man sie filzen kann. Ich steige da noch gar nicht richtig durch, und ich würde gern noch so viel lernen.«

»Ich biete da bald Kurse an. Deine Vorschläge werden gern berücksichtigt.«

»Und ich möchte unsere eigene Wolle machen.«

»Unsere?«

Er suchte ihre Hand. »Unsere.«

Ruth legte die Spindel auf den Couchtisch. Sie sah ihn ernst an. »Es hat sich nichts geändert, Hanno. Ich bin immer noch die denkbar schlechteste Person, die als Mutter deiner Kinder einspringen könnte.«

»Du sollst auch nicht ihre Mutter sein.«

»Was denn dann?« Sie wartete atemlos. Seine Antwort. Von der hing so vieles ab. Sie hatte ihn nicht vergessen können, die Zeit bei ihm, die Nächte in seinen Armen. Das hatte sich zum ersten Mal in ihrem Leben angefühlt wie ein Ort, an den sie immer wieder zurückkehren könnte. Aber dachte sie das nur, weil sie sich selbst aus diesem Paradies vertrieben hatte oder weil sie glauben wollte, dass sie dorthin gehörte – in die kleine Schäferei mit ihren vielfältigen Aufgaben. Und dann war da noch der andere Fixpunkt ihres neuen Lebens. Sie hatte sich selbst etwas aufgebaut, unabhängig von Hannos Leben, von seiner Familie. Ob er das verstehen würde?

»Ich will … mit dir zusammen sein.« Seine Stimme stockte. »Aber nicht so, dass einer unglücklich wird.«

Sie begriff. »Saskia war nicht unglücklich, weil sie mit dir zusammen war. Oder weil ihr Kinder hattet.«

»Ich weiß …«

Er war in Gedanken weit weg, und Ruth ließ ihm die Zeit, diesen nachzuhängen. Er musste es ja auch spüren. Dass er den Raum bekam, den er brauchte. Es brachte ihr nichts, wenn sie sich in Konkurrenz zu einer Toten sah.

»Wenn wir zusammen sind«, versuchte er es noch mal, »dann sind sie schon Teil meines Lebens. Noah und Leni. Ich kann ja nicht meine Kinder wegschließen, nur damit du dich wohlfühlst.«

Ruth gab sich einen Ruck. »Darum geht es doch gar nicht«, flüsterte sie. »Für mich … Da muss ich doch erst reinwachsen. Kinder waren irgendwie …« Sie verstummte. Ihr war zum Heulen zumute. Sie beide saßen hier und rangen, jede und jeder mit sich, gemeinsam wollten sie eine Lösung finden. Damit sie zusammen sein konnten. Damit aus ihnen eine Familie werden konnte.

»Ich glaube, ich könnte das. Verantwortung übernehmen. Nur im Sommer, da hat mich das überrumpelt. Du warst so eine Art Superpapa für die Kinder, und dann haben sie mich eingebunden. Ich war so überfordert! Ich dachte ständig, irgendwas mache ich bestimmt falsch, und dann wirst du mich wegschicken, und sie werden mich hassen.«

Beide blickten auf. »Ruth.« Seine Stimme so rau.

»Ja, Hanno.«

»Ich möchte dich küssen.«

Sie lachte. Ihre Stimme zitterte. »Dann mach das doch.«

»Und danach möchte ich, dass wir gar nichts mehr sagen. Wir kriegen das hin, okay? Du und ich. Wir finden einen Weg. Für alles.«

»Okay«, flüsterte sie.

Hanno beugte sich vor. Seine Hände legten sich auf ihr Gesicht, und weil er die ganze Zeit die Wolle gehalten hatte, rochen sie nach Lanolin und fühlten sich erstaunlich kühl an auf ihrer erhitzten Haut. Ruth schloss die Augen. Seine Lippen berührten ihre, und sie konnte sich in diesem Moment alles für die gemeinsame Zukunft vorstellen. Dieser winzige Augenblick verging, und dann war eben alles möglich, was sie gemeinsam schaffen wollten.

So fühlt sich Glück an, dachte sie.

Epilog

»Die Weihnachtsbeleuchtung können wir heute abnehmen.«

Jeden Morgen gab es Kaffee oder Tee für alle in der großen Eingangshalle, dazu frisch gebackenes Brot von Marie oder Porridge, das Ruth oben in ihrer kleinen Küche zubereitet hatte. Sie saßen an dem langen Tisch und besprachen, was es rings um ihre Begegnungsstätte Möwennest an diesem Tag zu tun gab.

»Schade. Sie war so schön!« Juna war damit nicht einverstanden, doch Ruth blieb hart.

»Ihr könnt euch Deko für die nächsten zwei Monate überlegen. ›Winter wonderland‹!«

Sofort entbrannte eine hitzige Diskussion, wie man am besten die großen Sprossenfenster schmücken könnte. Sie einigten sich auf Winterlandschaften mit Kreidestiften. Sirja schnippelte Banane in ihr Porridge, während Fiete auf ihrem Schoß bereits mit dem Händchen in die Schüssel patschte.

Ruth sah sich an dem Tisch um. Sie waren inzwischen zu siebt. Sirja und die zweite Yogalehrerin Annette gluckten immer zusammen, so ähnlich war's auch mit Juna und Marie. Für die Kunstkurse hatte sie eine wunderbare Lösung gefunden. Ein älteres Künstlerinnenehepaar war seit Kurzem Teil der Genossenschaft. Während Birgit sich den unterschiedlichsten Materialien für Skulpturen verschrieben hatte, konnten die Kursteilnehmerinnen bei Margarethe vor allem Aquarell und Acrylmalerei lernen. Und dann war da noch Ruths Kursraum, ein Paradies für alle Faserbegeisterten. Hierhin zog es sie, nachdem das Frühstück beendet war. Margarethe wollte sich federführend um die Bemalung der Fenster kümmern, Sirja und Juna hatten direkt um neun ihre ersten Kurse.

Heute war Dreikönig, das hieß auch, dass bald die Weihnachtsferien zu Ende waren und das Künstlerhaus in einen Winterschlaf gleiten durfte. Bis Ende Februar waren nur noch sporadisch ein paar Tageskurse geplant – Korbflechten, Keramik auf der Drehscheibe, Aquarell und Speckstein –, und obwohl Ruth bei ihrer Planung gedacht hatte, das würde bestimmt ein Flop werden, hatten sie schon genügend Anmeldungen, sodass alle Kurse stattfinden konnten. Nicht ausgebucht, aber immerhin lohnte es sich für die Künstlerinnen, dass sie ihre kleinen Atelierräume öffneten. Das war ermutigend für den kommenden Sommer.

Bevor Ruth in ihren Kursraum ging, schaute sie im Café nach dem Rechten. Dafür hatte sich noch immer niemand gefunden. Es war aber auch nicht einfach; Ruth wünschte sich jemanden, bei dem sie wirklich sicher sein konnte, dass diejenige mit vollem Mut und Einsatz bei der Sache war. Und sie ließ das Café lieber noch etwas länger leer stehen, bevor sie jemanden in die Gemeinschaft aufnahm, der dann rasch merkte, dass es nicht passte.

Gemeinschaft, genau. So sahen sie sich inzwischen. Sie alle investierten jeden Tag aufs Neue so viel in diesen Ort, der ihnen Heimat geworden war. Ruth hatte vergessen, Filzwolle für ihren Kurs bereitzulegen, und deshalb machte sie noch einen Abstecher in den kleinen Laden. Als sie die Eingangshalle durchquerte, hob Neruda den Kopf. Er hatte seinen Platz gegenüber von der Tür. Kein Wachhund, sondern ein ruhiger Zeitgenosse, der sich gelegentlich in den Kursräumen umschaute, aber auch nichts dagegen hatte, wenn er dort unerwünscht war. Nicht jede Besucherin mochte Hunde, und das hatte er gelernt zu akzeptieren.

Im Laden war Birgit gerade damit beschäftigt, die Kühltheke einzuräumen. Köstlicher Käse, zu dieser Jahreszeit aber nur Hartkäse. Die Frischkäsesorten und der in Salzlake gereifte Feta würden ab April wieder dazukommen, sobald die ersten Lämmer groß genug waren. Es gab aber auch Lammwürste, und die Lammfelle waren auf einer Holzbank ausgebreitet. Ruths Finger glitten über ein braunes Fell mit weißen Flecken. Es war wunderschön, fand sie.

Die uruguayische Wolle in den Regalen hatte sich inzwischen deutlich gelichtet. Ruth wählte ein paar Stränge bunte Filzwolle aus, notierte die Entnahme in dem Kassensystem und ging in ihren Kursraum. Jetzt aber schnell, bald kamen die Kursteilnehmerinnen.

Doch sobald sie in ihrem Raum war, ihrer Werkstatt, dem Zentrum ihres Wirkens … da merkte sie, wie sie ganz ruhig und still wurde. Denn dieser Ort war etwas Besonderes.

Seit Kurzem stand ein großer Webrahmen an der einen Wand. Sie hatte es immerhin schon geschafft, die Kette zu schären und ein paar Reihen zu weben, bevor sie das Projekt wieder für ein anderes hatte beiseitelegen müssen. Sie besaß inzwischen einen ganzen Korb voll Spinnwirteln für die regelmäßigen Spinnkurse, zu denen auch ein paar Inselfrauen kamen. Es gab darüber hinaus alle zwei Wochen einen offenen Handarbeitsabend, der dann in der großen Halle stattfand, weil ihr kleiner Raum inzwischen aus allen Nähten platzte. Sie hatte so viele neue Bekanntschaften geschlossen und fühlte sich immer besser verwurzelt in der Inselgemeinschaft.

Der Kurs war dieses Mal wieder so schön, dass Ruth drei Stunden später ganz beseelt die Utensilien wegräumte. Sie hatte den Nachmittag frei und fuhr mit Neruda an ihrer Seite zur Schäferei.

An der Küchentür hing inzwischen ein Kanban-Bord, mit dem Nela und Simon ihren Alltag organisierten. Dort waren die vielen profanen Kleinigkeiten und großen Aufgaben aufgelistet, die der Haushalt mit sich brachte, ebenso aber für die kommenden zwei

Wochen die Zeiten, zu denen beide im Geburtshaus und in der Apotheke unabkömmlich waren. Für den heutigen Tag hatte Nela vor ein paar Wochen umrahmt von Schneeflöckchen einen besonderen Termin vermerkt. *7. Januar – Hochzeit!*

Als Nela auf dem Weg zum Kühlschrank daran vorbeikam, grinste sie. Blieb stehen, malte noch ein Herzchen über das »i« und holte dann die Hafermilch aus dem Kühlschrank und bereitete ihren Morgenkaffee vor.

Wieder so eine Nacht mit einer Geburt. Kurz nach Mitternacht war das Paar zu ihnen gekommen. Es hatte dann nicht lange gedauert, bis die kleine Mieke das Licht der Welt erblickte. Das dritte Kind war es für die Familie, und die Mutter fand eindringliche Worte dafür, wie dankbar sie Nela war, weil sie nicht schon zwei Wochen vor errechnetem Termin aufs Festland hatte übersiedeln müssen wie bei den anderen beiden.

Dafür war sie da. Und jedes Mal freute sie sich, wenn sie die Familie nach einer geglückten Geburt verabschieden konnte. Greta würde am späten Nachmittag kurz bei der Familie vorbeischauen, ob sie gut ins Wochenbett gestartet war.

Als Nela um halb sechs wieder ins Bett kroch und noch ein paar Stündchen Nachtschlaf nachholte, hörte sie nicht, wie Simon mit Jonte aufstand. Heute früh musste Simon für ein paar Stunden in die Apotheke, nicht lange, aber manchmal war das eben so. »Ich bringe Jonte gleich rüber zu Omama und Ute, dann kannst du noch etwas schlafen.«

Nela murmelte ein Danke, dann war sie eingeschlafen. Um kurz nach neun stand sie auf und machte sich Kaffee, bevor sie Jonte holte. Während sie mit ihm ein wenig im Wohnzimmer spielte, rief sie kurz Simon an.

»Denk dran, wir haben um zwölf einen Termin!«, meldete er sich bei ihr. Sie grinste, denn genau das hatte sie ihm auch sagen wollen.

»Um elf mache ich hier Schluss und komme heim. Meinst du, das schaffen wir?«

»Die Floristin bringt gleich den Strauß, und wir müssen uns dann nur noch umziehen. Sollte reichen, wenn wir kurz vor zwölf beim Standesamt auftauchen.«

»Das denke ich auch. Bist du aufgeregt?«, erkundigte er sich.

»Ich? Quatsch. Ich muss ja heute nicht heiraten.«

»An mir liegt's nicht«, neckte er sie.

Nela lachte. Sie hatten tatsächlich in den vergangenen Wochen darüber geredet. Als Ruth kurz vor Weihnachten zu Nela kam und ihr beinahe unter Tränen gestand, sie hätte zugestimmt, Hanno zu heiraten, weil es sich richtig anfühlte und sie keinen Tag ihres gemeinsamen Lebens damit verschwenden wollte, über *die Frage* nachzudenken, weil über sie nachzudenken hieße schließlich, sie zu bejahen – da hatte Nela sich schon gefragt, weshalb Simon und sie bisher nie über diesen Schritt nachgedacht hatten. Und sie hatte auch Simon gefragt, als sie ihm am Abend von Ruths und Hannos Verlobung erzählte.

»Puh, worüber du alles so grübelst. Willst du denn? Heiraten, meine ich.«

»Ach Quatsch«, hatte Nela geantwortet. »Warum denn? Damit ich versorgt bin, falls du beim Pillendrehen auf einer ausrutschst und dir das Genick brichst? Das können wir doch auch anders regeln.« Und sie hatten die Verlobung von Nelas bester Freundin zum Anlass genommen, sich mal um diese Dinge zu kümmern. Was allerdings nicht ganz so schnell vonstattenging wie eine kleine heimliche Hochzeit.

Nur Ruth, Hanno, seine Kinder und die kleine Familie Westhues-Rodenbrock, das war der Wunsch von Ruth. »Bloß kein Bohei!«, rief sie, als Nela sie fragte, was denn alles vorbereitet werden müsse. »Wir gehen zum Standesamt, danach gibt's ein feines Mittagessen, und gut ist's.«

»Wenn damit eure Familien auch einverstanden sind, prima«, meinte Nela. Sie stellte sich vor, wie es wäre, wenn Simon und sie heimlich heiraten wollten. Mindestens ihre Mutter würde ihr gehörig aufs Dach steigen.

»Wir haben es ihnen ja schon erzählt. Im Herbst feiern wir nach. Aber jetzt haben wir dafür keine Zeit.«

»Und warum die Eile?«

Da hatte Ruth nur mit den Schultern gezuckt. »Na, weil wir uns sicher sind.« Und das war vielleicht der schönste Grund, um sich zu trauen.

Außerdem hatte Ruth in diesem Winter noch Pläne.

»Wir kommen zu spät!«, flüsterte Ruth.

Hanno grinste. Er zog sie in die Arme, küsste sie und erwiderte: »Das ist mir egal! Ohne uns werden sie schon nicht anfangen.«

Sie kicherte. Mit ihm fühlte sie sich so albern und losgelöst vom Alltag mit seinen tausend Anforderungen, dass sie nicht mal der Gedanke abschreckte, sie könnten zur eigenen Hochzeit zu spät kommen. Hanno schob den Träger ihres Merinoseidenunterhemds von der Schulter und küsste sie dort, wo die Schulter in einem sanften Bogen in den Hals überging. Ruth schauderte und entwand sich ihm spielerisch. »Wenn wir so anfangen, kommen wir garantiert zu spät!«, schimpfte sie zärtlich.

Hanno lachte. »Ich würde es ja drauf ankommen lassen, aber die Kinder kommen jeden Augenblick nach Hause.«

Und darum zogen sie sich weiter an statt aus. Ruth fand es schade, aber Vernunft ging vor, und sie war ja schon froh, dass sie wenigstens ein Stündchen allein hatten, weil Noah und Leni heute Nacht zum ersten Mal bei Oma und Opa Poppinga übernachtet hatten.

»Die Wohnung ist für uns zu klein«, hatten Ute und Dierk nach einigen Wochenenden im Hinterhaus der Schäferei befunden, und weil sie ihren Lebensmittelpunkt dauerhaft auf die Insel verlegen wollten, hatten sie sich auf die fast unmögliche Suche nach einer Bleibe gemacht. Aber auch nur fast, denn es hatte sich eine Möglichkeit für sie ergeben. Ausgerechnet dort, wo Ruth nie hätte leben wollen – im Geburtshaus. Beziehungsweise im Seitenflügel, der Omama Alma und Nelas Schwester Tini mit ihrer Freundin Bine beherbergte.

Tini und Bine hatten nach zwei Jahren beschlossen, dass sie der Insel vorerst den Rücken kehren wollten. Mit Hannos Eltern hatten sie die idealen Zwischenmieter gefunden. Ein Gewinn für alle, denn Ute und Dierk freundeten sich sogleich mit Alma an. Gut möglich, dass gewisse Mengen Rummarmorkuchen dabei halfen, das Eis zu brechen.

Theoretisch hätte Ruth dann wieder in die kleine Wohnung ziehen können. Oder zu Hanno und den Kindern in das Haus? Sie hatten lange darüber nachgedacht, und schließlich waren sie zu dem Schluss gekommen, dass ein Zusammenleben zeitweise gut war. Dass es aber genauso wichtig war, dass Ruth jederzeit auf Abstand gehen konnte, wenn sie diesen brauchte. Darum war ihre Wohnung in der alten Mühle geblieben. Und in das kleine Apartment würde ab April jemand Neues einziehen. Hilfe für den Hof, denn sie hatten für dieses Jahr große Pläne, die sich nicht realisieren ließen, wenn Hanno sich allein um die Schäferei kümmerte. Ruth würde die meiste Zeit mit ihrem Möwennest beschäftigt sein, und die Zeit, die ihr noch blieb, gehörte der Wolle.

»Ich habe noch was für dich.« Hanno hielt eine Schachtel hoch.

»Ach Mann! Wir wollten uns doch nichts schenken.«

»Es ist nur eine winzige Kleinigkeit. Versprochen!«

Ruth nahm die Schachtel. Federleicht war sie in ihrer Hand. Sie öffnete den Deckel und staunte still. Denn auf einem Bett aus

Samt lag eine Brosche, die aus drei lilafarbenen Blüten zusammengesetzt war, in deren Mitte ein orangegelber Blütenstempel leuchtete. Die Blüten, die kurzen Stile – alles daran war aus gefilzter Wolle und wunderschön.

»Ich hoffe, man erkennt, was es ist.« Hanno nahm die Brosche aus der Schachtel. Jetzt erkannte Ruth, dass es eine Haarnadel war! Er steckte sie behutsam in ihre Haare, sodass die Strähne, die ihr immer lockig ins Gesicht fiel, gebändigt wurde.

»Strandflieder?«, riet sie.

Er strahlte. »Genau!«

»Hast du die etwa selbst gemacht?«

Er nickte stolz. Ruth zog die Nadel noch mal aus den Haaren, um sie genauer in Augenschein zu nehmen. Ihre Finger strichen über den Filz. »Unsere Wolle?«, fragte sie leise.

»Ich würde niemals andere verwenden«, versprach er.

Ruth stellte sich vor den Spiegel und steckte die Nadel zurück ins Haar. Sie trug ein petrolblaues Wollkleid mit einem orangegelben Gürtel, der perfekt mit dem Innern der Strandfliederblüten harmonierte. »Wunderschön«, flüsterte sie, drehte sich halb zu ihm um und küsste ihn.

»Wir haben doch keine Zeit«, wisperte er, und sie musste lachen.

Sie hörten, wie unten jemand klingelte. Das waren Leni und Noah. Hanno schloss den Reißverschluss von Ruths Kleid, und dann gingen sie nach unten, um die Kinder zu begrüßen.

Als sie sich vor gut drei Monaten füreinander entschieden hatten, war Ruth unsicher gewesen, ob es funktionierte. Und wenn sie ehrlich war – diese Befürchtung gab es immer noch, dass sie irgendwann erkannte, wie wenig sie zur Mutter taugte. Aber Noah und Leni waren froh, dass sie zu ihnen gehörte. Nur eines wollte Ruth nicht: dass die Kinder sie Mama nannten. Ruth sollten sie sagen, und nach anfänglicher Unsicherheit fühlte es sich für alle richtig an. Sie war eben nicht die Mama. Würde sie niemals sein. Und das war in Ordnung so.

Die Trauung war wunderschön, schnell vollzogen und damit genau richtig. Ruth und Hanno küssten sich, sie drückte den Brautstrauß an die Brust und ging Hand in Hand mit Hanno nach draußen. Fast hatte sie damit gerechnet, dass Nela sich über ihren Wunsch hinweggesetzt hatte und all die neuen Freunde vor dem Standesamt auf sie warteten. Aber nein, ihr Wunsch nach einer geheimen Hochzeit war respektiert worden. Ruth atmete auf.

Mittagessen gab es anschließend im Restaurant Poseidon, und es gab als Vorspeise einen Blattsalat mit Kürbisölvinaigrette und geraspeltem Käse aus Schafsmilch. »Unser Käse«, flüsterte Noah ganz ergriffen, und sogar Leni probierte etwas davon. Sie hielt sich danach aber lieber an das Brot, und das war Ruth auch recht. Den Kindern etwas aufzwingen wollten sie nicht. So hatten sie es in den letzten drei Monaten versucht. Niemand sollte sich gezwungen sehen, etwas mitzumachen. Das war eine Freiheit, mit der Ruth so nicht gerechnet hatte. Die ihr auch den Raum gab, um viel mehr mitzumachen, als sie ursprünglich gedacht hätte.

Aber manche Dinge würden sich nicht ändern.

Dass sie ihren eigenen Raum brauchte, zum Beispiel. Dass sie nicht das ganze Jahr auf der Insel leben würde. Das auch. In zwei Wochen ging ihr Flieger nach Island. Drei Wochen würde sie dort aller Voraussicht nach bleiben.

Länger hielte sie es ohnehin nicht ohne Hanno und die Kinder aus. Aber Island war wichtig, aus mehr als einem Grund.

Im größten Raum der alten Mühle, der nun das Yogastudio beherbergte, hingen Bilder an den Wänden, großformatige Landschaftsmalerei. Dünenlandschaften, eine Dorfansicht, sogar einmal die Promenade mit der *Milchbar*, und jedes Gemälde war wunderschön. Unten rechts waren Pappschildchen angebracht, darauf der Name des Künstlers, das Format und zusätzliche Informationen. *Preise auf Anfrage.* Ruth kümmerte sich darum. Das war ihre Vereinbarung mit Will. Nachdem er so abrupt verschwunden war, hatte es ihr keine Ruhe gelassen, dass es seine Bilder gab. Er hatte ein paar dagelassen, und als sie ihm eine Nachricht schrieb, ob sie die für ihn verkaufen dürfe, kamen sie wieder ins Gespräch. Das, was mal zwischen ihnen möglich gewesen war, spielte keine Rolle mehr. Will lebte auf Teneriffa, wo er sich einer Künstler- und Aussteigerkolonie angeschlossen hatte. Das Meer ließ ihn nicht los. Gelegentlich schickte er Fotos seiner neuen Bilder. *Ob die sich auch gut verkaufen auf deiner Insel?* Ruth war davon überzeugt, denn seine Bilder, sie fingen die Seele des Meers ein.

Wenn du nicht mehr glücklich bist an deinem Atlantik, kannst du unser neuer Inselbäcker werden. Sie schickte ihm das Geld, das sie mit seinen Bildern verdiente, und er schickte lachende Smileys, und das war so unpassend, Smileys von Will, darüber konnte sie dann auch lachen. Niemals würde er zurückkehren, schon gar nicht im Winter. Ihn hatte Norderney wieder ausgespuckt.

Sie war nur kurz nach der Hochzeit und dem Mittagessen in der Mühle vorbeigegangen, alles war gut, keine mehr da, die sich wundern könnte, weil Ruth ein bisschen schicker war als sonst. Als sie die Tür abschloss, fiel ihr Blick wieder zu dem großen Raum, der immer noch leer stand. Ein Café, war das wirklich so schwer, dafür jemand Passendes zu finden?

Daheim wartete ihre Familie. Jawohl, *Familie.* Sie hatte das jetzt für sich angenommen, dass sie zweite Elternperson für zwei Kinder war. Familie begann nicht, wenn Kinder ins Spiel kamen, und sie hörte auch nicht auf, wenn die Kinder irgendwann auszogen.

Sie durfte Verantwortung übernehmen und wieder abgeben, wenn nötig. Zum Beispiel, sobald sie nach Island reiste. Abends, als sie mit Hanno auf dem Sofa saß, er mit dem Laptop auf dem Schoß und damit beschäftigt, die Webseite aufzusetzen, auf der er vieles zeigen und erklären wollte, was sie in der Inselschäferei bisher erreicht hatten und zukünftig planten, schmökerte Ruth in dem dicken Reiseführer.

Nach ein paar Tagen in Reykjavík, die sie ganz dem Sightseeing widmen wollte, ging es erst nach Blönduós. Dort gab es die Wäscherei einer großen isländischen Kooperative. Schon vor knapp dreißig Jahren entstand diese aus einer alteingesessenen Spinnerei, die bereits seit dem späten 19. Jahrhundert alljährlich die Schafswolle von über zweitausend Schafzüchtern verarbeitete. Die Wolle der Islandschafe war nicht gerade vergleichbar mit der von Merinoschafen, die Ruth von ihrer Zeit in Neuseeland und später in Uruguay so gut kannte. Aber der isländische Hersteller war damit erfolgreich, und darüber wollte Ruth mehr erfahren. Von Blönduós ging es nach Mosfellsbær, wo die Spinnerei der Kooperative war. Dort wurde die Wolle nach dem Waschen zu verschiedenen Garnen verarbeitet.

»Und dann machen wir unsere eigene Wolle.« Ruth war von diesem Plan so überzeugt, dass sie jeden Abend aufs Neue davon schwärmte. »Wir finden eine deutsche Spinnerei, möglichst nah an Norderney. Und dorthin liefern wir die Wolle unserer Schafe.« Bei achtzig Schafen, die jährlich im Schnitt fünf Kilo Wolle lieferten, waren das keine riesigen Mengen. Sie müssten in Vorleistung gehen, um die Produktion der Garne zu bezahlen. Aber Ruth war davon überzeugt, dass sich echte Norderneyer Wolle gut in ihrem Laden verkaufen würde – ergänzend zu der Wolle aus Uruguay und all den anderen Produkten, die inzwischen reißenden Absatz fanden. Die Mühle war zwar etwas abseits von den Geschäften im Ortskern, aber es hatte sich bald herumgesprochen, dass sie etwas Besonderes im Angebot hatten. Und Hanno unterstützte sie bei diesem Projekt. Es war etwas Gemeinsames, das sie schufen und das eine Verbindung war zwischen ihrem Möwennest und seiner Schäferei.

»Na du?« Hanno rückte etwas näher. Ruth legte den Kopf an seine Schulter. »War das ein guter Tag?«

»O ja«, sagte sie leise. »Ein sehr guter Tag.«

»Was hältst du von diesen Farben für unsere Webseite?« Er zeigte ihr ein paar Entwürfe, und sie diskutierten angeregt, ob ein dunkles Grün oder doch eher ein dunkles Blau besser zur Schäferei passte. Ruth schloss die Augen.

Sie war angekommen. Das Leben nicht perfekt, aber eben genau richtig für den Moment. Sie wollte nichts daran ändern, sie wollte es feiern, denn es war ein gutes Leben.

»Was ist?«, fragte Hanno. »Du schläfst mir doch nicht hier ein? Langweile ich dich?«

Sie sah ihn nachdenklich von der Seite an. »Niemals.«

Das war die Wahrheit. Niemals würde dieses Leben sie langweilen. Obwohl sie nicht müde war, kuschelte sie sich noch ein bisschen mehr an seine Schulter. »Aber wenn du schon so fragst … Wir könnten eventuell ja schon mal ins Bett gehen. Also, nicht zum Schlafen.«

»Da muss unsere Homepage wohl noch ein wenig auf die Fertigstellung warten.« Hanno klappte das Notebook zu und stellte es auf den Couchtisch. Ruth nahm seine Hand, und sie verließen das Wohnzimmer. Vor den Fenstern fiel sanft der Schnee. Die Schafe im Stall schliefen schon, die Hunde ebenfalls auf ihren Matten. Das Haus war still und doch so lebendig.

Ruth blieb im Dunkeln auf der Treppe stehen. Sie spürte Hanno hinter sich.

»Hast du es dir anders überlegt?«, flüsterte er.

»Nein«, erwiderte sie leise. »Aber ich will einfach mal … diesen Moment spüren.«

Seine Hand drückte sanft ihre Finger, und mehr brauchte sie

nicht in diesem Moment. Das Glück. Es war in ihr Leben getreten, als sie am wenigsten damit gerechnet hatte, von einer unerwarteten Seite. Und nach dem ersten Schreck – da hatte sie sich diesem Glück zugewandt und ließ es nun nicht mehr los.

»Komm«, sagte sie leise. Das ließ er sich nicht zweimal sagen.